LENGUA CASTELLANA Y LITERATURA 1

SECUNDARIA

EDELVIVES

AUTORA
Raquel Benítez Burraco

ESPACIO *MAKER*
Tatiana Poyato Ramírez

El 0,7 % de la venta de este libro se destina
a proyectos de desarrollo de la ONGD SED
www.sed-ongd.org

PARA

COMPARTIR
IMAGINAR
CRECER
DISFRUTAR

QUE

SIGA VIVO EL LEGADO
HAGAMOS EQUIPO
BRILLE EL TALENTO
TRANSFORMEMOS EL MUND

COSAS

INCREÍBLES
DIFERENTES
NUEVAS
POSITIVAS

LAS HORAS CUENTEN
DUDAS SE RESUELVAN
NUBES SE LEVANTEN
EMOCIONES MUEVAN MONTAÑAS

OCURRAN

ASÍ ES ESTE LIBRO
PARA QUE LAS COSAS OCURRAN

Cada unidad se estructura en dos partes: una teórica y otra práctica.

Teoría

Las páginas de teoría presentan los contenidos de forma sencilla, concreta y visual. En ellas son tan importantes los textos explicativos como los elementos gráficos y los ejemplos o modelos que los acompañan y los complementan.

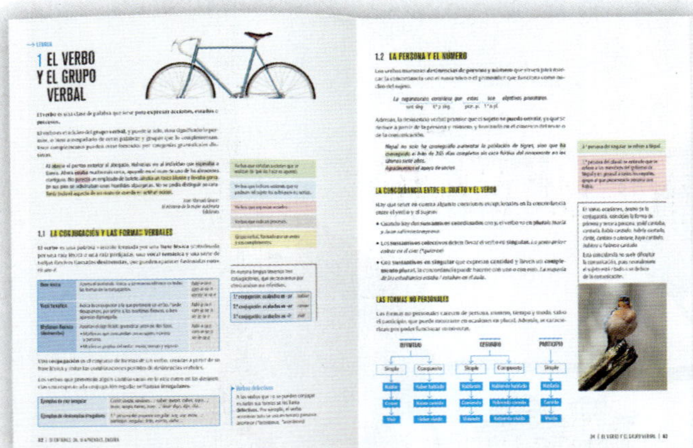

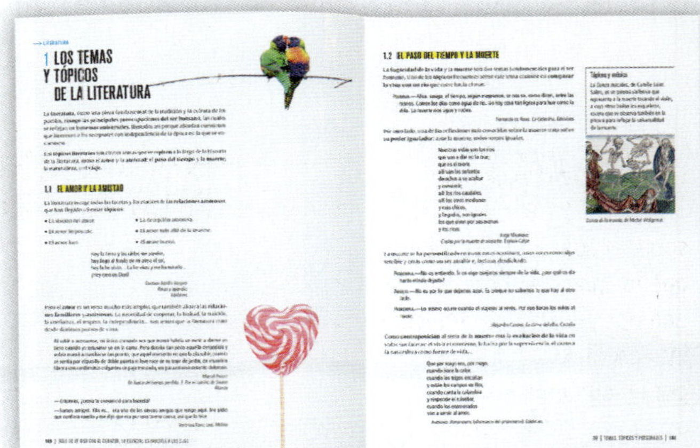

Actividades

Las páginas de actividades plantean ejercicios y propuestas de aplicación de los contenidos estudiados en la unidad. Todos ellos están agrupados según el epígrafe al que corresponden.

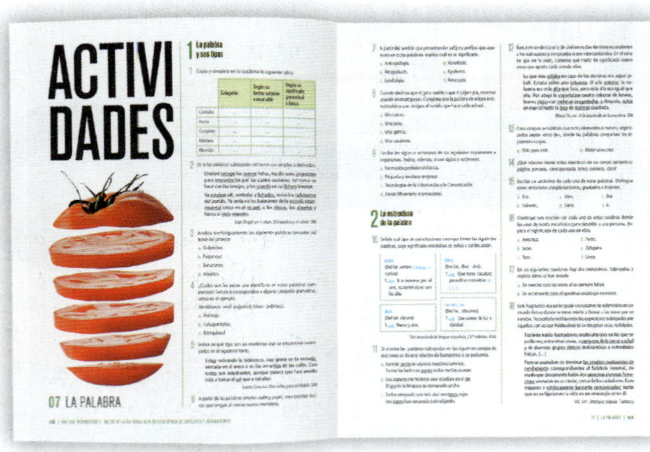

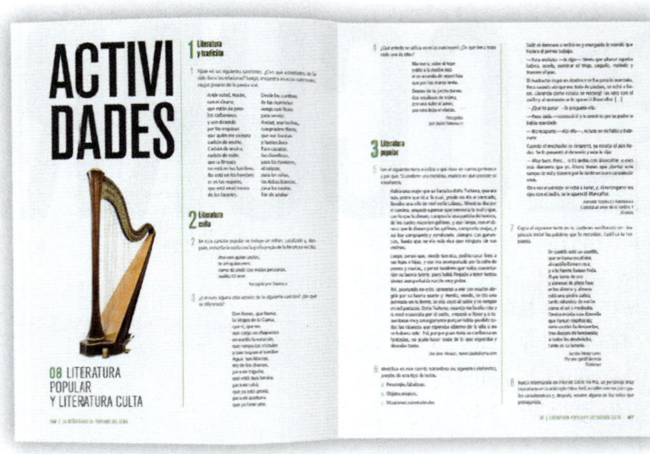

Lo novedoso de cada unidad es que comienza en un espacio *maker*, donde se plantean varias tareas para poner en práctica diversas habilidades y capacidades, en función de los contenidos que se trabajen.

11 NARRACIÓN Y NOVELA

PARA VIAJAR LEJOS, NO HAY MEJOR NAVE QUE UN LIBRO

EMILY DICKINSON

PRESENTAR

CUENTO CUENTOS

Una residencia de ancianos ha solicitado nuestra colaboración para ser compañeros de lectura de los ancianos que viven allí. Nuestra misión en este acompañamiento es seleccionar cuentos, historias o fragmentos de novelas para leerlos con toda la ilusión del mundo. Será preciso, por tanto, practicar la entonación, el ritmo, la vocalización… Para ayudarnos, cada uno realizará su lectura y los compañeros de equipo le indicarán los aspectos positivos y mejorables de la misma.

CREAR

SIN PALABRAS

Da un paseo virtual que te permita contemplar diferentes obras de arte. Pueden ser pintura, escultura, arquitectura… Cuando encuentres una que te permita responder de forma sugerente y original a las preguntas *quién, qué, cómo, cuándo, dónde, por qué*, etc. selecciónala y escribe su historia. Deja volar tu imaginación y resuelve el final de tu narración de una forma sorprendente.

CONOCER

INTERCAMBIO DE NARRADORES

Elige un fragmento de una novela narrada en primera persona y otro de una narrada en tercera persona. Transforma su estilo y haz que el primer fragmento tenga un narrador externo y el segundo un narrador interno. Después, cada compañero elegirá uno de los textos, bien de los auténticos o de los que ha transformado, lo leerá en voz alta al resto de la clase y, entre todos, decidiremos si pertenece a la narración original o es la que se ha cambiado.

INVESTIGAR

EL LIBRERO

Imagina que eres propietario de la librería más conocida de tu localidad. Es famosa por el esmero que tú pones a la hora de recomendar libros. Sin embargo, por motivos personales, vas a ausentarte unos días y, para no dejar de atender a tus clientes, vas a formar a una persona para que te sustituya. Para ello, realizarás un listado de las novelas más vendidas en este último mes, indicando en cada caso los datos relevantes de cada obra. Debes asegurarte de que esa selección recoge títulos de los diferentes géneros, para satisfacer todos los gustos lectores.

Frase

La frase que introduce la unidad da pie a reflexionar sobre el pensamiento o idea que expone. También es una oportunidad de conocer las aportaciones realizadas por el hombre o la mujer que pronunció esa cita.

Presentar

Es una tarea en la que se ponen en juego las habilidades y destrezas comunicativas, particularmente las relacionadas con la expresión oral, a partir de una propuesta vinculada con algún contenido de la unidad.

Crear

Es una tarea que implica la elaboración de un producto aplicando algunos de los contenidos propuestos en la unidad. Su finalidad es desarrollar la creatividad y la imaginación para aprender haciendo.

Conocer

Es una tarea enfocada a estudiar, repasar, consolidar, relacionar… determinados contenidos de la unidad. Pretende ser también una herramienta para aprender a aprender.

Investigar

Es una tarea cuyo objetivo principal es experimentar, recopilar información, comprobar o refutar hipótesis, trabajar con diversas fuentes… Con esta propuesta se desarrolla especialmente la competencia digital.

LO QUE VAMOS A APRENDER

PARA QUE LAS COSAS OCURRAN

LENGUA CASTELLANA Y LITERATURA

01 LOS ENUNCIADOS Y LAS FUNCIONES DEL LENGUAJE

02 LAS UNIDADES DE LA LENGUA. EL SUSTANTIVO Y EL PRONOMBRE

03 EL DETERMINANTE Y EL ADJETIVO CALIFICATIVO

04 EL VERBO Y EL GRUPO VERBAL

05 LAS CLASES DE PALABRAS INVARIABLES

06 LA ORACIÓN

07 LA PALABRA

08 LITERATURA POPULAR Y LITERATURA CULTA

09 TEMAS, TÓPICOS Y PERSONAJES

10 POESÍA Y LENGUAJE POÉTICO

11 NARRACIÓN Y NOVELA

12 TEATRO Y LENGUAJE TEATRAL

13 LITERATURA DIDÁCTICA

ANEXOS

01 LOS ENUNCIADOS Y LAS FUNCIONES DEL LENGUAJE

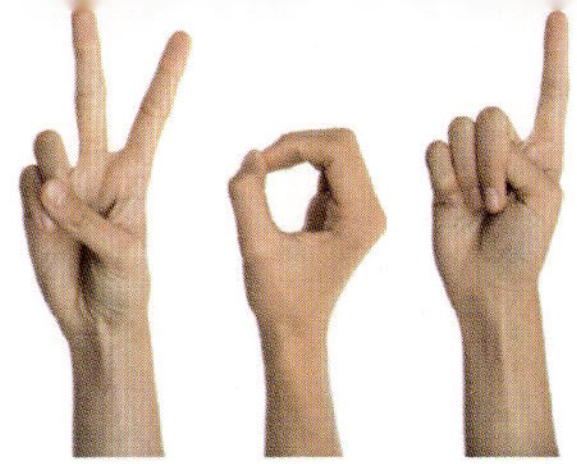

PRESENTAR

ENTRENAMIENTO COMUNICATIVO

Vamos a ponernos a prueba en nuestras habilidades comunicativas. Para ello, en equipos, elaboraremos tres mensajes distintos para compartir al comienzo del curso cambiando, en cada uno de ellos, todos los elementos de la comunicación. Además, al menos uno debe basarse en comunicación no verbal.

CONOCER

MENSAJES CIFRADOS

Nos han invitado a colaborar con una empresa de inteligencia artificial en el desarrollo de una potente aplicación para el cifrado de mensajes. Lo primero que debe hacer esta aplicación es detectar mensajes incoherentes e inconexos para descartarlos o corregirlos. En grupos, prepararemos cinco mensajes inadecuados por diversas razones y también la versión corregida de los mismos, justificando todos los cambios.

CREAR

CON MUCHO ARTE

El Museo de Arte de nuestra localidad ha solicitado nuestra colaboración para el diseño y la colocación de diferentes carteles y señales por las instalaciones. Curiosamente, nos han planteado un reto con este encargo y es que seamos capaces de emplear todas las modalidades oracionales y las diferentes funciones del lenguaje.

INVESTIGAR

POLÍTICOS A DEBATE

Con el fin de paliar la desafección política de los jóvenes, nos han propuesto colaborar en la organización de un debate televisivo en el que van a participar los líderes de los partidos con representación actual en el Congreso de los Diputados. Debemos preparar la documentación necesaria para elaborar un dosier con todas las reglas, normas e indicaciones que regirán en el desarrollo del debate.

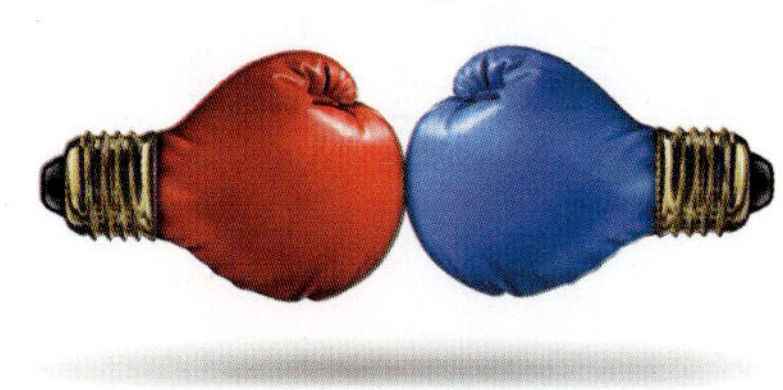

1 LA COMUNICACIÓN

1.1 LOS ELEMENTOS DE LA COMUNICACIÓN

Todos los seres vivos se comunican, es decir, transmiten información a otros seres vivos de su alrededor y, a su vez, la reciben por parte de estos.

En un **acto de comunicación**, participan siempre los siguientes **elementos:**

- **Emisor:** persona que transmite la información.
- **Receptor:** persona que recibe e interpreta la información.
- **Mensaje:** información que se transmite.
- **Canal:** medio a través del cual se transmite el mensaje.
- **Código:** conjunto de reglas y signos con los que se transmite el mensaje.
- **Situación o contexto:** circunstancias temporales, espaciales y socioculturales que intervienen en el proceso comunicativo y que permiten comprenderlo.

Emisor. Las empresas u organismos anunciantes.

Receptor. Las personas que están viendo las vallas y pantallas.

Mensaje. Los mensajes publicitarios.

Canal. Las pantallas y vallas publicitarias.

Código. El inglés.

Situación o contexto. Times Square de noche.

1.2 LA COMUNICACIÓN VERBAL Y NO VERBAL

Distinguimos dos tipos de comunicación: la verbal y la no verbal. La **comunicación verbal** es exclusiva de los seres humanos y se realiza mediante el **uso de la lengua.** Puede ser **oral o escrita.**

La **comunicación no verbal,** por su parte, es aquella que **no se realiza mediante las palabras.** (imágenes, sonidos, gestos, ...)

Habitualmente, empleamos la comunicación verbal y la no verbal de forma combinada. Por ejemplo, el agente guardia de tráfico emplea ambas al exclamar *¡Stop!* y, al mismo tiempo, al levantar la mano en señal de advertencia. A su vez, en la televisión, los cómics, los anuncios publicitarios, las noticias, los planos, los diagramas, etc., así como en la mensajería móvil y las redes sociales, se mezclan las imágenes con las palabras.

2 EL TEXTO

El **texto** es la **unidad mayor de la comunicación** y puede estar formado por una sola palabra o por un conjunto de enunciados y párrafos. Los textos pueden ser **tanto orales** como **escritos.**

Al comunicarnos, debemos tener en cuenta los siguientes factores:

- No se habla igual en una entrevista de trabajo que en una fiesta con los amigos, ni se da una noticia del mismo modo por televisión que a nuestros familiares. Debemos tener en cuenta la **situación** en la que nos encontramos. Estas diferencias se conocen bajo el nombre de ***registro,*** el cual puede ser **formal** o **informal** o **coloquial.**
- Las características de los textos **escritos** (como los que aparecen en un blog o un examen), y de los que se transmiten **oralmente** (en una conferencia o una presentación oral) son distintas.
- Los textos varían en función de las áreas de nuestra vida en que los usamos. Estas diferentes áreas reciben el nombre de ***ámbitos de uso:***

  a. Ámbito personal. Pertenecen a este ámbito los textos literarios de ficción y todos los textos de uso privado, como la carta, el correo electrónico, la mensajería instantánea, los chats, el blog, el diario personal, la agenda, la nota, la invitación, la lista de la compra... En el canal oral, la conversación es el tipo de texto más utilizado.

  b. Ámbito académico y escolar. Corresponden a este ámbito los resúmenes, esquemas, apuntes, reseñas, exámenes, diccionarios, libros de texto... Son ejemplos de textos orales las conferencias, exposiciones orales e instrucciones para realizar actividades.

  El magnetismo

  El magnetismo es un fenómeno natural que provoca que algunos cuerpos produzcan una fuerza de atracción o de repulsión sobre otros.

  c. Ámbito social. Se enmarcan bajo este ámbito los textos dirigidos a un público general, como todos aquellos textos orales y escritos del ámbito periodístico: los carteles y anuncios, los foros, los catálogos, las normas y los avisos, los mapas, las webs informativas...

AVISO

El próximo día 16 de octubre se cortará el suministro eléctrico desde las 10:00 hasta las 14:00 h por obras de mantenimiento en el edificio. Disculpen las molestias

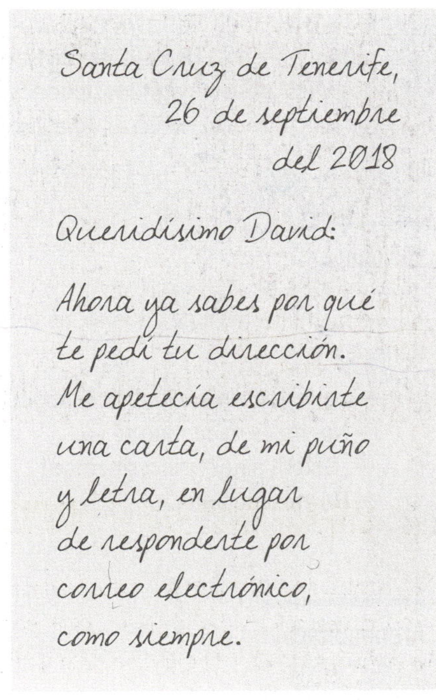

Santa Cruz de Tenerife,
26 de septiembre
del 2018

Queridísimo David:

Ahora ya sabes por qué te pedí tu dirección. Me apetecía escribirte una carta, de mi puño y letra, en lugar de responderte por correo electrónico, como siempre.

La carta (ámbito personal).

2.1 LA COHERENCIA

La **coherencia** es la cualidad que hace que los textos tengan **unidad temática** y que estén convenientemente **estructurados.**

Un texto tiene coherencia cuando sus partes se refieren a **una misma realidad** (es decir, tratan sobre el mismo **tema** y conforman un **todo**) y presentan una **estructura global,** que varía según el tipo de texto. Así, los textos escritos se organizan en **párrafos o estrofas;** las conversaciones, en **turnos de palabra;** las obras teatrales, en **acotaciones y diálogos;** y estos en **intervenciones.**

Desde el punto de vista formal y de contenido, cada **tipo de texto** exige una **estructura propia:**

Descripción

Define las características de personas, lugares u objetos.

> Las cortinas rojas limitaban a mi derecha mi campo visual, pero a la izquierda, los cristales, aunque me defendían de los rigores de la inclemente tarde de noviembre, no me impedían contemplarla. Mientras volvía las hojas del libro, me paraba de cuando en cuando para mirar el paisaje invernal.
>
> A lo lejos todo se fundía en un horizonte plomizo de nubes y nieblas. De cerca se divisaban los prados húmedos y los arbustos agitados por el viento, y sobre toda la perspectiva caía, sin cesar, una lluvia desoladora.
>
> Charlotte BRONTË: *Jane Eyre*, B de Books

Narración

Cuenta hechos reales o historias inventadas que le han sucedido a una serie de personajes en un momento y un lugar concretos.

> Un día antes, los equipos de rescate socorrieron a 111 personas en dos pateras que navegaban en esa zona y en aguas de Algeciras. En total, en los primeros dos días del año, Salvamento Marítimo ha socorrido a 325 personas que cruzaban hacia España por mar.
>
> Salvamento Marítimo ha rescatado este miércoles a 214 migrantes de cuatro pateras localizadas en el mar de Alborán y el Estrecho.
>
> https://elpais.com/

Diálogo

Refleja un intercambio de información entre dos o más personas.

> —¿Qué le pasa a usted, don Augusto, se pone malo?
> —No, no es nada; qué sé yo…
> —¿Quiere algo?, ¿necesita algo?
> —Un vaso de agua.
>
> Miguel DE UNAMUNO: *Niebla.* Austral

Exposición

Define los contenidos de una materia, con el fin de hacerla comprensible a los receptores.

> Una estrella (del latín: *stella*) es una esfera luminosa de plasma que mantiene su forma gracias a su propia gravedad. La estrella más cercana a la Tierra es el Sol.
>
> *Wikipedia*

Argumentación

Intenta convencer al receptor, con razonamientos, de la opinión o el punto de vista defendido por el emisor.

> A mi juicio, lo que la gente critica como romántico está más cerca de la verdad de lo que se supone generalmente; porque, si bien las generosas ideas de la juventud se ven a menudo oscurecidas por las sórdidas perspectivas que ofrece la vida, eso apenas prueba que sean falsas.
>
> Anne BRONTË: *La inquilina de Wildfell Hall.* Alba

Instrucción

Dispone una serie de normas u orientaciones que se deben seguir para alcanzar un fin.

> En la barra de menús, selecciona Archivo > Nuevo para crear una imagen nueva desde cero. Selecciona un ajuste preestablecido de documento. Puedes personalizar los ajustes preestablecidos introduciendo los valores que prefieras en campos como Anchura y Altura.
>
> https://helpx.adobe.com

2.2 LA COHESIÓN

La **cohesión** es la cualidad por la que las **palabras** que componen un texto **se entretejen** y relacionan entre sí mediante diversos mecanismos que refuerzan la coherencia, aunque no son suficientes para garantizarla.

Texto no cohesionado	Texto cohesionado
Esta mesa está sucia, *así que* el vestido nuevo es muy caro.	Esta mesa está sucia, *así que* tendré que limpiarla.

Se dice que un texto está cohesionado cuando:

- **Se repiten elementos** de significado:

  a. Se emplea el mismo elemento varias veces: *¿Qué quieres decir? / Quiero decir que...*

  b. Aparecen elementos que comparten significado o que hacen referencia a una misma realidad: *desorientada, confusa, despistada...*

  c. Se utilizan palabras de la misma familia: *salvador, salvaremos, salvamento...*

  d. Se incluyen elementos relacionados por el campo semántico (colores, animales, medios de transporte, cualidades...): *rojo, amarillo, verde...*

- **Se sustituyen elementos** por otros que hacen referencia a los mismos: *¿Cómo la prepararemos?* (donde *la* se refiere, por ejemplo, a «la tarta de zanahoria»).

- **Se eliminan elementos**, por lo que hay que localizar aquellos que faltan en otros lugares del texto: *Creo que [la tarta de zanahoria] no está muy dulce.*

- **Se usan conectores** para relacionar unas ideas con otras. Los hay de diferente tipo:

  a. Ordenar hechos en el tiempo: *entonces, después, más tarde, luego...*

  b. Relacionar lugares en el espacio: *a la derecha, a la izquierda, al otro lado, delante...*

  c. Organizar la información: *en primer lugar, a continuación, finalmente, para terminar...*

  d. Añadir información: *y, además, asimismo, también...*

  e. Contrastar con lo que se ha dicho: *por el contrario, pero, sino, en cambio...*

  f. Expresar relaciones de causa y consecuencia entre dos hechos: *porque, ya que, a causa de, dado que...*

  g. Explicar con otras palabras o matizar lo anterior: *por ejemplo, es decir, a saber, o sea...*

2.3 EL TEXTO Y SUS SOPORTES

Los textos se pueden clasificar según su **formato** y su **soporte.**

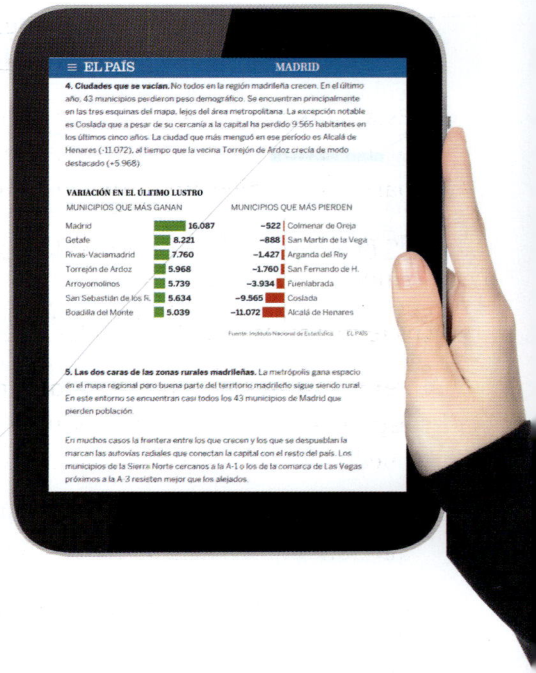

SEGÚN SU FORMATO

En función del **formato,** se dice que los textos pueden ser continuos, discontinuos o mixtos.

Los **textos continuos** se organizan en párrafos y oraciones, y exigen una lectura lineal, como es el caso, por ejemplo, de una novela, una noticia...

Los **textos discontinuos o mixtos** se organizan de un modo distinto, que no requiere una lectura lineal, como es el caso de las infografías, los planos...

SEGÚN SU SOPORTE

Actualmente, los textos escritos pueden presentarse en dos tipos de **soportes: impreso** y **digital.**

En los textos escritos, tanto **digitales** como **impresos,** podemos encontrar una serie de **elementos no verbales** que complementan las palabras para transmitir la información de un modo más eficiente y localizarla con mayor rapidez. Estos elementos pueden ser los siguientes:

Tipografía

El **tipo y tamaño** de letra, los **destacados** (subrayados, negritas, colores…), la **disposición espacial del contenido,** así como otros aspectos de formato, permiten organizar y distribuir adecuadamente la información ofrecida, con el fin de resaltar gráficamente los aspectos fundamentales del texto. En los anuncios, carteles, textos periodísticos, agendas, esquemas o apuntes se observa especialmente este uso de la tipografía.

Imagen

Se trata de todas aquellas **fotografías** o **ilustraciones** que acompañan al texto escrito con una función específica (documental, demostrativa, motivadora…). Ejemplo de ello son los emoticonos empleados en la mensajería instantánea; las imágenes de los productos promocionados en un catálogo comercial; las fotografías de revistas, periódicos o blogs; las ilustraciones en carteles, anuncios y páginas web diversas, etc..

Gráficos, diagramas, tablas, mapas, infografías…

Son técnicas de representación mixtas muy utilizadas en los medios periodísticos para transmitir información compleja o extensa de un modo breve y eficaz.

Hipervínculos o hiperenlaces

En los textos digitales, un icono, una flecha o una palabra (frecuentemente subrayada o destacada en algún color) pueden ser, a su vez, hipervínculos que dirigen al lector, a través de un solo clic, a recursos diversos o a otros textos conectados con la información consultada en ese momento.

2.4 EL TEXTO ORAL

Por lo general, los seres humanos nos comunicamos mediante la **comunicación oral,** cuyas **características principales** son las siguientes:

- Está siempre asociada a una **situación comunicativa,** en la que un emisor y un receptor (o varios) intercambian el mensaje por medio de un canal y comparten un código, una situación y un contexto.
- Se acompaña de la **comunicación no verbal,** es decir, de gestos, señales, ruidos, silencios...

Los textos orales pueden ser planificados o no planificados:

- **Textos orales no planificados,** como la **conversación.** Son informales y espontáneos, es decir, no requieren de una planificación previa. En ellos, pueden mezclarse diferentes temas, tal como sucede en la conversación.

  Los factores situacionales (contexto), los gestos y los cambios de tono adquieren importancia en estos intercambios comunicativos.

  Por su espontaneidad y por hacer uso del habla coloquial, el estilo expresivo de la conversación suele ser más descuidado que el de la comunicación oral planificada o que el de la comunicación escrita.

  > —¡Pero bueno, Alicia!, ¿qué haces tú por aquí?
  >
  > —¡Ostras, Rosa, no te había visto! Pues es que venía a..., bueno, ya me voy, de hecho; es que he venido a pedir información sobre las clases de yoga. ¿Tú qué tal?
  >
  > —Pues yo muy bien, como siempre, tirando... Entonces, ¿te vas a apuntar a yoga?
  >
  > —Bueno..., me lo est...
  >
  > —Te lo estás pensando, ¿no? Mira, yo te lo recomiendo, a mí me va genial para desconectar de la rutina.

- **Textos orales planificados,** como la **conferencia,** el **debate,** el **coloquio,** el **discurso...** Son formales y requieren una preparación previa: elección del tema, del estilo, del tiempo empleado, etc.

  Dentro de los textos orales no planificados, hay que diferenciar los multidireccionales (cualquier diálogo preparado, como la entrevista, el debate o la tertulia) de los unidireccionales, en los que no se da alternancia en el uso de la palabra, como la conferencia, la charla o el discurso.

  > Quiero pensar que, al premiarme a mí, el jurado ha querido premiar este género, el del humor, que ha dado nombres tan ilustres a la literatura española, pero que a menudo y de un modo tácito se considera un género menor. Yo no lo veo así. Y aunque fuera un género menor, igualmente habría que buscar y reconocer en él la excelencia.
  >
  > Pero no soy yo quien ha de explicar las razones del jurado ni menos aún justificar su decisión. Tan solo expresarle mi más profundo agradecimiento y decirles, plagiando una frase ajena, que me considero un invitado entre los grandes.
  >
  > Eduardo Mendoza
  > *Discurso de aceptación del Premio Cervantes*

Actualmente, las redes sociales son una de las herramientas más utilizadas para mantener el contacto con nuestras amistades o para conocer a otras nuevas. ¿Qué importancia tienen para ti las redes sociales en relación con la amistad?

Cómo las nuevas tecnologías influencian las amistades de los jóvenes

Más del 50% de los jóvenes han desarrollado una amistad *online*, fundamentalmente a través de las redes sociales y los juegos en línea.

Más del 20% de ellos ha creado entre 2 y 5 nuevos lazos, y prácticamente un 33% ha desarrollado 5 nuevas amistades.

El 25% de los adolescentes encuestados aseguró pasar tiempo con sus amigos en las redes sociales a diario.

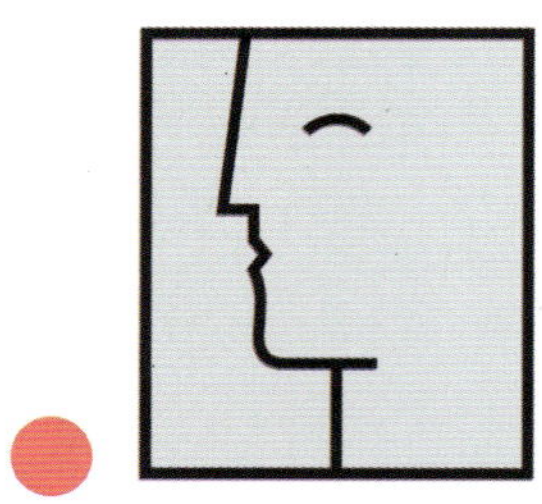

Las chicas son más propensas a fomentar amistades a través de las redes que los chicos (el 78% frente al 52%, respectivamente), mientras que los varones generan más lazos a través de los juegos en red (el 57% frente al 13%).

Casi el 33% de todos los varones adolescentes han desarrollado amistades a través de los juegos.

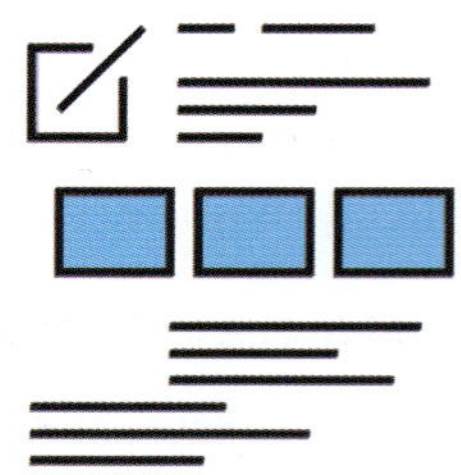

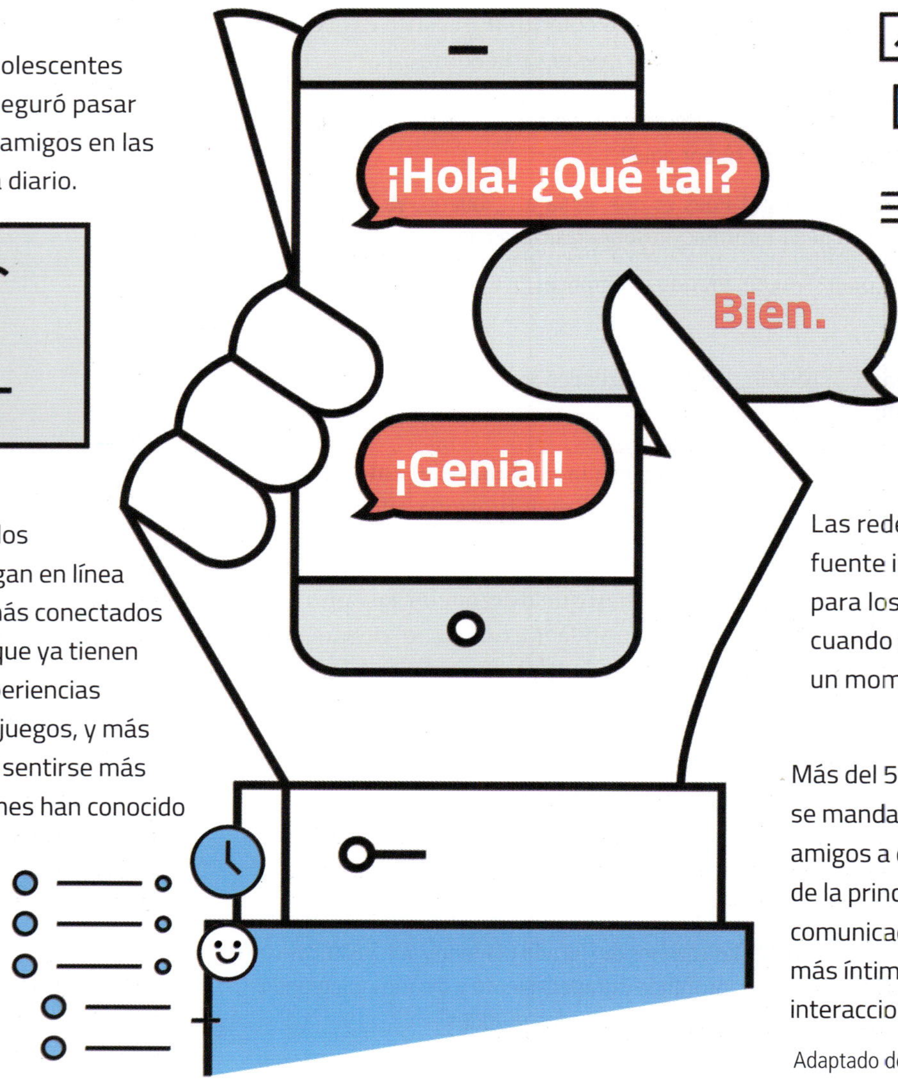

Más del 75% de los jóvenes que juegan en línea dicen sentirse más conectados con los amigos que ya tienen gracias a las experiencias compartidas en juegos, y más del 50% afirman sentirse más próximos a quienes han conocido *online* gracias a este medio de recreación.

Las redes sociales son una fuente importante de apoyo para los adolescentes cuando se encuentran en un momento difícil.

Más del 50% de los jóvenes se mandan mensajes con sus amigos a diario. Se trata de la principal forma de comunicación entre los amigos más íntimos, aún más que la interacciones cara a cara.

Adaptado de: http://noticias.universia.es

Leer

1 ¿Cuál es el tema del texto? ¿Cuántas ideas se aportan en relación con este asunto?

2 ¿Cómo se puede responder a las preguntas de la actividad 1 sin necesidad de leer el texto en profundidad? Argumenta tus respuestas.

3 Indica si las siguientes afirmaciones sobre el texto son verdaderas o falsas. En el caso de las incorrectas, corrígelas para que sean ciertas.

a. Las redes sociales y los juegos en línea son las plataformas más utilizadas por los jóvenes para hacer amistades *online.*

b. Las chicas son más propensas a generar amistades en línea y lo hacen, fundamentalmente, a través de los juegos.

c. Un cuarto de los adolescentes entrevistados pasa tiempo diariamente con sus amigos en las redes sociales.

d. La forma de comunicación principal entre los amigos más íntimos sigue siendo la interacción en persona.

4 ¿A qué ámbito de uso pertenece el texto? ¿Se trata de un texto continuo o discontinuo? Justifica tu respuesta en cada caso.

5 El texto que has leído corresponde a una infografía. ¿Qué ventajas tiene transmitir la información de este modo?

6 La infografía que has analizado se ha creado a partir de la información aportada en una noticia. Busca un texto periodístico que contenga numerosos datos sobre un tema y elabora una infografía a partir del mismo.

Sin faltas.com

7 ▶ Lee con atención la norma del margen a la derecha y busca en la infografía un ejemplo para cada caso.

a. Dígrafos.

b. Letra muda.

c. Letras distintas que representan el mismo fonema o sonido.

d. Una misma letra que representa fonemas o sonidos distintos.

Opinar

8 Las nuevas tecnologías y, en concreto, las redes sociales son, sin duda, herramientas muy útiles en nuestro día a día. Sin embargo, también tienen sus aspectos negativos. Reflexiona y contesta a estas preguntas.

a. ¿Qué desventajas destacarías? Escribe una lista en la que enfrentes los pros y los contras de estas plataformas.

b. A partir de la lista anterior, elabora un decálogo de buenas prácticas de uso de las redes sociales.

▶ Escritura y sonido

La escritura de cada letra no siempre representa los sonidos de nuestra lengua.

- **Dígrafos.** Conjunto de dos letras que representa un solo sonido: *ch, ll, rr* y *qu* y *gu* delante de *e, i (llave, guitarra…).*
- **Letra muda.** No representa ningún sonido, como la letra *h (hacer).*
- **Letras distintas que representan el mismo fonema o sonido.** Por ejemplo: *b/v (baca/vaca); c + e, i/z (cenicero, zénit); c/k/qu (cupo, kiwi, queso…).*
- **Una misma letra que representa fonemas o sonidos distintos.** Por ejemplo: *c (calle, cero), g (gato, gentío), y (ley, leyes)…*

3 EL FORO DE DISCUSIÓN

Si las redes sociales representan la herramienta más usada para hacer amistades, también lo son los **foros de discusión**, donde es posible intercambiar ideas y opiniones sobre un tema determinado desde cualquier parte del mundo.

www.cientosdeamigos.com

cientos deamigos .com

7 Registrarse | Acceder

1 Foros | Miembros | Ayuda

Buscar...

¿Cómo reconciliarse con un amigo? 3

Tema en «Preguntas y consejos» creado el 15 de enero del 2019 por Mendozzz...

Página 1 de 7 1 2 3 → 7

Mendozzz...

6

5 15/01/2019. 16:59 h

¡Hola, chicos! Llevaba tiempo leyendo el foro, pero nunca me había entrado el gusanillo de registrarme. Hasta ahora. Y es que llevo unos días bastante preocupado... Hace aproximadamente unas dos semanas, me enfadé con uno de mis mejores amigos, Alejandro Fernández, y todavía seguimos sin hablarnos, sin escribirnos... nada. 4

Todo empezó cuando nos pusimos a discutir sobre una tontería y, al final, la cosa se fue poniendo cada vez más tensa y yo le respondí bastante mal.

El caso es que soy un poco orgulloso y me cuesta mucho dar el paso para hablar con él y resolverlo. ¿Qué haríais en mi lugar?

Isabel1999

Moderador/a

2

15/01/2019. 17:15 h

¡Bienvenido al foro, @Mendozzz...! Por favor, evita publicar nombres de personas que no formen parte del foro y que no te hayan autorizado, ¿de acuerdo? Te invito a leer las normas del foro.

¡Un saludo!

Max_O_P

15/01/2019. 17:46 h

> Mendozzz... dijo
> El caso es que soy un poco orgulloso [...]

Ahí está el problema, en mi opinión. El orgullo no sirve para nada, solo para enquistar aún más las cosas. Lo mejor que puedes hacer es hablar YA con tu amigo. Cuanto más esperes, más te va a costar dar el primer paso.

1 Un foro puede contener varios temas, también llamados **hilos de discusión.**

2 El **moderador** se encarga de controlar los mensajes de los usuarios con el fin de mantener un **clima respetuoso.**

3 El **tema** está bien definido desde el principio y suele ser de interés general. El planteamiento del tema puede hacerse mediante una **pregunta.**

4 Los participantes intervienen al aportar sus **ideas** y **opiniones.**

5 Las intervenciones o respuestas de los usuarios se muestran **cronológicamente:** de la más antigua a la más reciente.

6 Los participantes usan una **imagen** y un **seudónimo** para **identificarse.**

7 En los **foros abiertos,** los participantes pueden responder a los mensajes y calificarlos sin necesidad de registrarse. En los **foros cerrados,** los participantes deben registrarse bajo un seudónimo y una imagen o **avatar.**

4 EL DEBATE

El **debate** es un **texto oral planificado.** Consiste en un **diálogo formal** en el que dos o más participantes argumentan sus ideas u opiniones en relación con un **tema polémico.**

El objetivo de los participantes en un debate es **convencer a los receptores** de que sus posturas, frente a las de los demás, son preferibles o están mejor justificadas, para lo cual deben aportar argumentos a favor o en contra sobre el tema en cuestión.

En cualquier debate, es esencial la figura del **moderador,** quien se encarga de guiarlo con distintos fines: presentar a sus participantes, evitar que se produzcan interrupciones o faltas de respeto, asegurarse de que los turnos de palabra se repartan de forma equilibrada, etc.

El debate se estructuar del siguiente modo:

Presentación

En el hemisferio norte, los vientos soplan en sentido horario alrededor de los anticiclones y en sentido antihorario alrededor de los ciclones. En el hemisferio sur, sucede a la inversa.

Exposición final

Cada participante expone su opinión sobre el tema.

Discusión

Los participantes confrontan sus posturas.

Conclusión

Cada participante realiza una síntesis de su postura, que puede haberse modificado o no tras la discusión.

Cierre

El moderador resume lo expuesto durante el desarrollo del debate y lo despide.

Algunas claves que hay que tener en cuenta para que el debate se desarrolle correctamente son las siguientes:

- Escuchar a los demás atentamente y evitar las interrupciones.
- No repetirse y no centrar la conversación en aspectos irrelevantes o que se alejan del tema en cuestión.
- Intervenir siempre de forma ordenada, tranquila y respetuosa.
- Argumentar todo aquello que se dice y expresarlo adecuadamente. Para ello, resulta útil emplear fórmulas como *a mi juicio; desde mi punto de vista; en mi opinión; no estoy de acuerdo contigo porque...; entiendo tu postura, pero...*

Escuchar

Desde que somos pequeños, al comunicarnos con los demás, forjamos vínculos especialmente estrechos con algunas personas, a quienes llegamos a considerar «amigas». ¿Qué es para ti un amigo? Busca en la plataforma de contenidos a la carta de RTVE el vídeo titulado «Debate: La amistad», emitido en el programa *Para todos La 2.* Visualízalo con atención desde el minuto 07:50 hasta el 11:00 y responde a las siguientes preguntas.

1 ¿Cuál es el tema de este debate? ¿Cómo lo has sabido?

2 ¿El debate que acabas de escuchar corresponde a un texto oral planificado o no planificado? ¿Es multidireccional o unidireccional? Justifica tu respuesta en cada caso.

3 Indica cuáles de las siguientes afirmaciones sobre el debate son falsas y corrígelas.

a. Pertenece al ámbito personal.

b. Para Francesc, el amigo debe ser capaz de compartir sus secretos.

c. Para la experta, el vínculo amistoso debe caracterizarse por el desinterés y por la capacidad de alegrarse de la felicidad del otro.

d. Para Aristóteles, el verdadero amigo es el que halaga y nunca te dice aquello que no queremos escuchar.

4 Escribe al menos tres ejemplos de uso del lenguaje no verbal por parte de los participantes en el debate.

5 Según la presentadora, no es lo mismo un conocido que un amigo. ¿En qué crees que se diferencian? Háblalo con tu compañero.

6 Según uno de los expertos, es muy importante que los amigos, además de halagarnos, sean capaces de ser críticos con nuestras actitudes.

a. ¿Qué crees que diferencia una crítica destructiva de una crítica constructiva? ¿Consideras que aceptas bien las críticas de los demás?

b. ¿Aplicas la autocrítica para mejorar como persona? Expón ante tus compañeros tres rasgos de tu personalidad de los que te enorgulleces y otros tres que te gustaría mejorar…

Escribir

1 A lo largo de esta unidad, has aprendido y reflexionado mucho acerca de la amistad. Pero ¿qué puedes aportar tú sobre esta cuestión? Elabora una infografía sobre la amistad. Para ello, sigue estos pasos.

a. Piensa en qué aspecto de la amistad quieres representar en tu infografía. Puedes hablar de la amistad en general, de un aspecto de la misma o, por ejemplo, representar tu círculo de amistades o lo que aprendiste tras haber resuelto un problema con un amigo.

b. Escribe oraciones relacionadas con el tema escogido. Ten en cuenta que han de ser breves y que deben poder leerse de forma independiente, ya que la infografía es un ejemplo de texto discontinuo.

c. Elige, entre todas las oraciones escritas, las que formarán parte de tu infografía.

d. Elabora, a partir de la selección realizada en el paso anterior, los bocetos de tu infografía. Puedes buscar en Internet más ejemplos de este tipo de textos para inspirarte, pero procura que tu diseño sea original.

e. Escoge uno de los diseños que has creado y pásalo a limpio. Recuerda que la infografía debe ser visualmente atractiva y, a su vez, muy explicativa. Si lo deseas, puedes elaborar la versión definitiva mediante alguna aplicación.

f. Comparte tu infografía con tus compañeros y analiza las que estos hayan elaborado; te ayudará a mejorar en tus futuros trabajos.

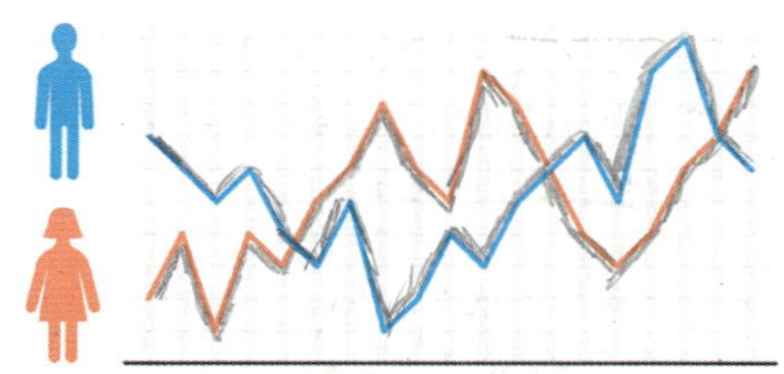

Hablar

2 Realiza un debate junto con tus compañeros. Para ello, sigue estas indicaciones.

a. Formad un grupo de tres compañeros y elegid un tema que conozcáis bien y que pueda suscitar alguna polémica o desacuerdo. Por ejemplo, qué deporte es más adecuado practicar para jóvenes de vuestra edad, si es mejor evaluar los conocimientos mediante exámenes o mediante trabajos, etc.

b. Determinad quiénes serán los participantes en el debate y quién ejercerá de moderador.

c. Empezad el debate. Para ello, el moderador se encargará de abrir el diálogo tras hacer una presentación breve del tema. Después, indicará a los interlocutores de cuánto tiempo disponen: tres minutos por persona.

d. El moderador da paso al primer participante y controla el tiempo. También debe asegurarse de que el debate se produce en los términos adecuados:

- sin interrupciones,
- sin que el tema se desvíe,
- sin faltas de respeto,
- etc.

e. Una vez alcanzado el tiempo máximo de intervención, el moderador da paso al segundo participante.

f. Cuando este ha agotado su tiempo, ambos participantes sintetizan sus posturas.

g. Finalmente, el moderador da por concluido el debate, tras haber realizado un breve resumen del mismo.

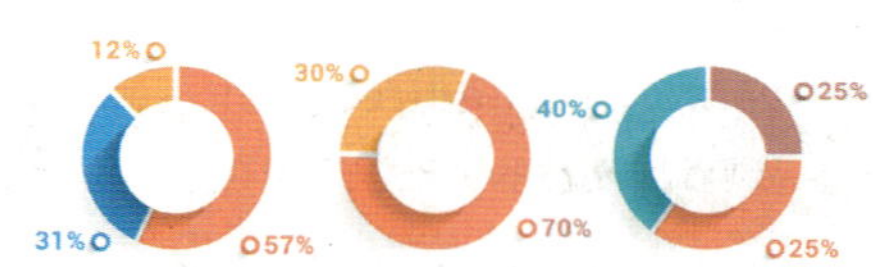

1 LAS MODALIDADES DE LOS ENUNCIADOS

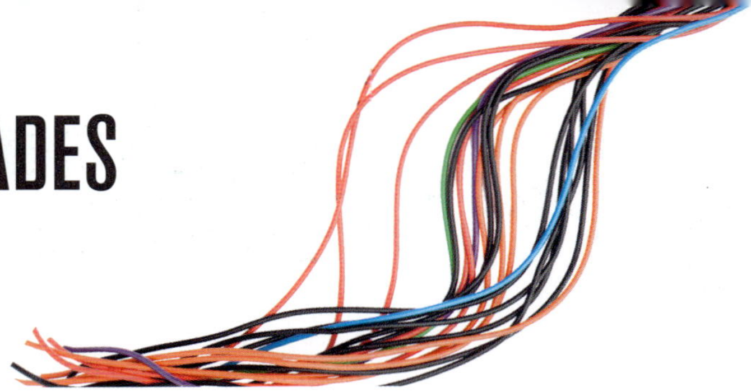

El **enunciado** es la unidad mínima de comunicación con sentido completo e independencia sintáctica. Los enunciados pueden ser no oracionales (sin verbo: *¡Cuidado!*) u oracionales (con verbo en forma personal: *Debes tener cuidado*). Ambos manifiestan la actitud del hablante.

A esta actitud del hablante se la llama **modalidad enunciativa** y a partir de ella encontramos los siguientes tipos de enunciados:

- **Enunciativos o aseverativos.** El emisor hace constar la existencia o no de una realidad o si se lleva a cabo una acción.
  - **Afirmativas.** *Ayer terminamos temprano. Día de ofertas.*
  - **Negativas.** *Ellos nunca llegan a tiempo. Nadie a la vista.*
- **Interrogativos.** El emisor hace una pregunta sobre la información que transmite el mensaje: *¿Qué hora es? ¿Hora?* En el caso de las oraciones, se distingue entre:
  - **Totales y parciales.** Las totales se contestan con sí/no: *¿Has oído la noticia?* Las parciales se responden con otra información: *¿Qué ha pasado?*
  - **Directas e indirectas.** Para las directas se utiliza la entonación que, en el plano escrito, se expresa por medio de signos de interrogación: *¿Esa es la noticia?* Las indirectas no se escriben entre signos de interrogación, pero van introducidas por un verbo de lengua, percepción o entendimiento *(decir, preguntar, querer saber...)*: *Quiero saber qué ha pasado.*
- **Dubitativos.** El emisor no tiene certeza sobre la información que transmite el mensaje. En muchos casos se utilizan verbos en subjuntivo, adverbios o verbos que expresan duda: *Quizá hoy sepamos la noticia.*
- **Exclamativos.** El emisor muestra una emoción intensa ante lo que dice: sorpresa, enfado, alegría... *¡Novedades! ¡Al fin ha ocurrido!* En el plano escrito se expresan por medio de signos de exclamación.
- **Desiderativos.** El emisor expresa un deseo, en la mayoría de los casos utilizando verbos en subjuntivo pero, también adverbios o verbos que expresan ese deseo: *Ojalá haya buenas noticias.*
- **Imperativos o exhortativos.** El emisor transmite una orden o petición al receptor: *Coge el periódico.*

Los enunciados **interrogativos** e **imperativos** están centrados en el **receptor**, pues esperan su respuesta. Los **dubitativos, desiderativos** y **exclamativos** se centran en el **emisor**, ya que expresan sus emociones. Los **enunciativos**, en cambio, hacen referencia a la **información transmitida**, o al **contexto** en el que se desarrolla la comunicación y se las asocia con la función representativa o referencial del lenguaje.

El adverbio *no*

El español permite combinar, sin que cambie el significado, el adverbio *no* con la presencia de otros elementos (adverbios y pronombres) que también tienen sentido negativo.

No ganó nadie el partido. No gano nunca los partidos.

2 FUNCIONES DEL LENGUAJE

Los enunciados cumplen funciones diversas según la relación que guardan con los elementos de la comunicación. La **función básica** resulta ser la **informativa** o **referencial,** gracias a la cual se representa algún aspecto de la realidad mediante el lenguaje. Pero dependiendo del tipo de texto y de la situación son frecuentes las **funciones relacionadas con el emisor y el receptor,** sobre todo cuando se encuentran cara a cara.

2.1 LA FUNCIÓN EMOTIVA O EXPRESIVA

Cuando el mensaje se centra en el emisor, decimos que usamos el lenguaje con una **función expresiva** o **emotiva.** Como su nombre indica, en estos casos el emisor manifiesta sus emociones, deseos, dudas...

De las modalidades enunciativas que hemos visto, están relacionadas directamente con esta función la **exclamativa, desiderativa** y **dubitativa.** Los elementos que la muestran son:

Enunciados exclamativos

- Entonación (en la escritura, usamos los signos ¡!).
- Palabras exclamativas: *qué, cuánto, cuándo...*

¡Qué buen resultado!

¡Han venido todos!

¡Cuánta gente!

Enunciados dubitativos

- Adverbios y expresiones de duda: *quizá(s), tal vez, a lo mejor...*
- Verbos que indican ausencia de certeza: *no sé si..., dudo de que...*

Quizás deberías madrugar más.

Tal vez mañana termine pronto.

No sé si estará contenta.

Enunciados desiderativos

- Adverbios y expresiones específicas de deseo: *ojalá.*
- Verbos específicos de deseo y modo verbal subjuntivo: *deseo, quiero, quisiera...*

Ojalá todo vaya bien.

Deseo que se cumplan todos tus sueños.

LAS INTERJECCIONES

Las **interjecciones** son palabras que equivalen a un enunciado entero o que se pueden colocar junto a una oración para formar un enunciado y, aunque pueden dirigirse al receptor, normalmente **expresan un sentimiento** o **estado de ánimo del emisor.** Se emiten con entonación exclamativa. *¡Ay!* (expresa dolor), *¡uf!* (expresa fastidio), *¡eh!* (sirve de llamada de atención)...

Algunas palabras se han convertido en interjecciones para **expresar estados de ánimo:** *¡vaya!* (expresa decepción), *¡bravo!* (expresa felicitación), *¡adelante!* (sirve para apremiar). A estas se las llama ***interjecciones impropias.***

Cuando imitamos un sonido de la realidad usamos **onomatopeyas.** Pueden tener un valor expresivo, si expresan un sonido humano. Muchas veces se usan en cómics o en los mensajes de texto para imitar esa realidad: *¡Buaaaaa! ¡Jajajaja!*

2.2 LA FUNCIÓN CONATIVA O APELATIVA

Cuando el mensaje se centra en el receptor, decimos que usamos el lenguaje con una **función conativa o apelativa.** Esta persigue provocar un cambio en la conducta del receptor o espera una contestación del mismo.

De las modalidades enunciativas que hemos visto, están relacionadas directamente con esta función la **interrogativa** y la **imperativa** o **exhortativa.** Los elementos que la muestran son:

El vocativo

En todas las modalidades enunciativas, se puede incluir a la figura del receptor usando una función llamada **vocativo.** Es un sustantivo que identifica al receptor y que llama su atención como destinatario del enunciado. Es habitual su uso como refuerzo de la función conativa o apelativa del lenguaje.

Pablo, *¿ha llegado tu prima?*

Profesora, *no sé si he hecho bien el ejercicio.*

Enunciados interrogativos

- Entonación (en la escritura, usamos los signos ¿?).
- Palabras interrogativas: *qué, cuánto, cuándo…*

¿Encontraste el libro?

¿Dónde estaba el libro?

¿Quién tenía el libro?

¿Un refresco?

Enunciados exhortativos o imperativos

- Entonación (suelen ir acompañadas de entonación exclamativa).
- Uso del imperativo (segunda persona) o subjuntivo (tercera persona, segunda persona tras negación o verbo de orden).
- Uso del infinitivo precedido por *a.*

¡Ven! ¡Corre!

Coge / Coged estos bolígrafos.

Que duerma / Que duerman.

Te ordeno que corras. ¡A correr!

¡Cuidado!

Los enunciados interrogativos pueden usarse para solicitar información del receptor: *¿Ha llegado Juan?* También es posible emplearlos, como los exhortativos, para pedir que el receptor realice una acción, aunque de forma más cortés. Compara, como sucede en:

¡Ven aquí! / ¿Podrías venir aquí?

Nombre y apellidos / ¿Nombre y apellidos?

Otra forma respetuosa de pedir que el receptor haga algo es expresándolo como un deseo.

Me gustaría que vinieras aquí.

Fíjate en que se mezcla la entonación interrogativa con el imperativo que sirve para dar órdenes. Pero en realidad lo que queremos es comprobar que se nos oye.

2.3 LA FUNCIÓN FÁTICA

Los enunciados que cumplen esta función se centran en el canal de transmisión y sirven para iniciar, continuar o finalizar la comunicación entre emisor y receptor. Por eso a esta función se la llama también **función de contacto.** En ella se utilizan diversas modalidades sobre todo la **enunciativa, exclamativa, exhortativa** e **imperativa.**

¡Adiós! enunciado no oracional con modalidad exclamativa.

¿Sabes? enunciado oracional con modalidad interrogativa.

2.4 LA FUNCIÓN REFERENCIAL

Es la función de aquellos enunciados que **informan** acerca de una situación de la realidad: *Ayer nevó en Aracena*. La modalidad elegida para esta función es la **enunciativa.**

Ahora bien, en los enunciados a pesar de que su función básica es la informativa o referencial, puede percibirse la presencia del emisor con elementos que manifiestan sus **sentimientos ante la realidad** mostrada: *Afortunadamente, nevó en Aracena aquel día; por suerte, no tuvimos lluvia el siguiente.* También sucede con el uso de ciertas terminaciones o adjetivos; así, *Es una tiendecita muy agradable,* por ejemplo, manifiesta el agrado del emisor por lo que cuenta.

La función referencial está presente en la **comunicación animal.** Así, el complejo sistema de danzas de la abeja permite comunicar la naturaleza y localización de la fuente de alimento.

2.5 LA FUNCIÓN METALINGÜÍSTICA

Un caso especial de función referencial, que parece específico del ser humano, es aquel que permite al lenguaje **referirse a sí mismo.** De este modo, cuando decimos, por ejemplo, *Una oración está formada por palabras,* usamos la lengua para explicar cómo es la propia lengua.

Meta es un **elemento compositivo** que significa 'acerca de'.

2.6 LA FUNCIÓN POÉTICA O ESTÉTICA

Es una función que puede acompañar a cualquiera otra de las funciones del lenguaje, e incluso eclipsar a las demás funciones cuando la intención del emisor es **embellecer el mensaje** por encima de cualquier otro propósito. Cualquier modalidad del enunciado puede servir para esta función en aquellos casos en que la forma en que se dice algo es más importante que el contenido que se transmite.

Los elementos que manifiestan esta función son los **recursos poéticos,** como el ritmo, las repeticiones, los juegos de palabras o el sentido figurativo de las palabras.

Función poética	Función referencial y conativa
Volverán las oscuras golondrinas en tu balcón sus nidos a colgar. 	Debes tener cuidado con la pared porque las golondrinas volverán a colgar sus nidos en tu balcón.
Antes que el tiempo airado cubra de nieve la hermosa cumbre.	Antes que la cabeza se cubra de canas por el paso del tiempo.
El jinete se acercaba tocando el tambor del llano.	El jinete se acercaba al galope. 

ACTIVIDADES

01 LOS ENUNCIADOS Y LAS FUNCIONES DEL LENGUAJE

Comunicación

1 La comunicación

1 Indica cuáles son los siguientes elementos de la comunicación en esta situación.

a. Emisor.
b. Receptor.
c. Mensaje.
d. Canal.
e. Código.
f. Situación o contexto.

2 ¿Qué problemas puede generar el hecho de que un emisor emita un mensaje en el siglo XII y que el receptor sea una persona del siglo XXI?

3 Fíjate en estas fotos y lo que expresa esta chica en cada caso mediante el lenguaje no verbal. Después, escribe un enunciado que podría haber dicho para transmitir el mismo mensaje.

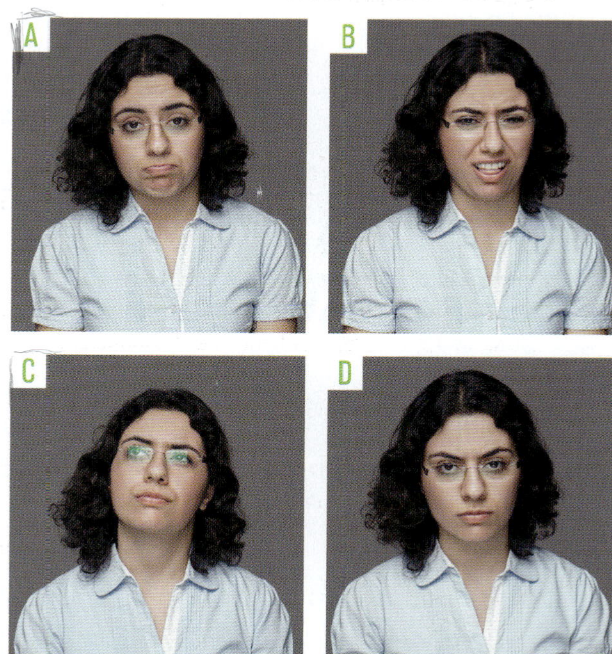

2 El texto

4 Indica cuál de los siguientes fragmentos pertenece a un registro coloquial y cuál corresponde a un registro formal.

a.

Papá:

He quedado con Iratxe. Volveré sobre las 22:00 h. He dejado unas croquetas en la nevera.

Tu hijo preferido :P

Coloquial.

b.

En caso de incendio:

1. Mantenga la calma.
2. Siga las instrucciones del personal.
3. Salga de la zona con rapidez, pero sin correr.
4. No use el ascensor.

- ¿A qué ámbito de uso pertenece cada texto?

5 Compón un breve texto coherente y cohesionado que contenga estos enunciados.

- Fui a casa de mi abuela.
- Es verano.
- Se llama Antonia.
- Me encantan las flores.
- El balcón estaba soleado.
- Prepara buenos bizcochos.

6 Imagina la conversación que pudo tener Soledad con uno de sus amigos tras saber que había ganado el certamen. Escríbela teniendo en cuenta las características de los textos orales espontáneos.

7 Lee este texto y explica por qué se trata de un texto oral planificado.

> Es un honor estar aquí esta noche, aunque quizá, como el gran maestro Riccardo Muti, no estoy acostumbrado a estar ante un público sin una orquesta detrás. Haré lo que pueda como solista. Anoche no logré dormir, pasé la noche en vela pensando en qué podía decir hoy aquí. Después de comerme todas las chocolatinas y cacahuetes del minibar garabateé unas pocas palabras pero dudo que haga falta referirse a ellas. Obviamente, estoy muy emocionado por el reconocimiento de la fundación.
>
> Leonard COHEN
> *Discurso de aceptación del Premio Príncipe de Asturias*

8 Forma un grupo con tres o cuatro compañeros y desarrollad un debate sobre uno de estos temas.

a. La igualdad.
b. Los estereotipos sociales.
c. La imagen en la sociedad.
d. La libertad de expresión.

9 ¿Qué es una infografía? Descríbela con tus propias palabras.

10 Lee el siguiente texto e indica qué elementos no verbales identificas en el mismo.

Se celebra la XII edición del certamen Dímelo con Colores

El concurso celebrado en Huesca busca reconocer el talento de los artistas aragoneses

Un año más, la ciudad de Huesca adquiere su carácter más bohemio para acoger, por decimosegundo año consecutivo, el **concurso de pintura al óleo** Dímelo con Colores.

Soledad Díaz, ganadora de la XI edición.

Los veinte finalistas seleccionados entre más de cien participantes se reunirán el 16 de febrero en la catedral oscense, donde dispondrán de **dos horas para realizar la obra** que podría resultar ganadora de los **2 000 euros de premio.**

11 En cuanto a la noticia de la actividad anterior, di si se trata de un texto continuo o discontinuo, determina a qué ámbito pertenece, y si su registro es formal o coloquial.

Lengua

1 Las modalidades oracionales

12 ¿Cuál es la modalidad de estos enunciados?

a. ¿Café? ~~Duda~~ interrogativo
b. Quizás tú puedas conseguirlo. dudidativa
c. Los resultados fueron poco satisfactorios. ~~Exorsasiva~~ Enunciativa
d. Acompaña a tu hermano, por favor. Exorsativa.

13 Indica qué tipo de interrogativa muestran las siguientes oraciones.

a. ¿Cuánto has gastado?
b. ¿Seguiremos juntos el curso próximo?
c. ¿Dónde ha ido Alicia?
d. Quería saber quiénes han entregado ya el trabajo.

14 Transforma las siguientes oraciones para que muestren la modalidad que se indica entre paréntesis.

a. ¡Esperadme, por favor! (desiderativa)
b. ¿Juan quiere que le compremos las entradas? (enunciativa negativa)
c. ¡Ojalá llegue Luis a tiempo! (dubitativa)
d. Te gustan mucho las películas. (interrogativa total indirecta)

15 Señala la modalidad de los enunciados en el siguiente texto. ¿Qué elementos te dan la clave para saberlo?

Al rato, el hijo mayor del anciano y actual dueño del arrozal salió a su encuentro.

—¿Tú te llevaste mi bolsa de monedas? —le preguntó en tono acusador.

—No, señor, la encontré en la calle —contestó Ling.

—¡Dámela, rápido! —le gritó.

Jorge Bucay
Déjame que te cuente
RBA

16 Fíjate en este aviso.¿Cuál es la modalidad oracional que predomina?

Animación a la lectura (infantil): abierta inscripción

Mié, 02/10/2013 - 03:10 | Juan

El próximo jueves 10 de octubre darán comienzo las actividades de animación a la lectura infantil que tendrán lugar en la Biblioteca Pública de Raíz del Pueblo, en La Oliva, todos los jueves de 17:00 a 18:00 horas y hasta el 19 de diciembre. Esta actividad, orientada a niños y niñas de 6 a 10 años es gratuita. Los interesados deben inscribirse en la Biblioteca de Raíz del Pueblo en horario hábil de la misma.

www.raizdelpueblo.org

17 Copia este texto en tu cuaderno y subraya en rojo las expresiones donde predomina la función emotiva o expresiva y en azul aquellas en las que predomina la función exhortativa.

Don Sacramento.—Usted tendrá que ser ordenado… ¡Usted vivirá en mi casa, y mi casa es una casa honrada! ¡Usted no podrá salir por las noches a pasear bajo la lluvia! Usted, además, tendrá que levantarse a las seis y cuarto para desayunar a las seis y media un huevo frito con pan…

Dionisio.—A mí no me gustan los huevos fritos…

Don Sacramento.—¡A las personas honorables les tienen que gustar los huevos fritos, señor mío! Toda mi familia ha tomado siempre huevos fritos para desayunar… Solo los bohemios toman café con leche y pan con manteca.

Dionisio.—Pero es que a mí me gustan más pasados por agua… ¿No me los podían ustedes hacer pasados por agua…?

Miguel Mihura
Tres sombreros de copa
Edelvives

2 Funciones del lenguaje

18 ¿Qué expresión indica la actitud del emisor ante lo que dice en cada oración?

a. Afortunadamente, todo terminó de forma satisfactoria.

b. Ese chico ha perdido el curso, por desgracia.

c. Han salido ya para Madrid, para tu tranquilidad.

d. Evidentemente, no se podrá conseguir el producto tan rápidamente.

e. No le contaron toda la verdad, probablemente.

19 En el siguiente texto, los verbos en cursiva están en modo subjuntivo, y eso puede indicar, según el caso, que la función es emotiva (deseo, duda…) o bien exhortativa (mandato). Señala cuál es el valor que predomina en cada uno de ellos.

Ojalá *lleguemos* a tiempo de coger el tren, porque dudo que con el siguiente lo *consigamos* y es el primer día de clase. No *vayas* por el camino de siempre; a ver si *pudiéramos* atajar por otro lado.

20 Indica una interjección que se pueda aplicar al emisor de cada una de estas situaciones comunicativas. ¿Cuáles de las que has utilizado se pueden considerar onomatopeyas?

A

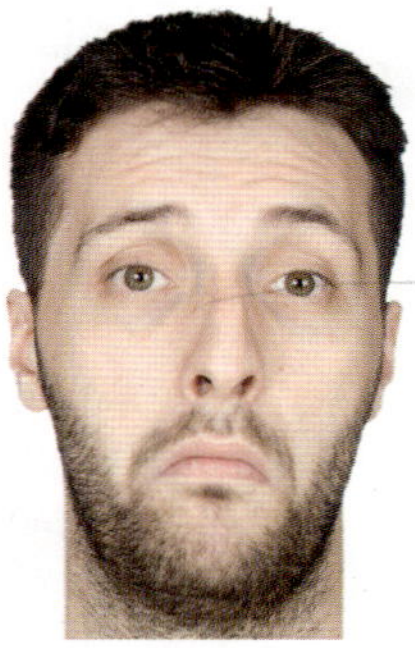

B

C

D

21 Expresa con diferentes grados de cortesía estas peticiones.

a. Que alguien te lleve a la estación en coche porque llueve.

b. Que un amigo que está a punto de dejar un curso de informática no lo haga.

22 En las siguientes oraciones, identifica, donde los haya, qué elementos realizan una función fática y qué elementos funcionan como vocativo. Indica también la modalidad de cada una de ellas y la función que predomina en cada caso.

a. Oye, Antonio, han cambiado la hora del examen.

b. Oiga, camarero, ¿puede traer más agua?

c. Mira, estará todo el día lloviendo, Ana.

d. Ojalá no tuviéramos que acarrear todas estas bolsas, hija mía.

e. ¡Eh! ¡Vuelve aquí ahora mismo, Juan!

23 Copia este texto en tu cuaderno y rodea todos los vocativos. A continuación, subraya en rojo dos enunciados de modalidad enunciativa que tengan función referencial y en azul dos donde, a pesar de dicha modalidad, se manifiesten las emociones del emisor.

—Bueno, la portada del manuscrito solo parece el pórtico de una catedral con el rosetón y las puertas abiertos —se excusó Nicholas.

—¿Abiertos a qué, NK? —insistió Carol.

—Abiertos al universo. Al menos eso parece.

Beth quiso participar en ese debate.

—Sí, yo también creo que el rosetón y las puertas están abiertos al universo. Pero creo que la catedral Kôt debe ser vista desde el interior y no desde el pórtico. Si fuese así, no se podría ver el cielo.

—Muy bien, Beth. Pero aún hay algo más en ese cielo.

—Claro que hay algo más, Carol. Hay estrellas, muchas estrellas —dijo Nicholas, casi de broma.

Rafael Ábalos
Kôt
Montena

Repaso

Francisco IBÁÑEZ: *Mortadelo y Filemón. El ordenador… ¡Qué horror!* Ediciones B.

1 ¿Has tenido un virus alguna vez en tu ordenador? Imagina que llamas al técnico para explicarle qué ha pasado y pedirle que lo arregle. ¿Cómo le explicarías el problema?

2 *Cucas* es una expresión coloquial para pesetas. ¿Sabes qué es la peseta? Por las características de los objetos que aparecen en el cómic como el ordenador y la televisión o la presencia de las pesetas, ¿de qué época crees que es el cómic?

3 Di cuáles son los elementos de la comunicación que rodean al mensaje: «¡Ah; tranquilo, yo se lo soluciono!».

4 El dueño del ordenador, en las distintas viñetas, manifiesta mediante la expresión de su cara dos emociones distintas. ¿Cuáles son y dónde aparecen?

5 En este texto aparecen interjecciones. Indica una interjección propia y una impropia.

6 Los enunciados exclamativos de la última viñeta, ¿son oracionales o no oracionales? ¿Por qué?

7 Señala cómo sabemos que un personaje está gritando.

8 Identifica en el texto dos ejemplos de oraciones de modalidad enunciativa. ¿Qué función del lenguaje manifiestan? ¿Por qué?

9 ¿Cuál es la modalidad que predomina en el texto? ¿Por qué crees que es así?

10 Hay un caso claro de oración centrada en el receptor, ¿cuál es? ¿Qué crees que pretende el emisor con esta oración? ¿Qué modalidad presenta, y de qué tipo es?

11 Justifica si *tranquilo* es un vocativo o no. Si no lo es, repite la oración incluyendo un vocativo en ella.

12 Introduce en el texto algún elemento que cumpla la función fática del lenguaje. ¿Por qué crees que está ausente en el fragmento?

13 Observa esta infografía y contesta.

a. ¿Cuáles son los enunciados no oracionales y cuál es la modalidad de cada uno de ellos?

b. ¿Cuál es la modalidad de los enunciados oracionales que aparecen como títulos de los apartados de la infografía?

c. ¿Qué tres funciones del lenguaje se manifiestan en el texto? ¿Cómo se reconoce cada una de ellas? Pon al menos un ejemplo.

d. ¿En qué parte de la infografía se hace referencia a la función fática del lenguaje?

14 Completa en tu cuaderno el siguiente esquema con las modalidades del enunciado. A continuación, defínelas y pon un ejemplo de cada tipo.

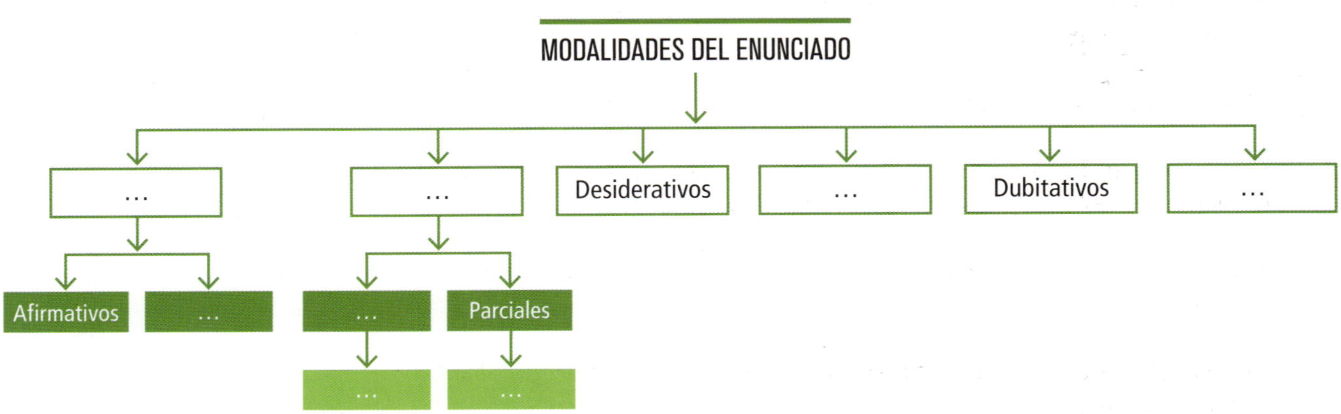

02 LAS UNIDADES DE LA LENGUA, EL SUSTANTIVO Y EL PRONOMBRE

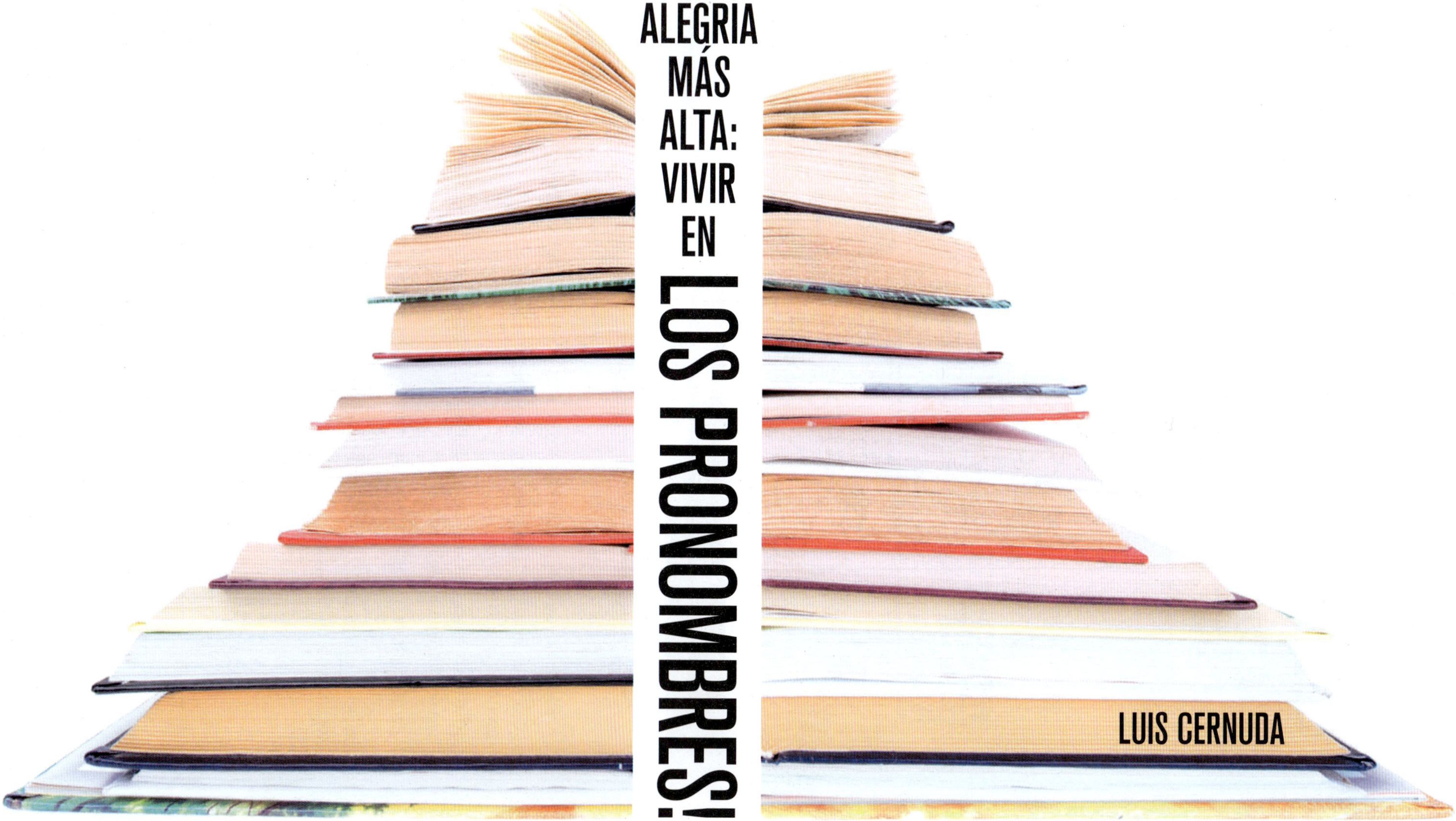

¡QUÉ ALEGRÍA MÁS ALTA: VIVIR EN LOS PRONOMBRES!

LUIS CERNUDA

PRE SEN TAR

INVASIÓN ALIENÍGENA

Es el año 2119. Una expedición alienígena visita nuestro planeta. Están aquí para conocer y copiar nuestra forma de nombrar las diferentes realidades y te han elegido a ti, por tus habilidades, para explicársela. Ponte manos a la obra y prepara una presentación multimedia para darles toda la información que precisan.

CO NO CER

UNA ENTREVISTA DE PREMIO

La Federación de Periodistas acaba de convocar el premio al rigor periodístico y tu jefa de redacción te ha propuesto hacer lo siguiente para que optes a ese galardón: tendrás que buscar en Internet una entrevista que te parezca interesante por algún motivo y adaptarla a un formato escrito, sin que se pierdan los matices que se transmiten en un medio audiovisual.

CREAR

PENTAGRAMA DE MORFEMAS

Vamos a crear un pentagrama un tanto particular. Elige dos enunciados de una canción española que te guste, uno oracional y otro no oracional. Después, idea un sistema de colores y piezas para descomponer todas las unidades que los forman, hasta llegar a los morfemas. ¿Qué tal te suena?

IN VESTI GAR

A LA CAZA DEL PRONOMBRE

Durante una semana, cámara en mano, vas a fotografiar o a recoger del modo que estimes oportuno, todos los carteles, anuncios, avisos, etc. que te encuentres a tu paso y que contengan pronombres. Después, entrarás en el laboratorio de las palabras y te dispondrás a identificarlos y clasificarlos siguiendo las rigurosas normas que existen para ello. Crea un archivo digital con toda esta información.

El siguiente texto corresponde a una entrevista. ¿Sabes cuál es el objetivo principal de las entrevistas?

https://www.sportlife.es/

Entrevista a Javier Fernández: así entrena el dos veces campeón del mundo

Entrevistamos a uno de los mejores patinadores del mundo: Javier Fernández [...]

¿Recuerdas tu primer día sobre la pista de hielo?

Realmente no me acuerdo del primer día que me puse los patines... Yo siempre iba con mis padres y mi pelota de fútbol a recoger a mi hermana. Y un día, ¡me decidí!

¿Quién fue la persona que te dijo que podías llegar lejos patinando?

Mis primeros entrenadores aquí en España fueron quienes primero vieron mi talento y me dijeron que —con mucho esfuerzo diario— podía llegar a ser un gran patinador.

¿Y tú les creíste?

(Sonríe). Eso llegó más tarde, después de mucho tiempo de haber empezado a patinar, cuando mejoraron mis resultados en las competiciones y empecé a darme cuenta de que a lo mejor sí que era verdad eso de que yo podía llegar a ser el gran patinador que mis entrenadores decían... uno de los mejores patinadores del mundo.

¿Cómo es un día de entrenamiento? ¿Cómo se complementan las horas que pasas sobre la pista de hielo?

A diario realizamos entrenamiento técnico y físico, tanto sobre el hielo como en el gimnasio, ya sea en la zona de pesas o en la de cardio. La concentración es muy importante, tenemos que centrarnos en los programas que tenemos que hacer todos los días y en todos los detalles que tenemos que mejorar. [...]

Año tras año, cambias tus coreografías y siempre emocionan... ¿Cómo lo consigues?

Buscamos coreografías y músicas que sean atractivas y que hagan sentir a los espectadores. Yo me decanto por transmitir lo que patino, más allá de la ejecución técnica, quiero dar la sensación de que soy el mismo personaje que estoy interpretando.

¿Qué otros deportes te gusta practicar?

Me gusta el fútbol, el béisbol, el frontón, el pádel, coger la bicicleta... Soy una persona muy activa, me gusta mucho el deporte. Intento aprender de todos los deportes. Siempre hay gestos, detalles, técnicas que pueden ayudarme a ser mejor patinador. [...]

¿Cómo te ves dentro de diez años?

Me veo siempre relacionado con el mundo del patinaje. Dando clases a niños, teniendo una escuela. [...]

www.sportlife.es/noticias

Leer

1 Indica si las siguientes afirmaciones sobre el texto son verdaderas o falsas. En el caso de las incorrectas, corrígelas para que sean ciertas.

a. Javier Fernández es campeón del mundo de patinaje sobre ruedas.

b. Tuvo que trabajar con varios entrenadores hasta que, por fin, vieron su talento.

c. Javier entrena diariamente tanto en la pista como fuera de ella.

d. Además del patinaje, Javier practica otros deportes, como el tenis o el fútbol.

2 ¿Por qué crees que puede resultar de interés una entrevista a este personaje?

3 ¿Qué recurso tipográfico se emplea para destacar las preguntas del entrevistado?

a. La cursiva.

b. Un tipo de letra más grande.

c. La negrita.

d. Ningún recurso.

4 Encuentra el texto que aparece entre paréntesis en la entrevista e indica qué función tiene o cuál es su significado.

5 Imagina que puedes hacerle otra pregunta a Javier Fernández. ¿Cuál sería? ¿En qué momento de la entrevista se la habrías hecho?

6 Un campo semántico es un conjunto de palabras con algún rasgo común de significado. Continúa el siguiente campo semántico con palabras del texto e indica a cuál pertenecen.

- Patinaje, fútbol, ...

7 En el texto aparece *cardio* para hacer referencia de forma abreviada a un tipo de entrenamiento. ¿A qué palabra compuesta corresponde? Búscala en el diccionario.

a. cardiología b. cardiovascular c. cardiocirujano d. cardiopatía

Sin faltas.com

8 ▶ Transforma estas preguntas de la entrevista siguiendo el ejemplo. Fíjate, sobre todo, en el uso de la tilde.

a. ¿*Cómo* lo consigues? ⟶ No sé cómo lo consigues.

b. ¿*Quién* fue la persona que te dijo que podías llegar lejos patinando?

c. ¿*Qué* otros deportes te gusta practicar?

d. ¿*Cómo* te ves dentro de diez años?

Opinar

9 Deportistas como Javier Fernández son un ejemplo de que, con trabajo, disciplina y dedicación, se puede llegar muy lejos en lo que a uno le apasiona.

a. ¿Crees que estos valores pueden resultarte útiles en otras esferas de tu vida? ¿En cuáles? Argumenta tu respuesta.

b. A Javier le encanta el patinaje, ¿y a ti, qué es lo que más te interesa en este momento? Explica por qué.

▶ Tilde en los pronombres interrogativos y exclamativos

Los pronombres interrogativos y exclamativos llevan tilde, incluso en las oraciones interrogativas indirectas:

¿Quién vive aquí?

Me pregunto quién vive aquí.

¡Qué maravilla!

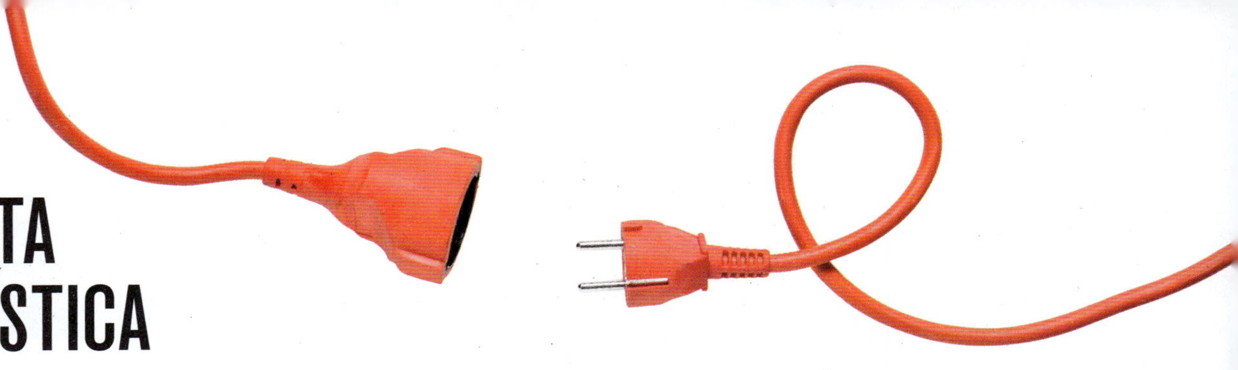

1 LA ENTREVISTA PERIODÍSTICA

La **entrevista** es un **diálogo** entre **dos o más interlocutores** que consiste, fundamentalmente, en el planteamiento de una serie de **preguntas** por parte de un **entrevistador** y en sus correspondientes respuestas por parte del **entrevistado.**

Las **entrevistas periodísticas** son las que se realizan para una determinada audiencia (ámbito público). Pueden ser **informativas** (relacionadas con hechos de actualidad), **de opinión** (interesadas por las ideas del entrevistado) y **de personalidad** (en las que se da a conocer la vida personal y profesional de un personaje determinado).

Las entrevistas, tanto las orales como las escritas, suelen presentar una **estructura** bastante similar; que se compone, por lo general, de las siguientes partes:

- **Introducción:** presentación del entrevistado.
- **Cuerpo** de la entrevista: es la parte principal que contiene las preguntas y respuestas. Se suele empezar con preguntas sencillas, con el objetivo de que el entrevistado se sienta cómodo, y, poco a poco, se plantean cuestiones más concretas o complejas. En ocasiones, las preguntas van precedidas de algún comentario, en el que el entrevistador muestra una opinión o resume algún tipo de información que resulta necesaria para la comprensión de la pregunta.
- **Conclusión** y cierre: el entrevistador expone una breve conclusión sobre lo que se ha hablado, agradece su participación al entrevistado y se despide de él.

Antes de realizar la entrevista propiamente dicha, el entrevistador debe elaborar un cuestionario siguiendo estos pasos:

- **Búsqueda de información** sobre el entrevistado o el tema que se tratará.
- **Definición de un guion** con los aspectos clave de los que se quiere extraer información.
- **Planteamiento del cuestionario** con un lenguaje claro y preciso, y preguntas tanto abiertas como cerradas.

1.1 LA ENTREVISTA ORAL

La **entrevista oral** permite identificar **características propias del lenguaje hablado,** como, por ejemplo, el uso de expresiones o gestos que desempeñan una **función fática** (con el fin de asegurar la fluidez del diálogo entre emisor y receptor), o la gran importancia que cobra el **lenguaje no verbal** (que complementa el contenido de la conversación).

Especialmente en la entrevista oral, el respeto del **turno de palabra** resulta de vital importancia; hay que dejar hablar al entrevistado antes de pasar a la siguiente pregunta.

1.2 LA ENTREVISTA ESCRITA

Como resultado de la elaboración escrita del género, existen dos **técnicas de redacción** fundamentales:

- Entrevista en **estilo directo.**

https://www.sportlife.es/

Entrevista a Javier Fernández: así entrena el dos veces campeón del mundo

Entrevistamos a uno de los mejores patinadores del mundo: Javier Fernández [...]

¿Recuerdas tu primer día sobre la pista de hielo?

Realmente no me acuerdo del primer día que me puse los patines... Yo siempre iba con mis padres y mi pelota de fútbol a recoger a mi hermana. Y un día, ¡me decidí!

¿Quién fue la persona que te dijo que podías llegar lejos patinando?

Mis primeros entrenadores aquí en España fueron quienes primero vieron mi talento y me dijeron que —con mucho esfuerzo diario— podía llegar a ser un gran patinador.

¿Y tú les creíste?

(Sonríe). Eso llegó más tarde, después de mucho tiempo de haber empezado a patinar, cuando mejoraron mis resultados en las competiciones y empecé a darme cuenta de que a lo mejor sí que era verdad eso de que yo podía llegar a ser el gran patinador que mis entrenadores decían... uno de los mejores patinadores del mundo.

¿Cómo es un día de entrenamiento? ¿Cómo se complementan las horas que pasas sobre la pista de hielo?

A diario realizamos entrenamiento técnico y físico, tanto sobre el hielo como en el gimnasio, ya sea en la zona de pesas o en la de cardio. La concentración es muy importante, tenemos que centrarnos en los programas que tenemos que hacer todos los días y en todos los detalles que tenemos que mejorar. [...]

Año tras año, cambias tus coreografías y siempre emocionan... ¿Cómo lo consigues?

Buscamos coreografías y músicas que sean atractivas y que hagan sentir a los espectadores. Yo me decanto por transmitir lo que patino, más allá de la ejecución técnica, quiero dar la sensación de que soy el mismo personaje que estoy interpretando.

¿Qué otros deportes te gusta practicar?

Me gusta el fútbol, el béisbol, el frontón, el pádel, coger la bicicleta... Soy una persona muy activa, me gusta mucho el deporte. Intento aprender de todos los deportes. Siempre hay gestos, detalles, técnicas que pueden ayudarme a ser mejor patinador. [...]

www.sportlife.es/noticias

Titular

Resume algún aspecto de la entrevista.

Presentación o entradilla

Se introduce al personaje o el tema del que se habla.

Fotografía o reportaje fotográfico

Presenta visualmente a la persona entrevistada o el tema.

Cuestionario o cuerpo de la entrevista

Contiene las preguntas y respuestas que se pueden identificar claramente, por ejemplo, con el uso de distintas tipografías. Pueden aparecer valoraciones del periodista y preguntas abiertas y cerradas.

- Entrevista en **estilo indirecto.** Este fragmento de una entrevista a Agnes Kamya es un ejemplo de este estilo.

https://elpais.com/

«En el flamenco me reconocí. Me dije: esto soy yo»

[...] Aunque ahora escribe guiones —su primera película, *Imani* (2010), dirigida por su hermana, ha cosechado nueve premios internacionales—, ella es ingeniera de Caminos, Canales y Puertos. «Los padres africanos siempre quieren que sus hijos estudien algo que les proporcione un empleo seguro y que ayude a construir el país», apunta mientras sostiene un té turco que, concentrada en el recuento de su vida, se queda frío. Hasta Sevilla la trajo el flamenco, un arte que le ayudó a superar un bache creativo y que ha inspirado ya dos de sus trabajos. [...]

Descripción o información sobre la entrevistada.

Estilo directo: cita enmarcada entre comillas.

Uso de verbos de habla o verbos *dicendi* para informar de quien interviene.

Estilo indirecto: narración de sucesos del personaje entrevistado.

Escuchar

Frente a las entrevistas escritas, las orales permiten advertir otros aspectos del entrevistado que el texto no siempre puede transmitir. ¿Qué crees que puede aportar una entrevista realizada en un medio audiovisual frente a una escrita?

Busca en YouTube la entrevista a Teresa Perales en el programa *Late Motiv,* del canal #0. Visualízala con atención hasta el minuto 03:56 y responde a las siguientes preguntas.

1 ¿Cuántas preguntas que forman parte de la entrevista en sí le hace el entrevistador a Teresa? ¿Son abiertas o cerradas?

2 ¿Qué función tienen el resto de preguntas que surgen en la conversación? Escribe alguna de ellas.

3 Responde brevemente a estas preguntas sobre las características de esta entrevista.

a. ¿Se realiza una presentación de Teresa?

b. ¿Cuál es la finalidad de esta entrevista?

c. ¿Se respetan, durante la entrevista, los turnos de palabra?

d. ¿El entrevistador consulta un guion durante la conversación?

4 Al inicio de la entrevista, se afirma que Teresa es la atleta española «más laureada». Busca en Internet el significado y el origen de esta expresión.

5 Imagina que el fragmento de entrevista que has escuchado se va a adaptar a un medio escrito. Selecciona una pregunta y una respuesta y escríbelas en estilo indirecto.

6 En un momento de la entrevista, Teresa bromea al afirmar que, como atleta paralímpica, tiene una ventaja, ya que solo debe preocuparse por controlar los brazos al nadar. Reflexiona y responde a estas preguntas.

a. ¿Por qué dice esto? ¿Describirías a Teresa como una persona optimista?

b. ¿Crees que el humor es, en algunos casos, una buena estrategia para afrontar los obstáculos? Relata algún ejemplo extraído de tus propias vivencias.

Escribir

1 Como sabes, no solo se realizan entrevistas a personajes famosos, sino, también, a personas especializadas en un tema, motivo por el que pueden aportar información relevante al respecto. Sigue estos pasos para escribir una entrevista en estilo directo a un personaje ficticio especialista en los bonobos.

a. Busca información sobre estos animales, pues, para elaborar la entrevista, harás tanto de entrevistador como de entrevistado.

b. Escribe una lista con los datos sobre estos animales que te resulten más interesantes o poco conocidos.

c. Elabora el cuestionario con preguntas abiertas y cerradas. Ten en cuenta que solo puedes plantear cuestiones de las que conozcas la respuesta.

d. Repasa todo lo que has aprendido sobre estos animales y responde a las preguntas del cuestionario en voz alta.

e. Graba tu voz con algún dispositivo electrónico para facilitar la transcripción de la entrevista.

f. Redacta la entrevista, siguiendo las características del estilo directo. Para ello, copia las preguntas del cuestionario y transcribe las respuestas que has registrado con el dispositivo. Ten en cuenta que debes adaptarlas al medio escrito, por lo que puedes omitir repeticiones, añadir información sobre el lenguaje no verbal entre paréntesis, etc.

g. Repasa el resultado y corrige todos los errores que encuentres.

h. Representa la entrevista ante la clase con la ayuda de un compañero: uno leerá las preguntas y el otro las responderá.

Hablar

2 Seguro que has escuchado alguna vez la frase que dice que cada persona es un mundo. ¿Te gustaría conocer un poco mejor a alguno de tus compañeros? Formad parejas y entrevistaos siguiendo estos pasos.

a. Piensa en lo que ya sabes sobre el compañero a quien vas a entrevistar y en aquello que desconoces y, por tanto, te gustaría saber: sus intereses, su personalidad, sus amistades, su familia, etc.

b. Define un guion con los aspectos clave de los que quieres extraer información, teniendo en cuenta lo que has pensado en el paso anterior.

c. Plantea el cuestionario, en el que debes incluir preguntas abiertas y cerradas. Sobre todo, no olvides ser respetuoso y no formular preguntas comprometidas o que invadan la privacidad de tu compañero.

d. Realiza la entrevista ante la clase: recuerda que debes seguir tu guion y respetar el turno de palabra.

e. Cuando termines serás tú quien deberá responder al cuestionario de tu pareja.

f. Una vez presentadas y escuchadas todas las entrevistas, haced una valoración sacando los aspectos positivos y los aspectos en los que haya que mejorar .

1 LAS UNIDADES DE LA LENGUA

Fíjate en este fragmento del texto inicial y en las unidades que podemos distinguir en él.

> Entrevista a Javier Fernández: así entrena el dos veces campeón del mundo
>
> Entrevistamos a uno de los mejores patinadores del mundo: Javier Fernández, dos veces campeón mundial y cinco veces campeón de Europa [...]
>
> ¿Recuerdas tu primer día sobre la pista de hielo?
>
> Realmente no me acuerdo del primer día que me puse los patines... Yo siempre iba con mis padres y mi pelota de fútbol a recoger a mi hermana. Y un día, ¡me decidí!

- Enunciado no oracional
- Oración
- Texto
- Grupo sintáctico
- Palabra
- Morfema

Los **enunciados,** como unidades comunicativas mínimas, pueden ser **oracionales** o **no oracionales.** Los primeros constan de un verbo en forma personal y los segundos, no. En ambos casos, están compuestos por **grupos** o sintagmas, y estos, a su vez, por **palabras.** Las palabras, finalmente, están formadas por **morfemas,** que son de diferentes tipos.

ENUNCIADOS ORACIONALES → estructura → oraciones

ENUNCIADOS NO ORACIONALES → estructura → grupos

oraciones — formadas por — grupos

PALABRAS → formadas por → morfemas → tipos:

- Raíces o bases → aportan → Significado léxico básico
- Afijos → tipos:
  - Derivados → aportan → Significado léxico para crear una palabra nueva
  - Flexivos → aportan → Significado gramatical necesario para combinar las palabras

1.1 LAS CLASES DE PALABRAS

Una **palabra** es una parte de un enunciado que se separa del resto por dos blancos en la escritura (que representan posibles pausas cuando hablamos).

Las palabras, según sus funciones y su significado, **se clasifican en clases,** también llamadas categorías gramaticales, como se indica en la siguiente tabla:

Clases de palabras	Características	Ejemplos
Sustantivo	Designa **personas, animales, realidades materiales** y **entidades inmateriales** (como ideas, sentimientos, relaciones, acciones, etc.).	*doctora, Nakamura, agua, pez, libros, belleza, amor*
Adjetivo	Expresa una **cualidad** o una **relación** del elemento al que acompaña.	*paneles solares, casas grandes, libro divertido*
Determinante	**Presenta y actualiza al sustantivo**, incluyendo en ocasiones alguna información sobre él.	*la contaminación, su vida, tantos lugares, diez años, cualquier estado*
Pronombre	Sirve para referirse a los **participantes de la comunicación** o para **sustituir al sustantivo** y las **palabras** que lo acompañan.	*yo, me, esto, este, nadie, ello*
Verbo	Expresa **acciones, estados** o **procesos.**	*subir, correr, estudiar, estar, crecer*
Adverbio	Expresa **tiempo, modo, manera, cantidad...**	*allí, cerca, ayer, muy, tan, así, tranquilamente*
Preposición	**Une palabras** o **grupos de palabras** añadiendo información sobre cómo se relacionan: pertenencia, situación, etc.	*Precisamos de una mayor potencia de salida.*
Conjunción	Sirve como **nexo,** para unir palabras, grupos de palabras y oraciones que pueden o no estar en una relación de dependencia.	*Es inteligente y estudioso. Su vida útil es infinita y no hace falta mantenimiento. Aunque grites, no te oirá.*
Interjección	Expresa **asombro, dolor, alegría, saludo,** etc. y equivale por sí misma a un enunciado.	*¡Hola!, ¡Ay!, ¡Uff!, ¡Vaya!*

CLASIFICACIÓN DE LAS CATEGORÍAS GRAMATICALES

Las clases de palabras o categorías gramaticales se dividen atendiendo a su **forma** y su **significado.**

CLASIFICACIÓN DE PALABRAS SEGÚN ADMITAN O NO CAMBIOS EN SU FORMA

- **Variables:** admiten cambios de forma.
  - Sustantivo
  - Pronombre
  - Verbo
  - Adjetivo
  - Determinante
- **Invariables:** no admiten cambios de forma.
  - Adverbio
  - Preposición
  - Conjunción

CLASIFICACIÓN DE PALABRAS SEGÚN EL TIPO DE SIGNIFICADO

- **Léxico:** se refieren a la realidad.
  - Sustantivos
  - Verbos
  - Adjetivo
  - Algunos adverbios
- **Gramatical:** relacionan las palabras y oraciones.
  - Algunos adverbios
  - Determinantes
  - Preposiciones
  - Pronombres
  - Conjunciones

2 EL SUSTANTIVO

El **sustantivo** designa **personas, animales, realidades materiales** (lugares, objetos, situaciones...) y **entidades inmateriales** (ideas, sentimientos, relaciones...). Es una palabra variable que manifiesta las categorías de **género** y **número.**

2.1 EL GÉNERO DE LOS SUSTANTIVOS

El género de las palabras se suele confundir con la referencia a una realidad con diferencias biológicas. El **género** es una característica gramatical que **no siempre se corresponde con una diferencia de sexo.** Fíjate que, a diferencia de *hija* o *chicas*, no existe **películo* o **años*. Muchas palabras solo pueden tener **un género.**

> Tengo un hijo con una discapacidad, pero él tiene nueve años y los chicos que aparecen en la película son ya mayores.
>
> www.revistaclapp.com

En algunas palabras, las terminaciones en *-o* y *-a* no siempre ponen de manifiesto el género, que puede, en estos casos, identificarse gracias a la concordancia: *el teorema resuelto, la mano abierta.*

En el caso de los **sustantivos que designan seres vivos** que poseen sexo, los diferenciamos con el género de diversas formas:

- Cambiando la **terminación** de la palabra:

Masculino	Femenino		
Terminaciones en *-o:* hijo, diablo, gallo	*-a:* hija	*-esa:* diablesa	*-ina:* gallina
Terminaciones en *-e:* presidente, tigre, héroe	*-a:* presidenta	*-esa:* tigresa	*-ina:* heroína
Terminaciones en *-tor:* actor		*-triz:* actriz	
Terminaciones en *consonante:* león, juglar, zar	*-a:* leona	*-esa:* juglaresa	*-ina:* zarina

- Usando palabras diferentes para masculino y femenino: *hombre/mujer, yerno/nuera, caballo/yegua, toro/vaca*. Son los llamados **heterónimos.**
- Añadiendo un determinante: *el/la futbolista, el/la aspirante*. Suelen ser sustantivos que acaban en *-a* y en *-nte* y se denominan **sustantivos de género común.**

> El mar. La mar.
> El mar. ¡Solo la mar!
>
> ¿Por qué me trajiste, padre,
> a la ciudad?
>
> Rafael Alberti
> *Marinero en tierra*
> Biblioteca Nueva

En el caso de los **sustantivos de género epiceno,** designan a ambos sexos de un ser vivo a pesar de ser masculinos o femeninos. Para distinguirlos, se añade la palabra *macho* o *hembra* si son animales: *la serpiente macho/hembra; el esturión macho/hembra*.

En el caso de los **seres inanimados, la alternancia de género en un sustantivo indica un cambio en el significado,** como diferencia de tamaño (*barca* y *barco*), el árbol y el fruto (*naranjo* y *naranja*), etc.

Hay sustantivos de género **ambiguo,** que tanto en su forma como en su significado no tienen diferencia de género, pero pueden concordar tanto en masculino como en femenino: *el margen/la margen*.

2.2 EL NÚMERO DE LOS SUSTANTIVOS

Cuando empleamos un sustantivo nos podemos **referir a un elemento** (singular) **o a varios** (plural).

El español tiene varias formas para **indicar el plural**, que dependen del sonido en que termine la palabra en singular. Normalmente se obtiene añadiendo la terminación ***-s*** o ***-es*** a la forma en singular.

Singular	Plural
Palabras terminadas en **vocales no acentuadas** y *-á, -é, -ó: casa, sofá, café, capó.*	Se añade *-s: casas, sofás, cafés, capós.*
Palabras terminadas en *-í, -ú, y: sí, rey.*	Se suele añadir *-es: síes, reyes.* En algunos caben ambas posibilidades: *bisturís* o *bisturíes.*
Palabras terminadas en **consonantes** y palabras **agudas acabadas en** *-s, -x: camión, tos, francés.*	*-es: camiones, toses, franceses.*
Palabras no agudas terminadas en *-s, -x: lunes, tórax.*	-Ø (se quedan igual): *los lunes, los tórax.*

2.3 LOS TIPOS DE SUSTANTIVOS SEGÚN SU SIGNIFICADO

Los sustantivos se dividen en dos grandes bloques: comunes y propios.

- Los **sustantivos propios** (*Antonio, Madrid...*) sirven para referirse a una persona, animal, objeto o lugar determinado. No tienen plural, pero en ocasiones se utilizan en plural para señalar a todos los que presentan el mismo nombre propio: *Los Antonios de la familia hacen una gran fiesta para su santo.*

  Si se trata de apellidos, suelen tener la misma forma para singular y plural, cambiando el determinante: *Vinieron a la fiesta todos los García.*

- Los **sustantivos comunes**, que designan a todos los miembros de una clase de seres, pueden a su vez dividirse por su significado en:

Concretos	Indican realidades que se perciben por los sentidos: *ruido, zumo...* 	Abstractos	No indican realidades materiales, sino acciones, conceptos y cualidades que se perciben o se sienten: *justicia, satisfacción...*
Contables	Se pueden contar y, por tanto, admiten plural y cardinales: *dos libros, primer momento...*	No contables	Se pueden medir, pero no contar: *café, harina...* 
Individuales	En singular, designan a un único objeto o ser: *mesa, montaña...*	Colectivos	En singular, designan a un conjunto de seres u objetos: *colección, rebaño...*

Más que el número

Los morfemas de plural no siempre indican una variación en el número de elementos.

Los **sustantivos abstractos** no son contables. Cuando los utilizamos en plural o con numerales, nos referimos a su manifestación concreta: *Sus amistades (amigos) nunca lo abandonan.*

Hay sustantivos que **solo tienen forma singular** (*sed*) y otros que **siempre aparecen en plural** (*fauces*).

Algunos **cambian su significado** si los usamos en plural o singular (*esposa-esposas, celo-celos*).

En el caso de los **objetos que tienen dos partes,** es indiferente usar el plural o singular (*el pantalón/los pantalones*: en una oración como *Se me han roto los pantalones* no queda claro si se ha roto una prenda o varias).

Locuciones sustantivas

Las locuciones son **conjuntos** de palabras cuyo significado no se corresponde con la suma de las palabras que las forma, por lo que funcionan como si fueran una sola: *ojo de buey,* es un tipo de ventana, *media naranja* se refiere a la pareja ideal, *brazo de gitano* es un tipo de dulce.
En este caso son **locuciones sustantivas,** pues equivalen a **sustantivos** en función y significado.

3 LOS PRONOMBRES

Los **pronombres** forman una clase de palabras que **no tiene un significado fijo,** sino que **dependen del contexto** en el que aparecen. Así, por ejemplo, si decimos *lo quiero,* la palabra *lo* se refiere a «aquello que se quiere», de modo que puede aludir a cualquier realidad que se deduzca de la situación o se haya citado antes.

3.1 LOS PRONOMBRES PERSONALES

Son pronombres que **se refieren a personas** o **realidades** según su papel en la comunicación:

- Los pronombres personales de **primera** y **segunda persona** se utilizan para representar a los participantes que han de estar presentes (ya sea en contacto directo o a distancia) para que tenga lugar: emisor y receptor.
- La **tercera persona** sirve para representar aquella persona o realidad que que no participa en la situación de comunicación, por lo que puede sustituir a cualquier sustantivo o grupo de palabras que rodea al sustantivo:

Luis llamó por teléfono.
El profesor llamó por teléfono. → *Él llamó por teléfono.*
El empleado que trajo el paquete llamó por teléfono.

Las formas de los pronombres personales son:

	Singular	Plural
1.ª persona	*yo, me, mí, conmigo*	*nosotros, nosotras, nos*
2.ª persona	*tú, usted, te, ti, contigo*	*vosotros, vosotras, ustedes, os*
3.ª persona	*él, ella, ello, le, la, lo, se, sí, consigo*	*ellos, ellas, les, las, los, se, sí, consigo*

La forma ***ello,*** que llamamos **neutra** por no ser masculina ni femenina, se refiere a una **situación** o **conjunto de acontecimientos:**

Precisamos de una mayor potencia de salida en el mecanismo tecnológico, y ya se está trabajando en ello.

Otra **forma neutra** es ***lo,*** que se usa en lugar de *ello* cuando **recibe la acción:**

Sus amigos llegaron todos tarde a la fiesta y mi amiga lo vio fatal.

Los pronombres ***usted*** o ***ustedes*** se usan como **formas de respeto.** Aunque son de segunda persona, el **verbo** con el que aparecen está **conjugado en tercera persona** y los otros **pronombres** que pueden referirse a él también son de **tercera persona:**

Le voy a dar a usted el documento ahora mismo.

▶ Pronombres y tilde

Muchos pronombres llevan o no tilde para **distinguirlos de otras palabras.** A este tipo de tilde se la llama **tilde diacrítica.**

- *sí* (pronombre y afirmación); *si* (condición).
- *él* (pronombre); *el* (determinante).
- *mí* (pronombre); *mi* (determinante posesivo).
- *tú* (pronombre); *tu* (determinante posesivo).
- *se* (pronombre); *sé* (verbo *saber*).
- *te* (pronombre); *té* (bebida).
- *Ti* no lleva nunca tilde, pues no es necesario diferenciarlo.

3.2 OTROS PRONOMBRES

LOS PRONOMBRES DEMOSTRATIVOS

Los pronombres demostrativos **sustituyen a un nombre** y, además, **aportan información** sobre su situación en el espacio con respecto al emisor.

Sirven para señalar los elementos del contexto a los que el hablante se refiere. Los tres grados que muestran se relacionan con la **cercanía** al hablante *(este/a/os/as/o)*, cercanía al oyente o **distancia intermedia** del hablante y el oyente (*ese/a/os/as/o)* y **lejanía** con respecto al hablante y al oyente *(aquel/la/los/las/lo)*.

Las **formas específicas neutras** *esto, eso, aquello* equivalen a objetos, acciones, situaciones o hechos a los que nos referimos y siempre son pronombres: *Piensa eso. Esto no está bien.*

También se pueden usar para señalar lo que se ha dicho o se va a decir en el texto o conversación. Para eso se puede usar además el personal *ello* o *lo*.

Sus amigos siempre llegaban tarde y eso no le gustaba.

LOS PRONOMBRES NUMERALES E INDEFINIDOS

Los **pronombres numerales** son aquellos que indican una **cantidad exacta:** *Cuatro fueron los estudiantes que sacaron sobresaliente.*

Los **pronombres indefinidos** son aquellas formas que señalan **cantidades aproximadas**, cuando no acompañan al sustantivo: *Algunos chicos llegaron tarde, pero otros llegaron a tiempo.*

Son siempre pronombres indefinidos las siguientes formas, que remiten a realidades no definidas: *alguien, algo, nadie, nada.*

LOS PRONOMBRES INTERROGATIVOS Y EXCLAMATIVOS

Ocupan el lugar de un **sustantivo** en las oraciones interrogativas y exclamativas:

¿Qué has comprado? ¿Has comprado un libro?

¡Cuánto has conseguido!, ¡Has conseguido mucho apoyo!

LOS POSESIVOS Y NUMERALES ORDINALES

Los **posesivos** (*mío-a-os-as, tuyo-a-os-as, suyo-a-os-as...*) y los **numerales ordinales** (*primero-a-os-as, segundo-a-os-as...*) pueden **sutituir a un nombre,** pero, a diferencia de otros pronombres, **necesitan estar acompañados por el, la, los, las, lo,** al igual que sucede con los adjetivos: *Si no tienes coche, te presto el mío. Hemos quedado los terceros en la carrera.*

ACTIVI DADES

02 LAS UNIDADES DE LA LENGUA. EL SUSTANTIVO Y EL PRONOMBRE

1 Las unidades de la lengua

1 Indica qué palabra de cada fila es sustantivo, adjetivo, verbo o adverbio.

Alegre	Alegrar	Alegría	Alegremente
Cercano	Cerca	Cercanía	Acercar
Atrás	Atraso	Atrasar	Atrasado
Cariñosamente	Cariño	Cariñoso	Encariñarse

2 Clasifica las palabras de este fragmento según sean variables o invariables.

> **¿Cómo piensas que puede el deporte ayudar a las personas con discapacidad?**
>
> El deporte bien entendido nos puede ayudar a todos. Esa idea de espíritu de sacrificio y de equipo que sí se conserva en la película se ha perdido a día de hoy.
>
> http://www.revistaclapp.com

3 Copia e indica una conjunción en cada uno de los siguientes ejemplos.

a. Cansado, pero feliz.

b. Llegaron y se marcharon rápidamente.

c. ¿Vienes o vas?

d. Le compraré una bufanda, aunque quizás no le guste.

e. Ni llamó por teléfono ni dejó mensaje alguno.

2 El sustantivo

4 Copia los sustantivos del texto. Señala de un color los masculinos y de otro color los femeninos. ¿Hacen referencia algunos sustantivos a realidades en las que sea necesario diferenciar el sexo con el género? Indica si tienen marca de género o si hay que deducirla según el artículo que puede ir delante de ello.

> Por la mañana, como cada día, Sara se prepara el desayuno en la cocina mientras mira las noticias. Sobre todo le interesa la previsión meteorológica, pero solo la de a corto plazo. Ahí está: mañana por la noche, ninguna nube, temperaturas agradables.
>
> Care Santos
> *Deseo de chocolate*
> Planeta

5 Pon tres ejemplos de sustantivos comunes y epicenos. ¿Qué tipo crees que es más frecuente?

6 Busca en el texto todos los sustantivos masculinos que se refieran a realidades con diferencia de sexo y conviértelos en femeninos. ¿Qué mecanismo has utilizado para marcar la diferencia?

Spiridon Louis (Maratón)

Corredor griego ganador de la medalla de oro en el maratón de los primeros Juegos Olímpicos de la era moderna en 1896. Louis se convirtió en un héroe nacional al obtener la única victoria griega en una disciplina clásica.

[...] Fue presidente honorario de la delegación griega de los Juegos Olímpicos de Berlín 1936.

http://listas.20minutos.es/

7 Lee este texto y contesta.

Aquellos cuya forma masculina acaba en *-o* forman normalmente el femenino sustituyendo esta vocal por una *-a: bombero/bombera, médico/médica, ministro/ministra, ginecólogo/ginecóloga.* Hay excepciones, como *piloto, modelo* o *testigo,* que funcionan como comunes: *el/la piloto, el/la modelo, el/la testigo.* [...] También funcionan normalmente como comunes los que proceden de acortamientos: *el/la fisio, el/la otorrino.* [...] Los que acaban en *-e* tienden a funcionar como comunes, en consonancia con los adjetivos con esta misma terminación, que suelen tener una única forma (*afable, alegre, pobre, inmune,* etc.): *el/la amanuense, el/la cicerone, el/la conserje, el/la orfebre, el/la pinche.*

www.rae.es

a. Según el texto, señala cuál sería la forma correcta para un hombre y una mujer que:

1. Dirige aviones.
2. Posa con ropa en una pasarela.
3. Aporta su testimonio en un juicio.
4. Ejerce la medicina cuidando garganta, nariz y oído.
5. Realiza visitas guiadas con turistas.

b. ¿Cómo se crearían, según estas instrucciones, las formas femeninas para *el peluquero* y *el teniente*?

8 Explica si cada uno de estos sustantivos es común, epiceno o ambiguo.

a. periodista
b. jirafa
c. mar
d. estudiante

9 Indica si las palabras subrayadas tienen variación de género para referirse a realidades de distinto sexo.

a. La víctima era joven.
b. ¿Tienes pareja?
c. El futbolista llegó justo a tiempo.
d. Invitarán a los cónyugues.

10 Explica la diferencia de significado en cada par de palabras.

a. el corte / la corte
b. el parte / la parte
c. el cólera / la cólera
d. el cámara / la cámara

11 Identifica en el siguiente texto las formas de plural e indica cómo siguen la norma de formación de plurales. A continuación, localiza los sustantivos singulares y escribe cómo sería la forma de plural.

¿Cuándo y por qué empezó a interesarle el cerebro?

Estudiaba Psicología, pero me fascinaba saber cómo pensamos, cuáles son nuestras emociones y cómo eso se refleja en el cerebro. Los conocimientos de las teorías psicológicas no alcanzaban a responder esas preguntas.

www.elpais.com

12 Clasifica los sustantivos de este texto en concretos y abstractos. ¿Con qué sentido se perciben los concretos?

Aquel relato mostraba los recuerdos, los pensamientos y las emociones de Holden, su confusión, su tristeza y su sentido del humor. Lo cierto es que no podía evitar identificarme con él, y muchas de las cosas que expresaba el personaje, aunque yo nunca las hubiera pensado, pasaban a ser mías al segundo siguiente de leerlas.

César Mallorquí
Las lágrimas de Shiva
Edebé

13 Compara el significado que tienen las palabras subrayadas en plural de las siguientes oraciones con su correspondiente singular. ¿Qué cambios observas?

a. Es un partido en dos tiempos.
b. Los cafés que nos trajeron estaban fríos.
c. Las harinas de trigo le provocan dolor de estómago.
d. Las luces estaban apagadas.

14 Reescribe las siguientes oraciones cambiando el número de los sustantivos subrayados. Di en qué casos resulta:

- imposible
- indiferente
- un cambio de significado
- un cambio de cantidad

a. Con esas tijeras no podrás cortar el papel bien y luego tendrás que pegarlo con celo.
b. El pantalón me daba calor y tuve que buscar una fuente para calmar la sed.
c. Disfruta de las vacaciones y ten mucho cuidado.
d. ¿Has visto mis gafas de buceo?

15 Lee el siguiente texto y trata de dar una explicación a la situación que se plantea con el uso del género femenino en los nombres de grados militares.

La RAE ha puesto muy alto el listón de la exigencia, no solo para quienes elaboran guías sobre el uso no sexista del lenguaje, sino para los propios académicos que deberían mostrar el mismo interés en revisar su propio *Diccionario.* En él encontramos fosilizados usos y términos cargados de sexismo. Les propongo que busquen, por ejemplo, los grados militares. ¿Por qué si *soldada, generala* o *sargenta* son palabras que acoge el diccionario para designar modismos anticuados como el de la mujer del militar, o para definir, en el caso de *sargenta,* una mujer corpulenta y hombruna, no pueden ser utilizados para nombrar lo evidente: a las mujeres que ocupan esos puestos en la carrera militar?

Fue sorprendente la recomendación de la Fundéu –fundación asesorada por la RAE– sobre el término *soldada.* Reconocía que era una palabra bien formada aunque recomendaba no usarla mientras no se extendiese su uso, sin saber cómo se puede lograr lo segundo si aceptamos lo primero.

https://elpais.com/

3 Los pronombres

16 En este poema de Pedro Salinas aparecen el emisor y el receptor representados en pronombres. ¿Cuáles son?

Para vivir no quiero
islas, palacios, torres.
¡Qué alegría más alta:
vivir en los pronombres!

Quítate ya los trajes,
las señas, los retratos;
yo no te quiero así,
disfrazada de otra,
hija siempre de algo.
Te quiero pura, libre,
irreductible: tú.
Sé que cuando te llame
entre todas las gentes
del mundo,
solo tú serás tú.
Y cuando me preguntes
quién es el que te llama,
el que te quiere suya,
enterraré los nombres,
los rótulos, la historia.

Antología poética del Grupo del 27
(ed. de Vicente Gaos)
Cátedra

17 ¿A qué o a quién se refieren los pronombres subrayados en cada una de estas situaciones?

a. La chica morena le da la mano.

b. Lo han colocado abierto sobre la mesa.

c. Él está de pie.

d. Todos lo miran.

e. Ellos llevan todos corbata.

f. Solo ella las tiene cruzadas.

18 Localiza en el siguiente texto los pronombres personales e indica a quién hacen referencia.

¿Recuerdas tu primera ilustración? ¿Qué te movió a hacerla?

Sí, una de las primeras era un personaje femenino con el pelo naranja sobre un flamenco azul. Supongo que entonces no estaba tan preocupada por qué era lo que estaba contando con ello, eran dibujos fantasiosos y dibujaba por diversión. Cuando me matriculé en Ilustración y conocí trabajos de otros autores fue cuando realmente fui consciente de lo que es ser ilustradora y de la importancia de cómo disponer las figuras o los colores en la página, o de cómo puede definirte lo que quieres contar.

19 Copia estas oraciones y subraya qué pronombres son neutros.

a. Aquello se olvidó hace mucho tiempo.

b. Hemos comprado unos regalos y eso nos ha ocupado varios fines de semana.

c. Su hermana quiere comprar una casa nueva en el mismo barrio pero él no se lo aconseja.

d. Vieron a Pedro en el cine ayer, pero nadie lo contó.

20 Identifica si los pronombres subrayados se refieren al emisor o receptor del texto, o a un sustantivo que aparezca en él. En este caso, indica cuál.

P.—Tengo entendido que hará en su discurso una defensa de la fantasía.

R.—Cuando haces conversaciones con esto (señala la grabadora), puede que las cosas no queden tan... Va por ese camino, pero no es eso. Se titula *En el bosque*.

P.—Ah, ¿y habrá trasgos y duendes?

R.—¿En mi discurso?, no. Ya los hay en la Academia (claro que lo dice en broma), pero a mí no me han hecho nada, eh, me han tratado muy bien. El discurso es una exposición de todo lo que me ha llevado hasta ese día, que al principio me asustaba tanto; qué ha sido y qué es para mí escribir. Aunque tampoco es eso, no sé: cuesta mucho expresarse, de ahí también la necesidad de la literatura.

P.—Una mujer única. Ana María, usted misma ha señalado su diferencia respecto al común del género femenino.

R.—Diferente de las mujeres y de los hombres. Yo cuando pienso, no los distingo: pienso en la gente.

www.elmundo.es

21 Copia y completa la tabla incluyendo solo aquellas formas de pronombres personales que distinguen entre masculino y femenino.

Pronombres personales		Masculino	Femenino
Singular	1.ª persona	...	...
	2.ª persona	...	...
	3.ª persona	...	...
Plural	1.ª persona	...	...
	2.ª persona	...	...
	3.ª persona	...	...

22 Coloca la tilde en los casos en que el pronombre la necesite.

—Si le ayudas a cogernos, ¿que pasará con nuestra llave? ¿Crees que te la dará a ti? Se la quedará el, no te quepa duda. No creo que le guste tener que depender de ti cada vez que quiere activar la esfera.

Ana Alonso y Javier Pelegrín: *La ciudad infinita*. Anaya

23 Identifica los pronombres demostrativos y di cuál es su género y su numéro.

a. Esta mañana salieron temprano y se olvidaron esto en casa.

b. No le digas nada a esa, que es una chismosa.

c. Estos son los amigos de los que te hablé.

d. Aquella ocasión fue mucho más importante que esta.

24 Describe las imágenes utilizando varios pronombres indefinidos y numerales.

25 Inventa cinco preguntas en las que utilices pronombres interrogativos para realizar una entrevista a:

a. Un alumno que ha obtenido un premio en las Olimpiadas Matemáticas.

b. Un investigador farmacéutico.

c. Un atleta que ha participado en los Juegos Paralímpicos.

26 Indica el tipo de los pronombres subrayados, y si tienen variación de género, número y persona.

—¡Me alegra encontrar a alguien por estos parajes solitarios! —dijo el caballero con una voz hueca y enlatada, aunque jocosa. Su rostro quedaba oculto tras un yelmo coronado por un ramillete de plumas encarnadas.

Junco se puso en pie con cuidado de que Narbolius no quedara despachurrado entre su vestimenta, carraspeó y contestó:

—Decidme en qué puedo ayudaros y tendréis en mí a vuestro más humilde servidor.

La armadura del caballero brilló como el sol que se reflejó de súbito en ella.

Rafael Ábalos: *El visitante del laberinto*. Montena

www.educaciontrespuntocero.com/entrevistas/xuxo-ruiz-maestro-mago/72120.html

Xuxo Ruiz, el maestro mago: «La escuela tiene que ser una experiencia única y mágica»

Por Regina de Miguel
12 febrero, 2018

¿Te imaginas dando clase a tus alumnos utilizando la magia? Es posible y, de hecho, es uno de los métodos que utiliza Xuxo Ruiz Domínguez, docente en el CEIP Sebastián de la localidad Albaida del Aljarafe (Sevilla). Lleva utilizando la magia casi 20 años y ha plasmado toda su experiencia en el libro *Educando con Magia* (Narcea Ediciones).

Hemos hablado con él sobre esta curiosa obra, pero además de cómo la magia es un recurso para el aula con infinitas posibilidades para el aula y de cómo esta favorece los procesos de enseñanza y aprendizaje. ¡No te la pierdas!

¿De dónde le viene su interés por la magia y cómo surge la idea de introducirla en clase?

Comencé a utilizar la magia de forma esporádica. Al principio era únicamente como diversión y para captar la atención de mis alumnos. Luego, poco a poco me di cuenta de que era un recurso increíble y con mucho potencial para no solo captar esta atención. Después de años de estudio probando multitud de «magias» con estudiantes de diferentes edades, etapas y colegios pude compilar todas estas experiencias en mi libro *Educando con Magia* (Ediciones Narcea): enseño que la magia se puede utilizar para resolver conflictos, enseñarles conceptos y habilidades comunicativas, repasar contenidos de manera divertida, desarrollar su pensamiento matemático, motivarles, aumentar su autoestima, reducir la tensión en el aula...

¿Se puede educar con magia? ¿Cuál es el lado mágico de la educación?

Se puede y se debe de educar con magia. Creo que la educación tiene que ser algo mágico y, para los niños, pasar por la escuela tiene que ser una experiencia inolvidable, única y mágica. La educación tiene un lado mágico y son los alumnos, ellos aprenden pero a su vez nos enseñan. Por eso, para mí, esa relación entre profesor y alumno es tan mágica porque nos enseñamos mutuamente a llevar cada día de forma diferente y a vivir experiencias nuevas y mágicas. Y lo más importante: a ser felices.

1 ¿Qué frase elegirías del texto, en lugar de la que aparece en el título, para ilustrar la idea principal del texto?

2 Escribe tres preguntas más que querrías hacer a Xuxo Ruiz si fueras el entrevistador. Después, a partir del texto, intenta hacer un párrafo que incluya un comentario y parte del diálogo.

3 ¿A qué categoría pertenecen estas palabras del texto? ¿Son variables o invariables? ¿Tienen un significado léxico o gramatical?

a. tus

b. experiencia

c. sobre

d. curiosa

e. enseño

4 Di si estos sustantivos del texto son de género gramatical, de género común o si modifican su forma al cambiar de género: magia, alumnos, docente, recurso, colegios, estudiantes, niños.

5 En la introducción de la entrevista aparecen tres pronombres personales diferentes. Señala cuáles son, en qué persona y número están y a qué se refieren.

6 En el fragmento «ellos aprenden pero a su vez nos enseñan. Por eso, para mí, esa relación entre profesor y alumno es tan mágica porque nos enseñamos mutuamente», hay dos pronombres de primera persona del plural que se refieren a grupos distintos. Explica esa diferencia.

7 ¿Por qué la entrevistadora utiliza la tercera persona *le* en la pregunta que dirige a Xuxo?

8 En el texto hay otros pronombres, como *esta* y *algo*. ¿De qué tipo son?

9 Imagina que un niño pequeño dice: «Como soy un niño, no soy una persona, sino un persono». ¿Cómo se explica su confusión? ¿Qué le dirías?

10 Escribe a partir de tu experiencia tres consejos que darías a alguien que no ha hecho nunca una entrevista.

11 Recapitula lo aprendido sobre la entrevista indicando:

a. Definición. Partes de la entrevista.

b. Cómo prepararla.

c. Cómo redactarla

12 Justifica por qué se acentúan o no las palabras subrayadas en este párrafo:

> **No han podido hacer <u>más</u>. <u>Sé</u> que sin <u>ti</u> no rinde el equipo como cuando <u>tú</u> estás en <u>él</u>, así que si puedes no te ausentes el próximo día.**

13 Explica tres situaciones en que usarías un nombre propio en plural, e ilústralas con ejemplos.

14 ¿Qué unidades de medida utilizarías para poder contar los siguientes sustantivos no contables?

a. El tiempo.

b. La harina.

c. La luz.

d. La arena.

15 Escribe una oración que contenga:

a. Un pronombre personal que designe al emisor.

b. Un pronombre posesivo masculino plural.

c. Un pronombre indefinido que designe a una persona.

d. Un pronombre demostrativo neutro.

e. Un pronombre numeral.

16 Completa el siguiente esquema con definiciones y ejemplos de lo que has aprendido.

CLASES DE PALABRAS

- Variables
  - …
  - …
- Invariables
  - …
  - …
- Léxicas
  - …
  - …
- Gramaticales
  - …
  - …

03 EL DETERMINANTE Y EL ADJETIVO CALIFICATIVO

LA GENEROSIDAD ES DISCRETA, SILENCIOSA, ANÓNIMA Y RESPETUOSA

NORA RODRÍGUEZ

PRE SEN TAR

RECICLAJE EN GRUPO

Tu agencia de publicidad ha sido contratada para realizar una campaña que explique el uso de los diferentes contenedores de reciclaje. Sorprendentemente, el cliente te advierte de que, si no empleas en tu propuesta, como mínimo, 20 grupos nominales y otros tantos grupos adjetivales, no dará por bueno tu trabajo y, por lo tanto, no lo remunerará. Todo un reto…

CO NO CER

VIDEOBLOG MARCIANO

La Agencia Espacial Internacional nos ha encargado un tutorial que sirva a los astronautas de la próxima expedición a Marte con el fin de relatar sus vivencias en un videoblog. Nos tenemos que documentar al menos en cinco fuentes diferentes para elaborar el material que ilustrará a los cosmonautas para llevar a cabo este apasionante videoblog con sus experiencias.

CREAR

ADJETIVOS VIAJEROS

Una agencia de viajes próxima a nuestro centro ha solicitado nuestra colaboración para que les ofrezcamos la descripción de los cinco destinos preferidos por gente de nuestra edad. Si conseguimos que en esas descripciones aparezcan todos los casos de adjetivos que se explican en la unidad, nos recompensarán con una apetecible sorpresa…

IN VESTI GAR

DETERMINANTES IMPORTANTES

Una vez más, el Laboratorio de las Palabras nos ha encargado una comprobación científica: demostrar la importancia de los determinantes. Para ello, por grupos, tendremos que elegir cinco textos de ámbitos y tipologías diferentes, eliminar de ellos los determinantes, pasárselos a otro equipo y ver si es capaz de restituirlos correctamente. Después, elaboraremos las oportunas conclusiones según lo que hayamos observado.

Con Internet, se han creado todo tipo de plataformas que han generado formas particulares de transmitir y consumir información. ¿Podrías dar algún ejemplo?

https://www.unavalencianaenmexico.com

Biografía | Galería de imágenes | Contacto

Las impresionantes cabezas colosales

Cristina Martín | 13 de noviembre de 2018 a las 19h12

Etiquetas: Arte precolombino, Cultura olmeca, Historia

México nunca deja de sorprenderme. Sí, ya lo sé, me repito mucho, hasta el punto de que muchas de mis publicaciones contienen, casi literalmente, esta misma frase. Pero es la verdad. Como sabéis los que me leéis desde hace tiempo, llevo viviendo aquí más de tres años y puedo decir sin miedo a equivocarme que cada día descubro algo nuevo, tanto del país como de mí misma.

En este caso, el hallazgo tiene que ver con una de mis pasiones: la denominada «cultura precolombina». Ya dediqué otro artículo a repasar algunas nociones básicas sobre el arte precolombino en México, pero, en esta entrada, me voy a centrar en el arte olmeca y, en concreto, en las espectaculares cabezas colosales.

Todo empezó cuando decidí visitar el Parque-Museo La Venta, en Villahermosa (Tabasco). Ya *in situ*, durante la visita, me dejé llevar por la naturaleza del lugar (se trata de un museo al aire libre de unas seis hectáreas), que genera una experiencia única al combinarse con la gran variedad de piezas arqueológicas expuestas.

Entonces, de pronto, me encontré con ella. La imponente cabeza colosal n.º 1, de la que tomé cientos de fotos. Nunca había visto nada parecido y, al volver a casa, me puse a buscar información como una loca sobre estas impresionantes esculturas... Leer más

1 comentario:

Víctor Rey dijo...

¡Qué interesante, Cristina! Desconocía la existencia de estas increíbles esculturas. Muchas gracias por descubrírmelas.

Hola, soy Cristina, ¡bienvenido a mi blog!

Aquí encontrarás todo tipo de información sobre México. Te la cuento yo, una valenciana de 24 años que se trasladó a este bello país para aprenderlo todo sobre su historia y su cultura, y que terminó quedándose por su gente.

Sígueme en mis redes sociales

hablo de...

Arte moderno (4)
Arte precolombino (8)
Cultura maya (12)
Cultura olmeca (6)
Curiosidades (7)
Gastronomía (12)
Historia (14) Otros (4)
Personal (5) Recetas (6)
Tradiciones (9)

También puedes leerme en...

SABOR A MÉXICO
La web sobre gastronomía mexicana

Leer

1 Completa las siguientes afirmaciones generales sobre el texto.

a. La autora del blog es…

b. El título del blog es…

c. El tema principal sobre el que trata el blog es…

d. La entrada que se visualiza en pantalla aporta información sobre…

2 Define con tus propias palabras en qué consisten los blogs.

3 Indica cuáles de las siguientes afirmaciones son falsas. Luego, corrígelas.

a. Las cabezas colosales pertenecen al arte maya.

b. Cristina puede decir que le da miedo descubrir cosas.

c. El Parque-Museo La Venta se encuentra al aire libre.

d. La impresión que causó en Cristina la cabeza colosal n.º 1 motivó su posterior investigación sobre el tema.

4 Indica dónde deberías hacer clic para llevar a cabo las siguientes acciones.

a. Contactar con la autora del blog.

b. Leer todos los artículos sobre curiosidades.

c. Saber más sobre la autora y lo que hace.

d. Leer el artículo completo sobre las cabezas colosales.

5 Busca información sobre las cabezas colosales y completa la entrada de Cristina en un mínimo 150 palabras. No olvides añadir un texto a modo de cierre.

6 ¿Qué significa la expresión *in situ* que aparece en el penúltimo párrafo del artículo? Escribe una oración que la contenga y, después, sigue el mismo procedimiento con los siguientes latinismos: *a priori, alter ego* e *in fraganti.*

Sin faltas.com

7 ▶ Relaciona cada término en inglés con su equivalente en castellano.

link •	• artículo
password •	• enlace
post •	• conectado
online •	• contraseña

Los extranjerismos

Recuerda que, en un texto, si quieres usar un extranjerismo (es decir, una palabra propia de otra lengua) que no dispone de alternativa en castellano, debes destacarlo en cursiva o escribirlo entre comillas, como: *link, password, ballet,* etc.

Opinar

8 Cristina afirma que, desde que se mudó a México, todos los días descubre algo nuevo «tanto del país como de mí misma».

a. ¿Qué crees que quiere decir con esto? ¿Consideras que aprender cosas sobre otras culturas puede favorecer el autoconocimiento?

b. En parejas, conversad sobre experiencias que os hayan permitido conoceros mejor a vosotros mismos.

1 EL BLOG Y EL VIDEOBLOG

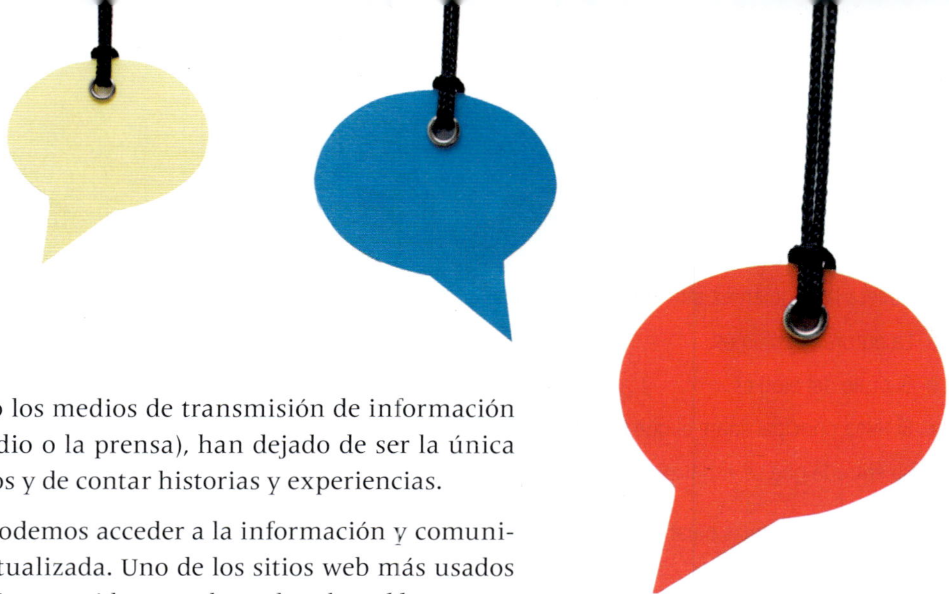

Actualmente, los libros, así como los medios de transmisión de información tradicionales (la televisión, la radio o la prensa), han dejado de ser la única manera de adquirir conocimientos y de contar historias y experiencias.

Desde la invención de Internet, podemos acceder a la información y comunicarnos de forma más rápida y actualizada. Uno de los sitios web más usados para hacerlo son los **blogs,** también conocidos con el nombre de *weblogs* o *cuadernos de bitácora*.

Los blogs son **páginas web** desde las que uno o más autores, llamados *blogueros,* crean y difunden **contenidos multimedia** sobre **temas generales.**

Los contenidos que se suben a un blog —textos, fotografías o vídeos— se denominan **entradas** y se muestran al receptor siguiendo un **orden cronológico inverso,** del más reciente al más antiguo.

Por su parte, los **lectores** tienen la posibilidad de **interactuar** con el contenido que se publica: valorarlo positiva o negativamente, compartirlo con otros usuarios, escribir comentarios, etc.

1.1 EL VIDEOBLOG

El **videoblog** o **vlog** es un subtipo de blog, formato que se ha convertido en uno de los recursos de publicación en línea más conocidos por los usuarios de la red.

Se puede definir como un **conjunto de vídeos,** realizados por un autor (o varios) y publicados en una página web.

A la hora de **realizar un videoblog,** hay que tener en cuenta los siguientes aspectos:

- **Tema.** Deben tratarse temas de interés con el fin de atraer al mayor número de personas posible.
- **Duración.** Hay que prestar atención a la duración, pues un vídeo muy breve puede parecer insustancial y, por el contrario, un vídeo demasiado extenso puede resultar pesado para los espectadores.
- **Destinatarios.** Conviene definir el tipo de personas a quienes se dirigirá el vlog (edad, formación, grado de conocimiento sobre el tema, etc.) para elegir los recursos y el estilo apropiados para el mismo.
- **Recursos.** Hay que escoger adecuadamente los recursos y las herramientas con los que transmitir el mensaje, como el empleo de música de fondo y de imágenes que apoyen las explicaciones. Además, conviene gesticular y moverse con naturalidad.

1.2 EL BLOG características y escritura del blog

Mientras que el videoblog posee un componente principalmente audiovisual, el **blog** tradicional se fundamenta en el **texto escrito.**

Comparte con el videoblog sus **características básicas,** que se adaptan a los **rasgos propios del lenguaje escrito;** sin embargo, el cuaderno de bitácora presenta unas **características específicas** en cuanto a su **diseño y estructura,** las cuales se analizan a continuación.

https://www.unavalencianaenmexico.com 2

UNA VALENCIANA EN MÉXICO 3

4 Biografía | Galería de imágenes | Contacto

1 **Las impresionantes cabezas colosales**

Cristina Martín | 13 de noviembre de 2018 a las 19h12

Etiquetas: Arte precolombino, Cultura olmeca, Historia

México nunca deja de sorprenderme. Sí, ya lo sé, me repito mucho, hasta el punto de que muchas de mis publicaciones contienen, casi literalmente, esta misma frase. Pero es la verdad. Como sabéis los que me leéis desde hace tiempo, llevo viviendo aquí más de tres años y puedo decir sin miedo a equivocarme que cada día descubro algo nuevo, tanto del país como de mí misma.

En este caso, el hallazgo tiene que ver con una de mis pasiones: la denominada «cultura precolombina». Ya dediqué otro artículo a repasar algunas nociones básicas sobre el arte precolombino en México, pero, en esta entrada, me voy a centrar en el arte olmeca y, en concreto, en las espectaculares cabezas colosales.

Todo empezó cuando decidí visitar el Parque-Museo La Venta, en Villahermosa (Tabasco). Ya *in situ,* durante la visita, me dejé llevar por la naturaleza del lugar (se trata de un museo al aire libre de unas seis hectáreas), que genera una experiencia única al combinarse con la gran variedad de piezas arqueológicas expuestas.

Entonces, de pronto, me encontré con ella. La imponente cabeza colosal n.º 1, de la que tomé cientos de fotos. Nunca había visto nada parecido y, al volver a casa, me puse a buscar información como una loca sobre estas impresionantes esculturas... Leer más

7

1 comentario:

8 **Víctor Rey dijo...**

¡Qué interesante, Cristina! Desconocía la existencia de estas increíbles esculturas. Muchas gracias por descubrírmelas.

Hola, soy Cristina, ¡bienvenido a mi blog! 5

Aquí encontrarás todo tipo de información sobre México. Te la cuento yo, una valenciana de 24 años que se trasladó a este bello país para aprenderlo todo sobre su historia y su cultura, y que terminó quedándose por su gente.

Sígueme en mis redes sociales

hablo de... 6

Arte moderno (4)
Arte precolombino (8)
Cultura maya (12)
Cultura olmeca (6)
Curiosidades (7)
Gastronomía (12)
Historia (14) Otros (4)
Personal (5) Recetas (6)
Tradiciones (9)

También puedes leerme en...

SABOR A MÉXICO

La web sobre gastronomía mexicana

2 URL

Dirección web del blog, a través de la cual es posible acceder al mismo.

3 Título

Indica, por lo general, el tema del que trata el blog.

4 Menú

Conjunto de opciones que permiten al usuario consultar unos contenidos concretos.

5 Información complementaria

Además de las entradas, el blog puede mostrar información y recursos complementarios, como una breve presentación del autor o enlaces a sus redes sociales.

6 Etiquetas o *tags*

Palabras clave con las que se identifican y clasifican las entradas publicadas en el blog.

7 Botones de interacción

Para compartir la entrada, valorarla o comentar.

8 Comentarios

Espacio destinado a los lectores, que pueden aportar, respetuosamente, sus opiniones y puntos de vista sobre la entrada en cuestión.

1 Entrada o post

Se compone de los siguientes elementos estructurales:

- Título
- Autor y fecha de publicación
- Etiquetas asociadas
- Contenido del artículo

Escuchar

Gracias al blog de Cristina, hemos aprendido algo nuevo acerca de México. ¿Sobre qué otro país te gustaría conocer más cosas? ¿Preferirías hacerlo por escrito o a través de un vídeo? Argumenta tu respuesta.

Busca en YouTube, en el canal de Nekojitablog, el videoblog titulado «10 curiosidades de Japón explicadas». Visualízalo con atención hasta el minuto 03:05 y responde a las siguientes preguntas.

1 ¿Cuál es el objetivo principal del vídeo?

a. Explicar qué función tienen diez elementos presentes en Japón o en su cultura.

b. Informar sobre diez noticias de actualidad sobre el país nipón.

c. Enseñar diez palabras curiosas de la lengua japonesa.

d. Conocer la vida y la personalidad de Ernesto y Yuko, sus protagonistas.

2 ¿En cuántas partes se estructura el videoblog hasta el minuto visualizado? ¿Cuál es el contenido de cada una de ellas?

3 Elabora una lista con todas las funciones que tiene el *noren* según se explica en el vídeo que has visto.

4 Ernesto comete un lapsus linguæ durante una de sus explicaciones. Busca información sobre el significado de este latinismo e indica de cuál se trata.

5 Justifica si, en tu opinión, el vídeo que has visualizado cumple con los cuatro aspectos que se deben tener en cuenta al realizar un videoblog.

a. Tema

b. Duración

c. Destinatarios

d. Recursos

6 Como Yuko y Ernesto cuentan en su vídeo, es frecuente que, al visitar un lugar distinto al nuestro, nos fijemos en todo tipo de detalles que no entendemos o que nos resultan extraños o chocantes.

a. ¿Cuál consideras que es la mejor actitud que se puede tomar ante lo desconocido?

b. Qué aspectos propios de tu cultura crees que podrían resultar llamativos para un extranjero? ¿Por qué?

Escribir

1 El blog de Cristina, *Una valenciana en México,* está cosechando un gran éxito, por lo que se le ha ocurrido contar con la ayuda de otra persona para publicar más contenido. ¿Te animas? Sigue estos pasos.

a. Elige un tema relacionado con México que pueda identificarse con alguna de las etiquetas que aparecen en el blog de Cristina (curiosidades, gastronomía, historia…).

b. Busca información sobre el tema escogido y anótala.

c. Repasa toda la información que has estudiado acerca del blog y sus características, pues vas a tener que escribir una entrada sobre el tema seleccionado a partir de las anotaciones que has realizado.

d. Redacta tu texto teniendo en cuenta que una de las características del blog es su carácter personal; por lo tanto, puedes añadir valoraciones y experiencias propias.

e. Realiza una búsqueda de imágenes en Internet y selecciona las que vas a utilizar para ilustrar tu artículo.

f. Utiliza un procesador de textos y pasa a limpio tu artículo. Incluye las imágenes escogidas y el resto de elementos estructurales de una entrada de un blog (título, fecha, autor, etiquetas asociadas…).

g. Corrige las faltas de ortografía, si las hay.

Hablar

2 Imaginad que queréis contar a alumnos de otros países cómo es la vida de un alumno de vuestra edad en el instituto y cuál es su rutina. En grupo, realizad un videoblog en el que contaréis cómo es un día en la vida de unos alumnos de 1.º de la ESO.

a. Formad grupos de entre tres y cuatro alumnos.

b. Definid entre todos, antes de preparar el guion del videoblog, qué aspectos queréis tratar y cómo los vais a reflejar. Podéis hablar de los horarios de las comidas, del horario de las clases, de vuestras asignaturas y actividades extraescolares, etc.

c. Elaborad el guion de vuestro vídeo. Para ello, debéis repartiros las tres partes básicas de su estructura: presentación, desarrollo y conclusión.

d. Seleccionad, teniendo en cuenta el guion, los espacios en que vais a grabar las tomas, así como otros aspectos importantes: vestuario, iluminación, etc.

e. Realizad la grabación del videoblog siguiendo el guion.

f. Editad las escenas grabadas con un programa sencillo de edición de vídeo. Podéis añadir música y otros recursos, como imágenes, textos, etc.

g. Presentad el resultado final ante vuestros compañeros.

h. Tomad nota de sus comentarios para descubrir en qué podéis mejorar.

1 EL DETERMINANTE

Los **sustantivos propios** (*Rubén, Martina, Noa...*) no necesitan ir precedidos por ninguna palabra porque ya están actualizados; es decir, por sí mismos se refieren a una realidad concreta. No están en el diccionario, porque no significan, sino que refieren.

Los **nombres comunes** (*niña, madre, amigo...*) precisan de una actualización para dejar de representar a una clase de objetos y representar a uno o varios en concreto. Para ello, el mecanismo que tiene la lengua es el uso de un determinante.

El **determinante** es una clase de palabra que se sitúa delante del sustantivo y lo actualiza y presenta, aportando alguna información adicional sobre él. Concuerda en género y número con el sustantivo al que acompaña.

Los sustantivos femeninos que comienzan por *a-* tónica, lleve o no lleve *h-*, aparecen antecedidos por las formas *el* y *un* (*el hacha, el águila, un hacha, un águila*), excepto en los siguientes casos:

- Cuando vayan precedidos de un adjetivo: *una alta cumbre/ *un alta cumbre.*
- Con otros determinantes: *esta aula/*este aula.*

1.1 EL ARTÍCULO

Se emplea para actualizar el sustantivo al que acompaña. Hay dos tipos:

- **Indeterminado:** indica que el sustantivo al que acompaña se presenta por primera vez, o que resulta indiferente la realidad concreta a la que se refiere.
- **Determinado:** indica que el sustantivo al que acompaña es conocido, bien por ser único, bien por deducirse del contexto o bien porque ha sido presentado con anterioridad.

Había *una* (art. indet.) *niña que tenía* *un* (art. indet.) *pájaro como mascota.*

Un día, *la* (art. det.) *niña vio que* *el* (art. det.) *pájaro no estaba en* *el* (art. det.) *jardín.*

En los ejemplos anteriores, *una niña* y *un pájaro* se transforman en *la niña* y *el pájaro,* una vez presentados. *Un día* indica que resulta indiferente o se desconoce el día concreto que sucedió el hecho. Se nombra *el jardín* con artículo determinado porque se entiende que es el suyo y no otro.

Los **artículos,** y todos los **determinantes, concuerdan** con los sustantivos a los que acompañan **en género** y **número.**

Tienen cuatro formas:

	Artículo indeterminado		Artículo determinado	
	Masculino	Femenino	Masculino	Femenino
Singular	un	una	el	la
Plural	unos	unas	los	las

Coco está en el hombro de María.

¡Qué pájaro más simpático!

Ese pájaro es cariñoso.

Lleva su pájaro en el hombro.

El pájaro tiene la cresta amarilla.

1.2 DETERMINANTES DEMOSTRATIVOS

Son aquellos que indican la **cercanía** o **lejanía** del sustantivo al que presentan con respecto al hablante y al oyente.

	Cercanía		Distancia media o bien cercanía al oyente		Lejanía	
	Masculino	Femenino	Masculino	Femenino	Masculino	Femenino
Singular	este	esta	ese	esa	aquel	aquella
Plural	estos	estas	esos	esas	aquellos	aquellas

1.3 DETERMINANTES INTERROGATIVOS Y EXCLAMATIVOS

Los determinantes **interrogativos** indican que el hablante pregunta por la identidad o la cantidad del sustantivo al que acompaña. Los determinantes **exclamativos** permiten intensificar la valoración del hablante. Los más utilizados son *qué* y *cuánto-a-os-as*.

¿Qué globo te gusta más?

¡Qué espectáculo tan hermoso!

¿Cuántos globos vuelan hoy?

¡Cuántos globos hay en el cielo!

1.4 DETERMINANTES NUMERALES E INDEFINIDOS

Los determinantes **numerales,** además de actualizar, indican una cantidad exacta y se corresponden con el nombre de los números: *dos, cien, mil*... No tienen forma específica de plural, sino que, a partir de *dos,* concuerdan con sustantivos plurales. Los **indefinidos,** en cambio manifiestan una cantidad aproximada (*muchos, algunos*...) o una identidad no confirmada (*cierto, cualquiera*...).

1.5 DETERMINANTES POSESIVOS

Son aquellos que establecen una relación entre el sustantivo al que acompañan y los participantes de la comunicación:

	Sustantivo singular		Sustantivo plural	
Persona poseedora	Masculino	Femenino	Masculino	Femenino
Yo (emisor)	mi		mis	
Tú (receptor)	tu		tus	
Él/ella (ni emisor ni receptor)	su		sus	
Nosotros/as (emisor)	nuestro	nuestra	nuestros	nuestras
Vosotros/as (receptor)	vuestro	vuestra	vuestros	vuestras
Ellos/as (ni emisor ni receptor)	su		sus	
Antecedente (sustantivo ya nombrado en el texto)	cuyo	cuya	cuyos	cuyas

Los determinantes numerales

Coinciden con los sustantivos que expresan el nombre de los números: *el cuatro, el quince*...

2 EL ADJETIVO CALIFICATIVO

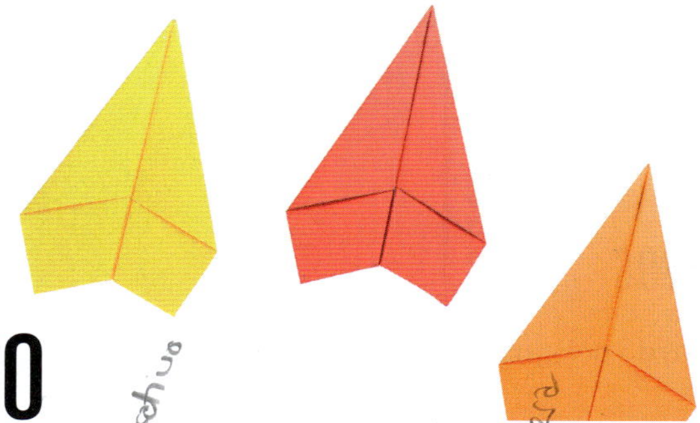

Como se observa en el texto, el **adjetivo** es una clase de palabra que **asigna una cualidad, una relación, un estado** o **una propiedad** a un sustantivo.

https://es.greenpeace.org

5 especies de la costa **amenazadas** por la expansión del ladrillo

Hoy, 4 de octubre, Día **Internacional** de los Animales, queremos reivindicar la urgencia en la protección de nuestro patrimonio **natural más valioso,** las especies **más amenazadas** de la costa. La **principal** amenaza **común** a todas ellas es la destrucción de su hábitat por la acción **humana.**

Los adjetivos se caracterizan por **tener el mismo género y número que el sustantivo** al que se refieren. Se dice, entonces, que **concuerdan** con el sustantivo.

Nuestro	*patrimonio*	*natural*	*puede desaparecer.*
	sust. masc. sing.	adj. masc. sing.	

La	*acción*	*humana*	*es perjudicial.*
	sust. fem. sing.	adj. fem. sing.	

EL GÉNERO

Según su forma, distinguimos **dos tipos de adjetivos:**

Con dos terminaciones diferentes de masculino y femenino, en *-o* y *-a*	amarillo-a: *El vestido amarillo. La falda amarilla.* humano-a: *Comportamiento humano. Acción humana.*
Con la misma terminación para masculino y femenino. Su género es el mismo que el del sustantivo o determinante a los que acompaña.	verde: *El vestido verde. La falda verde.* natural: *Comportamiento natural. Acción natural.*

EL NÚMERO

Los adjetivos forman el **plural** añadiendo ***-s*** o ***-es*** según el singular termine en vocal o en consonante.

bonito-bonitos *difícil-difíciles* *amenazada-s* *común-comunes*

EL GRADO

Las cualidades que expresan los adjetivos pueden graduarse para manifestar cuál es su intensidad.

- **Positivo:** expresa la cualidad en su forma neutra: *Debemos cuidar nuestro valioso patrimonio.*
- **Comparativo:** la cualidad se presenta mediante la relación de igualdad, inferioridad o superioridad entre dos adjetivos, sustantivos o pronombres.

Igualdad	*tan... como*	*Cuidar la naturaleza es tan necesario como urgente.*
Inferioridad	*menos... que*	*Hay algunas especies menos amenazadas que otras.*
Superioridad	*más... que*	*La acción humana es más dañina que la acción de la naturaleza.*

- **Superlativo:** la cualidad se presenta en su nivel máximo; bien **absoluto,** sin comparar con un grupo, o bien **relativo,** de manera que el sustantivo presenta la cualidad en ese grado máximo dentro de unos límites.

Absoluto	*muy + adjetivo* *adjetivo + -ísimo*	*Es necesaria una actuación muy urgente.* *Es necesaria una actuación urgentísima.*
Relativo	*el/la más... de*	*Esta especie es la más amenazada de la costa.*

El superlativo relativo se puede usar como absoluto si no se especifican esos límites: *La especie más amenazada.*

Hay adjetivos que en grado comparativo y superlativo se expresan con una forma ya fijada. Los más frecuentes son estos:

Grado positivo	Grado comparativo	Grado superlativo
bueno	mejor	óptimo
malo	peor	pésimo
grande	mayor	máximo
pequeño	menor	mínimo

2.1 ESPECIFICATIVOS, EXPLICATIVOS Y EPÍTETOS

Cuando la cualidad que adjudicamos al sustantivo sirve para identificarlo, decimos que su valor es **especificativo** o restrictivo; su colocación habitual suele ser detrás del sustantivo: *Me gusta tu camisa blanca* (no tiene por qué gustarme la negra o la azul).

Cuando el sustantivo ya está identificado y el adjetivo informa sobre la presencia de la cualidad que representa, su valor es **explicativo;** su colocación habitual es entre comas, tras el sustantivo, o bien delante de él: *Esta camisa, suave y sedosa, se estropea fácilmente* (ya se sabe qué camisa es, y se añaden sus cualidades).

Hablamos de **epítetos** cuando el adjetivo destaca una cualidad que el sustantivo modificado ya posee: *el inmenso mar.*

El apócope

Algunos adjetivos, cuando van delante de un sustantivo, pierden la última parte de la palabra, sin cambiar de significado: *buen, gran, san, mal.* A este fenómeno se lo denomina **apócope**.

2.2 ADJETIVOS DESCRIPTIVOS Y VALORATIVOS

Los adjetivos **descriptivos** pretenden indicar cómo son los sustantivos a los que se refieren (*cuadrado, azul, grande...*) o con qué realidad se relacionan (*infantil, madrileño, social...*), mientras que los **valorativos** reflejan cómo los ve o qué opinión tiene de ellos el emisor (*hermoso, desagradable, aburrido, fantástico...*).

3 EL GRUPO NOMINAL Y EL GRUPO ADJETIVAL

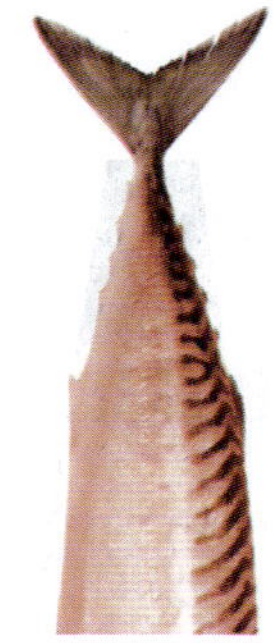

Un **sintagma** o **grupo nomina**l (GN) es aquel **grupo de palabras** cuyo **núcleo** es un **sustantivo.**

Este grupo puede estar compuesto solamente por el sustantivo (*Antonio participó este verano en un proyecto solidario*), o bien por el sustantivo y otras palabras que lo acompañan:

- Un **determinante,** que lo presenta y concuerda con él en género y número:

  Tu hermano me convenció para que lo ayudara.

- Uno o más **complementos,** que **normalmente** se sitúan **detrás** de él. El complemento puede ser:
  - Un **adjetivo** que concuerda en género y número con el sustantivo: *la asociación infantil*. Los ordinales y los posesivos (estos, en posición pospuesta) pueden funcionar como complementos: *el quinto elemento, ese coche tuyo.*
  - Un **grupo de palabras introducido** por una **preposición:** *este equipo de apoyo.*
  - Otro **sustantivo:** *la asociación Amistad.*

La	*asociación*	*infantil*
determinante	núcleo	complemento

Un	*antiguo*	*problema*
determinante	complemento	núcleo

Puede ocurrir que el sustantivo esté **omitido** y entonces el lugar del núcleo lo ocupa alguno de los complementos, mediante sustantivación:

La (especie) más amenazada es una especie acuática.

El **infinitivo** de los verbos también puede funcionar como núcleo de un sintagma nominal: *Actuar es urgente.*

Un **sintagma** o **grupo adjetival** (GAdj) es el grupo de palabras cuyo **núcleo** es un **adjetivo.**

Como en el GN, el grupo adjetival puede estar compuesto por un solo adjetivo (*La camisa azul está sobre la mesa*) o bien el adjetivo puede ir acompañado por otros elementos. En este caso, la estructura que presenta es la de modificador-núcleo-complemento, como en:

Muy	*difícil*	*de resolver*
modificador	núcleo	complemento

El adjetivo puede estar complementado por un **grupo de palabras introducido** por una **preposición** (*de resolver*). Y, en ocasiones, ante estos se sitúa un **modificador** (*muy*), que en este caso matiza el grado del adjetivo.

El GN y los determinantes

Normalmente en el GN aparece un solo determinante. Sin embargo, hay algunas excepciones. Los **determinantes numerales** y **determinantes indefinidos** (como *otro-a-os-as* o *poco-a-os-as*) pueden aparecer solos o combinados con el artículo determinado.

El determinante indefinido *todo* y sus variantes de género y número pueden llevar el artículo determinado singular para indicar 'entero': *Todo el día estuvo lloviendo;* o plural, para indicar 'cada uno de los elementos designados por el sustantivo': *Todos los alumnos tienen derecho a una evaluación continua.*

ACTIVI DADES

03 EL DETERMINANTE Y EL ADJETIVO CALIFICATIVO

1 El determinante

1 Describe las siguientes imágenes con una expresión que no sea oración ni lleve artículo actualizando al sustantivo (ej.: *Niña con pájaro en el hombro*) y, luego, con una oración donde el sustantivo esté actualizado (ej.: *La niña tiene un pájaro en el hombro*).

2 ¿Qué diferencia de significado observas entre los elementos subrayados en los siguientes pares de oraciones?

a. Nos invitaron a paella. / La paella estaba riquísima.

b. Juan lleva gafas. / Juan olvida las gafas por todas partes.

c. Hemos pedido sillas para la reunión. / Esas sillas nos las han prestado hoy.

d. ¿Has encontrado ya piso? / Encontré el piso perfecto ayer.

3 Señala en el siguiente texto todos los sustantivos. Indica cuáles llevan determinantes y cuáles no. En el caso de los que no llevan, explica por qué.

> En febrero los Colegios Oficiales de Ingenieros en Informática (COIIPA) e Ingenieros Técnicos en Informática (CITIPA) organizan un taller gratuito sobre espionaje y cibervigilancia dirigido a alumnos de enseñanzas medias (de 14 a 18 años).
>
> www.impulsotic.org

4 Describe esta imagen usando de forma correcta el artículo indeterminado y el determinado, como en el ejemplo: *Hay una niña con un gorro rosa. La niña tiene un brazo levantado.*

5 Busca y copia los artículos indeterminados y los determinados de este texto, junto con el sustantivo al que determinan. Explica en cada caso por qué se ha utilizado uno u otro.

> El disco anaranjado del sol acababa de ocultarse detrás del horizonte, pero sus reflejos aún teñían de púrpura las nubes en aquella región del cielo, y el calor apenas había disminuido de intensidad. En un lugar impreciso del océano índico, lejos de todas las costas asiáticas, una pequeña embarcación rasgaba con rapidez la monótona superficie de las olas dejando una ancha estela de espumas.
>
> Ana Alonso y Javier Pelegrín: *La esfera de medusa.* Anaya

6 Indica el género y el número de los artículos que aparecen en esta entrada de una red social de la Biblioteca Nacional.

> La Biblioteca Nacional de España ofrece un gran número de actividades para los próximos meses: desde exposiciones sobre Leonardo da Vinci, Lope de Vega o historietas gráficas, a la celebración por tercer año consecutivo del Día de las escritoras, pasando por la jornada de puertas abiertas del próximo 12 de octubre y el primer programa musical estable de la Biblioteca.

7 Elige la forma correcta en las siguientes oraciones y justifica tu decisión.

a. Se encuentra en el/la primer/primera aula del pasillo.

b. Esto lo resolvería un/una hada madrina.

c. Necesitas un/una hacha para acceder ahí.

d. El/La haya del jardín da una sombra magnífica.

e. Otro/Otra agua mineral, por favor.

8 Copia todos los determinantes de este fragmento e indica de qué tipo son y a qué sustantivo acompañan.

> El pícnic era a tres millas de la ciudad, al lado del río, en un lugar muy hermoso. Si alguna vez he sentido no haber continuado con mis clases de pintura en la Universidad fue entonces, delante de aquel paisaje. El río traía poca agua, pero era bastante ancho. En la orilla contraria había una venta que llamaban del Cernijón.
>
> Ramón J. Sender: *La tesis de Nancy.* Magisterio español

9 Describe y explica la escena usando determinantes demostrativos y determinantes posesivos.

10 Al usar el determinante *su*, puede haber dudas con respecto a quién se refiere. ¿Qué dos interpretaciones pueden tener en estas oraciones?

a. Lucas vio a David con su novia en el cine.

b. Pablo no vendrá a trabajar porque están enfermos su mujer y su hija.

11 En estos textos, busca y copia todos los determinantes posesivos e indica persona y número del poseedor y género y número del sustantivo poseído.

a. **24 de octubre de 2018**

> Este año para mi cumpleaños, voy a pedir donaciones para UNICEF España. He elegido esta organización sin ánimo de lucro porque su misión significa mucho para mí.

b. **1 de noviembre de 2018**

> ¿Cómo animarías a tus amigos a que se sumaran a nuestro movimiento para seguir salvando vidas? ¡Nadie sabe mejor que tú qué mensaje les haría moverse! ¿Te animas a crear tu propia campaña?

c. **3 de noviembre de 2018**

> Su madre tiene epilepsia y Priscilla nació por cesárea (...) La mamá nos cuenta que sin el apoyo de nuestros compañeros en Paruro, Perú, quizás ninguna de las dos habría sobrevivido.
>
> https://es-es.facebook.com/unicef.es

12 A partir de esta imagen, haz cinco preguntas y cinco exclamaciones en las que utilices determinantes interrogativos y exclamativos.

2 El adjetivo calificativo

13 Copia los adjetivos que acompañan a los sustantivos subrayados.

> Sea como quiera, en cualquier escuela que se hubieran educado, los bucaneros que rondaban por las colonias inglesas eran gentes audaces que aun en tiempos de paz causaban enormes perjuicios a las colonias y a los barcos mercantes españoles. Todo contribuía a convertir aquella región en el punto de cita de los piratas, donde podían vender el botín y concertar nuevas maldades: el fácil acceso de la bahía de Manhattoes, el gran número de abras[1] de sus costas y la poca vigilancia que ejercía un gobierno apenas organizado.
>
> [1]abra: bahía no muy grande.
>
> Washington Irving: *Cuentos del antiguo Nueva York.* Espasa-Calpe

14 Completa la tabla con los datos del texto anterior. Después, contesta a las preguntas.

Sustantivo	Género y número del sustantivo	Adjetivos que lo acompañan
colonias	...	...
gentes	...	...
perjuicios	...	...
barcos	...	...
maldades	...	...
acceso	...	...
número	...	...
gobierno	...	...

a. ¿Qué adjetivos son de una terminación?

b. ¿Y cuáles son de dos terminaciones?

c. ¿Hay algún adjetivo apocopado?

d. ¿Qué adjetivos son descriptivos?

15 Elabora dos listas de adjetivos con los que calificarías a un animal, y a una persona. Después, compáralas. ¿Repites los mismos adjetivos para uno y para otro?

16 Sustituye los adjetivos comparativos cultos por otros coloquiales que signifiquen lo mismo.

a. Tiene un hermano menor que aún va a la escuela.

b. Estas tareas te han quedado mejor que las de ayer.

c. Hay que cambiar el jersey por una talla mayor.

d. Creo que la situación será peor si te niegas a reconocer la verdad.

17 Elige cinco adjetivos distintos con que calificarías cada uno de los siguientes sustantivos. Indica, cuando lo haya, el morfema de género de los adjetivos que has utilizado. Luego, conviértelos en plural.

a. Una reunión.

b. Una artista.

c. Un bañador.

d. Un árbol.

e. Un campo.

f. El cielo.

18 Utilizando las diferentes formas comparativas del adjetivo, redacta una breve descripción donde expliques las diferencias y semejanzas entre la vida en verano y la vida en invierno.

19 Localiza todos los adjetivos de las siguientes oraciones pertenecientes al libro *El maestro y el robot,* de José Antonio del Canizo. Luego, clasifícalos en una tabla como esta según el grado que presentan.

		Positivo
Comparativo	Inferioridad	...
	Igualdad	...
	Superioridad	...
Superlativo	Absoluto	...
	Relativo	...

a. Al retumbar un trueno espantoso, mucho más fuerte que los anteriores, Jacobo se despertó sobresaltado.

b. Los alumnos se miraron unos a otros, asustadísimos. Pero la voz adquirió las tonalidades más dulces y convincentes, y pareció como si los hipnotizara.

c. Todos tenían la piel ligeramente menos grisácea que dos días antes.

d. Me parecía una paloma blanca muy grande, pero desde lejos muy pequeña, posada en el monte con las alas extendidas.

e. Venía a educarlos, a prepararlos para la vida, y ellos estaban mucho más preparados que yo.

20 ¿Qué adjetivos, de los subrayados en el siguiente texto, crees que tienen valor explicativo y cuáles crees que tienen valor especificativo? ¿Cuáles son epítetos? Razona la respuesta.

> El mundo de la ciudad había sido como un extraño sueño; un sueño bueno, quizás, para haberlo soñado, pero del que era agradable despertar.
>
> Los bosques, a cada lado de las vías, se iban haciendo más densos. Pronto pudo ver la caseta amarilla de la estación. Asomaba en un claro, en medio de la masa verde de los árboles.
>
> El corazón de Loella empezó a latir violentamente. Allá, bajo el viejo tilo, vio a Bella, el caballo de tía Adina, y el carro.

Maria Gripe: *La hija del espantapájaros.* SM

21 Copia los adjetivos que aparecen en el siguiente texto y justifica si son valorativos o descriptivos.

> El desierto demográfico avanza en España, afectando ya a 22 de las 50 provincias españolas, y la situación es crítica en 14 de ellas, entre ellas, Guadalajara, donde lo que conocemos como espacio rural se ha despoblado y corre el peligro de convertirse en un páramo. ¿Hay vuelta atrás?

3 El grupo nominal y el grupo adjetival

22 En este texto, indica dónde empieza y dónde termina cada uno de los grupos cuyos núcleos se subrayan. Indica el género y el número de todos los elementos que componen el grupo. Para ello, copia y completa la siguiente tabla, como en el ejemplo.

> Prefiero los bocetos a las obras acabadas. Los bocetos tienen algo de vida en movimiento, de un eterno presente. La obra perfecta, acabada, parece pertenecer al pasado. Su perfección es su sarcófago.

@SiMeLaTareareas

Determinante	Núcleo	Complemento
los	*bocetos*	*(no hay)*

23 Señala qué cambio de significado hay entre los grupos nominales subrayados en cada pareja de oraciones.

a. Ese chico es el mismo de la otra vez. / Otra vez llegas tarde.

b. Estuvimos caminando todo el día. / Todos los días caminamos un rato.

c. Cinco corredores han llegado ya. / Los cinco corredores han llegado ya.

24 En los siguientes sintagmas nominales, ¿de qué tipo son los complementos?

a. La situación actual.

b. Esos amigos de Luis.

c. La isla Margarita.

d. Los libros estropeados.

e. Sus hermosos ojos.

f. Un primo lejano.

g. El examen de música.

h. El efecto invernadero.

25 Señala todos los casos en el siguiente texto en el que los adjetivos vayan introducidos por un modificador.

> Nunca se había sentido tan débil, tan exhausto. Excepto cuando curó a la rana…
>
> «La rana era más pequeña», pensó. «Pero se sintió igual».
>
> Se había encontrado a la ranita por casualidad, en el claro. No había ninguna razón para ir allí aquel día; solo quería estar solo, lejos de Pueblo, y había ido al Bosque para alejarse de todo, como hacía a veces.
>
> Iba descalzo y había pisado la rana; se asustó.

Lois Lowry: *El mensajero*. Everest

26 Crea grupos a partir de los siguientes sustantivos, añadiendo en cada caso un determinante y un complemento. Di de qué tipo son cada uno de ellos.

a. Bostezo.

b. Calcetín.

c. Gafas.

d. Ordenador.

e. Gaviota.

f. Hilo.

27 Añade un complemento a los adjetivos de estas oraciones.

a. Mi amigo Javier está seguro.

b. Por fin quedé libre.

c. Compró una chaqueta azul.

d. Esos chicos están entusiasmados.

28 Inventa grupos nominales que sean adecuados para la siguientes estructuras.

a. Determinante demostrativo + adjetivo + sustantivo.

b. Determinante artículo determinado + determinante numeral + sustantivo.

c. Sustantivo + grupo nominal.

d. Determinante artículo + adjetivo + sustantivo + grupo con preposición.

e. Determinante indefinido + sustantivo + grupo con preposición.

f. Determinante posesivo + adjetivo + sustantivo.

29 Escribe en tu cuaderno un adjetivo que pueda funcionar como epíteto para cada uno de los siguientes sustantivos.

a. Bosque.

b. Nieve.

c. Sol.

d. Hierba.

e. Algodón.

f. Noche.

30 Describe la siguiente escena con un texto que incluya tres grupos nominales con adjetivos valorativos y tres con adjetivos descriptivos.

www.britishcouncil.es/blog/cultura-britanica-tradiciones

Conoce la cultura y las tradiciones británicas

Por Colm Boyd

En esta entrada de nuestro blog vamos a echar un vistazo a algunas de las costumbres y tradiciones más características de los británicos. [...] Con el fin de ser objetivo (y, naturalmente, de evitar controversias), he consultado a **amigos y colegas británicos** sobre cuáles serían, en su opinión, las costumbres que definirían como específicas del Reino Unido, para bien o para mal. He aquí lo que he sacado en claro.

1. Saludos incómodos

Mi amigo Tamsin, de Leicester, sugiere que **no existen reglas** precisas para saludar a alguien en el Reino Unido; lo único que invariablemente se repite es que resulta violento. En un país como España, las reglas sociales sobre el apretón de manos o los dos besos están bastante claras. En el Reino Unido, los saludos pueden ir desde un formal apretón de manos hasta un abrazo, un leve movimiento con la cabeza o incluso un simple *Hello*.

Es esta falta de normas la que constituye un desastre social, pues a veces una persona se dispone a dar un abrazo mientras la otra le ofrece una reservada inclinación de cabeza. El resultado es una **situación embarazosa** para todos, ¡y así es como comienza una típica interacción británica! Para tratar de minimizar la incomodidad, ten al menos siempre a mano unas cuantas expresiones típicas en inglés.

2. Té (con galletas, por supuesto)

No solo es un estereotipo. Cuando les pregunté a mis amigos y colegas por la quintaesencia de las costumbres británicas, casi todos mencionaron inmediatamente que era **beber una agradable *cuppa*.** Esta palabra, *cuppa* (/ˈkʌpə/), es una forma muy corriente de referirse a la tradicional *cup of tea* (taza de té), ya que cuando se pronuncia esta expresión suena más como *cuppa tea.* Y es cierto que esta humilde infusión constituye la base de numerosas interacciones sociales en el Reino Unido.

1 Completa estas oraciones sobre el texto.

a. El título del blog es….

b. El autor es…

c. El tema principal sobre el que trata el blog es…

d. La entrada que se visualiza aporta información sobre…

2 En la expresión «he consultado a amigos y colegas británicos» no hay determinantes. ¿Por qué? En caso de poner un artículo, ¿pondrías el determinado o el indeterminado?

3 Localiza en el texto dos adjetivos en grado superlativo: uno absoluto y otro relativo.

4 Divide los adjetivos siguientes en valorativos y descriptivos: maravillosos, específicas, violento, británica, sociales, embarazosa.

5 Copia los grupos nominales cuyos núcleos son los siguientes: blog, interacción y expresiones.

6 Describe las características del blog y del videoblog. ¿Cuál de los dos formatos prefieres? Justifica tu respuesta.

7 Escribe oraciones donde las siguientes formas actúen como determinante y como pronombre, respectivamente.

a. ese   b. cuatro   c. otros

8 Realiza un esquema de cómo quedaría la pantalla de una red social para lectores infantiles y juveniles. ¿Dónde incluirías cada uno de los apartados que debería tener para que cumpliera con su funcionalidad?

9 Completa el texto con la forma que se indica.

> **Kim se deslizó a través del seto del jardín, ocultándose en … [determinante artículo indeterminado] macizo de arbustos … [adjetivo calificativo especificativo de dos terminaciones] que había cerca del porche. … [determinante demostrativo de lejanía] casa resplandecía con … [determinante indefinido] las luces encendidas, y la servidumbre se afanaba alrededor de … [determinante numeral] mesas cubiertas … [complemento del adjetivo], copas … [complemento del nombre] y cubertería … [complemento del nombre].**
>
> Rudyard Kipling: *Kim*. Ediciones del Sol

10 En las siguientes oraciones, diferencia los usos de los demostrativos, indefinidos y numerales como determinantes y como pronombres. Razona tu respuesta.

a. De entre estos dulces puedes elegir dos.

b. Algunos chicos entregaron el trabajo a tiempo. Otros no pudieron.

c. ¿Has visto a ese? Se ha asustado de aquel perro.

d. Otro, en este caso, habría aprovechado mejor el tiempo.

e. Todos vieron esa película tan famosa.

f. ¿Hemos conseguido otra financiación para el proyecto?

11 Analiza los sintagmas nominales siguiendo este ejemplo.

Un chico rapidísimo.

Determinante	Núcleo	Complemento
un: artículo indeterminado, masculino singular	*chico:* nombre común, masculino singular	*rapidísimo:* adjetivo de dos terminaciones, masculino singular, superlativo

a. Varias personas desconocidas.

b. Esa situación grave.

c. Mis hermanos mayores.

d. Todos los personajes famosos.

12 Completa el mapa conceptual sobre las los tipos de determinantes.

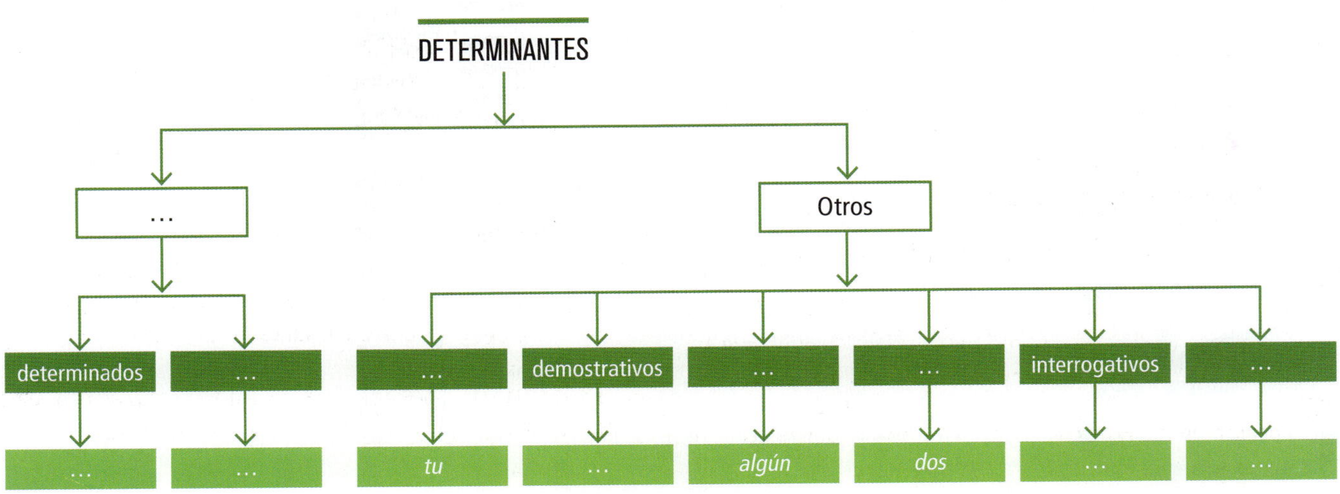

04 EL VERBO Y EL GRUPO VERBAL

SI OBTIENES, **DA**
SI APRENDES, **ENSEÑA**

MAYA ANGELOU

PRESENTAR

INFORMATIVO SEMANAL

Vamos a crear nuestro propio canal de YouTube para difundir un informativo semanal con noticias relacionadas con la vida cotidiana de nuestro centro. La duración de este espacio no debe superar los cinco minutos y ha de ofrecer información sobre cuestiones relacionadas con toda la comunidad educativa. Hay mucho trabajo que hacer antes de grabar…

CONOCER

CONJUGAR JUGANDO

A partir de un juego popular conocido (la oca, el parchís, las tres en raya…), en equipos, inventad una versión que permita practicar las conjugaciones de los verbos. Debéis proponer una opción básica y otra *premium* para que el juego ofrezca dos niveles de dificultad. Finalmente, intercambiad vuestra propuesta con otro equipo y echad una partida en la que podáis poner a prueba vuestro dominio de las conjugaciones.

CREAR

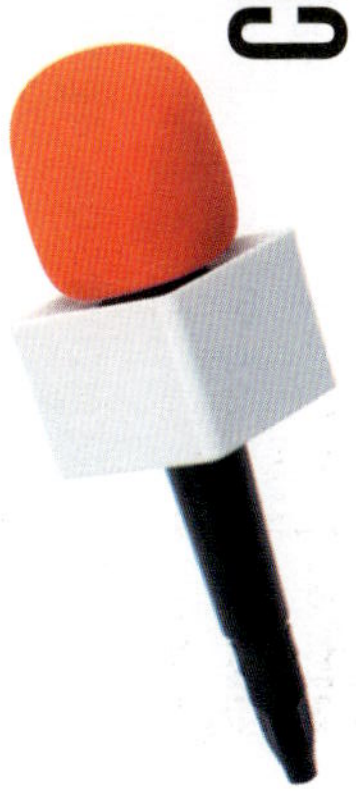

BUENAS NOTICIAS

Elaborad el texto completo de tres buenas noticias, teniendo en cuenta los siguientes aspectos: que cada una se publicará en un soporte diferente, que sus titulares deben contener una forma no personal del verbo y que en el cuerpo del texto debe aparecer al menos un verbo irregular. Incluid, donde proceda, imágenes que ilustren los contenidos.

INVESTIGAR

ESTADÍSTICA DE VERBOS

Vamos a realizar un pequeño estudio estadístico de los verbos que se emplean en los titulares de las noticias. Para ello, elegiremos 100 titulares procedentes de diferentes periódicos y secciones y elaboraremos gráficas que representen la frecuencia de uso de cada conjugación, así como el tiempo, el número y la persona, el modo, la voz y el aspecto. Antes de proceder al análisis, formulad hipótesis de lo que creéis que vais a encontrar.

El siguiente texto corresponde a una noticia. Tras echarle un vistazo, ¿en qué tipo de medio de comunicación crees que podrías encontrarlo? ¿Por qué?

https://elpais.com/elpais/2018/10/02/mundo_animal/1538498418_273789.html

Nepal encabeza la lucha contra la extinción del tigre de Bengala

En este país hay 235 ejemplares del felino, el más grande del mundo, frente a los 121 que había en el 2009

Ángel L. Martínez Cantera

2 OCT 2018

Un ejemplar de tigre de Bengala.

La pequeña nación del Himalaya está cerca de convertirse en el primer país del mundo en doblar la población del icónico tigre asiático. Conocido por su listado pelaje amarillo y negro, el tigre real de Bengala figura en el índice de animales en peligro de extinción de la Unión Internacional para la Conservación de la Naturaleza desde 1986, debido a la caza furtiva y a la desaparición de su hábitat natural. En el 2010, trece países se comprometieron al objetivo común de duplicar su número como parte del programa Tx2, iniciado por la organización no gubernamental en defensa de las especies salvajes, WWF. Desde entonces, la cantidad de tigres en Nepal ha llegado a 235, de los escasos 121 individuos registrados en el 2009.

El pasado domingo, con motivo del Día Nacional para la Conservación en Nepal, las autoridades nepalíes anunciaron el aumento de estos felinos salvajes únicos. [...]

«El aumento significativo de la población de tigres en Nepal demuestra que podemos salvar el planeta si trabajamos juntos», declaró Leonardo DiCaprio, miembro del consejo de la WWF en Estados Unidos, quien calificó a Nepal como «modelo para la conservación en toda Asia y el mundo». [...]

En 1900, más de 100 000 tigres campaban libres por el mundo, hasta que se redujeron a un mínimo de 3 890 en el 2010, según la WWF. Ya a mediados del siglo pasado, las crónicas de la reportera Adrienne Farrell informaban de las cacerías organizadas por la administración británica en la India, en las que se mataban entre 500 y 1 000 tigres anualmente. Con la connivencia de los marajás locales, que también se beneficiaban de las vistas de cazadores y diplomáticos, se llegaban a pagar 1 000 dólares por cabeza para asistir a eventos organizados a lo ancho y largo del subcontinente en los que se daba caza a leones, rinocerontes o a la gran avutarda india.

Nepal no solo fue el primer país en alcanzar los estándares globales acreditados para la conservación de las áreas del tigre, sino que ha conseguido el hito de 365 días completos sin caza furtiva del rinoceronte en los últimos siete años. El éxito de la nación del Himalaya se atribuye a su compromiso político y al uso de innovadores métodos para la preservación de la naturaleza. [...]

Leer

1 Completa las siguientes afirmaciones con datos extraídos del texto.

a. El tigre real de Bengala está en peligro de extinción debido a…

b. La cantidad de tigres en Nepal ha pasado de los 121 en el 2009 a…

c. El actor Leonardo DiCaprio es miembro de…

d. A mediados del siglo pasado, se organizaban eventos en la India para…

2 Indica qué fragmentos del texto corresponden a las partes que conforman la estructura básica de la noticia: titular o presentación breve, entradilla, cuerpo y cierre.

3 Fíjate en las distintas tipografías empleadas en la noticia. ¿Qué función crees que tienen? Argumenta tu respuesta.

4 Identifica cuáles son las ideas principales del texto y realiza un esquema en tu cuaderno. Después, a partir del mismo, escribe un resumen de la noticia que no supere las 100 palabras.

5 Deduce el significado de *ejemplar, furtivo, connivencia* y *acreditado* por el contexto de la noticia y relaciona estas palabras con las siguientes definiciones.

a. Que se realiza a escondidas.

b. Que goza de crédito o reputación.

c. Individuo de una especie.

d. Disimulo de un superior frente a las irregularidades que cometen sus subordinados.

Sin faltas.com

6 ▶ En el texto de la noticia se emplean las comillas para enmarcar las declaraciones de una persona, pero este signo tiene muchos más usos. Añade comillas donde corresponda en las siguientes oraciones.

a. Carlos parece molesto conmigo, pensó Diana.

b. Me dijo que no le gustaba la comida de la India porque lleva muchas especies.

c. En mi opinión, La guitarra es el mejor poema de Lorca.

d. Tenemos mucho trabajo por delante para poder responder a vuestras necesidades. Así empezó su discurso el presidente del Gobierno.

e. No me fío de esas nubes, dijo Carlos agotado.

Opinar

7 En la noticia se menciona el trabajo de la reportera Adrienne Farrell, quien informó sobre las cacerías organizadas en la India.

a. ¿Crees que los periodistas pueden contribuir a mejorar la sociedad a través de la denuncia de prácticas inmorales, ilegales, ocultas…? ¿Por qué?

b. Si fueras periodista, ¿sobre qué hechos te gustaría investigar? Exponlo ante tus compañeros.

Rusia pertenece a uno de los 13 países que se acogieron al programa Tx2 de WWF para la defensa de los animales salvajes.

▶ Las comillas

Las comillas (« ») son un signo ortográfico que se emplea, entre otros usos, para:

- reproducir **citas textuales**, pensamientos…;
- **delimitar títulos** de artículos, poemas…;
- identificar palabras y expresiones **impropias** o **vulgares**.

1 LA NOTICIA

El **género periodístico** por excelencia es la **noticia,** que consiste en el relato objetivo, oral o escrito, de un suceso. En cualquiera de sus variantes, tiene la función de **informar de manera objetiva** sobre acontecimientos y hechos de actualidad e interés general.

Las noticias, ya sean orales o escritas, presentan la siguiente **estructura básica:**

- **Titular o presentación breve.** Resume la idea principal de una forma llamativa para el receptor.
- **Cuerpo de la noticia.** Incluye datos objetivos básicos sobre el hecho informativo o fragmentos de entrevistas a testigos; todo ello se puede acompañar de imágenes que muestren el lugar de los hechos o los escenarios donde se desarrolla lo sucedido.
- **Cierre.** Aporta una breve conclusión o un resumen sobre los datos contenidos en la noticia.

Toda noticia debe responder a **seis preguntas** (¿quién?, ¿qué?, ¿dónde?, ¿cuándo?, ¿cómo? y ¿por qué?), conocidas como «las seis W», ya que, en inglés, prácticamente todas empiezan por esta letra (*who, what, where, when, how* y *why*).

El **lenguaje** empleado en la noticia ha de ser correcto y claro, y hacer uso de un léxico comprensible para el público receptor. Las características más destacadas de este género son las siguientes:

- **Concisión y concreción.** Se pretende transmitir la información deseada de la forma más clara, rápida y eficaz posible, con un lenguaje accesible para un público amplio, en el que se prescinda de detalles innecesarios.
- **Brevedad y objetividad.** Se trata de informar de un suceso con la mayor exactitud posible, de modo que se eviten las valoraciones u opiniones personales.

1.1 LA NOTICIA ORAL

Los principales **medios de difusión** de la **noticia oral** son la radio y la televisión, además de Internet.

En el **ámbito radiofónico,** el locutor juega un papel fundamental: su timbre y tono de voz, así como su pronunciación (clara y con una entonación y unas pausas adecuadas) y el empleo de un lenguaje natural y cercano al oyente son claves indispensables para llegar a la audiencia.

A través de la **televisión** o de **Internet,** las noticias orales se complementan con imágenes que refuerzan la información que se pretende transmitir. Estas **imágenes** son de vital importancia y deben seleccionarse cuidadosamente para que el mensaje informativo llegue con más fuerza: han de ser claras (para evitar posibles confusiones), **explicativas** (tienen que complementar e, incluso, ampliar la información) y **sugerentes** (han de llamar la atención del receptor y ayudarlo a activar su pensamiento sobre el tema).

1.2 LA NOTICIA ESCRITA

La presentación escrita de la noticia juega con los **elementos de diseño,** que condicionan en gran medida la lectura y la comprensión del texto. En el caso de los medios digitales, se caracteriza por lo siguiente:

- **Tipografía.** Se usan diferentes tamaños, tipos y estilos de letra para distinguir visualmente la sección, el titular, la entradilla, el pie de foto y el cuerpo de la noticia.
- **Diseño.** Se identifican claramente los elementos propios de la noticia digital: menús, iconos, enlaces de texto, contenidos audiovisuales, etc.
- **Disposición del texto en la página y en el conjunto de la publicación.** El texto de las noticias digitales se presenta, por lo general, en una sola columna y consta de hipervínculos. Además, permiten la participación del usuario, quien puede recomendar la noticia, compartirla, comentarla...

Dirección del contenido que se encuentra en Internet. Denominado también como URL, sigla del inglés: *Uniform Resource Locator* (Localizador Uniforme de Recursos).

Titular. Sintetiza el contenido fundamental de la noticia y llama la atención del lector. Puede ir acompañado de un antetítulo o un subtítulo.

Entradilla o lead. Resume las claves de la información que se quiere transmitir y responde a las seis W.

Redactor y fecha.

Cuerpo de la noticia. Los datos se presentan en orden de importancia decreciente: de lo más importante a los detalles.

https://elpais.com/elpais/2018/10/02/mundo_animal/1538498418_273789.html

Mundo animal

Nepal encabeza la lucha contra la extinción del tigre de Bengala

En este país hay 235 ejemplares del felino, el más grande del mundo, frente a los 121 que había en el 2009

Ángel L. Martínez Cantera

2 OCT 2018

Un ejemplar de tigre de Bengala.

La pequeña nación del Himalaya está cerca de convertirse en el primer país del mundo en doblar la población del icónico tigre asiático. Conocido por su listado pelaje amarillo y negro, el tigre real de Bengala figura en el índice de animales en peligro de extinción de la Unión Internacional para la Conservación de la Naturaleza desde 1986, debido a la caza furtiva y a la desaparición de su hábitat natural. En el 2010, trece países se comprometieron al objetivo común de duplicar su número como parte del programa Tx2, iniciado por la organización no gubernamental en defensa de las especies salvajes, WWF. Desde entonces, la cantidad de tigres en Nepal ha llegado a 235, de los escasos 121 individuos registrados en el 2009.

El pasado domingo, con motivo del Día Nacional para la Conservación en Nepal, las autoridades nepalíes anunciaron el aumento de estos felinos salvajes únicos. [...]

«El aumento significativo de la población de tigres en Nepal demuestra que podemos salvar el planeta si trabajamos juntos», declaró Leonardo DiCaprio, miembro del consejo de la WWF en Estados Unidos, quien calificó a Nepal como «modelo para la conservación en toda Asia y el mundo». [...]

En 1900, más de 100 000 tigres campaban libres por el mundo, hasta que se redujeron a un mínimo de 3 890 en el 2010, según la WWF. Ya a mediados del siglo pasado, las crónicas de la reportera Adrienne Farrell informaban de las cacerías organizadas por la administración británica en la India, en las que se mataban entre 500 y 1 000 tigres anualmente. Con la connivencia de los marajás locales, que también se beneficiaban de las vistas de cazadores y diplomáticos, se llegaban a pagar 1 000 dólares por cabeza para asistir a eventos organizados a lo ancho y largo del subcontinente en los que se daba caza a leones, rinocerontes o a la gran avutarda india.

Nepal no solo fue el primer país en alcanzar los estándares globales acreditados para la conservación de las áreas del tigre, sino que ha conseguido el hito de 365 días completos sin caza furtiva del rinoceronte en los últimos siete años. El éxito de la nación del Himalaya se atribuye a su compromiso político y al uso de innovadores métodos para la preservación de la naturaleza. [...]

Sección. La prensa escrita, tanto digital como en papel, se organiza en diferentes secciones temáticas.

Imagen. Las noticias suelen acompañarse de una fotografía o un reportaje fotográfico como complemento del texto escrito.

Las imágenes llevan al pie un breve texto explicativo.

Hipervínculos. Son enlaces que se incorporan al texto y desde los cuales es posible acceder a contenidos complementarios, relacionados con la noticia o con algún aspecto de la misma.

Se detectan fácilmente porque suelen ir con otro color o subrayados.

Cierre o conclusión. Se suele concluir la noticia con un breve resumen o destacando datos de especial importancia.

Declaraciones en estilo directo. Suelen incluirse declaraciones de los protagonistas de la noticia mediante la reproducción de sus palabras textuales entre comillas.

Escuchar

¿Sueles ver el telediario? ¿Qué objetivo crees que tienen estos programas? ¿Qué tipo de información proporcionan?

Busca en la plataforma de vídeos a la carta de RTVE la noticia titulada «Una escultura de un cachalote en el Manzanares denuncia en Madrid el deterioro de los océanos», emitida en el *Telediario*. Visualízala con atención y responde a las siguientes preguntas.

1 ¿Cuál es la finalidad principal del vídeo?

a. Entretener a los espectadores.

b. Informar sobre un hecho de actualidad.

c. Explicar en qué consiste el rescate de un cachalote.

d. Advertir de los peligros de la contaminación.

2 ¿Cómo se estructura la noticia?

3 Indica si las siguientes afirmaciones sobre el contenido de la noticia son verdaderas o falsas. En el caso de las incorrectas, corrígelas para que sean ciertas.

a. Los técnicos lograron mantener con vida al animal.

b. Algunos espectadores creen que se trata de un montaje.

c. El cachalote corresponde a una escultura hiperrealista creada por un artista holandés.

d. La *performance* tiene el objetivo de denunciar la contaminación de los océanos.

4 ¿Qué papel juegan las declaraciones de los espectadores?

5 En el vídeo se utilizan las expresiones inglesas *hashtag* y *trending topic*. Localiza el momento en que se emplean y busca su significado.

6 El colectivo Captain Boomer se manifiesta a través del arte para denunciar un problema medioambiental tan grave como el cambio climático.

a. ¿Te parece una buena estrategia? ¿Crees que el arte (la pintura, la escultura, la música...) tiene el poder de remover conciencias? Argumenta tu respuesta.

b. ¿Qué problema te gustaría denunciar a través de una obra artística? ¿Por qué?

Escribir

1 Imagina que eres un importante periodista que debe cubrir una noticia sobre el descubrimiento reciente de una nueva y extraña criatura marina. Redacta tu noticia paso a paso a partir de las siguientes indicaciones.

a. Imagina esa criatura que será objeto de tu noticia.

b. Da nombre a la sección del periódico en la que se incluiría la noticia.

c. Estructura el desarrollo de la noticia teniendo presentes sus elementos: titular, entradilla y cuerpo. Sitúa en primer lugar los datos más relevantes y deja para el final los menos importantes.

d. Incluye declaraciones en estilo directo de alguno de los protagonistas de la noticia. Recuerda que deben ir entrecomilladas.

e. Dibuja la criatura e incorpora su imagen. Redacta el pie de foto correspondiente.

f. Elabora una breve conclusión para cerrar tu texto.

g. Comprueba que tu noticia cumple las reglas del manual de estilo de todo buen periodista: objetividad, claridad y concisión. Revisa también la ortografía de tu texto.

h. Comparte tu noticia con tus compañeros.

Hablar

2 A pesar de que los problemas medioambientales son cada vez más frecuentes en la actualidad, algunas personas desarrollan iniciativas para luchar contra ellos. En grupos, vais a elegir una noticia sobre este tema publicada en un medio escrito y la vais a transformar en una oral para grabar un vídeo sobre la misma. Para ello, seguid las pautas siguientes.

a. Formad grupos de cuatro, buscad noticias relacionadas con la conservación del medioambiente que sean de vuestro interés y seleccionad la que más os haya interesado para presentarla.

b. Transformad la noticia escogida en un guion a partir del cual elaborar vuestra noticia oral, según la estructura de la noticia: titular o presentación, cuerpo y cierre.

c. Aseguraos, antes de grabar el vídeo, de que vuestra noticia responde debidamente a las seis preguntas clave: *¿quién?*, *¿qué?*, *¿dónde?*, *¿cuándo?*, *¿cómo?* y *¿por qué?*

d. Imaginad los posibles escenarios, personajes y otros elementos importantes para ilustrar vuestra noticia.

e. Determinad quién se encargará de narrar la noticia. Para ello, ha de pronunciar correctamente, hacer las pausas necesarias y realizar gestos para acompañar la exposición de los datos más relevantes.

f. Haced un ensayo general para detectar aquello que debéis corregir.

g. Grabad y montad el vídeo con un programa de edición. Compartidlo con el resto del grupo para ser evaluado.

h. El resto del grupo propondrá soluciones para mejorarlo.

1 EL VERBO Y EL GRUPO VERBAL

El **verbo** es una clase de palabra que sirve para **expresar acciones, estados** o **procesos.**

El verbo es el núcleo del **grupo verbal,** y puede ir solo, si su significado lo permite, o bien acompañado de otras palabras y grupos que lo complementan. Estos complementos pueden estar formados por categorías gramaticales distintas.

> Al abrirle el portón exterior al abogado, Helvetius vio al individuo que esperaba a Barois. Ahora estaba mucho más cerca, apoyado en el muro de uno de los almacenes contiguos. No parecía un empleado de bufete. Vestía un tosco blusón y llevaba gorra. En sus pies se adivinaban unas humildes alpargatas. No se podía distinguir su cara. Tenía todo el aspecto de un mozo de cuerda en actitud ociosa.
>
> Joan Manuel Gisbert
> *El misterio de la mujer autómata*
> Edelvives

Verbos que señalan acciones que se realizan (el que las hace es agente).

Verbos que indican acciones que se padecen (el sujeto las sufre pero no actúa).

Verbos que expresan estados.

Verbos que indican procesos.

Grupo verbal, formado por un verbo y sus complementos.

1.1 LA CONJUGACIÓN Y LAS FORMAS VERBALES

El **verbo** es una palabra variable formada por una **base léxica** (constituida por una raíz léxica o una raíz prefijada), una **vocal temática** y una serie de sufijos flexivos llamados **desinencias,** que pueden aparecer fusionadas entre sí: *am-é*.

Base léxica	Aporta el contenido léxico, y permanece idéntica en todas las formas de la conjugación.	*habl-a-ra-n* *com-ie-se-n* *conviv-ie-ra-n*
Vocal temática	Indica la conjugación a la que pertenece un verbo. Puede desaparecer, por unirse a los morfemas flexivos, o bien aparecer diptongada.	*habl-a-ra-n* *com-ie-se-n* *viv-ie-ra-n*
Morfemas flexivos (desinencias)	Aportan el significado gramatical y son de dos tipos: • Morfemas que concuerdan con el sujeto: número y persona. • Morfemas propios del verbo: modo, tiempo y aspecto	*habl-a-ra-n* *com-ie-se-n* *viv-ie-ra-n*

En nuestra lengua tenemos tres conjugaciones, que reconocemos por cómo acaban sus infinitivos.

1.ª conjugación: acabados en -*ar*	*hablar*
2.ª conjugación: acabados en -*er*	*comer*
3.ª conjugación: acabados en -*ir*	*vivir*

Una **conjugación** es el conjunto de formas de un verbo, creadas a partir de su base léxica y todas las combinaciones posibles de desinencias verbales.

Los verbos que presentan algún cambio tanto en la raíz como en las desinencias con respecto a la conjugación regular se llaman **irregulares.**

Ejemplos de raíz irregular	*Cocer: cuezo, cocimos…; caber: quepo, cabes, cupo…; tener: tengo, tienes, tuvo…; decir: digo, dijo, dirá…*
Ejemplos de desinencias irregulares	1.ª persona del presente irregular: *soy, voy, estoy…*; participio irregular: *frito, escrito, dicho…*

Verbos defectivos

A los verbos que no se pueden conjugar en todas sus formas se los llama **defectivos.** Por ejemplo, el verbo *acontecer* solo se usa en tercera persona: *acontece (*acontezco, *aconteces).*

1.2 LA PERSONA Y EL NÚMERO

Los verbos muestran **desinencias de persona y número** que sirven para marcar la concordancia con el sustantivo o el pronombre que funciona como núcleo del sujeto.

La organización considera que estos son objetivos prioritaros.

organización: sust. sing. · considera: 3.ª p. sing. · estos: pron. pl. · son: 1.ª p. pl.

Además, la desinencia verbal permite que el **sujeto se pueda omitir**, ya que se deduce a partir de la persona y número, y buscando en el contexto del texto o de la comunicación.

Nepal no solo ha conseguido aumentar la población de tigres, sino que ha conseguido el hito de 365 días completos sin caza furtiva del rinoceronte en los últimos siete años.
Agradecemos el apoyo de socios.

3.ª persona del singular: se refiere a Nepal.

1.ª persona del plural: se entiende que se refiere a los miembros del gobierno de Nepal y en general a todos los nepalíes, grupo al que pertenece la persona que habla.

LA CONCORDANCIA ENTRE EL SUJETO Y EL VERBO

Hay que tener en cuenta algunas cuestiones excepcionales en la concordancia entre el verbo y el sujeto:

- Cuando hay dos **sustantivos coordinados** con ***y***, el verbo va en **plural:** *María y Juan salieron temprano.*
- Los **sustantivos colectivos** deben llevar el verbo en **singular.** *La gente quiere entrar en el cine (*quieren).*
- Con **sustantivos en singular** que expresan **cantidad** y lleven un **complemento plural**, la concordancia puede hacerse con uno o con otro. *La mayoría de los estudiantes estaba / estaban en el aula.*

En varias ocasiones, dentro de la conjugación, coinciden la forma de primera y tercera persona: *yo/él cantaba, cantaría, había cantado, habría cantado, cante, cantara o cantase, haya cantado, hubiera o hubiese cantado.*

Esta coincidencia no suele dificultar la comunicación, pues normalmente el sujeto está citado o se deduce de la comunicación.

LAS FORMAS NO PERSONALES

Las formas no personales carecen de persona, número, tiempo y modo, salvo el participio, que puede mostrarse en ocasiones en plural. Además, se caracterizan por poder funcionar como otras.

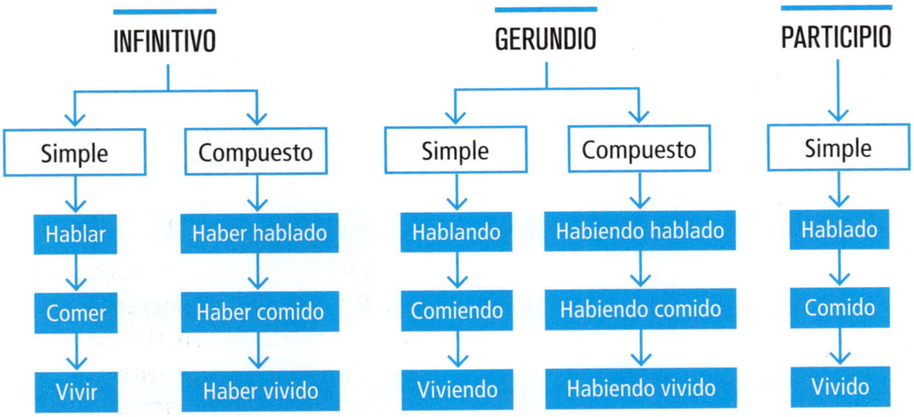

1.3 EL TIEMPO

El tiempo es una categoría gramatical del verbo que permite situar los hechos en relación con el momento en que se habla. Según su formación, los tiempos se dividen en **simples** y **compuestos.** Los simples se componen de una sola palabra (*estabas, escribiré...*) y los compuestos de dos: ***haber*** **+ participio** (*hubo llegado, habrás limpiado...*).

EL PRESENTE DE INDICATIVO

El presente es un tiempo verbal que permite referirse a eventos situados en cualquier momento de la línea temporal. Así pues, sirve para indicar:

- Una acción que **sucede en el momento** en el que se habla: *El conductor arranca y se coloca en primera posición.*
- Una acción que es **habitual,** aunque no se produzca en ese momento: *Cada lunes viene y toma nota de los pedidos.*
- Una acción que se realizará siempre porque es una **verdad científica:** *El otoño comienza a final de septiembre.*
- Una acción que **se realizará en el futuro:** *Mañana tenemos un examen muy importante.*
- Un hecho que **ya ha tenido lugar.** A este se le llama **presente histórico,** porque se usa con frecuencia para narrar hechos del pasado: *La escritura aparece en torno al 3000 antes de nuestra era.*
- Una **orden:** *Recoges eso y lo tiras a la papelera.*

La ortografía de los tiempos verbales

El **pretérito imperfecto** de la primera conjugación se escribe siempre con *-b-* *(cantaba)* y en la segunda y la tercera lleva tilde en la *-í-* por tratarse de un hiato, ya que las vocales se pronuncian en dos sílabas separadas (*be-bía, vi-vía*).

El **pretérito perfecto** simple de los verbos irregulares en *-ve* y *-je,* de verbos que en infinitivo no tienen sonido *-b-* ni *-g-,* se escribe con ***-v-*** y con ***-j-*** respectivamente (*estuve, traje, conduje*).

Todas las formas del verbo **haber,** que sirve para crear tiempos compuestos, se escriben con ***h*** (*hemos jugado*), y con ***b*** cuando incluyen este sonido (*hubimos llegado*).

EL PASADO O PRETÉRITO DE INDICATIVO

Son muchos los tiempos de pasado que presenta la conjugación.

Los tiempos simples son dos:

- **Pretérito perfecto simple de indicativo:** muestra la acción como acabada.
- **Pretérito imperfecto de indicativo:** muestra una acción que dura en el pasado, y por ello se ve como inacabada.

Emma viajaba por todo el mundo; un día, llegó hasta una enorme montaña.

El hablante se sitúa mentalmente en un periodo de tiempo y antes de que termine ese periodo definido por *viajar,* se ubica la acción *llegó,* terminada en el mismo momento de *llegó.*

Asimismo, el pretérito imperfecto de indicativo tiene otros usos:

- Como **fórmula de cortesía:**
  *¿**Podía** decirme la hora?*
- Con un **uso irreal o de juego:**
  *¿Jugamos a que **éramos** piratas y **teníamos** un barco?*

EL FUTURO DE INDICATIVO

El futuro simple se usa para:

- **Hablar de algo que aún no ha ocurrido:** *La fiesta será el próximo lunes.*
- **Dar órdenes:** *Ahora te pondrás y recogerás todo este desorden.*

EL CONDICIONAL DE INDICATIVO

El condicional simple es un tiempo verbal usado habitualmente para expresar:

- Una acción que puede **ocurrir solo si se da una condición** previa que no se supone muy probable: *Si hiciera más frío, nevaría* (aún es posible que haga más frío y por tanto nieve, pero no es probable.)
- Una acción que **se presenta como futura con respecto a un pasado:** *Ana preguntó a Luis si iría a la fiesta, y Luis contestó que llegaría un poco tarde.*
- Una petición **expresada con una cortesía aún mayor** que con el pretérito imperfecto: *¿Podría decirme la hora?*

Los **tiempos compuestos** se forman mediante el verbo auxiliar ***haber*** y el **participio del verbo** del que se trate, sin que cambie en género ni número:

Yo he *(pretérito perfecto compuesto)* / Tú habías *(pretérito pluscuamperfecto)* / Ella hubo *(pretérito anterior)* / Nosotros habríamos *(condicional compuesto)* / Vosotros habréis *(futuro compuesto)* — llegado.

1.4 EL ASPECTO

El aspecto indica si **la acción que expresa el verbo se considera en proceso o terminada.** Los valores del aspecto verbal son:

- **Perfectivo o acabado.** Presentan este aspecto las formas compuestas y el pretérito perfecto simple.
- **Imperfectivo o inacabado.** Muestran este aspecto las formas simples, salvo el pretérito perfecto simple.

LAS PERÍFRASIS VERBALES ASPECTUALES

Hay combinaciones en las que algunos verbos pierden su sentido originario y se convierten en auxiliares que, combinados con otros, forman perífrasis verbales que **aportan matices de tiempo** y **aspecto** y funcionan como núcleo verbal.

- **Acción que justo comienza:** *Echarse a reír, ponerse a cantar...*
- **Acción o proceso que está realizándose o que se repite:** *Soler pasear, andar imitando, seguir viniendo, llegar a alcanzar, estar mirando...*
- **Acción que ha terminado:** *Tener acabados, llevar leídos...*

Estructuras que no son perífrasis

Las **locuciones verbales** son conjuntos de palabras fijadas en torno a un verbo que funcionan como una sola palabra: *echar de menos, tener en cuenta...*

Cuando el verbo en forma personal mantiene su significado y permite combinarse con otras palabras que no sean verbos en forma no personal, no estamos ante una perífrasis:

Se acostó a leer (es posible, con el mismo significado de *acostarse, Se acostó en la cama*).

Quiere jugar (es posible, con el mismo significado de *querer, Quiere un regalo*).

Verbo auxiliar	Nexo	Verbo principal
Matiza el significado del verbo principal y es el que lleva las desinencias de persona, número, tiempo y modo.	En algunos casos se trata de una preposición o de una conjunción que une los dos verbos.	Aporta el significado léxico. Aparece en infinitivo, gerundio o participio.
Se echó	*a*	*reír*

1.5 EL MODO

El modo es una categoría del verbo que **sirve para expresar la visión del hablante** acerca de aquello que está contando.

EL INDICATIVO Y EL SUBJUNTIVO

Los tiempos que hemos estudiado se corresponden con el **modo indicativo,** que es el modo usado para **presentar los hechos que el emisor considera reales.** Pero el español tiene, además, un modo **para expresar el deseo y la irrealidad:** el **modo subjuntivo.**

El **subjuntivo** tiene formas **simples** (presente: *venga;* pretérito imperfecto: *viniera*) y **compuestas** (pretérito perfecto: *haya venido;* pretérito pluscuamperfecto: *hubiera venido*) que manifiestan, dentro del modo, diferencias de tiempo y aspecto y tienen usos diferentes.

Fíjate en que con el adverbio de deseo *ojalá*, o la expresión de duda *no creo que* no pueden aparecer ninguno de los tiempos del indicativo.

No creo que Luis termine a tiempo, pero ojalá pudiera ir.

**No creo que Luis termina a tiempo, pero ojalá podrá ir.*

EL IMPERATIVO

Es un modo específico que **sirve para dar órdenes** y, por tanto, siempre se dirige al receptor. Por eso, solo presenta formas de segunda persona. Para *usted* y el resto de personas se utiliza el subjuntivo:

Vea usted. Vayamos ahora.

Si la orden es negativa, también se usa el subjuntivo, pues se entiende que no llega a ser una acción real:

No subas. No subáis.

LAS PERÍFRASIS VERBALES DE MODO

Al igual que sucede con el aspecto, se pueden expresar valores modales mediante perífrasis formadas por un **verbo auxiliar conjugado, una preposición** o **conjunción de enlace,** cuando sea preciso, y un infinitivo.

- **Posibilidad:** *Poder* + infinitivo. *Esta puede ser la mejor oportunidad de tu vida.*
- **Probabilidad:** *Deber de* + infinitivo. *Debe de llegar sobre las cinco.*
- **Obligación:** *Haber de / deber / tener que / haber que* + infinitivo. *Tengo que terminar hoy el trabajo.*

1.6 LA VOZ

La voz verbal sirve para **marcar el valor semántico** que tiene el sujeto en relación con el verbo. El verbo en español tiene dos voces:

- **Activa.** Indica que el sujeto **realiza la acción** y recibe el nombre de ***sujeto agente.***

Un estudiante <u>colocó</u> todos los carteles.

- **Pasiva.** Indica que la **acción es padecida** por el del que se habla, llamado ***sujeto paciente.*** Las pasivas se construyen mediante el **verbo auxiliar *ser* y el participio** del verbo principal, con concordancia de género y número.

Todos los carteles <u>fueron colocados</u> por un estudiante.

ACTIVI DADES

04 EL VERBO Y EL GRUPO VERBAL

1 El verbo y el grupo verbal

1 Indica cuál es el grupo verbal cuyo núcleo es el verbo de cada una de las siguientes oraciones. Fíjate en que algunos de los verbos forman grupos por sí solos.

a. Los paquetes llegaron ayer.

b. Nuestros vecinos han viajado mucho.

c. Uno de los estudiantes enfermó el primer día de vacaciones.

d. No duermes lo suficiente.

e. Las amigas de Ana estudiarán juntas para el examen.

f. La piscina permanecerá cerrada hasta después de las vacaciones.

2 Clasifica los verbos de las oraciones del ejercicio anterior según indiquen procesos, estados o acciones.

3 ¿A qué conjugación pertenecen los siguientes verbos?

a. Asustaron.

b. Escribiste.

c. Vivirán.

d. Entendían.

e. Traduje.

f. Habéis comido.

g. Alivian.

h. Hayan animado.

4 Identifica en cada lista de formas verbales la base léxica, la vocal temática y las desinencias. ¿Hay alguna irregularidad? Si la hay, ¿cuál es?

a. Imagino.

b. Imagina.

c. Imaginan.

d. Imaginaré.

e. Imaginaremos.

f. Sentiría.

g. Sentirías.

h. Sentiríamos.

i. Sentirían.

j. Sintieron.

5 Localiza los verbos en los siguientes textos y di cuáles son las bases léxicas de cada uno de ellos. Después, agrupa las formas verbales según pertenezcan a la primera, la segunda o la tercera conjugación.

a. Pasamos a mi habitación para empezar la reunión. ¡Y vaya! Otro nuevo motivo de distracción. Nada más entrar, después de enterarse de que esa habitación era para mí solo, se pusieron a discutir todos a la vez. Así que la tarde estaba llena de sorpresas para mí, porque yo ¡tampoco nunca en mi vida había pensado en mi habitación!

Pilar Lozano Carbayo
Siete reporteros y un periódico
SM

b. Las fuertes lluvias hicieron que durante la noche del pasado martes 6 de noviembre un perro ciego se desorientara y perdiera el rastro de su dueño. Sin embargo, los agentes del Comisionado de Policía del Estado Colombo se lo encontraron por la calle y consiguieron reunirlos.

www.cuatro.com

6 Identifica la persona y el número de los verbos subrayados en este texto.

Una mañana en Formigal

En 1997 la estación <u>siguió</u> ganando terreno y entró en el valle de Anayet, antigua zona minera en donde según la leyenda hubo explotaciones de oro. El esquiador que <u>llegue</u> aquí por el telesilla Collado (atención en días de mucho viento porque este remonte es de los que primero se cierran) <u>descubrirá</u> unas lomas suaves que <u>incitan</u> al esquí relajado. <u>Bajamos</u> por la pista Anayet, fácil, ideal para quienes <u>empiezan</u> a soltarse en este deporte.

Aunque ya hay muchas personas esquiando no se producen aglomeraciones, el trazado <u>es</u> ancho y cada cual <u>puede</u> encontrar su camino.

Más abajo, otras tres pistas azules, equipadas con una cinta transportadora y un telesquí, <u>ofrecen</u> más posibilidades a los debutantes.

http://elviajero.elpais.com

7 Copia en tu cuaderno el siguiente texto y subraya en rojo aquellas formas personales con sujeto explícito; di cuál es ese sujeto, la persona y el número del verbo. A continuación, rodea de azul los verbos personales con sujeto elidido y escribe el pronombre que podría funcionar como tal.

Ismael y Adrián, premios extraordinarios de Secundaria en Salamanca, explican las claves de sus buenos resultados

Ambos cursan 1.º de Bachillerato y, además de sus extraordinarias calificaciones, aspiran a llegar muy alto

[...] tuvieron que realizar tres pruebas de matemáticas, inglés y lengua. Los dos coinciden en que no se esperaban ser las dos mejores notas de estos exámenes, sobre todo por culpa del de matemáticas. «No tenía esperanza porque la prueba fue muy difícil [...]», explica Ismael, opinión que corrobora Adrián.

www.lagacetadesalamanca.es

8 Conjuga el verbo entre paréntesis para que concuerde con el sujeto e indica la persona y el número.

a. El Ministro y el periodista (llegar) tarde al evento.

b. (Aparecer) Loli con sus sobrinos.

c. El ejército (quedar) disperso.

d. Una mayoría de los pacientes (ir) a felicitar al médico.

9 ¿Cuáles son las formas no personales de los verbos *avisar, meter* y *sentir*?

10 En el siguiente texto, localiza las formas no personales de los verbos y clasifícalas.

Ni siquiera dieron muestras de haberme visto. Uno de ellos estaba delante de la puerta principal del molino, sentado en una silla blanca y leyendo el periódico; el otro, en la ventana nueva del tejado y —aquello sí que era una novedad— mirando por un catalejo largo y grueso.

11 ¿A qué tiempo pertenecen estas formas? Construye una oración con cada una de ellas?

a. Hubo llegado.

b. Andaba.

c. Irías.

d. Hemos estudiado.

e. Habíais reído.

f. Compro.

g. Dijiste.

h. Habríamos ido.

i. Terminaré.

j. Habían conducido.

12 Explica cuáles son los valores del presente en las siguientes expresiones.

a. Por favor, vas ahora mismo y hablas con él para pedirle perdón.

b. Llega tarde con frecuencia.

c. Aquí está tu vecino, que pide un poco de sal.

d. Todos los sábados viene a casa a estudiar.

e. ¿El próximo lunes tenemos la excursión?

f. Un potro es la cría de una yegua.

13 Copia este fragmento, marca los verbos en pretérito y di cuál es su tiempo. A continuación, ordena los hechos que aparecen.

Ya había terminado la lista de las preguntas y estaba tratando de imaginarme cómo sería Amparito, cuando Juanjo golpeó la puerta de mi habitación para avisarme que empezaba mi telenovelón de las cuatro. No lo podía creer. Me había pasado dos horas encerrada, sin tener la menor noción del tiempo. Decidí no darle más vueltas al asunto hasta el día siguiente.

Norma Huidobro
Octubre, un crimen
SM

14 Completa con la forma verbal que consideres adecuada. ¿De qué tiempo se trata en todos los casos?

a. Si llegaras temprano...

b. Si llamaras todos los días...

c. Si vivieras en París...

d. Si inscribimos a María en nuestro equipo...

e. Si hablaras más bajo...

f. Si el tren no se retrasara...

15 Busca en el diccionario y explica el significado de estas locuciones verbales. Después, construye una oración con cada una de ellas. Cuando hagas la consulta, recuerda que las locuciones verbales no se suelen encontrar en la entrada del verbo, sino de alguno de los elementos que lo acompañan.

a. Haber gato encerrado.

b. Caer de pie.

c. Meter la pata.

d. Caérsele a alguien el pelo.

e. Pedir peras al olmo.

16 Copia en tu cuaderno el siguiente texto y subraya las formas verbales en futuro imperfecto. A continuación, narra la conversación en estilo indirecto, comenzando por «El periodista dijo que...» y usando los tiempos adecuados.

Una ola de frío dejará temperaturas inferiores a -10 grados y podrá nevar al nivel del mar

- Las temperaturas máximas no llegarán a los 5 grados en gran parte del país.
- Las precipitaciones podrán ser de nieve, incluso al nivel del mar, en el Norte.
- La ola de frío se prolongará hasta el próximo martes, según la Aemet.

www.rtve.es/noticias

17 Indica la persona, el número y el tiempo de todas las formas personales de esta noticia. ¿Qué tienen en común?

Los bomberos rescatan a dos gatos encaramados en lo alto de un ciprés

El propietario de la finca ha llamado al Consorcio al observar que los felinos estaban paralizados por el miedo y no podían bajar

Redacción 13.11.2018 | 18:00

Los bomberos del parque de Consorcio en Orihuela han rescatado hoy a un gato que se había encaramado en lo alto de un ciprés en el interior de una propiedad en la localidad de Bigastro. Concretamente en el tramo de Correntías en la CV-95. El felino terminó junto a otro gato más que se habían encaramado a lo alto del ciprés y quedaron paralizados por el miedo.

www.diarioinformacion.com

18 Señala en las siguientes oraciones cuáles son las formas que constituyen perífrasis verbales aspectuales, cuál es su estructura y qué valor tienen.

a. Cuidado, porque está nevando mucho estos días.

b. Se lo vengo avisando desde el año pasado.

c. Al oír el chiste, se echó a reír estrepitosamente.

d. Quería saber si tienes hechos los dibujos o los estás terminando.

19 Lee el siguiente texto e indica:

a. Qué formas de la conjugación tienen aspecto perfectivo y cuáles aspecto imperfectivo.

b. Cuáles son simples y cuáles compuestas.

c. La persona y el número del verbo auxiliar en las formas compuestas.

—¿Qué habéis hecho? —gritó más que preguntó. […]

Era mucho lo que había aprendido en tan escaso tiempo en la montaña y mucho lo que había olvidado. Apenas recordaba el agobio de la ciudad, la insolidaridad de muchas personas, la falta de movimiento donde todo eran prisas, la soledad en medio de la muchedumbre… Había descubierto la calma de la aldea, la paz del campo, la amistad compartida, la libertad de moverse a su antojo, las costumbres casi rituales y la cantidad de aventuras que pueden vivirse en un pueblo.

Los olores de Paciano, su amigo-poeta, que habría llegado a delantero centro y tendría una vaca si hubiera vivido en un pueblo como aquel. […]

—Nos ha fastidiado —dijo Ramón, cuando su abuela se hubo marchado.

—¿Crees que habrá adivinado lo que pensábamos hacer con la gallina?

Fernando Almena: *Un solo de clarinete.* SM

20 Identifica el tiempo de las siguientes formas de subjuntivo y construye una oración con cada una de ellas.

a. Venga.

b. Llegara.

c. Cantásemos.

d. Hubieras venido.

e. Llegues.

f. Estuvieseis.

g. Haya terminado.

h. Hubieses dicho.

21 En el siguiente texto, determina el modo de las formas verbales que aparecen y explica por qué se ha elegido el indicativo y el subjuntivo en cada caso.

> El convenio permitirá asistencia veterinaria a los animales sin dueño o maltratados que requieran atención clínica y se pondrán en marcha campañas de sensibilización, concienciación y divulgación en colegios públicos en relación con el respeto animal (prevención del abandono o fomento de las adopciones). Además, se va a diseñar el programa CES (Captura, Esterilización y Suelta) para las colonias felinas del valle que sean susceptibles de aplicación de dicho programa.
>
> El Ayuntamiento se compromete a poner en conocimiento de la población anuncios donde se reflejará fecha y lugar de las campañas CES, con objeto de prevenir que la vecindad deje salir a sus gatos fuera de casa, o al menos se les dispongan medios de fácil identificación como collares u otras señales reconocibles.
>
> www.noticiasdenavarra.com

22 Localiza una perífrasis en el texto anterior, señala cómo está formada y de qué tipo es.

23 Convierte esta noticia en una serie de órdenes en estilo directo, destinadas a la segunda persona del plural *vosotros* y, posteriormente, al equivalente de respeto *ustedes*. Indica en cada caso qué modo has utilizado y por qué.

> Ante las lluvias intensas, Protección Civil recomienda a los conductores que disminuyan la velocidad, extremen las precauciones y que no se detengan en zonas por donde pueda discurrir gran cantidad de agua y a los conductores les indica que viajen preferentemente por carreteras principales y autopistas.
>
> www.europapress.es

24 Explica cómo están formadas las perífrasis del siguiente texto y si son aspectuales o modales. Después, señala qué valor tiene cada una de ellas.

> Kati se sentó a su lado, y Susi empezó:
>
> —¿Qué puede uno escribir a su papá, cuando ni siquiera lo conoce?
>
> Miró a Kati, buscando la impresión que le habría hecho su pregunta. ¿Podría entenderla?
>
> No se defraudó. Kati enseguida supo de qué se trataba. Solo es a los mayores a quienes hay que explicar las cosas durante horas, contándoles, con pelos y señales, cada detalle para que al fin puedan comprender algo.
>
> Kati hizo como si lo que más le importara en el mundo fuese el televisor del rincón. Lo estuvo mirando durante un buen rato.
>
> María HALASI
> *A la izquierda de la escalera*
> SM

25 Indica si las siguientes oraciones son activas o pasivas. A continuación, convierte las activas en pasivas y viceversa.

a. Han sido encontradas dos vasijas romanas por los arqueólogos en Cuenca.

b. Hemos comprado dos libros en nuestro viaje a Madrid.

c. Las entradas las ha comprado mi amigo Juan.

d. Esta novela fue escrita por Cervantes.

e. Los que no aprueben este examen serán evaluados por el profesor sustituto después de la recuperación.

Premio al científico precoz

El Centro Superior de Investigaciones Científicas entregó ayer, por octava vez consecutiva, los galardones al trabajo desarrollado por jóvenes universitarios o de Enseñanza Secundaria.

10/NOV/18 0:49 AM

La cultura de la ciencia tuvo ayer su cita anual con los más jóvenes, a través de la entrega de los premios CSIC-Canarias en la sede del Centro Superior de Investigaciones Científicas, ubicada en el Campus de la Ciencia de la Universidad de La Laguna. Fueron entregados premios en cuatro categorías a alumnos de Secundaria, Bachillerato y Universidad. Esfuerzo, trabajo duro durante el curso, cambio climático... Palabras escuchadas durante la mañana por un auditorio de premiados y sus familiares que abarrotaron el salón de actos. [...]

Tigeras, la vicepresidenta de Cultura Científica del CSIC, abrió y cerró el turno de palabra para destacar la calidad de los trabajos. [...] Valoró que «la ciencia es cultura», así como lo fundamental que resulta generar y trasladar conocimiento desde la escuela. Acabó así: «En ustedes está el futuro. Sean prudentes, también con las redes sociales, y no pierdan nunca la curiosidad». [...]

En «Ciencia en Canarias» el primero fue para el IES El Paso (La Palma) por el trabajo «El compost en La Palma», de los alumnos Kilian Lorenzo y Adán Lorenzo, supervisado por María José Camacho. El segundo se lo llevó el IES Punta Larga (Tenerife), por «Cambio climático en el mar de Canarias. El mar de Candelaria», de Esther Rodríguez y Zakiel Zabaleta, y la profesora Elena Aranguren.

www.eldia.es

1 ¿A qué sección puede pertenecer esta noticia? ¿Cuál es su fuente? Señala las partes principales del texto según esta tipología.

2 ¿Qué información, de las que corresponden a las 6 preguntas (W), proporciona el título?

3 Indica cuál es la base léxica de estas formas verbales, explicando si se trata de verbos regulares o irregulares: *tuvo, abarrotaron, pierdan, fue.*

4 Identifica, gracias a la concordancia, el sujeto omitido de:

a. valoró. b. pierdan.

5 Inventa una continuación usando el pretérito imperfecto de indicativo.

- *Tigeras abrió y cerró el turno de palabra mientras…*

6 Localiza en el texto todos los participios y di cuáles forman parte de tiempos verbales y cuáles no. Explica cómo has sabido diferenciar entre ambos y qué concordancia presenta cada uno de los casos.

7 Redacta en segunda persona del singular, usando el modo que sea oportuno, las recomendaciones finales de la vicepresidenta. ¿Qué modo has usado?

8 Convierte en activa la única forma verbal pasiva comenzando con el sujeto: «Las autoridades…».

9 ¿Sabes cuáles son las cualidades que ha de tener una buena noticia? Escribe cinco consejos básicos para un periodista, independientemente de que se dedique a la noticia en medios orales o escritos.

10 ¿Por qué una noticia es un texto narrativo? Indica sus partes principales usando el esquema de la pirámide invertida.

11 Recopila las normas de escritura que aparecen en la unidad.

12 Señala dónde empieza y termina cada uno de los grupos cuyo núcleo se subraya y di si son formas verbales simples o compuestas, perífrasis o locuciones verbales.

a. Estoy esperando a Juan.

b. Sus amigos echaban en falta su ayuda en el campamento.

c. Hoy nos ha dicho la profesora las notas del examen.

d. Ellos vienen a las ocho y nosotros llegaremos media hora más tarde.

13 ¿Cuáles de las siguientes expresiones son locuciones? Explica por qué lo son.

a. Ellos no saben hablar nuestra lengua.

b. Siempre suele pasear por esta zona.

c. Llegó a vivir cien años.

d. Ayudó a limpiar.

14 Divide las siguientes formas verbales en base léxica, vocal temática y desinencias e indica el valor de cada una de ellas: *existirían, sospechábamos, cantaré, imaginabais.*

15 Copia y completa en tu cuaderno la siguiente tabla con el análisis de las formas verbales del texto según el ejemplo. Indica, cuando sea preciso, si son perífrasis o locuciones verbales.

> *Picasso. El viaje del Guernica* propone un recorrido histórico de la obra de Picasso desde su creación en París en 1937 hasta su emplazamiento permanente en el Reina Sofía, en 1992. Los visitantes podrán descubrir el proceso creativo que llevó a cabo el malagueño para realizar su obra, así como su significado de denuncia antibélica y los motivos por los que viajó por todo el mundo durante más de 40 años.
>
> www.laopiniondemalaga.es

Forma	Persona	Número	Tiempo
propone	tercera	plural	presente

Modo	Aspecto	Voz	Conjugación
indicativo	imperfecto	activa	segunda

16 ¿Con qué formas podemos expresar peticiones?

17 A lo largo de la unidad se ha hecho referencia en varias ocasiones a los verbos auxiliares. ¿Con qué fin se utilizan estos?

18 ¿Qué es una perífrasis? Completa el siguiente esquema.

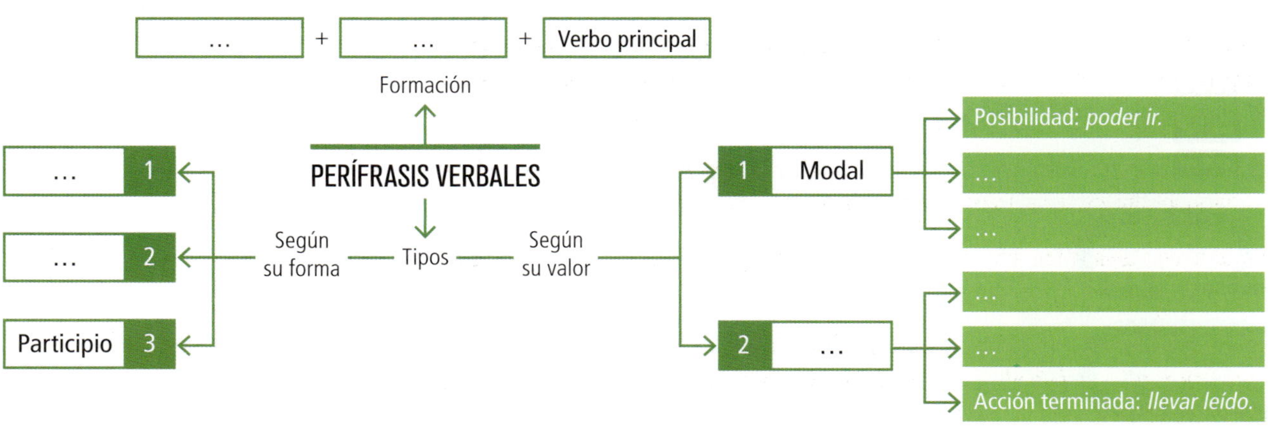

05 LAS CLASES DE PALABRAS INVARIABLES

YO SOLA NO PUEDO CAMBIAR EL MUNDO, PERO PUEDO TIRAR
UNA PIEDRA AL AGUA
Y CREAR MUCHAS ONDAS

TERESA DE CALCUTA

PRESENTAR

PERFIL SOCIAL PREPOSICIONAL

Imaginemos que las preposiciones recurren a nosotros (como si fueran unos amigos nuestros) para que les hagamos a cada una un perfil social con el que darse a conocer entre las otras clases de palabras.

Tendremos que investigar lo más relevante de cada una de ellas y qué tipo de relaciones prefieren establecer con otras categorías gramaticales. La nómina de preposiciones se distribuirá entre toda la clase para que, en grupos, preparemos un breve formulario que dé a conocer a cada una.

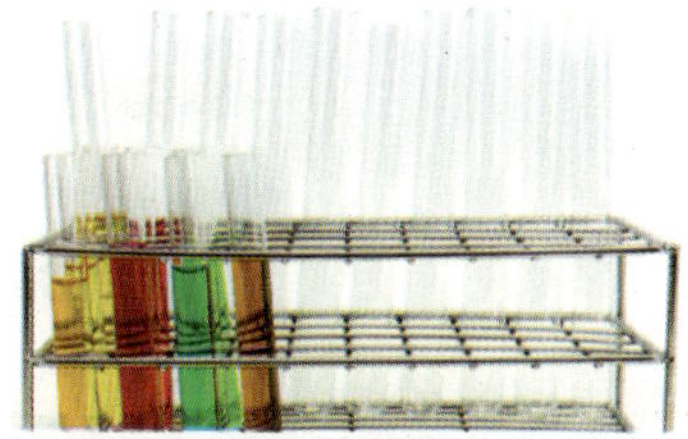

CONOCER

GRUPOS COMPATIBLES

El Laboratorio de las Palabras trabaja actualmente en la demostración de la compatibilidad de determinados grupos de palabras con otros. Habéis sido convocados para participar de este experimento y probar de la forma que creáis oportuna que estos dos grupos o sintagmas, *bastante más* y *de nuestro trabajo*, pueden complementar, al menos, a tres tipos de palabras diferentes.

CREAR

CON LAS MANOS EN LA MASA

El famoso Panorámix nos ha propuesto formar parte de su equipo de druidas, que está trabajando en las claves de una receta *para que las cosas ocurran*. Habrá que seleccionar cuidadosamente todos los ingredientes, sus proporciones, y determinar minuciosamente el proceso de elaboración de esta singular receta. Para ello hay que asegurarse de usar, al menos, diez adverbios. Después, compartiremos esta fórmula magistral en un vídeo tutorial que nos permitirá inmortalizarla.

INVESTIGAR

POR EL BIEN DE LOS HABLANTES

El *Semanario digital de los horrores* está elaborando una nueva entrega que incluirá un espacio de reflexión sobre el uso incorrecto de algunas conjunciones. Para ello, nos ha propuesto recoger ejemplos de usos inadecuados de este tipo de palabras, así como su correspondiente corrección. No hay límite de espacio para este apartado, por lo tanto, todos los casos que localicemos serán publicados por el bien de la lengua y de todos sus hablantes.

El siguiente ejemplo corresponde a un texto instructivo, palabra que deriva del verbo *instruir*. ¿Qué te permite deducir que este es su objetivo?

Seis pasos para estudiar mejor

¿Cómo aprendiste a montar en bici? Puedes aprender a estudiar de una forma muy parecida.

1 Presta atención: los buenos hábitos de estudio empiezan en la clase

¿Te cuesta prestar atención en clase? ¿Te sientas cerca de una persona que habla mucho o es muy ruidosa? Asegúrate de sentarte en un buen sitio para poder prestar atención. Si hay algo que te impide prestar atención o tomar buenos apuntes en clase, coméntaselo al profesor o a tus padres.

2 Los buenos apuntes facilitan el estudio

¿No sabes tomar apuntes? Empieza anotando la información que explique o escriba en la pizarra tu profesor durante la clase. También es una buena idea tener los apuntes, exámenes, pruebas sorpresa y documentos de trabajo ordenados por asignaturas.

3 Si planificas el estudio con antelación, luego te alegrarás de haberlo hecho

Pide un calendario que sea guay y anota las fechas de entrega de los trabajos escolares y de los exámenes. Luego planifica cuánto tiempo dedicarás cada día a estudiar cuando salgas del colegio o instituto y cuánto tiempo dedicarás a cada asignatura.

4 ¡Divídelo en cachitos!

Cuando tengas que estudiar mucho material, te ayudará dividirlo en cachitos. Supongamos que tienes una prueba de ortografía sobre 20 palabras. En vez de pensar en todas las palabras a la vez, intenta dividir el trabajo en bloques de cinco palabras y estúdiate uno o dos bloques cada día.

5 Si estás estancado, pide ayuda

No se puede estudiar bien cuando uno no entiende la materia. Asegúrate de pedir ayuda a tu profesor si hay algo que no acabas de entender. Puedes intentar salir del bache releyendo tus apuntes. ¿Te aclaran algo? En caso negativo, pídele al profesor que te lo vuelva a explicar o que reviséis juntos tus apuntes.

6 ¡Duerme a pierna suelta!

El examen es mañana. Tú has seguido tu plan de estudio y has aplicado las técnicas que te hemos explicado, pero, de repente, tienes la sensación de que no te acuerdas de nada. ¡No te dejes dominar por los nervios! Tu cerebro necesita tiempo para asimilar toda la información que ha incorporado. Intenta dormir bien por la noche y mañana te sorprenderá lo bien que te sabes la materia.

Adaptado de: www.kidshealth.org

Leer

1 Indica si las siguientes afirmaciones sobre el texto son verdaderas o falsas. En el caso de las oraciones incorrectas, reescríbelas para que sean ciertas.

a. El texto va dirigido a estudiantes universitarios.

b. Su objetivo es facilitar una serie de consejos para mejorar los hábitos de estudio.

c. El lenguaje empleado es técnico y muy elevado.

d. La información se presenta de forma ordenada.

2 Identifica las partes que conforman la estructura del texto.

3 ¿Qué función tienen los números en el texto?

a. Indican el orden cronológico en que se deben aplicar.

b. Sirven para presentar los consejos de forma ordenada.

c. Solo tienen una función estética.

d. Clasifican la información por orden de importancia.

4 El texto se dirige directamente al lector. Selecciona al menos tres fragmentos que lo demuestren. ¿Qué crees que le aporta esta característica al texto?

5 ¿Qué modo verbal predomina en los títulos que encabezan cada paso?

a. Indicativo.

b. Subjuntivo.

c. Imperativo.

d. Condicional.

6 Escribe un título alternativo para cada paso que siga el mismo modelo, que cumpla la misma función y que, además, resulte atractivo para el lector.

7 Básate en tu propia experiencia y añade un séptimo consejo para estudiar mejor. Incluye un título para el nuevo paso.

8 Sustituye las palabras subrayadas en los siguientes fragmentos por otras con el mismo significado.

a. Pide un calendario que sea <u>guay</u>.

b. Cuando tengas que estudiar mucho material, te ayudará dividirlo en <u>cachitos</u>.

c. No se puede estudiar bien cuando uno no entiende correctamente la <u>materia</u>.

d. Asegúrate de pedir ayuda a tu profesor si hay algo que no acabas de <u>entender</u>.

- ¿Por qué no encontrarías la palabra *cachitos* en el diccionario?

9 No todas las palabras que usamos tienen un sentido literal. Indica en tu cuaderno qué significan las siguientes expresiones en sentido figurado y escribe una oración con cada una de ellas.

a. salir del bache

b. echar una mano

c. estancarse

Sin faltas.com

10 ▶ Un error muy común al dar órdenes en segunda persona del plural es emplear el infinitivo en lugar del imperativo («¡venir aquí!» en lugar de «¡venid aquí!», la forma correcta). Transforma las siguientes órdenes del texto a la segunda persona del plural.

a. presta atención

b. divídelo en cachitos

c. pide ayuda

d. duerme a pierna suelta

Opinar

11 En el texto se plantea una problemática común en clase, la de sentarse junto a una persona que habla mucho o es muy ruidosa, y se recomienda comentarlo con el profesor o los padres.

a. ¿Estás de acuerdo con la sugerencia del texto?

b. ¿Qué estrategia seguirías si quisieras resolverlo directamente con tu compañero?

1 LOS TEXTOS INSTRUCTIVOS

Los **textos instructivos** tienen el objetivo de **guiar el comportamiento** o **las acciones del receptor** por medio de indicaciones o consejos que se deben llevar a cabo con el fin de **realizar una tarea o acción** determinada.

Podemos encontrar estos textos **en todos los ámbitos comunicativos:**

Privado

Instrucciones de montaje de un juguete, recetas de cocina...

Social

Prospectos farmacéuticos, guías de viaje...

Académico

Instrucciones de exámenes, bases de concursos...

Profesional

Manuales de prevención de riesgos laborales, normas de evacuación de incendios...

Además de su finalidad, todos los textos instructivos comparten, en mayor o menor medida, las siguientes **características:**

- Emplean un **lenguaje accesible y conciso,** para transmitir las pautas sin ambigüedad, en el que predominan estas formas:
  - **Verbos en infinitivo:** *Tomar apuntes.*
  - **Formas verbales con *se*:** *Se toman apuntes.*
  - **Verbos en imperativo:** *Toma apuntes.*
- Pueden **convivir con otras tipologías textuales,** como fragmentos expositivos —por ejemplo, al explicar para qué sirve un medicamento— y descriptivos —al detallar qué aspecto debe tener el resultado final de una receta—.
- Disponen de una **estructura ordenada** —que puede seguir o no un orden cronológico—, en la que poder distinguir fácilmente sus elementos. Por ejemplo, en las instrucciones de montaje de un juguete: advertencias, piezas necesarias, pasos y resultado final.
- Acostumbran a emplear **conectores textuales:** *en primer lugar, a continuación, después, finalmente, para acabar...*
- Pueden disponer sus contenidos en forma de **lista, esquema, infografía...**
- Suelen ir acompañados de **ilustraciones o fotografías** para facilitar la comprensión de la información.

En los **textos instructivos de carácter oral,** la explicación puede acompañarse de una demostración visual y de todo tipo de recursos sonoros y audiovisuales. Además, entre indicación e indicación, se deben incluir las pausas necesarias para que el receptor pueda tomar nota.

2 LA RECETA

Uno de los textos instructivos más conocidos es la **receta,** que tiene la finalidad de guiar al receptor en la **realización de un plato de cocina** mediante **una serie de pautas.**

Además de compartir con el resto de textos instructivos las características generales propias de esta tipología, la receta presenta algunos **rasgos propios:**

- Una **estructura organizada y ordenada** en la que se distinguen los siguientes elementos:
  - Un **título,** que indica a qué plato corresponde la receta.
  - Los **ingredientes o materiales** necesarios para realizar la receta, así como el **número de comensales.**
  - Las **instrucciones** correspondientes, por orden.
  - Opcionalmente, puede incluir **información adicional:** un pequeño resumen (que puede situarse al inicio o al final del texto, como colofón), trucos o advertencias, etc.
- El uso de **números y símbolos** para hablar de cantidades (220 g), dimensiones (30 cm), temperaturas (200 °C), duraciones (15 min), etc.

1 **Magdalenas de naranja (4 personas)**

Ingredientes

3
220 g de harina
200 g de azúcar
4 huevos
1 naranja pequeña
1 sobre de levadura química
Canela en polvo
220 g de aceite de girasol

2

Elaboración

4
- Juntar los huevos con el azúcar, la canela y la ralladura y el zumo de la naranja
- Añadir el aceite y mezclar. Agregar la harina y la levadura tamizadas.
- Dejar que repose esta mezcla 15 min y verter en moldes de magdalenas.
- Precalentar el horno a 200 °C y hornear durante 15 min hasta que estén hechas.

Truco

5 Se puede incorporar a la masa perlitas de chocolate.

Sergio Fernández: *El gran libro de la cocina tradicional*, Espasa

1 Título

Nombre del plato que se prepara con la receta.

2 Imagen

Complementa la información y presenta el resultado final. También pueden aparecer imágenes para ilustrar cada uno de los pasos.

3 Ingredientes

Se enumeran los alimentos y condimentos requeridos para la elaboración y se indican las cantidades necesarias.

4 Cuerpo de la receta

Incluye los pasos que se deben seguir para la elaboración del plato.

Se diferencian visualmente entre sí para facilitar su consecución.

5 Truco

Aporta información.

Escuchar

Gracias a los textos instructivos, podemos aprender todo tipo de cosas, por ejemplo, como hemos visto, a ser más eficientes a la hora de estudiar o a preparar un postre delicioso.

¿Qué otro tipo de enseñanzas se podrían transmitir a través de un texto instructivo?

Accede a la web de *El Comidista* y busca el vídeo titulado «Lo que no debes hacer si te invitan a comer a casa». Visualízalo con atención y responde a las siguientes preguntas.

1 ¿Cuántas indicaciones se dan en el vídeo? ¿Deben seguirse en orden cronológico?

2 El vídeo consta de una introducción que cumple, fundamentalmente, dos funciones. ¿Cuáles son?

3 Además del audio, en el vídeo se emplean una serie de recursos visuales para reforzar la información, como las onomatopeyas que son propias del cómic. Define la función de los siguientes elementos.

a. Ding, dong

b. ¡Arg!

c. Bla, bla, bla

d. !#%T&

4 El vídeo se caracteriza por su tono humorístico y por su estilo dinámico. Aporta al menos tres ejemplos extraídos del mismo que lo demuestren.

5 ¿Qué otras cosas crees que no se deben hacer como invitado? Escribe una indicación más para la lista.

6 En el vídeo, consideran de muy mala educación estar pendiente del móvil en lugar de atender a los demás.

a. ¿Estás de acuerdo?

b. ¿Alguna vez te han llamado la atención por estar más atento al móvil, a la tableta o al televisor que a las personas? En tal caso, ¿qué hiciste para disculparte?

Escribir

1 Los textos instructivos anteriores te han permitido aprender cosas que quizá no sabías, pero ¿qué puedes enseñar tú a otras personas? Es el momento de escribir tu propio texto instructivo.

a. Piensa en algo que se te dé especialmente bien: cocinar un plato delicioso, practicar algún deporte, realizar cálculos matemáticos a toda velocidad...

b. Responde a estas preguntas en tu cuaderno:

- ¿Qué vas a enseñar a hacer o sobre qué tema vas a aconsejar?
- ¿A quién te vas a dirigir?
- ¿Cuántas indicaciones vas a incluir?
- ¿Cómo vas a ordenar la información?
- ¿Qué características debe respetar tu texto?

c. Elabora, a partir de las respuestas a las preguntas anteriores, un borrador de tu texto.

d. Corrige tu borrador las veces que haga falta para confirmar que se adecúa, en fondo y forma, a las características propias del texto instructivo (finalidad, estructura, características textuales, etc.) y revisa la ortografía.

e. Considera si es necesario añadir algún recurso gráfico al texto (ilustraciones, fotografías, iconos...) y valora qué forma de presentar la información es más eficiente para su comprensión (esquema, infografía, lista...).

f. Pasa a limpio el texto de modo que el resultado refleje todo lo que has definido en los pasos anteriores.

g. Intercambia tus instrucciones con las de tus compañeros para que podáis aprender los unos de los otros.

Hablar

2 Gracias al vídeo de *El Comidista,* hemos aprendido qué debemos evitar cuando nos invitan a comer, pero ¿y si fueras tú quien hace de anfitrión? Reflexiona al respecto y, en pareja, expón ante tus compañeros qué no se debe hacer al invitar a nuestros amigos a casa.

a. Desarrollad una lluvia de ideas en torno al tema y anotad todo lo que se os ocurra.

b. Revisad las anotaciones y quedaos con aquellas que consideréis más importantes.

c. Elaborad un guion con las indicaciones seleccionadas y ordenadlas cronológicamente, desde que el anfitrión organiza la cita hasta que despide a los invitados.

d. Confirmad que vuestras indicaciones se adecúan a las características propias de los textos instructivos.

e. Presentad oralmente, ante la clase, vuestras indicaciones. Recordad que debéis hacer las pausas adecuadas para que los oyentes puedan tomar nota.

f. Pedid a los compañeros que os digan qué mejorarían de vuestra presentación oral y apuntad la información/los comentarios.

1 LAS CLASES DE PALABRAS INVARIABLES

Empieza anotando la información que explique o escriba en la pizarra tu profesor durante la clase. Intenta hacer buena letra para que después entiendas tus apuntes. También es una buena idea tener los apuntes, exámenes, pruebas sorpresa y documentos de trabajo ordenados por asignaturas.

Preposición

Conjunción

Adverbio

Las **palabras invariables** son aquellas que no permiten morfemas flexivos en su forma; es decir, **no cambian según el género, el número, el tiempo, la persona...**

Palabras invariables	Palabras variables
En la pizarra. **En** el cuaderno.	**Esta** pizarra. **Este** cuaderno.
Haz la letra **bien.** Toma los apuntes **bien.**	**Buena** letra. **Buenos** apuntes.
Cuando estén completos. **Cuando** estés preparada.	¿**Cuántos** ejercicios? ¡**Cuántas** explicaciones!

Estas palabras invariables son las **preposiciones,** las **conjunciones,** los **adverbios** y también las **interjecciones,** estudiadas ya en las Unidades 1 y 2.

2 EL ADVERBIO

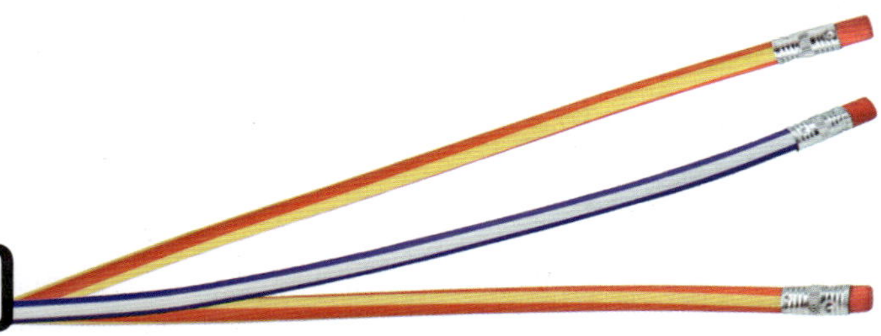

El **adverbio** es una clase de palabra invariable que **acompaña** o **complementa a otras clases de palabras (verbos, adjetivos y adverbios, y** excepcionalmente **sustantivos) modificando su significado** e indicando modo, tiempo, cantidad, lugar, afirmación, negación y duda.

Escurre muy bien la coliflor y, cuando esté suficientemente limpia, usa dos tenedores para rebozarla con harina y huevo y échala rápidamente en el aceite.

Las **locuciones adverbiales** son conjuntos de palabras que funcionan como adverbios (aunque no siempre hay un adverbio equivalente para cada locución).

- *Con frecuencia = frecuentemente*
- *Por desgracia = desgraciadamente*
- *A la izquierda = *izquierdamente*

Algunos **adverbios** y **locuciones adverbiales** funcionan como **conectores** que sirven para ordenar lo que se dice en un texto: *por consiguiente, por lo tanto, por ejemplo...*

Gastronomía de Bélgica

En la cocina se utilizan preferentemente productos regionales e ingredientes de la temporada. Por eso, se ven considerables diferencias dentro de la cocina nacional para un país tan pequeño. Así, por ejemplo, platos con pescado y recetas con mejillones predominan en los menús de la costa belga.

http://es.wikipedia.org/

Se refiere a lo dicho anteriormente.

Sirve para ejemplarizar.

2.1 LAS FORMAS

Los adverbios pueden clasificarse según su forma en **simples** y **derivados.** Los segundos son aquellos que:

- Muestran grados de **intensidad diferentes** con sufijos o prefijos:

Llegó lejos/lejísimos/superlejos.

- Adoptan **matices de intensidad o afectivos** mediante morfemas derivativos:

Ahora/Ahorita llego; Vive cerca/cerquita.

2.2 LA CLASIFICACIÓN SEMÁNTICA

Los adverbios y locuciones adverbiales pueden clasificarse según su significado en estas clases.

Clase	Adverbio	Locución adverbial
Cantidad	*Mucho, bastante, cuanto...*	*A más no poder...*
Lugar	*Debajo, detrás, encima...*	*De por medio, a lo lejos...*
Tiempo	*Mañana, siempre, después...*	*A menudo, con frecuencia...*
Modo o manera	*Mal, así, apresuradamente...*	*A sabiendas, bajo cuerda...*
Afirmación	*Sí, claro...*	*Desde luego...*
Negación	*No, jamás, tampoco...*	*Ni hablar...*
Duda	*Acaso, quizás...*	*A lo mejor, tal vez...*
Modalidad (indican la actitud que el emisor muestra sobre aquello que cuenta)	*Afortunadamente, lamentablemente...*	*Por suerte, por desgracia...*

Dentro de algunas de estas clases hay **otras distinciones.** Así, por ejemplo, los adverbios de **tiempo** se dividen en aquellos que:

- establecen una referencia temporal con respecto al momento de la enunciación (*ahora, temprano, ayer*),
- expresan duración (*brevemente*),
- expresan frecuencia (*siempre*).

Los adverbios en -mente

En muchos adverbios se puede identificar el **morfema** ***-mente,*** que procede de la palabra latina que significa «mente, ánimo» y que ha servido para su formación a partir de adjetivos: *Astuta mente* ('con mente astuta') del que proviene *astutamente* ('de forma astuta').

Se **forman añadiendo** al adjetivo esta terminación, en el caso de que **acabe** en *d* o **consonante** (*amablemente, gentilmente*), o partiendo de la forma **femenina,** si la hay (*tranquilamente*).

Cuando el adjetivo del que deriva lleva **tilde, el adverbio la conserva** (*fácilmente*).

2.3 ADVERBIOS Y OTRAS CLASES DE PALABRAS

ADVERBIOS Y ADJETIVOS

Hay que tener cuidado para **no confundir** el **adverbio** con el **adjetivo** cuando este acompañe un verbo.

María y Luisa llegaron rápidas. → Forma femenina plural. Se trata de un **adjetivo,** que es una palabra **variable.**

María y Luisa llegaron rápido. → Se trata de un **adverbio,** que es una palabra **invariable.**

Algunos adverbios tienen formas **apocopadas** (*mucho, muy; tanto, tan; cuanto, cuan*) cuando se encuentran delante de un adjetivo o de otro adverbio.

Estudia mucho.

Hace las cosas muy bien.

Es muy práctico.

ADVERBIOS, DETERMINANTES Y PRONOMBRES

Hay adverbios que expresan una **cantidad indefinida** y que tienen una forma similar a la de algunos **determinantes** y **pronombres,** aunque se pueden distinguir atendiendo a estas características.

Determinante: acompaña al sustantivo y concuerda en género y número con él.	*No gastes mucho papel / mucha electricidad.*
Pronombre: ocupa el lugar del núcleo (*libros*), que se ha omitido.	*Colocaremos todos los libros pero muchos van a sobrar.*
Adverbio: no cambia, a pesar de que aparezca ante sustantivos diferentes, pues acompaña al verbo.	*Hay que cuidar mucho los detalles / las terminaciones.*

En el caso del adverbio de cantidad ***cuánto,*** de tipo interrogativo y exclamativo, coincide con la forma masculina singular del determinante y el pronombre correspondientes.

Otros adverbios de este tipo son ***dónde, cuándo*** y ***cómo,*** que tienen sentido locativo, temporal y de modo, respectivamente.

¿Dónde trabajas? Allí.

¿Cuándo has llegado? Ahora.

¿Cómo hiciste el examen? Bien.

Estos aparecen sin morfemas flexivos ni de concordancia, como corresponde a los adverbios.

2.4 EL GRUPO ADVERBIAL

Cuando el adverbio va introducido por una palabra que matiza su significado (***modificador***), tiene un ***complemento,*** o bien presenta ambos elementos, se dice que todos ellos forman un grupo adverbial, cuyo ***núcleo*** es el adverbio.

Bastante cerca de tu casa
Mod N Compl

3 LAS PREPOSICIONES

Son palabras invariables que sirven como enlances de otras palabras o grupos de palabras

Las preposiciones **sirven para convertir grupos de palabras en complementos de otras palabras.**

Arroz (Sust) *con gambas* (GPrep) — *Interesado* (Adj) *en la lectura* (GPrep) — *Colocar* (V) *en el plato* (GPrep)

Se trata de una clase cerrada de palabras, es decir, número finito de elementos.

En la actualidad suele aceptarse la relación siguiente: *a, ante, bajo, cabe, con, contra, de, desde, durante, en, entre, hacia, hasta, mediante, para, por, según, sin, so, sobre, tras, versus* y *vía.*

No es fácil adjudicar un **significado** de las preposiciones, ya que pueden aportar **diferentes matices** a la relación que establecen entre complemento y núcleo.

De
- *Posesión. El libro de Ana.*
- *Procedencia. Viene de Madrid.*
- *Cualidad. La chica de rojo.*

Con
- *Adición. Con sal.*
- *Instrumento. Con una cuchara.*

A pesar de esto, normalmente **se distinguen algunos grupos** dentro de ellas, como por ejemplo aquellas que expresan:

- **Localización:** *en, sobre, bajo, ante, tras.*
- **Dirección:** *hacia, hasta, de, desde, para, por.*

Las locuciones preposicionales

Se consideran locuciones preposicionales aquellos conjuntos de palabras que funcionan como una preposición, aunque no siempre equivalgan exactamente a una de ellas, y que se encuentran fijados en su forma y en su significado. Muchas veces están formadas por secuencias que incluyen sustantivos y preposiciones.

- *A causa de = por.*
- *Por culpa de = por.*
- *A base de = con.*
- *Con objeto de = para.*

3.1 EL GRUPO PREPOSICIONAL

El grupo preposicional es el **conjunto de palabras que va encabezado por una preposición.** La preposición funciona como **enlace** o nexo y las palabras que la siguen forman el **término.** El término de la preposición puede ser:

- Un grupo nominal: *Hasta* (Enl) *tu casa* (GN-T) — GPrep
- Un grupo adjetival: *Por* (Enl) *excesivamente confiado* (GAdj-T) — GPrep
- Un grupo adverbial: *Desde* (Enl) *detrás de la puerta* (GAdj-T) — GPrep

En algunos casos, se puede encontrar un modificador delante de la preposición:

Muy cerca de Gijón.

4 LAS CONJUNCIONES

Las conjunciones son palabras que **sirven para unir otras palabras, grupos de palabras u oraciones.**

Compró pan y queso

Une palabras

Compró pan de leche y queso fresco

Une sintagmas

Compró pan de leche y recogió del mercado el queso fresco

Une oraciones

Cuando los elementos que se unen no dependen uno de otro, tenemos **conjunciones coordinantes.**

Copulativas: suman *(y, e, ni…)*	*Elige bien tu equipo y comienza la aventura.* *No debes caminar sobre mojado ni con calzado poco adecuado.*
Disyuntivas: hacen elegir *(o, u…)*	*¿Vas a hacer esta ruta o harás otra diferente?* *Esa chica se llama Olivia u Olga.*
Adversativas: oponen *(pero, sino…)*	*Es bajo, pero juega al baloncesto.* *No es flojo, sino lento.*

Las **conjunciones coordinantes** pueden enlazar todo tipo de palabras, como por ejemplo:

- **Adverbios.** *Lo hizo de este modo entonces* **y** *ahora.*
- **Preposiciones.** *Salen trenes desde y hacia su localidad.*
- **Adjetivos.** *¿Es un pantalón azul o rojo?*
- **Grupos sintácticos.** *Elige un primer plato y un postre. Es amable y eficaz.*

Se consideran **locuciones conjuntivas** aquellos **grupos de palabras que funcionan como una conjunción** y que se encuentran fijadas en su forma y en su significado: *o bien* (disyuntiva), *así como* (copulativa).

Las conjunciones ***y, e, o, u.*** La conjunción ***y*** se convierte en ***e*** cuando se sitúa delante de palabras que comienzan por ***i-*** o ***hi-:*** *Estudia francés e inglés.*

Sin embargo, si se encuentra **al inicio** de una **interrogación** o una **exclamación** o delante de ***hie-*, no cambia:** *¿Y Inés? Está en el jardín, entre las rosas y hiedras.*

La conjunción ***o*** cambia a ***u*** cuando la siguiente palabra empieza por ***o-*** u ***ho-:*** *Seremos unos seis u ocho.*

ACTIVI DADES

05 LAS CLASES DE PALABRAS INVARIABLES

1 Las clases de palabras invariables

1 Copia el texto y subraya los adjetivos y, después, clasifícalos según sirvan para crear un adverbio derivado en *-mente* o no. En el primer caso, créalo. Coloca las tildes que sean necesarias.

> El trabajo de taxista consiste en llevar a la gente a donde quiera ir en grandes coches amarillos llamados taxis. No se preocupe si no sabe cómo funciona el coche, ni habla la lengua, ni comprende la geografía o incluso la topografía fundamental de la zona; tampoco piense en si le brotan de la cabeza largas antenas de color verde. Créame, esa es la mejor manera de pasar inadvertido.

Douglas Adams: *Guía del autoestopista galáctico IV. Hasta luego, y gracias por el pescado.* Anagrama

2 El adverbio

2 Los adverbios se usan para crear las formas comparativas y superlativas de los adjetivos. Recuerda cómo se construyen y hazlo con los adjetivos del texto anterior, siguiendo el ejemplo.

Comparativo			Superlativo
Inferioridad	Igualdad	Superioridad	
Menos guapo	*Tan guapo*	*Más guapo*	*Muy guapo*

3 Diferencia en el siguiente texto el determinante, el pronombre y el adverbio interrogativo. Justifica tu respuesta.

> **Preguntas frecuentes**
>
> - ¿Quiénes deben solicitar una plaza escolar?
> - ¿Dónde puedo encontrar la normativa que rige el proceso de admisión del mes de marzo?
> - ¿Cuántas solicitudes se pueden presentar en el proceso de admisión?

www.juntadeandalucia.es/educacion

4 Distingue si las palabras subrayadas son adverbios, determinantes o pronombres.

a. Luis nunca entrega a tiempo los trabajos.

b. Es una chica muy lenta; es la última en entregar los exámenes.

c. He estudiado mucho y con mucho rendimiento.

d. De todas las cosas que te expliqué, entendiste muchas.

5 Indica cuáles de los siguientes adverbios admiten algún sufijo y cuáles el prefijo *súper-*.

a. Temprano
b. Siempre
c. Hoy
d. Bien
e. Deprisa
f. Tarde

6 Escribe locuciones adverbiales cuyo sentido sea similar al de los siguientes adverbios.

a. Pronto
b. Descuidadamente
c. Rápidamente
d. Siempre

7 Utiliza adverbios y locuciones para unir estas oraciones y formar un texto conectado.

Miniálbum de *scrap*

- Elegir una lámina de madera con un corte y un diseño que le guste.
- Dibujar en el papel decorativo la forma de la lámina y recortar.
- Con el mismo papel decorativo, aprovechar las flores que lo componen y recortar unas cuantas de diferentes tamaños.
- Verificar la composición de su portada de miniálbum. Pegar el papel y las flores recortadas sobre la lámina.

www.hogarutil.com/decoracion

8 Indica si los elementos subrayados son locuciones adverbiales o adverbios. Después, señala de qué tipo son atendiendo a su significado.

Las escaleras se suben de frente, pues hacia atrás o de costado resultan particularmente incómodas. (...) Para subir una escalera se comienza por levantar esa parte del cuerpo situada a la derecha abajo, envuelta casi siempre en cuero o gamuza, y que salvo excepciones cabe exactamente en el escalón.

Julio Cortázar
Historias de cronopios y de famas
Alfaguara

3 Las preposiciones

9 Pon un ejemplo del texto donde las preposiciones tengan el siguiente valor: procedencia, materia, localización y compañía.

Paté de aguacates con gambas

Preparar las gambas para que estén bien escurridas.

Mezclar la pulpa de los aguacates con el zumo de los limones y la pimienta blanca.

Fundir calentando muy ligeramente el agar-agar (o el polvo de gelatina) en el vino blanco.

Mezclar bien el conjunto condimentándolo (sal, pellizco de pimienta).

Michel Montignac: *200 recetas mediterráneas.* Muchnik Editores

10 ¿Qué diferencia de matiz hay entre *llenar un vaso de agua* y *llenar un vaso con agua*?, ¿y entre un *paté de aguacates* y *un paté con aguacates*? Inventa dos pares de expresiones más donde el uso de estas dos preposiciones implique un cambio de significado.

11 Copia en tu cuaderno el siguiente texto, rodea todas las preposiciones (excepto la *a* de *a continuación,* que es una locución adverbial) e indica en cada caso cuál es la palabra a la que complementa el grupo preposicional que introducen.

Desarrollo de una partida:

El que comienza el juego coloca la catedral en cualquier parte de la ciudad; suele empezar el que juega con el color de las fichas más claras. A continuación, su adversario (fichas de color oscuro) colocará una de sus fichas en el tablero.

www.cuartodejuegos.es

12 Escribe cuál es el término de los enlaces señalados.

A la hora de elegir mochila <u>para</u> el Camino de Santiago es muy importante que nos llevamos <u>a</u> casa un modelo con sujeción <u>en</u> la cintura para poder repartir el peso correctamente y no solo <u>en</u> los hombros. Por otro lado, <u>a</u> la hora de empaquetar, debemos siempre colocar el saco <u>en</u> el fondo y la ropa encima, mientras que los objetos pequeños que más utilicemos <u>en</u> los bolsillos laterales.

https://vivecamino.com

13 ¿Qué sentido expresan las preposiciones subrayadas en este texto?

La primera prueba se llevará a cabo el veinticuatro de noviembre, <u>ante</u> los demás estudiantes y el tribunal.

A los campeones no les está permitido solicitar ni aceptar ayuda <u>de</u> ningún tipo por parte de sus profesores para llevar a cabo las pruebas del Torneo. Harán frente al primero <u>de</u> los retos armados solo con su varita. Cuando la primera prueba haya dado fin, recibirán información <u>sobre</u> la segunda. Debido a que el Torneo exige una gran dedicación a los campeones, estos quedarán exentos de los exámenes <u>de</u> fin <u>de</u> año.

El señor Crouch se volvió <u>hacia</u> Dumbledore.

—Eso es todo, ¿no, Albus?

J. K. Rowling: *Harry Potter y el cáliz de fuego.* Salamandra

14 Analiza los grupos preposicionales subrayados en el texto según el ejemplo de la derecha. Después, construye dos sintagmas preposicionales cuyo término sea, respectivamente, de naturaleza adjetival y adverbial.

A principios <u>de primavera</u>, cuando va desapareciendo el riesgo <u>de heladas</u> y la planta empieza a brotar, es el momento de regar <u>con cierta frecuencia</u> (una vez cada 10-12 días). Se puede aumentar la frecuencia <u>de forma progresiva</u> hasta llegar a los meses más cálidos, en los que se regará cada 4-8 días, <u>según las zonas</u>.

www.fronda.com

De la cebolla

- *la*: Det
- *cebolla*: N
- *De*: Enl
- *la cebolla*: GN-T
- *De la cebolla*: GPrep

4 Las conjunciones

15 Copia y completa con las conjunciones adecuadas. A continuación, señala de qué tipo es la relación coordinada que se establece.

a. Por las tardes, hace los deberes … luego va a entrenar.

b. A las seis de la tarde, está estudiando … está entrenando.

c. Ahora que has llegado, dime si quieres ir al cine … dar un paseo, porque no hay tiempo para las dos cosas.

d. Si te apetece, podemos ir al cine … dar un paseo; hay tiempo para las dos cosas.

16 Copia en tu cuaderno el texto y contesta a las siguientes preguntas.

a. Rodea las palabras invariables que encuentres y di si son preposiciones, conjunciones o adverbios.

b. Indica los tipos de grupo (nominal, verbal, adjetival, adverbial o preposicional) de los grupos de palabras subrayados en el texto.

Uno de <u>los grandes alicientes del Camino del Cid</u> es que discurre <u>en su mayor parte</u> por lugares <u>muy atractivos</u> pero <u>muy poco</u> poblados: muchos pueblecitos son <u>muy pequeños</u> y no tienen tiendas de comestibles.

www.caminodelcid.org

332. – PASTA CON SETAS

Ingredientes

- 350 g de pasta (macarrones, conchitas...)
- 300 g de setas de temporada (champiñones)
- 6 cuch. de salsa de tomate
- 5 cuch. de aceite
- agua
- sal
- 2 dientes de ajo
- ½ vaso de vino blanco
- perejil picado

Elaboración

Cuece la pasta en abundante agua con sal y dos cucharadas de aceite, de 8 a 10 minutos, dependiendo del tipo de pasta. Después, pica los dientes de ajo y sofríelos en una sartén con tres cucharadas de aceite.

Cuando empiece a dorarse añade las setas, previamente cortadas en juliana; échales sal y rehógalas durante unos minutos. Luego, agrega la pasta ya escurrida, el perejil picado, la salsa de tomate y el vino blanco, mezclando bien todos los ingredientes, y déjalos que se hagan a fuego medio durante dos minutos aproximadamente.

Por último, ponlo a punto de sal y listo.

Karlos Arguiñano: *1069 recetas de cocina*. Debate

1 Señala las partes de esta receta. ¿Falta alguna?

2 Indica el significado de las abreviaturas utilizadas por el autor para mostrar los ingredientes.

3 ¿Qué forma verbal se utiliza para dar las instrucciones? Redacta de nuevo la receta, pero usando otra de las fórmulas propias de los textos instructivos vistas en la unidad.

4 Indica la diferencia entre *picar, sofreír, rehogar, escurrir y mezclar.*

5 En el texto se usan dos expresiones para indicar que con los alimentos que se añaden se ha realizado alguna acción antes de usarlos. ¿Cuáles son?

6 ¿Cómo debe estar el fuego durante la preparación de la receta?

7 ¿Qué significa *a punto de sal*?

8 Enumera los adverbios que aparecen en el texto. Establece de qué tipo son según su significado. Hay una locución adverbial, ¿cuál es?

9 ¿Qué tienen en común las expresiones subrayadas? ¿A qué palabra complementa cada una? ¿Qué tipo de información aportan a dichas palabras?

10 Escribe en tu cuaderno las preposiciones que encuentres en el texto. Explica qué diferencia encuentras en el significado de las tres apariciones de *en.*

11 En el primer párrafo, hay dos apariciones de *y*. ¿Qué clase de conjunción es? ¿Qué elementos une en cada una de sus apariciones?

12 ¿Qué características comunes tienen los textos instructivos, como las recetas, tanto si se transmiten oralmente como por escrito?

13 Indica tres tipos de textos instructivos en distintos ámbitos: personal, social y académico.

14 Realiza en tu cuaderno un esquema con las partes de una receta. ¿Colocarías elementos gráficos?, ¿dónde? ¿En qué zona irían los ingredientes?, ¿y el número de comensales?

15 Enumera algunos ejemplos de conectores que se pueden usar para hilvanar las instrucciones para realizar una receta.

16 Explica con ejemplos qué diferencia hay entre:

a. Las palabras variables e invariables.

b. Los adverbios, preposiciones y conjunciones frente a las locuciones respectivas.

17 Completa estas tablas intentando expresar el mismo significado en las dos columnas.

Adverbios	Locuciones adverviales
pronto	...
...	a sabiendas

Preposiciones	Locuciones prepositivas
con	...
...	con vistas a

Conjunciones	Locuciones conjuntivas
o	...
...	así como

18 ¿Qué estrategias usas para distinguir adverbios, determinantes y pronombres, o para distinguir entre adverbios y adjetivos de forma similar? Usa la palabra *alto* en dos oraciones en que funcione, respectivamente, como adjetivo y como adverbio.

19 En el siguiente texto se han subrayado algunos adverbios y preposiciones. Copia en tu cuaderno el grupo al que pertenecen e indica:

a. En el caso del grupo adverbial, el modificador (si lo hay), el núcleo y el complemento (si lo hay).

b. En el caso del grupo preposicional, la palabra a la que se refiere, el enlace y el término (señala qué tipo de grupo es).

David se escondió detrás de una gran urna de plata llena de helechos y miró a los dos hombres que hablaban abajo. Uno de ellos era el rey, pero no estaba sentado en el trono, sino en los escalones de piedra, vestido con una bata morada encima de un camisón blanco y dorado.

John CONNOLLY
El libro de las cosas perdidas
Editorial Oniro

20 Completa el esquema con los elementos que se indican en los recuadros.

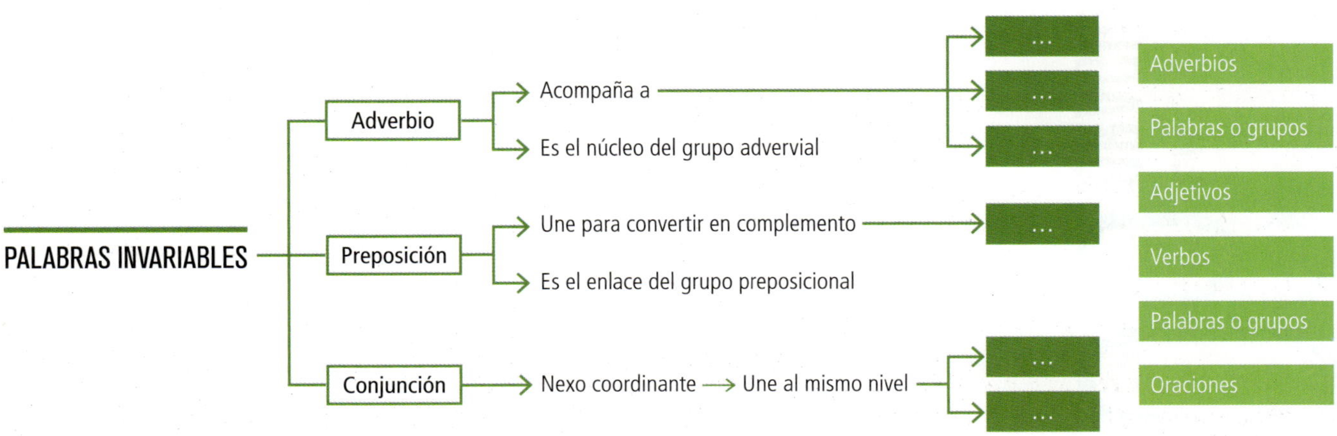

06 LA ORACIÓN

QUIEN ES FELIZ HARÁ FELICES A LOS DEMÁS TAMBIÉN

ANNA FRANK

PRESENTAR

INTERCAMBIO DE EXPERIENCIAS

Trabajad en equipo y compartid entre vosotros alguna experiencia personal relacionada con un suceso vivido en un espacio público (transporte, aeropuerto, supermercado, hospital…). Después, cada miembro del equipo contará en primera persona al resto de la clase la experiencia de otro compañero, y los demás tendrán que adivinar a quién pertenece realmente dicha experiencia.

CREAR

CORREOS MALICIOSOS

Con cierta frecuencia se reciben por correo electrónico mensajes peligrosos que infectan de virus los dispositivos, o que tienen como objetivo un fraude. Imaginad una situación de este tipo y preparad un correo electrónico con todos sus elementos, advirtiendo a los usuarios del peligro que supone abrir o responder al mensaje. Incluid al menos tres oraciones pasivas en la redacción.

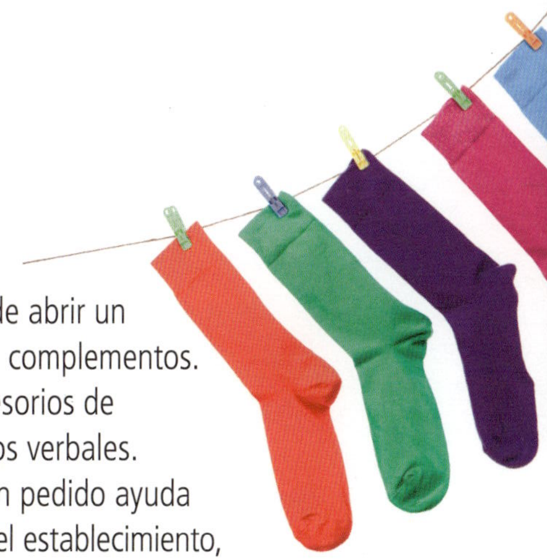

CONOCER

COMPLEMENTOS A LA MODA

Muy cerca de aquí acaban de abrir un local destinado al diseño de complementos. Pero no, no se trata de accesorios de moda, sino de complementos verbales. Desde esta empresa nos han pedido ayuda para montar el escaparate del establecimiento, en el que deben contemplarse de forma original todos esos tipos de complementos junto con verbos con los que combinen adecuadamente.

INVESTIGAR

VERBOS *SINGLES*

Se está organizando una escapada de fin de semana para «verbos *singles*» (es decir, aquellos que no pueden o no quieren ser acompañados por un sujeto) y quedan cinco vacantes que debemos cubrir para que salga el viaje. Busca cinco verbos que se ajusten al perfil de destinatario que estamos buscando y preséntalos al resto del grupo para que se integren y disfruten de esta experiencia.

Es habitual que, al vivir una experiencia, sintamos la necesidad de compartirla con otros. ¿Recuerdas la última vivencia que le has contado a alguien? ¿Por qué lo hiciste?

https://www.mail.correo.com/mail/inbox2xCWb7rq

De	Paula <paulamartinezconde@correo.com>
Para	Miguel <miguelgafer21@correo.com>
Asunto	Mi experiencia en la Fundación Carcajadas

Hola, Miguel:

¿Qué tal estás? Espero que hayas disfrutado de las fiestas en compañía de tus seres queridos.

En mi caso, no solo he vivido estas vacaciones junto a mis familiares, sino que he podido compartirlas con un montón de nuevos amigos.

Y es que, como te comenté hace un tiempo, mi tía Lucre trabaja desde hace años para la Fundación Carcajadas, y me invitó a colaborar con ellos algunos días durante las vacaciones.

Después de visitar su página web, no lo dudé ni un segundo. Esta fundación se dedica a hacer más llevadera la estancia en los hospitales de los niños enfermos. Para ello, organizan eventos con personajes famosos, desarrollan campañas de entrega de juguetes, promueven pequeños espectáculos...

Me puse en contacto con Lucre y le pregunté cómo podía ayudar. Mi tía conoce tanto como tú mi afición por las manualidades, por lo que me propuso acudir una tarde al Hospital García-Gómez para hacer algún trabajo manual con los niños.

Ha sido una experiencia bastante dura, ya que sentí una enorme impotencia al ver a unos niños tan pequeños en un hospital, y más en estas fechas; sin embargo, al mismo tiempo, ha sido muy gratificante, pues creo que he podido aportar un granito de arena a su bienestar en el centro.

Aquí te dejo una foto que le hice a una de las pacientes, Hiba, cuando estaba haciendo adornos de Navidad. Esta misma mañana, sus padres me han escrito para decirme que ya está prácticamente recuperada y que, muy pronto, podrá volver a casa. :D

Fotos_Carcajadas_jpg

Un fuerte abrazo,

Paula

P. D.: Si te animas a colaborar con la Fundación Carcajadas, puedes contactar con ellos a través de su formulario. ¡Estarán encantados de hablar contigo!

Leer

1 Responde brevemente a las siguientes preguntas sobre el texto.

a. ¿Quién es el emisor del correo? ¿Y el destinatario?

b. ¿A qué fiestas se refiere Paula?

c. ¿Qué relación tiene Lucre con Paula? ¿Y con la Fundación Carcajadas?

d. ¿Quién es Hiba? ¿Cómo se encuentra?

2 ¿Qué relación parece haber entre Paula y Miguel (amigos, conocidos, familiares...)? Indica cómo lo has deducido.

3 ¿Cuáles son los propósitos del correo de Paula? Marca las opciones correctas y reformula las incorrectas para que sean ciertas.

a. Explicar su experiencia al contribuir en una causa solidaria.

b. Informar a Miguel sobre la labor de la Fundación Carcajadas.

c. Promocionarse profesionalmente como ayudante en los hospitales.

d. Tranquilizar a Miguel acerca del estado de salud de Hiba.

4 Localiza el texto correspondiente al asunto del correo. ¿Qué indica?

5 Ponte en el lugar de Miguel y señala dónde deberías hacer clic para llevar a cabo las siguientes acciones.

a. Responder a Paula.

b. Visitar la página web de la Fundación Carcajadas.

c. Escribir un mensaje nuevo.

d. Rellenar el formulario para contactar con la fundación.

6 ¿Por qué crees que la información que sigue a las letras *P. D.* aparece al final del correo, tras la despedida?

Sin faltas.com

7 ▶ Completa en tu cuaderno con los signos de interrogación y exclamación necesarios, así como con las letras que falten. Intercambia tu texto con el de tu compañero y revísalo.

...Te gustaría colaborar con la fundación... ...ería una suerte contar contigo... ... Anímate... ...n pequeño gesto puede significar mucho para estos niños.

▶ El punto

Los signos de **interrogación** (¿, ?) y **exclamación** (¡, !) llevan incluido el punto final de la oración, por lo que no se debe escribir otro punto tras ellos. La siguiente palabra debe ir en mayúscula.

Opinar

8 Paula convierte una de sus aficiones, las manualidades, en una actividad solidaria.

a. ¿Por qué crees que la labor de Paula ayudaba a los pacientes del hospital?

b. Piensa en alguna actividad que podrías haber aportado tú a la fundación. Exponlo ante tus compañeros.

1 EL RELATO PERSONAL: CONTAR UNA EXPERIENCIA

A lo largo de nuestra vida, experimentamos todo tipo de vivencias, las cuales contribuyen a construir nuestra propia personalidad. Las **experiencias** más ricas suelen ser, a su vez, las más complejas, pues se componen de todo tipo de **sensaciones y emociones,** como es el caso de Paula, que califica su experiencia solidaria como dura a la par que gratificante.

Por lo general, al **vivir una experiencia,** tanto si es positiva como si es negativa, sentimos la **necesidad de comunicarla,** de compartirla con otros (padres, amigos, profesores...), a través de un relato personal.

El **relato personal** consiste en la exposición, por escrito u oralmente, de una experiencia significativa para una persona. Se trata, por lo tanto, de un texto de **carácter subjetivo,** a través del cual es posible conocer las emociones y los sentimientos experimentados por el **narrador,** quien es, a su vez, el **protagonista** del relato.

El relato personal comparte muchas características con el **texto narrativo:**

- Presenta un **tiempo** y un **espacio** bien definidos.
- Puede contener textos **descriptivos, expositivos, argumentativos.**
- Se estructura, por lo general, en una **introducción, un desarrollo** y una **conclusión.**

Los relatos personales pueden difundirse a través de **todo tipo de medios:**

- Por correo postal o electrónico.
- A través de mensajería instantánea o de las redes sociales.
- Oralmente, en conversaciones cotidianas.

Así pues, las **características fundamentales** de los relatos personales, tanto orales como escritos, son las siguientes:

- Existencia de uno o más **emisores y receptores.**
- Comunicación de **experiencias personales.**
- Empleo de la **primera persona** por parte del emisor del relato y, por lo tanto, predominio del **carácter subjetivo.**
- Utilización de verbos en **presente** y, sobre todo, en **pasado.**

En cuanto a las particularidades que diferencian el relato personal oral del escrito, destaca la importancia del **lenguaje no verbal** en el caso del primero frente a la atención a las **reglas lingüísticas** en el caso del segundo (puntuación, ortografía, concordancia...).

Fer (clase)
escribiendo...

Hla Ire! Q TL?

Bua, no t vas a creer lo q me acba d pasar, vas a flipar...

T acuerdas d q hoy iban a venir unos cazatalentos al partido, a vernos jugar. El caso es q yo ni estaba nervioso, la verdad, xq no m hubiese imaginado q se fijarían n mí....

Pues cdo ya m iba a ir se nos acerca uno d ellos y m dice q juego superbién y q si estaría interesado n hacer una prueba para entrar n el Athletic. Me he quedado loco! No puedo star + contento!

En función del grado de intimidad entre el emisor y el receptor, el registro utilizado en el relato personal puede ser **formal** o **informal.** En la comunicación informal y sobre todo a través de la mensajería instantánea, es muy corriente usar abreviaturas para que el mensaje sea más corto y rápido.

2 EL CORREO ELECTRÓNICO

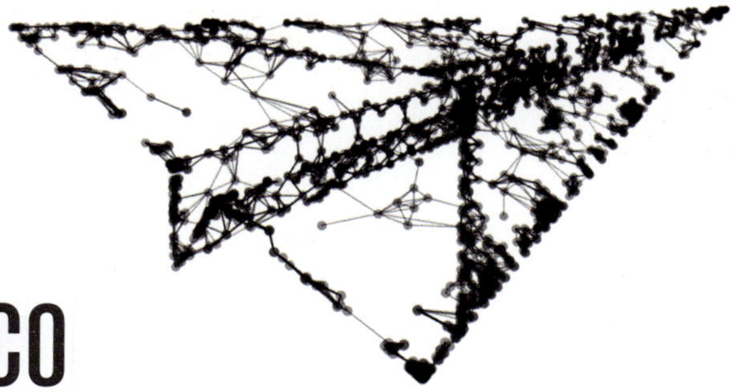

El **correo electrónico** es un **texto narrativo** en el que una persona **(remitente)** escribe a otra **(destinatario)** para contarle sus propias experiencias (es decir, para transmitir un **relato personal**), avisar de un determinado acontecimiento, felicitar una fecha señalada...

Para representar a remitente y destinatario, se utilizan la **primera** y **la segunda persona,** respectivamente.

El **estilo del texto** contenido en el correo electrónico (o la carta) viene determinado por la relación entre el remitente y el destinatario, así como por el tipo de información o su finalidad. En este sentido, las fórmulas de saludo y despedida pueden variar.

Fórmulas de saludo	
Estilo formal	**Estilo informal**
Estimado Sr. Lozano: Apreciado cliente:	Querida Pilar: Hola, María:
Fórmulas de despedida	
Estilo formal	**Estilo informal**
Reciba un cordial saludo, Atentamente,	Hasta pronto, Besos,

https://www.mail.correo.com/mail/inbox2xCWb7rq

1 De: Paula <paulamartinezconde@correo.com>

Para: Miguel <miguelgafer21@correo.com>

2 Asunto: Mi experiencia en la Fundación Carcajadas

3 Hola, Miguel:

¿Qué tal estás? Espero que hayas disfrutado de las fiestas en compañía de tus seres queridos.

En mi caso, no solo he vivido estas vacaciones junto a mis familiares, sino que he podido compartirlas con un montón de nuevos amigos.

Y es que, como te comenté hace un tiempo, mi tía Lucre trabaja desde hace años para la Fundación Carcajadas, y me invitó a colaborar con ellos algunos días durante las vacaciones.

4 Después de visitar su página web, no lo dudé ni un segundo. Esta fundación se dedica a hacer más llevadera la estancia en los hospitales de los niños enfermos. Para ello, organizan eventos con personajes famosos, desarrollan campañas de entrega de juguetes, promueven pequeños espectáculos...

Me puse en contacto con Lucre y le pregunté cómo podía ayudar. Mi tía conoce tanto como tú mi afición por las manualidades, por lo que me propuso acudir una tarde al Hospital García-Gómez para hacer algún trabajo manual con los niños.

Ha sido una experiencia bastante dura, ya que sentí una enorme impotencia al ver a unos niños tan pequeños en un hospital, y más en estas fechas; sin embargo, al mismo tiempo, ha sido muy gratificante, pues creo que he podido aportar un granito de arena a su bienestar en el centro.

Aquí te dejo una foto que le hice a una de las pacientes, Hiba, cuando estaba haciendo adornos de Navidad. Esta misma mañana, sus padres me han escrito para decirme que ya está prácticamente recuperada y que, muy pronto, podrá volver a casa. :D

Fotos_Carcajadas_jpg

5 Un fuerte abrazo,

Paula

6 P. D.: Si te animas a colaborar con la Fundación Carcajadas, puedes contactar con ellos a través de su formulario. ¡Estarán encantados de hablar contigo!

1 **Remitente y destinatario.** Indican quién envía el correo y quién lo recibe, junto a sus respectivas direcciones.

2 **Asunto.** Expresa el tema o el contenido del correo electrónico.

3 **Fórmula de saludo.**

4 **Cuerpo del correo.** Expone la información y los sucesos que motivan el envío del correo.

5 **Fórmula de despedida y firma.**

6 **P.D. (Posdata).** Añade información breve al correo o a la carta ya concluida y firmada. En ella, se suele introducir algún recordatorio o dato nuevo que se quiere destacar. Procede de *pos-* y *data* (fecha), pues esta se colocaba al final de la carta.

Escuchar

Al igual que Paula, María Jesús nos contará a continuación su experiencia como voluntaria en Guatemala. ¿Cuál crees que ha podido ser su labor? Imagina en qué ha podido ayudar.

Busca el audio del testimonio de María Jesús, titulado «El valor del voluntariado», en la web *A la carta,* de RTVE. Escucha el audio desde el minuto 02:52 hasta el 06:24 y responde a las preguntas.

1 María Jesús nos cuenta su experiencia a través de:

a. Una noticia.
b. Una entrevista.
c. Un monólogo.
d. Un artículo.

- ¿Qué te ha permitido identificarlo?

2 Indica si estas afirmaciones son verdaderas o falsas. Justifica tu respuesta con ejemplos extraídos del audio.

a. María Jesús, pocos días antes de marcharse, cambió de destino, porque ya no le apetecía ir tan lejos.
b. María Jesús colaboró en un proyecto para adolescentes y adultos.
c. A los niños les gustaba ir al colegio.
d. Esta experiencia aportó mucho a María Jesús.

3 Resume brevemente y de forma oral el contenido de este audio.

4 El colegio al que van los niños se llama Patojos. Busca en el diccionario el significado de esta palabra. ¿Qué acepción crees que le corresponde?

5 ¿Cómo se perciben las emociones y los sentimientos de María Jesús al contarnos su experiencia?

6 María Jesús califica esta experiencia como «altamente recomendable para todo el mundo». Reflexiona y contesta a las preguntas.

a. ¿Por qué crees que lo dice? ¿Qué puede aportarnos este tipo de vivencias?
b. ¿Qué experiencia recomendarías tú? Nárrala brevemente.

Para contar oralmente una experiencia, hay que:

- Tener en cuenta el **tiempo** del que se dispone para hablar y pensar en cuáles son los aspectos importantes que se quieren compartir.
- Emplear un **lenguaje claro** y **conciso,** dado que se desea contar una realidad basada en la propia experiencia.
- Dirigirse directamente al emisor o a los emisores e introducir, si es necesario, **llamadas de atención** para captar su interés.

Escribir

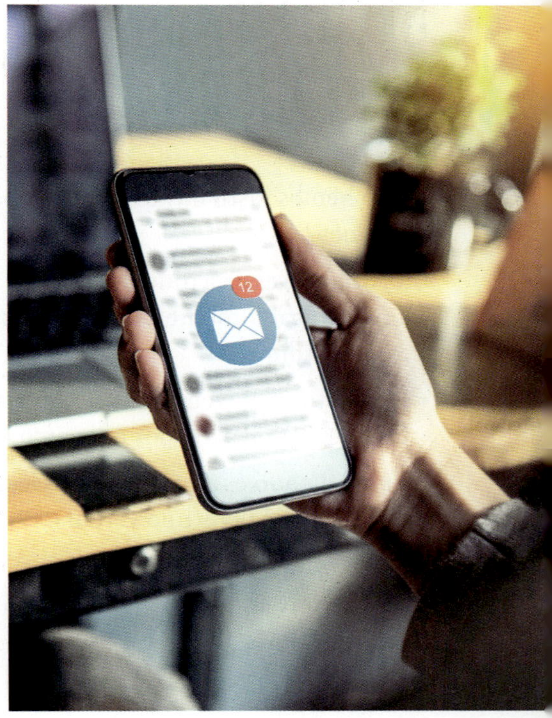

1 Tras haber leído el correo electrónico de Paula, asume el papel de Miguel, su destinatario, y redacta una respuesta. En ella, deberás compartir con tu destinataria alguna experiencia vivida por ti. Para ello, sigue estas indicaciones.

a. Relee el correo de Paula las veces que sean necesarias para tener en cuenta la información que contiene y poder responder en consecuencia.

b. Determina el estilo y el tono con los que vas a responder al correo. Analiza previamente el texto de Paula y emplea un estilo similar, tanto en las fórmulas de saludo y despedida como en el propio cuerpo del mensaje.

c. Elige o inventa la experiencia que vas a relatar y escríbela. Puedes introducir una posdata teniendo en cuenta las características de este apartado.

d. Comprueba que has respondido a las preguntas e interpelaciones directas de Paula hacia Miguel e incluye, además, algún comentario específico sobre la fotografía que aquella adjunta en su correo.

e. Revisa tu ortografía y el registro empleado en el texto. Confirma, asimismo, que no has olvidado ninguno de los apartados en los que se estructura un correo electrónico (receptor y destinatario, asunto, etc.).

Hablar

2 A través de las experiencias contadas por Paula y María Jesús, hemos podido conocer formas muy distintas de ayudar a los demás. En esta actividad, os proponemos que, en grupos de cuatro alumnos, busquéis un proyecto solidario de alguna ONG y lo expliquéis ante vuestros compañeros como si participarais en el mismo. Para hacerlo, seguid estos pasos.

a. Buscad información en la página web de alguna ONG sobre los proyectos que está desarrollando.

b. Elaborad un elemento de apoyo para vuestra presentación: un mural con un título sugerente y fotografías representativas del proyecto seleccionado.

c. Planificad la intervención. Dispondréis de cuatro minutos, durante los cuales podréis seguir este orden:

- El primero en intervenir explicará qué ONG y qué proyecto habéis escogido.
- El siguiente explicará en qué consiste el proyecto, es decir, cuál es su finalidad.
- Otro argumentará por qué lo habéis elegido y qué es lo que os ha conmovido de él.
- El último dará razones para colaborar con esta ONG.

d. Tened en cuenta, durante la presentación, cómo transmitís el mensaje.

- Tratad de involucrar al público en vuestro proyecto mediante preguntas retóricas, gestos, etc.
- Incluid conectores de tránsito («ahora doy la palabra a...», «cedo el turno a...») para estructurar el discurso.
- Intentad relajaros y mostraros cómodos y seguros.

1 LA ORACIÓN: SUJETO Y PREDICADO

Como hemos visto hasta ahora, las palabras se unen en grupos para construir oraciones.

Una **oración** es una unidad gramatical que tiene sentido completo, entonación propia y normalmente está compuesta por **sujeto** y **predicado,** aunque el sujeto puede omitirse.

- El **sujeto** es el elemento que indica el **ser** o **cosa** al que se **refiere el predicado.** Está formado por un grupo nominal (GN).
- El **predicado** es aquella **acción, estado** o **proceso** que se refiere al sujeto. El predicado es un grupo verbal (GV) cuyo núcleo es un verbo.

Como el **predicado** se relaciona con el **sujeto,** ambos **concuerdan.** Es decir, el núcleo del GN sujeto y el núcleo del GV predicado tienen los mismos morfemas de número y persona.

GN-Suj: *Tú* | GV-Pred: *enviaste un correo ayer.*
2.ª pers. del sing.

GN-Suj: *Ese correo* | GV-Pred: *era muy importante.*
3.ª pers. del sing.

La **oración** muestra independencia dentro del texto y en el habla puede aislarse mediante pausas, lo cual se marca en la escritura con punto, punto y coma o signos de interrogación y exclamación, que incluyen el punto.

Te envío ahora mismo un correo electrónico; ¡ese correo es muy importante!

Los **enunciados no oracionales** también muestran esa independencia, pero no tienen sujeto y predicado: *¡Atención! ¡Suelo resbaladizo!*

1.1 ORACIONES SEGÚN EL NÚMERO DE PREDICADOS

Como cada **verbo** expresa una predicación, podemos **clasificar,** entonces, las oraciones según el **número de predicados** (grupos verbales) que encontremos en ellas.

Oraciones simples

Son aquellas que tienen **un solo predicado.**

Luis (GN-Suj) | *llegó* (V) *ayer de su viaje.* (GV-Pred)

Oraciones compuestas

Son aquellas que contienen **más de un predicado.**

Andrea (GN-Suj) | *terminó* (V) *sus estudios* (GV-Pred) *y* *Alberto* (GN-Suj) | *abrió* (V) *un negocio.* (GV-Pred)

La coma

Aunque en el habla solemos hacer pausa entre sujeto y predicado, es un error separarlos mediante coma.

- **Ese chico, me ha enviado una invitación.*
- *Ese chico me ha enviado una invitación.*

2 EL SUJETO

El **grupo nominal sujeto** suele encabezar la oración, pero no siempre ocurre así, pues en ocasiones se sitúan en primera posición otros elementos que se quieren destacar. Así, en: *Esa película aún no la he visto yo*, el sujeto es *yo*.

Para localizar el sujeto hay que tener en cuenta que **nunca** puede ir **precedido** de **preposición** y que debe **concordar con el verbo.**

La **concordancia,** pues, no solo sirve para deducir un sujeto omitido o elidido, sino también para **identificar cuál de los grupos nominales** que aparecen en una oración **realiza esta función.**

A	*María*	*le*	*ha gustado*	*mucho*	*la película.*
	3.ª pers. sing. No sujeto porque lleva *A*.		3.ª pers. sing.		3.ª pers. sing. Sujeto

A	*María*	*le*	*han gustado*	*mucho*	*los regalos.*
	3.ª pers. sing. No sujeto porque lleva *A* y no concuerda		3.ª pers. pl.		3.ª pers. pl. Sujeto

Esa película	*aún no la*	*he visto*	*yo.*
3.ª pers. sing. No sujeto porque no concuerda		1.ª pers. sing.	1.ª pers. sing. Sujeto

No debe confundirse el **GN vocativo** o de llamada (*Luis*) con el sujeto, aunque a veces coincida con este.

- *Luis, **tú (= Luis)** eres el siguiente.*
- *Luis, ¿ha llegado **tu madre**?*

2.1 ORACIONES SIN SUJETO O IMPERSONALES

Son **oraciones impersonales** aquellas que presentan un **verbo en tercera persona del singular y no tienen sujeto** explícito ni elidido. Esto se comprueba tratando de incorporar un pronombre que concuerde con el verbo: si resulta imposible, la oración es impersonal.

Los **casos más frecuentes** de oraciones impersonales son:

- Verbos **referidos a fenómenos atmosféricos** y **de la naturaleza:** *(*Él) Llueve un poco hoy. (*Ella) Anochece temprano.* En este tipo de oraciones impersonales no hay sujeto porque realmente nadie realiza la acción (**¿Quién llueve?*).
- Verbo **haber:** *(*Eso) Hay proyectos interesantes. Proyectos interesantes* no puede ser el sujeto de *hay* pues no concuerda con el verbo.
- **Impersonales con *se*:** *(*Él) Se vive bien en este lugar.* Estas oraciones se usan cuando se quiere generalizar (*Todo el mundo vive bien aquí*) o bien no se sabe o no interesa quién ha realizado la acción (*Se llegó a un acuerdo*).

Las impersonales con *se*

Es frecuente en las relaciones y correspondencias oficiales que aparezcan impersonales con *se* cuando el **agente se presupone** o es una **institución:** *Se ha informado a todos los participantes del proyecto.*

3 CLASIFICACIÓN DE ORACIONES SEGÚN SU PREDICADO

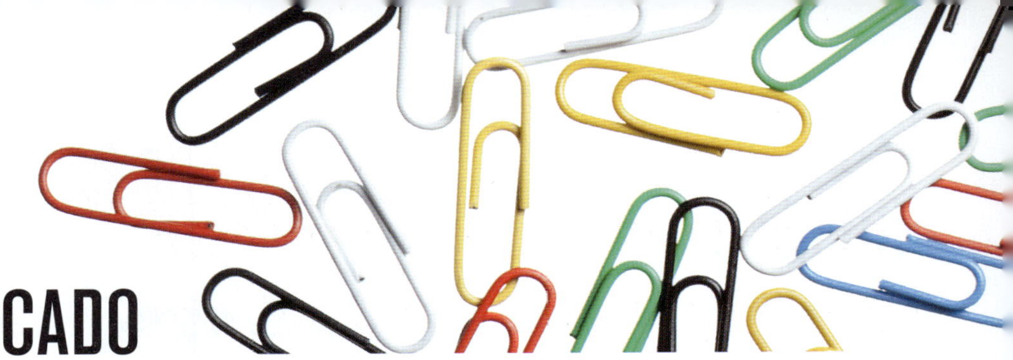

3.1 ORACIONES ATRIBUTIVAS O COPULATIVAS Y SUS COMPLEMENTOS

Las **oraciones atributivas** o **copulativas** son aquellas que tienen un **predicado nominal.** Se construyen con los verbos ***ser, estar*** y ***parecer.***

Estos verbos apenas tienen significado propio, sino que **sirven para unir el sujeto** con **una cualidad** o **estado** que se le atribuye. Por eso, estas oraciones reciben el nombre de atributivas o copulativas, pues en ellas el **verbo** es un mero elemento de **enlace,** una cópula, entre **sujeto y atributo.**

Como el atributo es el estado o cualidad que se predica del sujeto y suele ser un grupo nominal o adjetival (aunque puede estar formado por otras clases de palabras), al **predicado** de las oraciones copulativas o atributivas se lo llama **predicado nominal.**

El **atributo** debe **concordar,** en la medida de lo posible, con el **sujeto** en género y número: *Mi prim**a** es enfermer**a**. Nuestr**o** herman**o** está de vacaciones. Lo**s** muchacho**s** parecen inteligente**s**.*

Masc. sing.	Su amigo	llegó	contento
Fem. sing.	Su amiga		contenta
Masc. pl.	Sus amigos	llegaron	contentos
Fem. pl.	Sus amigas		contentas

3.2 ORACIONES PREDICATIVAS Y SUS COMPLEMENTOS

Las **oraciones predicativas** son aquellas que presentan un **predicado verbal.** En ellas el verbo tiene una carga de significado suficiente para predicar algo relativo al sujeto. Para ello se usan **todos los verbos** que no son *ser, estar* o *parecer: Este ciclón ha destruido gran parte del poblado. La ayuda humanitaria llegará pronto.*

Los **verbos predicativos** son de dos tipos: **transitivos** e **intransitivos.**

VERBOS TRANSITIVOS

Los verbos llamados **transitivos** necesitan un **complemento** que reciba la acción que realiza el sujeto **para tener sentido completo.** Así, por ejemplo, en *He hecho un pastel,* es precisa la aparición de *un pastel* u otro complemento similar para poder producir la oración.

VERBOS INTRANSITIVOS

Los verbos llamados **intransitivos expresan por sí mismos una acción** o **proceso** sin que sea necesario **ningún complemento** para que la oración tenga sentido:

Su hermano corría (rápidamente).

Miguel estornudó.

Es posible que un mismo **verbo** sea utilizado **con** y **sin complemento:**

María compra el pan siempre en su barrio.
(*el pan* es el complemento *de compra*, que es preciso pues el verbo tiene el sentido de *adquirir*.)

María compra siempre en su barrio.
(*compra* equivale a 'hace las compras' y por tanto no precisa un complemento para tener significado completo.)

3.3 ORACIONES PREDICATIVAS Y SUS COMPLEMENTOS

El núcleo verbal puede tener diferentes tipos de complementos:

- **Argumentos:** son aquellos complementos **exigidos** por el verbo **para poder completar su significado.**
- **Adjuntos:** son aquellos complementos **opcionales**, que pueden aparecer o no en el predicado verbal, pero que **no son necesarios** para que este **tenga un sentido completo.**

Los **complementos más usuales** del predicado verbal son el complemento **directo**, el complemento **indirecto** y el complemento **circunstancial.**

Los **complementos directos** siempre funcionan como **argumentos** (para los verbos transitivos) y los **complementos circunstanciales** siempre funcionan como **adjuntos** (para cualquier tipo de verbo).

Los **complementos indirectos** pueden ser **argumentos** o **adjuntos,** según el verbo al que acompañen.

EL COMPLEMENTO DIRECTO

Es el complemento exigido por los verbos transitivos y expresa la realidad sobre la que recae la acción verbal.

Puede presentar las siguientes formas:

- **Grupo nominal,** que puede estar formado por un pronombre:

  Escribo ***esta carta*** *desde una casita de la montaña. Recoge* ***eso.***

- ***a*** + **grupo nominal,** que puede estar formado por un pronombre:

  Ayudaremos ***a todos los afectados.*** *Ayudaremos a* ***este.***

  El **complemento directo** (CD) adopta esta forma cuando se refiere **a una persona** o **grupo de persona:**

  Buscan a Iván.

  La ***a*** no aparece cuando el valor es genérico:

  Aquí buscan ***un especialista en sistemas operativos.***

- **Pronombre personal** con una forma propia:

  Me *observan.*

El **pronombre personal** indica quién realiza la acción y quién la recibe, como se observa en esta tabla. En este segundo caso también puede aparecer con *a*.

	Realiza la acción (sujeto)	Recibe directamente la acción (complemento directo)
1.ª pers. sing.	yo	me, (a) mí
2.ª pers. sing.	tú	te, (a) ti
3.ª pers. sing.	él, ella	lo, la, (a) él, (a) ella
1.ª pers. pl.	nosotros, as	nos
2.ª pers. pl.	vosotros, as	os
3.ª pers. pl.	ellos, as	los, las, (a) ellos, ellas

El pronombre en función de complemento directo con la preposición *a* suele aparecer como **refuerzo** del **pronombre sin preposición:** *A mí me observa alguien. Me observa alguien.* **A mí observa alguien.*

EL COMPLEMENTO INDIRECTO

Hay oraciones que, además de expresar que la acción recae directamente sobre el complemento directo, **incluyen otro complemento** para **indicar quién recibe** un **beneficio** o resulta perjudicado **indirectamente** por ella.

Envió	*un mensaje*	*a su socio*
	recibe directamente la acción de «enviar».	recibe el resultado (indirectamente) de la acción de enviar.

Este complemento se llama **complemento indirecto (CI)** y toma la forma de:

- ***a*** **+ grupo nominal,** que puede estar formado por un **pronombre:**

  Daremos ayudas ***a todos los afectados.*** *Daremos ayudas a* ***este.***

- **Pronombre personal** con una forma propia:

  Me *darán una beca.*

En el caso de los pronombres personales, las formas de **primera** y **segunda persona son idénticas** para el complemento directo y para el indirecto; en cambio, son **diferentes** para la **tercera persona,** donde se utilizan ***le*** (para el singular) y ***les*** (para el plural).

	1.ª, 2.ª persona singular	3.ª persona singular
CD	***Me/Te*** *han visto hoy.*	***Lo/La*** *han visto hoy.*
CI	***Me/Te*** *han dado un regalo hoy.*	***Le*** *han dado un regalo hoy.*

	1.ª, 2.ª persona plural	3.ª persona plural
CD	***Me/Te*** *han visto hoy.*	***Lo/La*** *han visto hoy.*
CI	***Me/Te*** *han dado un regalo hoy.*	***Le*** *han dado un regalo hoy.*

El **complemento indirecto** puede resultar un **argumento,** al ser exigido por algunos verbos, como por ejemplo ***gustar*** o ***apetecer:***

**Gustan los viajes en barco. Me gustan los viajes en barco.*

**Apatecen unos calamares. Me apatecen unos calamares.*

EL COMPLEMENTO CIRCUNSTANCIAL

A los **complementos adjuntos** que indican las **circunstancias que rodean a la acción** (el modo en que se realiza, el lugar o tiempo en que sucede, la finalidad con que se hace...) se los llama **complementos circunstanciales (CC).** Esta función puede ser realizada por diferentes tipos de grupos sintácticos.

Ella viaja	*muy cómodamente*	*todas las semanas*	*en el tren regional.*
	GAdv	GN	SPrep
	CC	CC	CC

4 ORACIONES ACTIVAS Y PASIVAS

Como se ha indicado en la Unidad 4, el español presenta dos voces verbales: **activa** y **pasiva.** El uso de una u otra sirve para **mostrar el mismo hecho desde distintos puntos de vista:**

- Voz **activa:** *La chica coloca el libro.*
- Voz **pasiva:** *El libro es colocado por la chica.*

En la acción, el **agente** (*la chica*) y el **paciente** (*el libro*) **son los mismos** independientemente de la voz que utilicemos. Ahora bien, cuando se usa la voz **activa,** el **agente** aparece como **sujeto** y **concuerda,** como corresponde, con el verbo, y el **paciente** aparece como **complemento directo.** Cuando se usa la voz **pasiva,** el verbo ***ser*** (en forma personal) y el **participio** que lo acompañan **concuerdan** con el paciente, que aparece, así, como **sujeto.** El agente puede aparecer de forma opcional como un adjunto llamado **complemento agente.**

	Sujeto agente	Verbo en voz activa	Complemento directo obligatorio
Oración activa	*La chica* (3.ª pers. fem. sing.) *Vosotras* (2.ª pers. fem. pl.)	*coloca* (3.ª pers. sing.) *investigasteis* (2.ª pers. pl.)	*el libro.* *ese caso.*

	Sujeto paciente	Verbo en voz activa (*ser* + participio)	Complemento agente opcional
Oración pasiva	*El libro* (3.ª pers. masc. sing) *Ese caso* (3.ª pers. masc. sing.)	*es colocado* (3.ª pers. masc. sing.) *fue* (3.ª pers. sing.) *investigado* (masc. sing.)	*por la chica.* *por vosotras.*

Todas las formas verbales pueden conjugarse en voz **pasiva** y en voz **activa.**

Activa	Pasiva
asustarán a alguien	*será asustado*
terminó unas cosas	*fueron terminadas*
atraparán al ladrón	*fuera atrapado*

El **complemento agente** es un **grupo** introducido por la preposición ***por.*** No debe **confundirse con otros** que presentan la misma forma, pero tienen **otro valor** (circunstancial que indique modo, tiempo, lugar, o causa, por ejemplo).

Un chico ha sido rescatado por los bomberos por la mañana.

ha sido rescatado: N (V); *por los bomberos*: CAg; *por la mañana*: CC-tiempo

Un chico: GN-Suj; *ha sido rescatado por los bomberos por la mañana*: GV-Pred Verb pasivo

La **pasiva** suele usarse para **destacar al paciente,** cuando el agente no interesa, porque es evidente: *El fuego ya ha sido apagado por los bomberos;* se desconoce: *La joya fue robada ayer por alguien que rompió la ventana;* o es conocido, pero se le quiere restar importancia: *El paquete ha sido traído por un mensajero del Ayuntamiento.* Cuando el **agente se omite,** es frecuente que la voz pasiva con el verbo *ser* alterne con la pasiva que usa ***se:*** *Este asunto ya ha sido resuelto / ya se ha resuelto.*

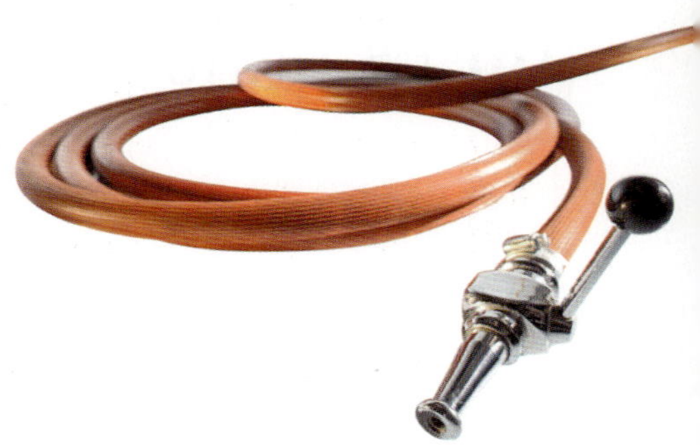

ACTIVIDADES

06 LA ORACIÓN

1 La oración: sujeto y predicado

1 Imagina que escribes una carta describiendo esta escena como si fueras uno de sus protagonistas. Usa tres oraciones simples y añade dos enunciados no oracionales que pudieran aparecer de forma escrita en ella.

2 Copia este texto y marca entre barras las oraciones. A continuación, subraya las que son oraciones simples.

> Su centro ha sido galardonado con el Sello de Calidad Europeo por el excelente trabajo realizado en el proyecto «Unidos por las letras» de eTwinning. Esto significa que su trabajo, el trabajo de sus estudiantes y el de su centro ha sido reconocido al más alto nivel europeo.
>
> Por ese motivo, va a recibir un certificado que puede colgar en su página web y exponerlo en un lugar destacado de su centro escolar. Asimismo, su proyecto aparecerá en un sitio especial del Portal europeo en www.etwinning.net.
>
> eTwinning Team

3 Separa en las siguientes oraciones el sujeto y el predicado. Señala las marcas de concordancia como en el ejemplo.

Sujeto	Predicado
Nuestr<u>os</u> amig<u>os</u> (3.ª pers. pl.)	*apoya<u>ron</u> vuestra causa.* (3.ª pers. pl.)

a. Su vecina ha celebrado una fiesta.

b. Nosotros hemos pensado otra solución.

c. Luisa y Ana tienen que estudiar mucho.

d. ¿Vosotros habéis visto esa película?

e. Mi hermano estudiará en otra ciudad.

4 Copia este texto y completa cada hueco con un verbo que concuerde con el sujeto explícito u omitido tanto en persona como en número.

Querida UNICEF:

Al igual que tú, yo también ... preocupada por nosotros los adolescentes; de mi país y de todo el mundo. Podremos pertenecer a lugares diferentes pero eso no quita que ... unidos a una causa o ... una misión, valores y obligaciones en común, y por eso te ... esta carta.

En mi materia de FCE (First Certificate of English) ... muchas cosas sobre los derechos y las obligaciones, y quiero agradecerte por tener artículos dedicados a nosotros; pero hay algo que no ... bien, no se están cumpliendo. Sé que no todo ... culpa tuya, pero si tú no nos proteges ¿Quién?

www.voicesofyouth.org/es/

5 A los dos párrafos de esta carta se les han omitido las comas. Vuelve a colocarlas donde pienses que son necesarias. Antes, marca los sujetos que concuerdan respectivamente con *recibió, era* y *estará;* si está omitido, indícalo.

Sr. D. Nicomedes Peribáñez
Propietario Definitivo de la Escuela Unitaria Mixta
VILLALMENDRUCO DE TODO LO ALTO
Tal Provincia

Esta Delegación Ministerial recibió en su día el informe de la Inspectora relativo a la conveniencia de dotar de estufas sillas pupitres y algún material más a esa escuela. [...]

Durante los últimos meses se han venido realizando las obras de ampliación de la escuela de Villalmendruco de Abajo destinada a concentrar la población escolar de los pueblos y cortijos de la comarca ya que la situación actual supone una dispersión de medios humanos y materiales a todas luces desaconsejable. [...]

El deseo de este Ministerio era inaugurar dicha escuela comarcal a principio de curso. Debido a causas imputables al contratista no estará dispuesta hasta el comienzo del segundo trimestre pasadas las vacaciones de Navidad.

José Antonio DEL CAÑIZO: *El maestro y el robot.* SM

6 Indica cuántos verbos tienen las siguientes oraciones. ¿Son simples o compuestas?

a. Pensé que habrías terminado.

b. Mientras dormías fui a hacer la compra.

c. Este descubrimiento puede ser la solución a nuestros problemas.

d. Este pedido ha sido cancelado y habrá que hacer otro.

e. Estaremos atentos para que no ocurra otra vez.

f. Marta viajó mucho el año pasado.

7 En las oraciones compuestas, cada predicado tiene su propio sujeto, aunque, naturalmente, este puede estar omitido. Explica cómo están formadas las siguientes oraciones señalando cada sujeto y cada predicado que hay en ellas.

a. Para que tengáis tiempo suficiente, el examen se prolongará diez minutos.

b. El día se ha presentado lluvioso, pero el equipo saldrá a entrenar.

c. ¿Viene Antonia a la conferencia o se queda estudiando en la biblioteca?

d. Aunque ella aún no lo sabe, Marisa ha ganado el premio.

e. Nunca terminarás a tiempo si te distraes tanto.

f. Miguel se ha ido corriendo y Pablo le siguió.

2 El sujeto

8 Copia y completa en tu cuaderno la siguiente tabla indicando, en qué oraciones el GN Sujeto está formado por un pronombre y en qué oraciones está formado por otros. En este último caso, separa en determinante, núcleo, complemento. Si algún elemento falta, incluye el signo Ø.

Sujeto pronombre	Sujeto grupo nominal			
	Determinante	Complemento	Núcleo	Complemento
	Mi	*mejor*	*amigo*	Ø

a. Mi mejor amigo me ha escrito desde París.

b. Aprobaron todos el examen.

c. Sus padres decidieron el lugar de las vacaciones.

d. ¿Han recibido ya ustedes sus entradas?

e. Esta asociación de vecinos ha participado en la fiesta solidaria.

f. Estas intensas tormentas de verano han provocado inundaciones en la zona.

g. A las cinco llegó Luis, tarde, como siempre.

9 Localiza los verbos en forma personal en las oraciones subrayadas del siguiente texto y señala en qué casos se ha omitido el sujeto.

a. ¿Cuál sería el pronombre correspondiente, según la concordancia verbal?

b. ¿Por qué crees que el emisor no ha colocado un sujeto explícito en aquellas oraciones donde no lo hay?

<u>Internet ha sido un fabuloso descubrimiento para Raúl.</u> Así, en el tiempo libre que tiene, que es mucho, puede mantenerse en contacto con personas del mundo entero e intercambiar opiniones. <u>Participa en foros de la red con sus conocimientos especializados sobre petróleo, maquinaria y navegación. Y también puede desahogar su enfado.</u> Se enfada porque, según parece, <u>los buques cisterna no le gustan a nadie.</u>

Por supuesto, <u>esos enormes monstruos no son bonitos;</u> la verdad es que son francamente feos. Pero <u>los buques cisterna son muy útiles para toda la humanidad</u>. Además, <u>los superpetroleros son las construcciones de acero más grandes que el hombre ha hecho jamás</u>. Con una eslora de entre 300 y 400 metros, <u>muchos de ellos son más grandes que la Torre Eiffel de París</u>, cuya altura es solo de unos 300 metros.

Wolfgang Korn
La vuelta al mundo de un forro polar rojo
Siruela

10 Indica cuáles de las siguientes oraciones son impersonales y clasifícalas según sus tipos.

a. Ha granizado en toda la provincia.

b. No se ha enterado de nada.

c. Se está de maravilla en este lugar.

d. Hubo mucha polémica por aquella intervención.

e. Entonces habremos terminado.

f. Cuando llegamos, hacía mucho frío.

g. Aquel día amaneció lloviendo.

3 Clasificación de oraciones según su predicado

11 Copia las oraciones copulativas o atributivas que encuentres en este fragmento y señala el sujeto de cada una de ellas.

Estudiante Tabit:

Sé que mi ayudante es extraordinariamente inteligente e intuitiva. Pero me consta que solo tú serías capaz de apreciar en profundidad todo lo que hay escrito en estas páginas. No solo eso: sé que le darás el mejor uso posible. Cuida bien de mis secretos, estudiante Tabit, y recuerda siempre que no existen las fronteras para aquellos que se atreven a mirar más allá.

Hasta que volvamos a encontrarnos.

Laura GALLEGO: *El libro de los portales.* Booket

12 Localiza todos los verbos de este fragmento, excepto los correspondientes a oraciones impersonales, y completa con ellos una tabla como esta.

Verbos copulativos	Verbos predicativos
...	...

Querido Paul:

Todos los días miro en el buzón. Pero nunca hay carta tuya. ¿Por qué no me escribes? ¿Estás enfermo? ¿O ya me has olvidado?

Hoy me he vuelto a encontrar a tu abuela en la lechería. No cree que estés enfermo. Me ha dicho: «¡Qué va. Lo que pasa es que es un perezoso!»

Christine NÖSTLINGE: *Querida Susi, querido Paul.* SM

13 Indica cuáles de los siguientes verbos necesitan un complemento directo obligatoriamente. Después, construye una oración con cada uno de ellos y subraya tanto el sujeto como el complemento directo.

a. llorar

b. dar

c. reír

d. estornudar

e. crear

f. nacer

14 Busca en el diccionario en línea de la RAE estos verbos y clasifícalos en tu cuaderno en una tabla como esta.

Transitivos	Intransitivos	Tanto transitivos como intransitivos
...	...	...

a. estudiar

b. desayunar

c. florecer

d. crecer

e. trabajar

f. andar

15 En las secuencias de palabras subrayadas en el texto aparecen algunos complementos directos. Cópialos en tu cuaderno.

Londres NW2 5NG
0208 887 8907

Querido Christopher:

Siento que haya pasado tanto tiempo desde que te escribí mi última carta. He estado muy ocupada. Tengo un empleo nuevo de jefa de taller para una fábrica que hace cosas de acero. Te gustaría un montón. La fábrica está llena de máquinas enormes que hacen el acero y lo cortan o doblan para que tenga las formas que necesitan. Esta semana están haciendo el techo para una cafetería de un centro comercial en Birmingham. Tiene la forma de una flor gigantesca y van a cubrirlo con una lona para que parezca una enorme tienda.

16 Localiza en las siguientes oraciones el complemento directo y el complemento indirecto.

a. Alguien le robó al administrador todo el dinero.

b. Los voluntarios me prepararon un gran recibimiento.

c. Todos dieron la enhorabuena al ganador.

d. Ella le pidió colaboración a su compañera.

e. Sus primos le enviaron un regalo por su cumpleaños.

17 Señala los complementos circunstanciales que hay en estas oraciones y di qué tipo de información aportan. Todos son grupos con preposición excepto un grupo nominal. Encuéntralo y copíalo en tu cuaderno.

a. Mis primos compraron una tarta en esa pastelería el año pasado.

b. Esta tarde iremos al centro en autobús.

c. Esas nubes llegaron de repente durante la noche.

d. El autobús paró dos veces durante el trayecto.

e. La chaqueta tiene una mancha en la solapa.

18 Inventa oraciones que incluyan los complementos indicados en cada caso.

a. Un CD y un CC de lugar.

b. Un CD y un CI.

c. Un CI y un CC de tiempo.

d. Un CC de cantidad, un CC de instrumento.

e. Un CD y un CC de modo.

f. Un CD, un CI y un CC de tiempo.

19 Di de qué tipo son los complementos subrayados en esta carta.

Querida Hilde:

Te felicito de todo corazón en tu decimoquinto cumpleaños. Como puedes ver, quiero hacerte un regalo con el que podrás crecer. Perdóname por enviar la postal a Sofía. Resulta más fácil así.

Con todo cariño, papá.

Jostein Gaarder
El mundo de Sofía
Siruela

4 Oraciones activas y pasivas

20 Copia el siguiente texto en tu cuaderno y sustituye las oraciones subrayadas por su equivalente en pasiva.

> Situada en el ecuador de la costa este africana, Kenia es considerada por muchos la cuna de la humanidad. En su territorio los paleontólogos han descubierto algunos de los más tempranos restos humanos que existen. [...] Las sucesivas sequías han arruinado rebaños y cultivos y han impedido desarrollar al campesinado su modo de vida tradicional. Esta situación ha generado diversas crisis alimentarias.
>
> www.oxfamintermon.org

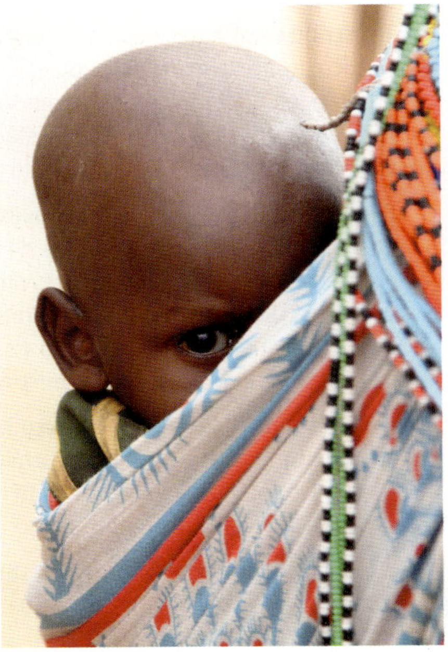

21 Explica los pasos que has seguido para crear las pasivas de la actividad anterior.

22 Fíjate en los complementos que comienzan con la preposición *por* e indica en qué casos se trata de complementos agentes. ¿Qué tipo de complemento son los demás casos?

a. El lugar ha sido ocupado por segunda vez por un campamento de refugiados.

b. Importantes testimonios han sido aportados por dos miembros de la organización.

c. Estos proyectos han sido llevados a cabo por voluntarios por todos los países del mundo.

d. Han sido entregados por la mañana los dos paquetes de ayuda que enviamos.

23 De los cinco verbos que aparecen en esta carta, tres pueden ser conjugados en pasiva. ¿Cuáles son? ¿Por qué no pueden conjugarse los otros dos?

> Querido señor Dumbledore:
>
> Entregué a Harry su carta. Lo llevo mañana a comprar sus cosas.
> El tiempo es horrible. Espero que usted esté bien.
>
> Hagrid
>
> J. K. Rowling: *Harry Potter y la piedra filosofal.* Salamandra

24 Sustituye los verbos subrayados en las siguientes oraciones por otros que permitan la transformación a pasiva, y hazla entonces.

a. Luis <u>se acuerda</u> siempre de sus primos con cariño.

b. Para resolver el caso, la policía <u>se sirvió</u> de los medios más modernos.

c. Ana debe <u>ocuparse</u> de su hermano pequeño hoy.

d. Los excursionistas <u>se abastecieron</u> de todo lo necesario para la excursión.

25 Describe lo que sucede en estas escenas utilizando al menos tres pares de oraciones. En cada par, una ha de ser una oración activa y otra debe ser una oración pasiva.

Querida Beatriz:

Te escribo estas letras nada más recalar en Nueva Orleáns, tras cruzar el Golfo de México desde Veracruz. Mi tripulación y yo hemos pasado tres meses fondeando en diversos puertos del Caribe, en Venezuela, Colombia, Panamá, Costa Rica y Nicaragua, antes de dirigirnos a Estados Unidos; pero, como solo me fío del servicio de correos yanqui, he esperado a alcanzar estas costas para escribirte.

Poco puedo contar acerca de mí, pues nada digno de mención ha sucedido desde que nos separamos. Onofre, uno de mis hombres, se rompió una pierna y tres costillas al caerse del trinquete y tuvimos que dejarle en un hospital de Cartagena de Indias. Un mes después, una tormenta nos sorprendió entre Cuba y Cozumel, pero el Savanna es un buen navío y salimos sanos y salvos del trance. Por lo demás, todo ha sido comprar y vender mercancías, como siempre.

Pero no es de esto de lo que quiero hablarte, sino de mis sentimientos, e ignoro cómo hacerlo. No soy hombre instruido, bien lo sabes, y me veo incapaz de encontrar las palabras hermosas que tú merecerías oír, de modo que me conformaré con decirte llanamente lo que siento.

[...] Piensa en lo que te he dicho, Beatriz, y cuando volvamos a encontrarnos dame tu respuesta. Ten presente que, decidas lo que decidas, siempre te querré. Con todo mi amor.

Simón Cienfuegos

César Mallorquí: *Las lágrimas de Shiva*. Edebé

1 Indica en el texto las partes propias de una carta.

2 ¿Qué tipo de enunciados son *Querida Beatriz* y *Con todo mi amor*?

3 Localiza el sujeto que concuerda con estos verbos, cuando está explícito, y deduce los sujetos omitidos: *hemos pasado, he esperado, ha sucedido, se rompió, nos sorprendió, decidas.*

4 Escribe tres oraciones impersonales que encajen en la historia contada por esta carta.

5 Indica si estas oraciones son atributivas o predicativas y, en el primer caso, di cuál es el atributo.

a. El Savanna es un buen navío.

b. Salimos sanos y salvos del trance.

c. No soy un hombre instruido.

d. Piensa en lo que te he dicho.

6 Clasifica estos verbos del texto en transitivos e intransitivos: *cruzar, ha sucedido, ignoro, caerse, decidas, querré.*

7 Localiza en el texto complementos circunstanciales que tengan la siguiente forma y contenido.

a. Grupo nominal que expresa tiempo.

b. Grupo encabezado por preposición que expresa lugar.

c. Adverbio que expresa modo.

d. Adverbio que expresa tiempo.

8 Convierte en pasiva la oración: *Una tormenta nos sorprendió entre Cuba y Cozumel.*

9 Indica cuáles de los siguientes contenidos que aparecen en unas declaraciones orales son expositivos y cuáles narrativos.

a. El proyecto es muy interesante.

b. Llegamos en un avión particular.

c. Estas personas llevan a cabo una labor importantísima.

d. Se organizan las tareas semanalmente.

e. Me quedé impresionada.

f. Estuve trabajando dos meses allí.

10 Completa en tu cuaderno la tabla con ejemplos.

Oración con sujeto omitido	...	
Oraciones impersonales	**Con *haber***	...
	Con *se*	...
	Fenómenos atmosféricos y de la naturaleza	...

11 Copia estas oraciones y distingue en ellas el sujeto y el predicado, indicando si este incluye CD, CI o CC, como en el ejemplo. Después, di de qué tipo son según el predicado.

Esa chica | *me* (CI) | *trajo* (N (V)) | *una carta* (CD) | *ayer.* (CC)

GN Sujeto: *Esa chica* — GV Predicado (oración transitiva): *me trajo una carta ayer.*

a. Beatriz vive en un pueblo de la costa española.

b. Observa bien esta carta.

c. Ese día vi a Andrés.

d. Esta conversación me mostró una realidad nueva.

e. Aquí he encontrado un hogar.

12 Completa el siguiente mapa conceptual.

ORACIONES SEGÚN EL PREDICADO

- Copulativas o atributivas
  - Verbos → ...
  - Ejemplo → ...
- Predicativas
  - Con complemento directo
    - Verbos → ...
    - Ejemplo → ...
  - Sin complemento directo
    - Verbos → ...
    - Ejemplo → ...

Activa → cambios para convertir en pasiva

- En el verbo → ...
- En la expresión del agente → ...
- En la expresión del paciente → ...

07 LA PALABRA

HAY QUE REIVINDICAR EL VALOR DE LA PALABRA AUN EN ESTA ÉPOCA DE SATÉLITES Y ORDENADORES

WILLIAM GOLDING

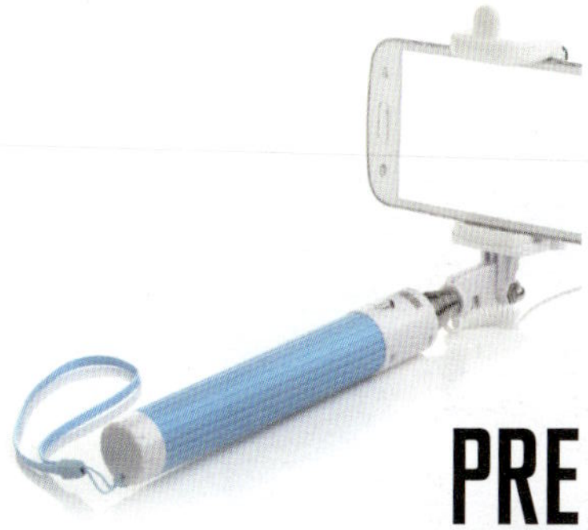

PRESENTAR

LAS SIGLAS DE NUESTRO FUTURO

Soñemos con nuestro futuro. Para eso, vamos a elegir tres organismos o instituciones cuyo nombre esté representado con una sigla y explicaremos, en una breve ficha para cada uno, el significado de su sigla, dónde se encuentra el organismo, a qué se dedica... Finalmente, elegiremos aquel en el que más nos gustaría trabajar y prepararemos un vídeo, de un minuto de duración, para presentar nuestra candidatura.

CONOCER

CIENCIOLESCENTE

Estamos participando en Cienciolescente, un prestigioso concurso para mentes jóvenes e inquietas. Hemos llegado a una de sus pruebas estrella, que consiste en que cada equipo de concursantes cree un campo semántico relacionado con un concepto científico. Los dos requisitos de esta prueba son que las palabras deben ser inventadas y han de contener una base compositiva culta. Ganará el equipo más creativo que elabore el campo semántico más extenso en el tiempo dado.

CREAR

MANUAL DE ESTILO

Como ya sabemos, los diccionarios pueden incluir mucha más información que el significado de las palabras. Por eso, empleando nuestros conocimientos, vamos a elaborar un manual de estilo para un diccionario en el que haremos constar todas las normas relacionadas con la tipografía, el color, el uso de abreviaturas, cursivas, subrayados, etc. Para ejemplificar los diferentes casos, usaremos, como mínimo, estas palabras: *talento, inteligencia, adolescencia, ratón, móvil, estudiante, bienestar.*

INVESTIGAR

CATÁLOGO DE RECURSOS

En el contexto escolar es muy recurrente el uso de los textos expositivos, tanto orales como escritos, para la transmisión de los conocimientos. Vamos a elaborar un catálogo en el que cada página recogerá los diferentes recursos que emplea el profesor o la profesora de las distintas asignaturas, así como los que figuran en los materiales escritos que se usan en cada una de ellas. Al final de cada página, incluiremos un apartado de sugerencias para enriquecer las exposiciones de cada materia.

El siguiente texto tiene como objetivo principal, por encima de ningún otro, el de transmitir conocimientos sobre un tema determinado. ¿Sabrías decir cuál, solo fijándote en las imágenes que contiene?

58 02 Construimos las imágenes | LENGUAJE AUDIOVISUAL

05 La imagen en movimiento: el cine

05.1 Los orígenes

Desde la invención de la fotografía, e incluso antes, el hombre intentó reproducir imágenes en movimiento. En el siglo XIX, se inventó el **zoótropo,** un artefacto en forma de tambor que contenía tiras de papel con dibujos que seguían un orden. Al girar el artilugio, las imágenes en movimiento se percibían como una secuencia coherente.

Zoótropo.

En 1895, los hermanos **Auguste** y **Antoine Lumière** realizaron la primera filmación de la historia: *Salida de los obreros de la fábrica Lumière.* En la misma época, otro francés, **Georges Méliès,** empezó a crear películas. Él mismo pintaba los decorados, inventaba las historias y actuaba en ellas. Fue el padre de los efectos especiales al recurrir a trucos como gente que aparecía y desaparecía, o personajes volando por el cielo. Su película más famosa es *Viaje a la Luna,* de 1902.

En aquel momento, las **películas eran mudas,** no tenían sonido. Un pianista las acompañaba interpretando música en la sala donde se proyectaban y los diálogos se leían en carteles entre escena y escena. Los actores llevaban maquillajes llamativos y hacían gestos exagerados para dar más fuerza a su interpretación.

A partir de la invención del **cine sonoro** en 1927, la industria cinematográfica experimentó una expansión abrumadora. Así, en **Hollywood,** Estados Unidos, se crearon grandes productoras como Metro Goldwin Mayer y Universal, y en **Europa,** países como Alemania, la Unión Soviética y Francia produjeron entre 1919 y 1940 el mayor número de películas, con grandes directores como Serguéi Eisenstein, René Clair o Fritz Lang.

El cinematógrafo

Los hermanos Lumière emplearon el cinematógrafo, un aparato que era cámara y proyector a la vez, y que empleaba una película fotosensible para captar las imágenes.

Posteriormente, estrenaron todas sus filmaciones, entre las que destacó *La llegada del tren a la estación.* El impacto que sufrieron los espectadores fue tan grande que muchos creyeron que la locomotora de la proyección se les echaba encima.

a Fotograma de *Salida de los obreros de la fábrica*, de Louis Lumière.

b Fotograma de *Viaje a la Luna*, de Georges Méliès.

c Fotograma de *El gabinete del doctor Caligari*, de Robert Wiene.

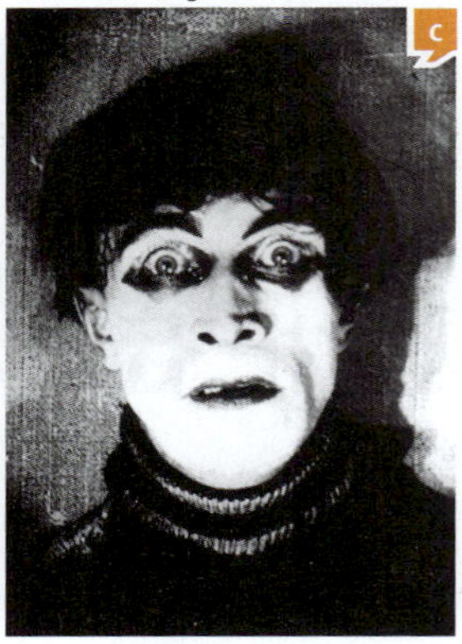

Cristina Belmonte Paccini: *Educación plástica, visual y audiovisual I.* Edelvives

Leer

1 ¿En qué aspecto del arte cinematográfico se centra el texto?

a. En sus orígenes históricos.

b. En sus aspectos técnicos.

c. En la obra de los hermanos Lumière.

d. En las características del cine mudo.

2 ¿Cuántas imágenes contiene el texto? ¿Tienen una función decorativa o informativa?

3 Completa las afirmaciones con la información que proporciona el texto.

a. El cine surgió en el siglo…

b. El antecedente del cinematógrafo fue el…

c. Georges Méliès dirigió la película…

d. El cine sonoro se inventó en el año…

4 ¿Para qué sirven las letras que aparecen en la esquina superior derecha de las imágenes? ¿Podrían haberse sustituido, por ejemplo, por números?

5 Numera los siguientes datos según el orden en que aparecen en el texto.

a. Las primeras películas son mudas.

b. Los hermanos Lumière realizan su primera película.

c. Se crean grandes productoras.

d. Invención y características del zoótropo.

6 Como ya sabes, todos los textos se componen de una serie de ideas principales y secundarias. Haz un resumen en el que condenses, en no más de 100 palabras, la información más importante del texto.

7 En el texto se emplea un vocabulario específico propio del tema que aborda. Escribe una lista que contenga, al menos, tres palabras relacionadas con la cinematografía.

Sin faltas.com

8 ▶ La letra cursiva se emplea en varias ocasiones a lo largo del texto. ¿Qué función tiene en el texto?

a. Indicar que las palabras provienen de una lengua extranjera.

b. Destacar un fragmento especialmente importante.

c. Embellecer el párrafo.

d. Indicar que el texto en cursiva corresponde al título de una película.

Opinar

9 Las primeras experiencias suelen causarnos una honda impresión, y si no que se lo digan a los espectadores de *La llegada del tren a la estación*.

a. Recuerda algún hecho que haya dejado huella en ti y relátalo.

b. ¿Qué consejos le darías a alguien que tiene que enfrentarse por primera vez a algo que tú ya has realizado (por ejemplo, montar en bicicleta)?

1 LOS TEXTOS EXPOSITIVOS

La **exposición** es un texto de **carácter objetivo** a través del cual **se expone un tema** determinado.

Desde el punto de vista comunicativo, los textos expositivos tienen una **finalidad descriptiva o referencial:** transmitir información sobre una materia concreta de forma **clara, objetiva** y **ordenada.** Por lo general, se dividen en tres partes: **introducción,** donde se presenta el tema; **desarrollo,** donde se exponen las ideas; y **conclusión,** donde se sintetiza lo explicado.

Los textos expositivos se encuentran en **diversos géneros,** tanto divulgativos como científicos: artículos de investigación, monografías, reportajes informativos, informes, libros de texto, apuntes, enciclopedias... Por lo tanto, se producen, fundamentalmente, en un **ámbito de uso académico** o **escolar.**

La exposición puede combinarse con **fragmentos descriptivos,** en los que se definen las características de los elementos explicados, así como con **secciones argumentativas,** en las que se pretende convencer y razonar a través de lo expuesto.

Ejemplos de textos expositivos

Al escuchar en clase la lección de nuestro profesor, al leer un artículo divulgativo o científico en un periódico o una revista, al consultar el tema sobre el reino animal en un libro de texto o al recibir la misma información a través de un vídeo, somos **receptores de una exposición,** ya sea oral o escrita.

1.1 LA EXPOSICIÓN ORAL

En el caso de la **exposición oral,** un **emisor** —la persona que habla— comenta, expone o describe un tema ante un **receptor** que, normalmente, es grupal, es decir, forma una **audiencia,** que puede recibirla presencialmente o bien a través de canales digitales, como en el caso de la videoconferencia.

La exposición oral emplea un estilo **cuidado,** que se caracteriza por:

- Utilizar un **léxico adecuado** al tema que se está tratando y al receptor, en cuanto a sus conocimientos en la materia, su edad, etc.
- Usar un lenguaje claro y huir de expresiones demasiado complejas.
- **Evitar fórmulas** demasiado **coloquiales.**
- Emplear, por lo general, el **presente de indicativo** («el zoótropo se inventa en el siglo XIX»), aunque también se usan formas del pasado.

Además, al realizar la exposición ante un auditorio, el emisor debe:

- Cuidar la **pronunciación** y **entonación** para que el mensaje se perciba claramente.
- Variar el **tono de voz** para llamar la atención del receptor y mantenerla.
- Usar **gestos** y **movimientos** con una función conativa, es decir, para subrayar los conceptos clave de la exposición.
- Partir de un **guion escrito** elaborado previamente, que se utiliza como un apoyo para seguir el hilo previsto y evitar quedarse en blanco.

1.2 LA EXPOSICIÓN ESCRITA

Los **textos expositivos** comparten con la exposición oral las características propias del **estilo cuidado** que corresponde a esta tipología (usan un vocabulario específico, evitan fórmulas coloquiales o expresiones demasiado complejas, etc.) y tienen la misma estructura:

- Introducción.
- Desarrollo.
- Conclusión.

Además, la exposición escrita suele incluir **recursos que apoyan** y **refuerzan lo expuesto,** como comparaciones, definiciones, enumeraciones, ejemplos, resúmenes... Con frecuencia, también incorporan imágenes, gráficos, diagramas, tablas o mapas para **representar visualmente** el contenido y mostrarlo de un modo más claro.

58 02 Construimos las imágenes | LENGUAJE AUDIOVISUAL

1 **05 La imagen en movimiento: el cine**

2 **05.1 Los orígenes**

Desde la invención de la fotografía, e incluso antes, el hombre intentó reproducir imágenes en movimiento. En el siglo XIX, se inventó el **zoótropo,** un artefacto en forma de tambor que contenía tiras de papel con dibujos que seguían un orden. Al girar el artilugio, las imágenes en movimiento se percibían como una secuencia coherente.

Zoótropo.

En 1895, los hermanos **Auguste** y **Antoine Lumière** realizaron la primera filmación de la historia: *Salida de los obreros de la fábrica Lumière.* En la misma época, otro francés, **Georges Méliès,** empezó a crear películas. Él mismo pintaba los decorados, inventaba las historias y actuaba en ellas. Fue el padre de los
3 efectos especiales al recurrir a trucos como gente que aparecía y desaparecía, o personajes volando por el cielo. Su película más famosa es *Viaje a la Luna,* de 1902.

En aquel momento, las **películas eran mudas,** no tenían sonido. Un pianista las acompañaba interpretando música en la sala donde se pro-
4 yectaban y los diálogos se leían en carteles entre escena y escena. Los actores llevaban maquillajes llamativos y hacían gestos exagerados para dar más fuerza a su interpretación.

A partir de la invención del **cine sonoro** en 1927, la industria cinematográfica experimentó una expansión abrumadora. Así, en **Hollywood,** Estados Unidos, se crearon grandes productoras como Metro Goldwin Mayer y Universal, y en **Europa,** países como Alemania, la Unión Soviética y Francia produjeron entre 1919 y 1940 el mayor número de películas, con grandes directores como Serguéi Eisenstein, René Clair o Fritz Lang.

El cinematógrafo

Los hermanos Lumière emplearon el cinematógrafo, un aparato que era cámara y proyector a la vez, y que empleaba una película fotosensible para captar las imágenes.

Posteriormente, estrenaron todas sus filmaciones, entre las que destacó *La llegada del tren a la estación.* El impacto que sufrieron los espectadores fue tan grande que muchos creyeron que la locomotora de la proyección se les echaba encima. 5

a Fotograma de *Salida de los obreros de la fábrica,* de Louis Lumière.

b Fotograma de *Viaje a la Luna,* de Georges Méliès.

c Fotograma de *El gabinete del doctor Caligari,* de Robert Wiene.

6

1 **Título.** Indica el tema que se va a tratar.

2 **Secciones y epígrafes.** Los contenidos se pueden estructurar de este modo para contribuir a su comprensión.

3 **Definición.** Explica de forma precisa y clara el significado de una palabra.

4 **Destacados.** Se puede emplear la negrita y otro tipo de recursos (iconos, recuadros, etc.) para llamar la atención sobre determinados datos.

5 **Información complementaria.** Añade contenido secundario o específico al texto principal.

6 **Imágenes.** Tienen la función de describir gráficamente lo que se explica por escrito o bien de complementar la información del texto. Pueden ser fotografías, ilustraciones, gráficos, etc.

Escuchar

Un texto expositivo puede tratar un tema muy amplio, como los orígenes del cine, pero, también, centrarse en aspectos más concretos dentro de esa misma materia, como sucede en el vídeo cuyo título es: «Georges Méliès, el mago que convirtió el cine en arte, fantasía y espectáculo», que vamos a analizar a continuación.

Si solo nos fijamos en su título, ¿qué relación tiene con el texto expositivo anterior?

Accede a la web de *El País* y encuentra el vídeo en cuestión. Visualízalo con atención y responde a las siguientes preguntas.

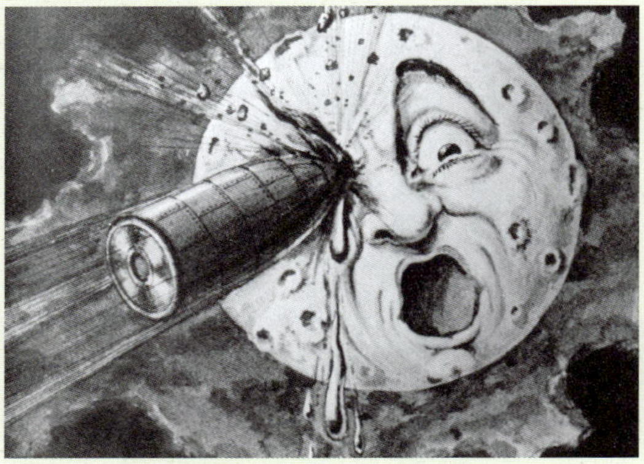

1 Indica si las siguientes afirmaciones sobre el vídeo son verdaderas o falsas. En caso de las incorrectas, corrígelas para que sean ciertas.

a. El objetivo principal del vídeo es informar sobre las contribuciones de Georges Méliès al cine.

b. Antes de dedicarse a hacer películas, Méliès vendía baratijas en un puesto de Montparnasse.

c. La primera película de Méliès se tituló *Partida de cartas*.

d. La versión coloreada de *Viaje a la Luna* no se ha podido recuperar.

2 ¿Qué características propias de los textos expositivos (escritos u orales) se aprecian en el vídeo?

3 En el vídeo, podemos escuchar al emisor de la exposición, pero no verle. ¿Qué elementos compensan esta ausencia?

4 Sustituye las palabras subrayadas por otras con las que se pueda expresar lo mismo.

a. Entre los pocos espectadores se encontraba un famoso ilusionista llamado Georges Méliès.

b. Lejos de amedrentarse, consiguió hacerse con la explotación de otra patente.

c. Inició una carrera que superó los quinientos títulos.

d. Entre sus hallazgos, se encontraba el coloreado a mano de sus películas.

5 A pesar de la negativa de los Lumière, Méliès no se rindió y consiguió su objetivo: convertirse en un gran cineasta.

a. ¿Alguna vez te ha pasado algo similar?

b. Crees que es importante luchar por nuestros sueños, a pesar de las dificultades?

Escribir

1 Imagina que el siguiente epígrafe del texto instructivo que has leído sobre el cine se titula «Los géneros cinematográficos». Escribe su contenido siguiendo estos pasos.

a. Busca información sobre el tema en todo tipo de fuentes. Recuerda que, para elaborar una exposición, es necesario informarse previamente en profundidad sobre el tema que se va a exponer.

b. Elabora un esquema con las ideas principales y secundarias que has obtenido fruto de tu búsqueda.

c. Escribe un borrador de tu texto expositivo en el que incorpores las ideas que has incluido en tu esquema y las desarrolles en profundidad.

d. Coteja tu texto con las características de la exposición que has estudiado anteriormente y aplica las modificaciones necesarias para que el resultado se adapte a las mismas.

e. Diseña la página en la que vas a incluir el texto con la ayuda de un procesador de textos: cómo vas a disponer la información, qué imágenes vas a insertar, si vas a añadir algún esquema, gráfico, tabla, etc.

f. Pasa el texto a limpio en el ordenador mientras revisas la ortografía.

g. Haz copias del resultado e intercámbialas con las de tus compañeros para evaluar el trabajo según las características del texto estudiado.

Frida Kahlo.

Hablar

2 La exposición sobre Georges Méliès te ha permitido conocer la historia de este gran visionario del cine. ¿Qué tal si, ahora, das a conocer las aportaciones a alguna disciplina (arte, ciencia, tecnología...) de una mujer célebre?

a. Busca en Internet información sobre mujeres de la historia que, con su trabajo, hayan contribuido notablemente al desarrollo de alguna materia y elige cuál protagonizará tu exposición.

b. Elabora una lista de hechos relevantes de su historia.

c. Prepara el guion en el que te apoyarás para desarrollar la exposición oral. Se trata de ampliar los datos de la lista que has escrito en el paso anterior y organizarlos según la estructura propia de los textos expositivos (introducción, desarrollo y conclusión).

d. Crea una breve presentación de diapositivas mediante la cual puedas complementar tu discurso. Puedes incluir imágenes, esquemas, gráficos, etc.

e. Ensaya la presentación oral varias veces y comprueba que tienes en cuenta sus características específicas.

f. Forma pareja con algún compañero y realiza tu exposición ante él. Toma nota de sus comentarios para mejorar tu discurso.

g. Lleva a cabo la presentación oral ante la clase y pon en práctica todo lo que has aprendido durante el proceso.

Clara Campoamor.

Jane Goodall.

1 LA PALABRA Y SUS TIPOS

La palabra es la **unidad de la lengua con significado** que **realiza una función** en la oración o grupo sintáctico y se puede separar mediante pausas cuando hablamos. En la escritura aparece entre dos espacios en blanco.

Aquel vecino tiene un coche nuevo.

Las palabras se diferencian según:

SU SIGNIFICADO	**Gramatical**	**Léxico**
	Sirven para relacionar las palabras entre sí (*aquel, de, un...*).	Se refieren a la realidad extralingüística.
	Determinante: *la* Pronombre: *ello* Preposición: *a* Conjunción: y Algunos adverbios: *no*	Sustantivo: *países* Adjetivo: *tecnológico* Verbo: *potabilizar* Algunos adverbios: *ahora*
SU FORMA	**Variable**	**Invariable**
	Presentan cambios de forma al ser usadas en los enunciados.	No presentan cambios de forma al ser usadas en los enunciados.
	Sustantivo: *amigo/a/os/as* Adjetivo: *práctico/a/os/as* Verbo: *voy/as/a/amos/áis/an* Pronombre: *nosotros/as* Determinante: *este/a/os/as*	Adverbio: *muy* Preposición: *contra* Conjunción: *cuando* Interjección: *ay*

El conjunto de **palabras** y **locuciones** de una lengua forma su **léxico.** El léxico español **procede,** en su mayor parte, del **latín,** pero también de **otros idiomas** con los que ha convivido (francés, árabe, inglés, náhualt...). A las **palabras adaptadas** de otras lenguas se las llama **préstamos.**

Llamamos **extranjerismos** a aquellas palabras que **proceden de otras lenguas** y aún **no se han adaptado** al español. Se escriben en cursiva, como en «Hazte un *selfie*».

El **diccionario** nos da información sobre el **origen de las palabras.** Los diccionarios **etimológicos** tienen específicamente esta función.

almohada.
(Del ár. hisp. *almuhádda,* y este del ár. clás. *mihaddah*).
1. f. Colchón pequeño que sirve para reclinar sobre él la cabeza en la cama.
Diccionario de la lengua española, 23.ª edición. RAE

peaje.
(Del fr. *péage,* o cat. *peatge*).
1. m. Derecho de tránsito. U. t. en sent. fig.
Diccionario de la lengua española, 23.ª edición. RAE

La interjección

La interjección es una **palabra invariable** cuyo significado equivale al de un **enunciado expresivo completo.**

A veces, la **forma de las palabras** nos da una pista de su origen: así, las palabras en *-aje* suelen proceder del francés y las que empiezan con *al-* del árabe.

2 LA ESTRUCTURA DE LA PALABRA

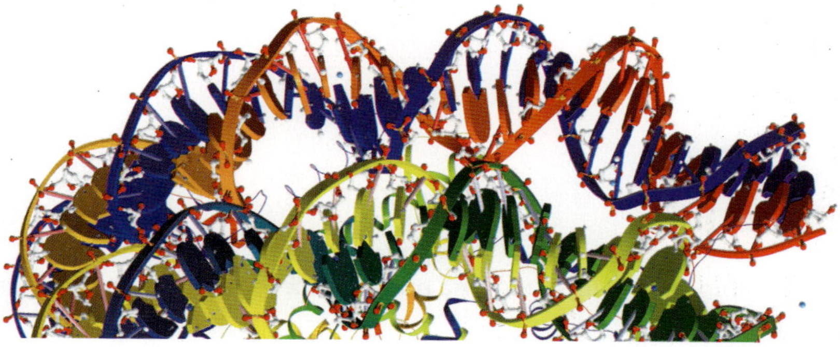

Las **palabras** pueden estar **formadas** por **elementos más pequeños** que tienen un **significado propio.** A cada uno de estos elementos se los llama **morfemas.**

carteros:	*cart*	*er*	*o*	*s*
	sobre que contiene mensajes en papel	persona que realiza una actividad	masculino	plural

TIPOS DE MORFEMA

- **Raíz:** aporta el contenido básico del significado de la palabra.
- **Afijos:** se unen a la raíz. Los **prefijos** se sitúan **ante** ella y los **sufijos detrás.**
  - **Derivativos:** aportan significado léxico. Sirven para crear palabras nuevas: cambian el significado (*carta* > *cart-ero*; ambos sustantivos) y a veces también cambian la categoría de la palabra (*azul* > *azulado;* de sustantivo a adjetivo). Una palabra puede contener varios prefijos y sufijos encadenados.

Anti	*des*	*esta*	*bil*	*iza*	*ción*
prefijo	prefijo	raíz	sufijo	sufijo	sufijo

  - **Flexivos:** aportan significado gramatical. Sirven para que las palabras adopten una forma concreta en la oración. Indican, por ejemplo, el tiempo, el modo, el número y la persona en los verbos (*canta-ría-mos*) o el género y el número en los sustantivos (*libr-o-s*).

2.1 LA FORMACIÓN DE PALABRAS

Según su **estructura morfológica,** dividimos las palabras en:

SIMPLES	No tienen morfemas derivativos. Pueden presentar morfemas flexivos.	*Roj-o*
DERIVADAS	Tienen morfemas derivativos.	*Roj-**iz**-o*
COMPUESTAS	Tienen más de una raíz.	***Blanq**-i-**rrojo***

ELEMENTOS COMPOSITIVOS

Por otro lado, hay una serie de **morfemas** de origen **griego** y **latino** llamados **elementos compositivos** o **bases compositivas cultas** y que son de gran utilidad a la hora de reconocer el significado de las palabras, sobre todo en la ciencia.

Los morfemas griegos y latinos

Prefijo	Significado
auto-	uno mismo
epi-	sobre
hiper-	exceso
hipo-	debajo de

Sufijo	Significado
-algia	dolor
-fago	comer
-fobia	odio
-logía	ciencia

FAMILIA LÉXICA

Las palabras que comparten **una misma raíz** conforman una **familia léxica.**

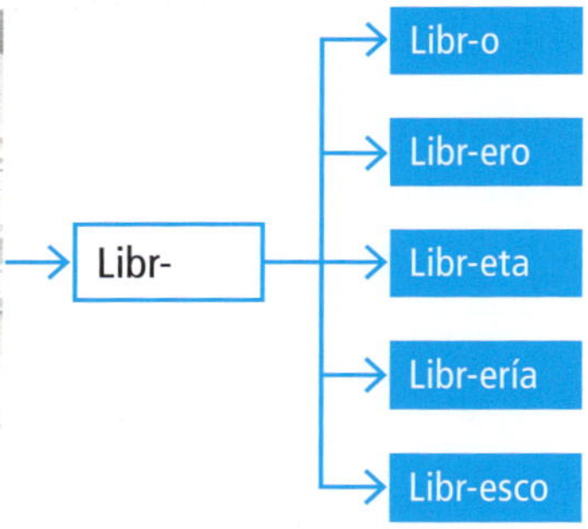

La división por morfemas

Para realizar el análisis de la forma de una palabra (análisis morfológico):

a. Localiza la **raíz** comparando con otras palabras de la misma familia. Si encuentras dos raíces, será una palabra compuesta.

b. Encuentra los **afijos derivativos,** en el caso de que los haya. Separa entre los que van delante de la raíz (prefijos) y los que van detrás (sufijos). Para esto, es útil recrear los pasos con los que la palabra se ha ido creando.

c. Indica los **morfemas flexivos,** según sea la categoría de la palabra.

Ejemplo: *inmortalidad.*

- La **familia léxica** incluye: *mortal, mortalidad, mortuorio...* Por tanto, la raíz es *mort-*.
- De *mort-* (muerte), podemos derivar: *mortal* > *mortalidad* > *inmortalidad.* Encontramos así el prefijo *in-* y los sufijos *-al-* e *-idad.* Además, estos morfemas aparecen en otras palabras: *in*útil, *legal*, *amabilidad*...
- No hay morfemas flexivos, en este caso.

2.2 OTRAS FORMAS DE CREACIÓN DE PALABRAS

Las **palabras nuevas** surgen, como hemos visto, por **préstamo** o por **derivación** a partir de otras. Pero también hay otros **mecanismos de creación,** como son:

- **Las onomatopeyas.** Surgen por imitación de sonidos de la realidad: *clic, tictac...*
- **La abreviación.** Se crean a partir del acortamiento de otra más larga: *Moto (cicleta), cine(matógrafo)...*
- **Las siglas.** Se forman con la letra inicial de una serie de palabras, que pueden ser de otra lengua: *USB, DNI...*
- **Los acrónimos.** Se crean con las iniciales o con partes de otras palabras, pero a diferencia de las siglas se pronuncian tal como se escriben, llegando a veces a incluirse como entradas normales en los diccionarios: *Ave, radar...*

Las siglas y los acrónimos

Las **siglas** se usan para referirse de **forma abreviada** a **organismos, instituciones, empresas,** etc. *ONU* (Organización de las Naciones Unidas).

Son **invariables** en la escritura (*las ONG*), aunque en la lengua oral suele emplearse el plural: *[oenegés].*

Se escriben normalmente **con mayúsculas** y **sin tilde.** Tampoco llevan puntos ni espacios intermedios.

Los **acrónimos** se escriben **con minúsculas** si son **nombres comunes** (*ovni*) y **con la primera en mayúscula** si son **nombres propios** (*Unesco*). Se someten a las reglas de acentuación.

2.3 EL SIGNIFICADO

El **significado léxico** de una palabra es la **realidad que evoca,** es decir, aquella imagen que nos creamos a partir de ella. En este sentido, **dentro de una palabra** podemos encontrar dos **tipos de significado:** el significado **denotativo** y el **connotativo.**

Significado denotativo

Es la parte del significado que podemos considerar objetiva, es decir, que todo receptor asocia con esa palabra concreta. *Negro,* por ejemplo, indica ausencia de color.

Significado connotativo

Son los rasgos subjetivos, de tipo personal o cultural, que se asocian con esa palabra. En español, por ejemplo, *día negro* tiene connotaciones de tristeza y se relaciona con un mal día.

Hay **palabras** que, por su uso, adquieren **connotaciones vulgares** y por tanto se asocian con un **nivel cultural bajo** del hablante. Otras se utilizan en el **ámbito familiar** y las relacionamos con el **cariño** y el **aprecio.** Así ocurre, por ejemplo, con *lindo* o *chiquillo.* Hay términos que, en cambio, son **peyorativas** y demuestran **desprecio** por la realidad a la que se atribuyen. Así, por ejemplo, *gordo* tiene un matiz peyorativo frente a *grueso.*

El **diccionario** recoge algunas indicaciones sobre el **uso de las palabras,** tales como la indicación *coloq.* que indica que su uso es coloquial o *vulg.* para uso vulgar.

leche.
6. f. vulg. Trastazo, porrazo.

Diccionario de la lengua española, 23.ª edición. RAE

MONOSEMIA, HOMONIMIA Y POLISEMIA

Las palabras se usan con múltiples sentidos aunque algunas, como las **monosémicas,** tienen una **única acepción.** Suelen ser propias de ámbitos especializados como el científico: *nucleico, cápsida.*

La **polisemia** es el fenómeno por el cual una palabra presenta **varios significados,** relacionados entre sí. Esta relación surge de un origen común, pues se trata de **acepciones diferentes de una misma palabra.** Así por ejemplo:

Pasó toda la noche en vela. *Encendimos una vela para iluminarnos.*

En este caso, se establece una relación entre la persona que vigila durante la noche y el instrumento que sirve para dar luz durante ese tiempo.

Son palabras **homónimas** aquellas que **se dicen del mismo modo** (y homógrafas, si además se escriben igual) y **tienen significados totalmente distintos,** que no están relacionados entre sí. Las palabras homónimas, a pesar de tener la misma forma, tienen un origen distinto.

La vela se apagó durante la noche. *¡Arriad las velas!*

La **homonimia** en los diccionarios suele indicarse con **entradas diferentes** que tienen un número en **superíndice** cada una (*vela*^{1} y *vela*^{2}). En cambio, **los distintos significados** de una palabra polisémica se indican con **números** que preceden a cada una de sus definiciones.

vela^1.
(De *velar*^{2}).
2. f. Tiempo que se vela.
6. f. Cilindro o prisma de cera, sebo, estearina u otra materia crasa, con pabilo en el eje para que pueda encenderse y dar luz.

Diccionario de la lengua española, 23.ª edición. RAE

vela^2.
(Del lat. *vela* pl. de *velum*).
1. f. Conjunto o unión de paños o piezas de lona o lienzo fuerte, que, cortados de diversos modos y cosidos, se amarran a las vergas para recibir el viento que impele la nave.

Diccionario de la lengua española, 23.ª edición. RAE

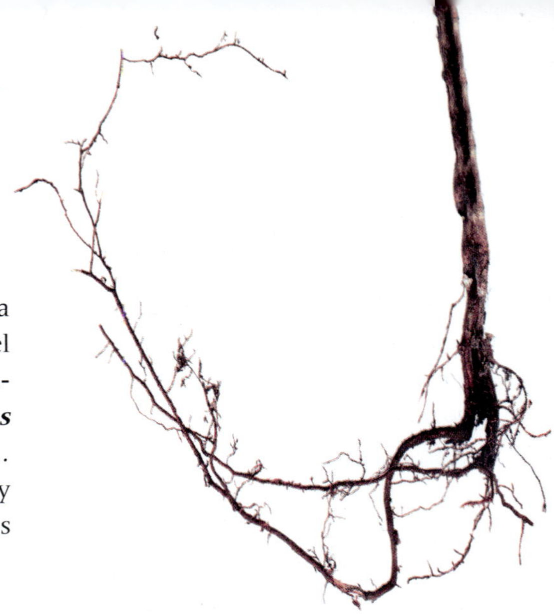

2.4 LAS RELACIONES DE SIGNIFICADO. EL CAMPO SEMÁNTICO

Las palabras que **tienen la misma raíz** y pertenecen, por tanto, a la misma **familia léxica, comparten significado,** puesto que en esa raíz está la base del significado de todas ellas. Pero también hay **palabras** que tienen **rasgos comunes de significado sin compartir la raíz** y que forman los llamados ***campos semánticos.*** Por ejemplo: *perro, gato, canario, caballo, león, gaviota, avestruz...* denotan «animales». Además, algunas se refieren a «animales mamíferos» y otras a «animales aves». Así, podemos establecer una estructura en la que estas palabras se organizan mediante la relación **«tipo de».**

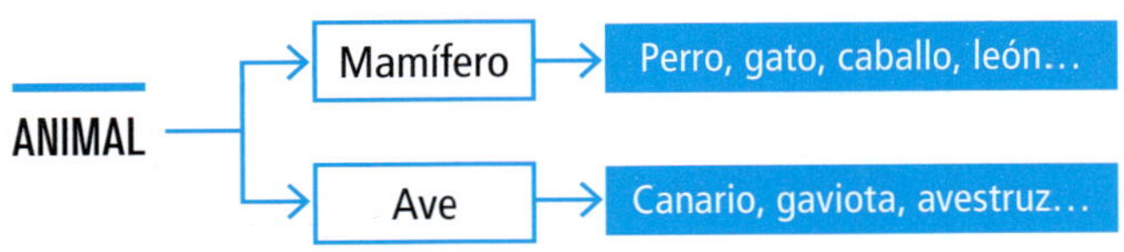

En otros casos, la relación que se establece es de **«parte de».**

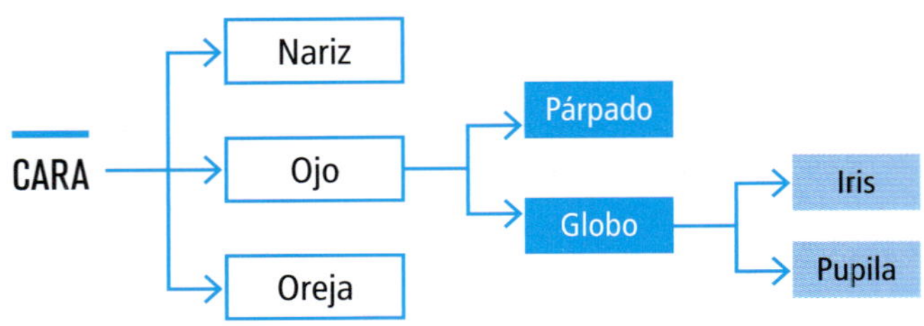

SINONIMIA Y ANTONIMIA

Las palabras que **se refieren a la misma realidad** son **sinónimas.**

¡Qué niño más listo! *¡Qué niño más inteligente!*

Que dos palabras sean sinónimas en un contexto no quiere decir que siempre sean intercambiables.

¡El pastel está listo! **¡El pastel está inteligente!*

En ocasiones, es una cuestión de uso más o menos formal.

Debería usted consultar al odontólogo.

Voy con mi madre al dentista esta tarde.

Las palabras que muestran **significados opuestos** son palabras **antónimas.** Podemos distinguir distintos **tipos de antonimia:**

- **Antonimia complementaria.** No hay posibilidad de una realidad intermedia entre los términos: *El examen está suspenso / aprobado* (está aprobado, o está suspenso).
- **Antonimia gradual.** Hay posibilidad de una realidad intermedia entre los términos: *En esta casa hace frío / calor* (podría ocurrir que no hiciera ni frío ni calor).
- **Antonimia inversa o recíproca.** Muestra las dos caras de un mismo proceso: *Enseñar / aprender. Tío / sobrino.*

En los **diccionarios de sinónimos** puedes encontrar, para cada palabra, una lista de **vocablos** y **expresiones** que tienen su **mismo significado.** Se utilizan con frecuencia para no redactar repitiendo los términos y dotar de riqueza léxica a nuestros escritos.

2.5 LOS CAMBIOS DE SIGNIFICADO

Cuando la **realidad cambia,** las palabras deben **adaptarse.** A veces se crean **palabras nuevas** (por ejemplo, *robot*) y a veces **se amplían** o **cambian los usos** de una palabra ya existente (por ejemplo, *virus,* como organismo y como programa informático).

METÁFORA Y METONIMIA

En muchas ocasiones, los **nuevos significados** surgen de **palabras polisémicas** que se empiezan a utilizar con lo que los diccionarios suelen llamar ***usos figurados.***

Un **uso figurado** se basa en algún **rasgo de semejanza entre el significado original** y **el nuevo** que se atribuye. Esta relación es la que hace que surja la ***metáfora.*** Es el caso del nuevo uso de *ratón* que se entiende como un uso figurado o metafórico (como animal y como periférico del ordenador). Si una persona es apática y poco llamativa, se dice que es *gris,* porque este color también es discreto y apagado.

Cuando el **uso metafórico** o **figurado** se hace **muy frecuente,** aparece como un significado más en el **diccionario.**

Los **cambios de significado** se pueden dar también por una **relación** que no es de semejanza sino de **cercanía u origen.** Así, por ejemplo, *un rioja* es un vino de Rioja, *un picasso* es un cuadro de Picasso y *beber un vaso* indica beber el contenido de ese vaso. A este tipo de cambios de significado se lo llama ***metonimia.***

gris.

(Quizá del prov. *gris*).

1. adj. Se dice del color que normalmente resulta de mezclar el blanco y el negro. U. t. c. s.

2. adj. Carente de atractivo o singularidad. *Un individuo, un paisaje gris.*

Diccionario de la lengua española, 23.ª edición. RAE

TABÚ Y EUFEMISMO

Cuando una palabra o expresión adquiere **connotaciones negativas** (habitualmente por estar asociada con la muerte o con una realidad mal vista socialmente), puede llegar a convertirse en una **palabra prohibida** o que muestra **falta de respeto.** A esta palabra o expresión se la llama ***tabú.***

El hecho de **eliminar** o **dejar de utilizar** esta palabra implica que hay que **buscar otra** para referirse a esa misma realidad. A la **palabra sustituta** se la llama ***eufemismo.*** Los eufemismos suelen tener **relaciones de metáfora** o **de metonimia** con las palabras **tabú** a las que sustituyen, o bien son expresiones que dan un rodeo para nombrar la realidad.

Tabú	Eufemismo
Preso	Interno
Criada	Empleada del hogar
Guerra	Conflicto armado
Morir	Pasar a mejor vida
Culo	Trasero

Con el paso del tiempo, los **eufemismos** vuelven a cargarse de **connotaciones negativas** y pasan a ser **tabú** a su vez. Así, en un principio, *retrasado,* hoy tabú, se usó como eufemismo.

ACTIVIDADES

07 LA PALABRA

1 La palabra y sus tipos

1 Copia y completa en tu cuaderno la siguiente tabla.

	Categoría	Según su forma: variable o invariable	Según su significado: gramatical o léxico
Cantaba	...	...	...
Hasta	...	...	...
Completo	...	...	...
Mañana	...	...	...
Mansión	...	...	...

2 Di si las palabras subrayadas del texto son simples o derivadas.

> El robot recogió las nuevas fichas, les dio unos golpecitos para emparejarlas por los cuatro costados, tal como se hace con las barajas, y las guardó en su fichero interior.
>
> Ya estaban allí, sentados y fichados, todos los habitantes del pueblo. Ya tenía en los butacones de la escuela experimental única en el mundo a los chicos, los abuelos y hasta al viejo maestro.
>
> José Ángel del Cañizo: *El maestro y el robot*. SM

3 Analiza morfológicamente las siguientes palabras tomadas del texto del anterior.

a. Golpecitos.

b. Emparejar.

c. Butacones.

d. Abuelos.

4 ¿Cuáles son las raíces que identificas en estas palabras compuestas? Señala si corresponden a alguna categoría gramatical, como en el ejemplo.

Verdiblanco: verd- (adjetivo), blanc- (adjetivo).

a. Pelirrojo.

b. Salvapantallas.

c. Blanquiazul.

5 Indica de qué tipo son los morfemas que se encuentran subrayados en el siguiente texto.

> Estoy rodeando la biblioteca. Hay gente en la entrada, sentada en el muro o en las terracitas de los cafés. Casi todos son estudiantes, aunque parece que han venido más a tomar el sol que a estudiar.
>
> Laura Gallego: *Dos velas para el diablo*. SM

6 A partir de las palabras simples *nube* y *papel*, crea familias léxicas que tengan al menos cuatro miembros.

7 A partir del sentido que presentan los sufijos y prefijos que aparecen en estas palabras, explica cuál es su significado.

a. Antropología.
b. Pirograbado.
c. Lumbalgia.
d. Xenofobia.
e. Epidermis.
f. Fotocopia.

8 Cuando decimos que el gato maúlla o que el pájaro pía, estamos usando onomatopeyas. Completa con la palabra de origen onomatopéyico que designa el sonido que hace cada animal.

a. Un cuervo.
b. Una rana.
c. Una gallina.
d. Una serpiente.

9 Escribe las siglas o acrónimos de las siguientes expresiones y organismos. Indica, además, si son siglas o acrónimos.

a. Formación profesional básica.
b. Pequeña y mediana empresa.
c. Tecnologías de la Información y la Comunicación.
d. Fondo Monetario Internacional.

2 La estructura de la palabra

10 Señala qué tipo de connotaciones crees que tienen las siguientes palabras, cuyo significado denotativo se indica a continuación.

volar.
(Del lat. *volare. Conjug. c.* contar).
1. intr. Ir o moverse por el aire, sosteniéndose con las alas.

libre.
(Del lat. *liber, -ĕra*).
1. adj. Que tiene facultad para obrar o no obrar. U. t. c. s.

diez.
(Del lat. *decem*).
1. adj. Nueve y uno.

oscuro, ra.
(Del lat. *obscūrus*).
1. adj. Que carece de luz o claridad.

Diccionario de la lengua española, 23.ª edición. RAE

11 Di si entre las palabras subrayadas en las siguientes parejas de oraciones se da una relación de homonimia o de polisemia.

a. En este punto se separan nuestros caminos.
Se me ha hecho un punto en las medias nuevas.
b. Los zapatos me hicieron una rozadura en el pie.
El pie de la lámpara es demasiado ancho.
c. Se ha comprado una tela azul con topos rojos.
Los topos han socavado todo el jardín.

12 Busca en un diccionario de sinónimos dos términos equivalentes a los subrayados y comprueba si son intercambiables. En el caso de que no lo sean, comenta qué matiz de significado nuevo crees que aporta cada uno de ellos.

Lo que más odiaba en casa de los doctores era aquel jabalí. Estaba sobre una columna. El año anterior la columna era más alta que Susi, pero este año era igual que ella. Por abajo la soportaban cuatro cabezas de leones, leones viejos con melenas desgastadas, y, después, subía en espiral hasta la losa de mármol cuadrada.

María Halasi: *A la izquierda de la escalera.* SM

13 Crea campos semánticos con ocho elementos al menos, organizados según «tipo de», donde las palabras compartan los siguientes rasgos.

a. Sitio para vivir.
b. Material escolar.

14 ¿Qué relación tienen estos miembros de un campo semántico: *página, portada, contraportada, lomo, cubierta, libro*?

15 Escribe un antónimo de cada una de estas palabras. Distingue entre antónimos complementarios, graduales o inversos.

a. Frío.
b. Valiente.
c. Vivo.
d. Sano.
e. Dar.
f. Ir.

16 Construye una oración con cada una de estas palabras donde las uses de modo metafórico para describir a una persona. Explica el significado de cada una de ellas.

a. Avestruz.
b. León.
c. Toro.
d. Perro.
e. Zángano.
f. Lince.

17 En las siguientes oraciones hay dos metonimias. Subráyalas y explica cómo se han creado.

a. En nuestro coro las voces altas siempre fallan.
b. Le recomiendo para el aperitivo un jabugo excelente.

18 Este fragmento usa un lenguaje excesivamente eufemístico en un mundo futuro donde se tiene miedo a llamar a las cosas por su nombre. Reescríbelo sustituyendo las expresiones subrayadas por aquellas con las que habitualmente se designan estas realidades.

También había ilustraciones multiculturales en las que se podía ver, entre otras cosas, a personas de la tercera edad y de diversos grupos étnicos dedicándose a actividades físicas. [...]

Pero se acababan de terminar las pruebas evaluativas de rendimiento correspondientes al Solsticio Invernal, de modo que únicamente había dos personas alumnas femeninas sentadas en un rincón, cerca de los radiadores. Eran mayores y estéticamente bastante compensadas; tanto que no se fijarían en la vida en un renacuajo como él.

VV. AA.: *Mañana todavía.* Fantascy

http://cvc.cervantes.es/el_rinconete

Pordiosear: la onomatopeya de la desgracia

Por José Miguel Lorenzo Arribas

Este verbo, con sus sustantivos, *pordiosera* y *pordiosero,* e incluso *pordiosería,* menos utilizado, nos remite a un universo semántico ingrato, casi desagradable: a la gente que mendiga, que pide limosna de puerta en puerta.

No obstante, la etimología es uno de los pocos consuelos que ofrece este conjunto de términos. [...] La primera vez que el *Diccionario de autoridades* recoge estos curiosos términos (en las cuatro formas citadas más arriba), totalmente idiomáticos del castellano, fue en 1737: «Díxose pordiosear porque se pide "por Dios"», aunque desde 1596 se puede documentar en la literatura, y se emplearía desde mucho antes, pues en las letanías, casi melopeas, con que los pobres han acompañado sus peticiones de limosna, no ha podido faltar la fórmula «Una ayuda, por [amor de] Dios». De este modo, y casi por procedimiento onomatopéyico, el complemento circunstancial «¡Por Dios!», casi una interjección frecuentemente, que lastimeramente emplean quienes solicitan la caridad ajena, llega a ser la génesis de la palabra. En el mismo texto lexicográfico que se ha citado, aun con menos retórica, se explica perfectamente: «El pobre mendigo, que pide limosna implorando el nombre de Dios, de donde se formó esta voz».

Este procedimiento compositivo de juntar varias palabras ha sido empleado en numerosas ocasiones en castellano, en realidad en casi todas las lenguas, y así tenemos desde las sencillas *sinrazones* a la más compleja *demasiado* (a partir de 'de más').

1 Según se deduce de la lectura de este texto, explica lo que es la etimología.

2 ¿Cuándo empezó a usarse la expresión *pordiosera*? ¿De dónde procede? ¿Por qué, según el autor, es una onomatopeya?

3 ¿Qué significa *lexicográfico*? ¿Y *génesis*? Ayúdate de un diccionario para contestar.

4 ¿Por qué sabes que este texto es expositivo? Prepara una exposición oral breve donde transmitas esta información a alguien que no lo haya leído.

5 ¿Cómo se llama el procedimiento citado que consiste en unir varias palabras en una sola? Trata de explicar, sin consultar el diccionario, el significado de *sinrazones*.

6 Señala a qué categoría pertenecen estas palabras, y clasifícalas según su forma (variable o invariable) y su significado (léxico o gramatical).

a. Fórmula.
b. Varias.
c. Tenemos.
d. Por.

7 Busca en el diccionario *letanía* y *melopea.* ¿Dirías que son sinónimos? Justifica tu respuesta.

8 Localiza en el texto al menos tres parejas de sinónimos.

9 Las palabras *desagradable* e *ingrato* poseen, cada una, un prefijo: ¿cuáles son y qué significado aportan? Después, haz el análisis morfológico de *desagradable.*

10 Sustituye *pobres* por un eufemismo.

11 Imagina que tienes que dar tres consejos básicos a alguien que está preparando una exposición oral para la clase. ¿Cuáles serían esos tres consejos?

12 Define estos cuatro términos usados en la caracterización de la exposición: *introducción, definición, enumeración, resumen.*

13 Fíjate en este gráfico. ¿A qué tipo de exposición oral crees que puede acompañar? Si tuvieras que hacer esa exposición, ¿qué orden seguirías?

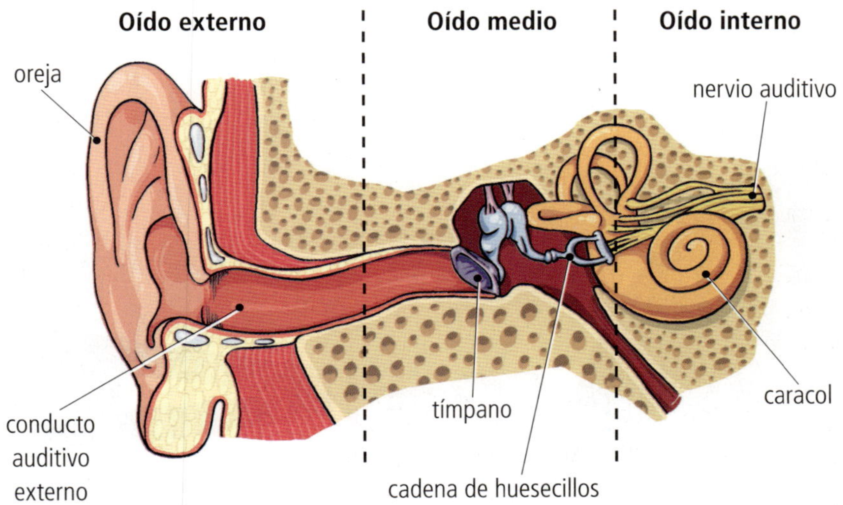

14 Define los tipos de palabras según su estructura morfológica y asocia con ellas los siguientes ejemplos: *manirroto, campo, afortunado, desplazamiento, sano.*

15 Explica con ejemplos qué diferencia hay entre los siguientes conceptos.

a. Significado denotativo y connotativo.

b. Siglas y acrónimos.

c. Antónimos graduales y complementarios.

d. Metáfora y metonimia.

e. Homonimia y polisemia.

16 Completa el siguiente mapa conceptual sobre la palabra.

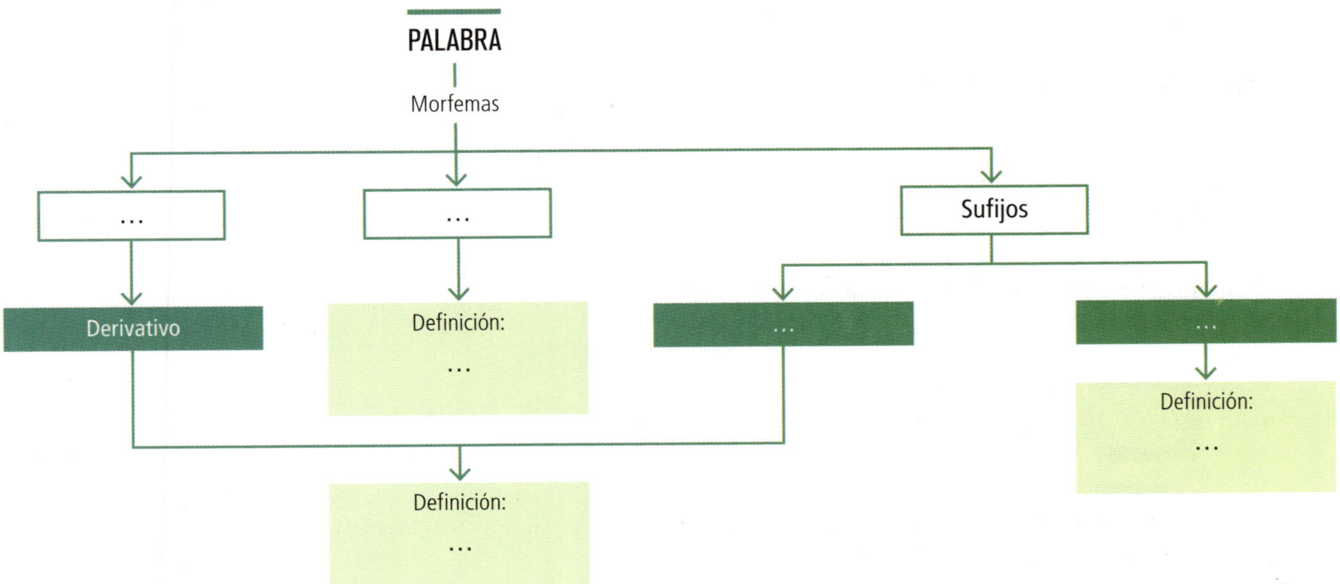

08 LITERATURA POPULAR Y LITERATURA CULTA

LA MEMORIA ES EL PERFUME DEL ALMA

GEORGE SAND

PRESENTAR

ACADEMIA DE JUGLARES

Imagina que tienes una academia medieval y vas a ofrecer un curso de composición y recitado de romances para juglares y trovadores. Prepara e imparte la sesión en la que, aunque sea anacrónico, podrás emplear los medios audiovisuales que precises, tanto para la preparación como para la presentación.

CONOCER

CONSULTORIO FAMILIAR

Una famosa publicación de consultorio familiar ha pedido vuestra colaboración para explicar a los más pequeños temas como la creación del mundo, la muerte, el amor, el sentido de la vida… Proporcionad una relación de mitos y cuentos organizados por temas y perfectamente documentados para que les sirvan de apoyo.

CREAR

¡MITOS A ESCENA!

Un canal de televisión web quiere emitir en las próximas semanas una serie de cuentacuentos. En grupos, elegid el mito o cuento que más os guste, transformadlo en un guion teatralizado, representadlo y grabadlo para poder poner a disposición de los usuarios los videocast de toda la serie.

INVESTIGAR

EN EL ORIGEN

¿Te contaban cuentos de niño? Escribe una entrada de blog en la que cuentes tus primeras experiencias con la literatura. Después, investiga cómo surge, cuáles fueron las primeras manifestaciones, cuál es la relación entre literatura y escritura… Organiza la información en tarjetas para emplearlas posteriormente en el estudio de esos contenidos.

TEXTO 1

Observa la pintura que acompaña al siguiente texto. ¿Crees que representa una escena alegre o trágica? ¿Por qué?

A veces, la fortuna de unos hombres trae consigo la desgracia de otros. Así la victoria de Teseo sobre el Minotauro arruinó para siempre la vida de Dédalo. Y es que, cuando Minos supo que Teseo había escapado del laberinto y se había fugado de Creta en compañía de Ariadna, se enfureció tanto que acudió en busca de Dédalo y le dijo a gritos [...]:

—¡Me has fallado, Dédalo, y lo vas a pagar caro! ¡Hoy mismo te encerraré en un laberinto, y haré que tu hijo te acompañe para multiplicar tu sufrimiento! [...]

El hijo de Dédalo se llamaba Ícaro y estaba a punto de cumplir catorce años. Era un joven travieso y atrevido, de pelo rizado y sonrisa pícara, y tenía un carácter tan alegre que la gente de Cnosos lo adoraba. [...]

También Dédalo se quedó abatido por la tristeza. [...] Su mente, fértil como un almendro en una eterna primavera, comenzó a barajar ideas, y al poco rato, Dédalo exclamó:

—¡Ya lo tengo! ¡Saldremos de aquí volando como los pájaros! [...]

Trabajó sin descanso durante todo un día, y a la mañana siguiente le mostró a Ícaro dos pares de alas. Las había fabricado con unas cañas, unidas con cera y forradas con plumas. [...]

Había llegado la hora de escapar del laberinto, y entonces Dédalo le advirtió a su hijo:

—Escúchame, Ícaro: no debes volar demasiado bajo, porque cuando lleguemos a mar abierto, las olas empaparían tus alas, y se volverían tan pesadas que caerías al mar.

Ícaro sonrió.

—No te preocupes, padre —dijo—: volaré lo más alto que pueda.

—No, hijo, tampoco debes volar demasiado alto... Si te acercas mucho al sol, el calor derretirá la cera que mantiene unidas las cañas, y tus alas se desharán. [...]

Ícaro empezó a batir las alas con rapidez, de arriba abajo, tal y como le había enseñado su padre. [...] Se sentía tan feliz que movía las alas cada vez con más fuerza, y volaba más y más alto: arriba, muy arriba, más arriba aún... [...]

Dédalo, en cambio, tardó en acostumbrarse al milagro del vuelo. [...] Sin embargo, acabó por olvidarse de sus temores y, mientras volaba, comenzó a soñar con la nueva vida que les esperaba allí donde el viento los llevase. Sonriente, giró la cabeza para mirar a su hijo, y de pronto una mueca de terror le deformó la cara. ¡Ícaro no estaba ni detrás ni delante, ni encima ni debajo! Dédalo lo buscó por todas partes, pero no consiguió encontrarlo. Al fin, fijó su vista en el mar y descubrió que el muchacho flotaba sobre el agua, inmóvil como un cadáver, de espaldas al cielo. [...] Roto de dolor, Dédalo comprendió la terrible verdad: su hijo, inconsciente y temerario como todos los jóvenes, había confiado demasiado en su propia habilidad, había querido volar más alto que los pájaros, y el sol había castigado su soberbia derritiéndole las alas para que se ahogara en el mar...

Maria Agelidou: *Mitos griegos*. Vicens Vives

Ícaro, de Henri Matisse (1943-1946), Museo Nacional de Arte Moderno, Centro Georges Pompidou, París.

Contexto sociocultural

La historia de Dédalo e Ícaro forma parte de la mitología griega, un conjunto de mitos y leyendas pertenecientes a la cultura de la antigua Grecia (periodo histórico que abarca, aproximadamente, desde el año 1200 a. C. hasta el 146 a. C.) cuyo objetivo es explicar la naturaleza del mundo, los orígenes y el significado de ciertos fenómenos físicos, la vida y hazañas de los dioses olímpicos, etc.

TEXTO 2

Describe la imagen del mito maya del *Popol Vuh*. ¿A qué historia de nuestra tradición te recuerda? ¿Qué elementos tienen en común?

Antiguamente, no había sobre la tierra ningún hombre, ningún animal, ni árboles, ni piedras. No había nada. Esto no era más que una vasta extensión desolada y sin límites, recubierta por las aguas. En el silencio de las tinieblas vivían los dioses Tepeu, Gucumatz y Huracán. Hablaban entre ellos y se pusieron de acuerdo sobre lo que debían hacer. Hicieron surgir la luz que iluminó por primera vez la tierra. Después, el mar se retiró, dejando aparecer las tierras que podrían ser cultivadas, donde los árboles y las flores crecieron. Dulces perfumes se elevaron de las nuevas selvas creadas. Los dioses se regocijaron de esta creación. Pero pensaron que los árboles no debían quedar sin guardianes ni servidores. Entonces ubicaron sobre las ramas y junto a los troncos toda suerte de animales.

Pero estos permanecieron inmóviles hasta que los dioses les dieron órdenes:

—Tú, tú irás a beber en los ríos. Tú, tú dormirás en las grutas. Tú marcharás a cuatro patas y un día tu espalda servirá para llevar cargas. Tú, pájaro, vivirás en los árboles y volarás por los aires sin tener miedo de caer.

Los animales hicieron lo que se les había ordenado.

Los dioses pensaron que todos los seres vivientes debían ser sumisos en su entorno natural, pero no debían vivir en el silencio; porque el silencio es sinónimo de desolación y de muerte. Por lo tanto, les dieron la voz.

Pero los animales no supieron más que gritar, sin expresar ni una sola palabra inteligente.

Entristecidos, los dioses formaron consejo y, después, se dirigieron a los animales:

—Porque ustedes no han tenido conciencia de quiénes somos, serán condenados a vivir en el temor a los otros. Se devorarán los unos a los otros sin ninguna repugnancia. Escuchando eso, los animales intentaron hablar. Pero solo salieron gritos de sus gargantas y sus hocicos.

Los animales se resignaron y aceptaron la sentencia: pronto serían perseguidos y sacrificados, sus carnes cocidas y devoradas por los seres más inteligentes que iban a nacer.

www.americas-fr.com/es

Contexto sociocultural

El *Popol Vuh* es una recopilación de narraciones de carácter histórico y espiritual de los quiché, un pueblo guatemalteco de origen maya. Estas historias tratan de explicar el origen del mundo, de diversos fenómenos naturales, etc. La primera recopilación escrita de estos relatos vio la luz en los primeros años del siglo XVIII.

Leer texto 1

1 Indica si las siguientes afirmaciones sobre el mito de Dédalo e Ícaro son verdaderas o falsas. En el caso de las incorrectas, corrígelas para que sean ciertas.

a. Teseo castigó a Dédalo porque Minos pudo escapar del laberinto.

b. Para castigar más a Dédalo, Minos lo encerró junto con su hija Ariadna.

c. Ícaro era un joven extrovertido y muy querido por todos sus vecinos.

d. Dédalo fabricó dos pares de alas para poder escapar volando del laberinto.

2 En el texto aparece una expresión con la que se da a entender que Dédalo era un hombre inteligente y creativo. Búscala y escríbela.

3 ¿Qué dos indicaciones le dio Dédalo a Ícaro? ¿Las tuvo presente su hijo al escapar del laberinto? Localiza el fragmento del texto en el que se representa cómo el entusiasmo de Ícaro le conduce a olvidar las advertencias de su padre.

4 Además de relatar una trágica historia, el mito de Dédalo e Ícaro pretende transmitir ciertas reflexiones sobre el ser humano. ¿Cuáles? Elige las opciones correctas.

a. Concienciar sobre la actitud temeraria propia de los jóvenes.

b. Recordar a la gente que no se debe volar demasiado cerca del sol.

c. Subrayar la importancia de realizar bien un trabajo manual.

d. Advertir sobre las consecuencias negativas de la soberbia.

5 Escribe una oración para cada uno de los siguientes términos extraídos del texto.

fortuna *pícaro* *fértil* *mueca* *soberbia*

Opinar

6 El mito da comienzo a la historia con una reflexión: «A veces, la fortuna de unos hombres trae consigo la desgracia de otros».

a. ¿Qué significa para ti esta afirmación?

b. Redacta una breve historia, real o ficticia, cuyo mensaje o moraleja pueda resumirse en esta frase.

Leer texto 2

7 Tras realizar una primera lectura del texto, y antes de resolver el resto de actividades, resúmelo en voz alta.

8 Completa las siguientes afirmaciones sobre el mito maya del *Popol Vuh*.

a. Los tres dioses que habitaban en las tinieblas eran…

b. Los animales se crearon para…

c. Para los dioses, el silencio es sinónimo de…

d. Los animales se devoran unos a otros como castigo por…

9 Es posible que no conozcas el significado de todas las palabras del mito. Identifica al menos una de ellas e intenta definirla a partir del contexto. Después, búscala en el diccionario y comprueba si has acertado.

Sin faltas.com

10 ▶ En el texto aparece la palabra *vasta*. Escribe una oración con este término y otra que contenga su homófono *basta*. A continuación, haz lo mismo con los siguientes pares.

a. *votas/botas* b. *bello/vello* c. *hola/ola*

Opinar

11 El mito explica, entre otras cosas, por qué los seres humanos se alimentan de los animales. Algunas personas, sin embargo, reprueban esta actividad y optan por alimentarse exclusivamente de productos de origen vegetal.

- Escribe un texto argumentativo en el que des tu punto de vista al respecto de forma razonada y respetuosa.

Leer textos 1 y 2

12 Tanto la historia de Dédalo e Ícaro como la del *Popol Vuh* pretenden explicar algo, ya sea un comportamiento o un hecho.

a. ¿Qué diferencias hay al respecto entre ambos mitos?

b. En este sentido, en cuanto a su enseñanza, ¿cuál te resulta más cercano? Argumenta tu respuesta.

13 ¿Consideras que las historias narradas se presentan como un suceso ficticio o, por el contrario, como historias verdaderas y reales? Justifica tu repuesta.

14 Responde brevemente a las siguientes preguntas sobre ambos mitos.

a. ¿Qué tiempo comparten?

b. ¿En qué escenario se desarrolla cada uno?

c. ¿Pueden situarse en un tiempo histórico concreto?

d. ¿Qué tipos de personajes aparecen?

15 Ambos textos presentan una estructura lineal, pues siguen el orden lógico de la historia y no se producen en ellos saltos cronológicos. Divide los textos según la estructura de introducción, desarrollo y desenlace.

16 Responde a las siguientes preguntas sobre el narrador de los textos.

a. ¿Conoce todos los detalles?

b. ¿Cuenta los sucesos desde la perspectiva de algún personaje?

c. ¿En qué persona están narrados los mitos?

d. ¿Qué tiempos verbales predominan?

17 Fíjate en los diálogos de ambos textos y responde.

a. ¿Cómo se introducen las intervenciones de cada personaje?

b. ¿Cuántos personajes intervienen, mediante diálogo, en el primer texto? ¿Y en el segundo?

c. ¿Se podría reflejar de otro modo lo que dicen los personajes? ¿Cómo?

d. ¿Por medio de qué instancia podemos conocer no lo que dicen los personajes, sino lo que piensan?

18 ¿Por qué los mitos no tienen un autor conocido? ¿Quién crees que los ha podido crear? ¿Cómo crees que han llegado a nuestros días?

Opinar

19 Los mitos leídos pertenecen a una cultura o comunidad concreta.

a. En este sentido, ¿consideras que transmiten un valor o una identidad cultural?

b. Escribe un texto de no más de 200 palabras en el que reflexiones sobre la importancia que tiene, en tu opinión, la conservación y difusión de obras propias de una determinada comunidad.

Arte y literatura

Entra en YouTube y busca el vídeo «Obra comentada: Dédalo viendo caer a su hijo Ícaro», publicado por el canal del Museo del Prado. Visualízalo con atención y anota en tu cuaderno la siguiente información:

- El título, el tema y el autor del primer dibujo.
- Todas las obras de arte mostradas y sus autores.
- Qué otros dos seres mitológicos se relacionan en el vídeo con Dédalo y por qué.

La caída de Ícaro, de Jacob Peter Gowy.

Escuchar

Para contar una historia, a menudo se recurre a la música con el fin de hacerla más emocionante o atractiva, de recordarla mejor, etc. ¿Conoces alguna historia que hayas escuchado con un acompañamiento musical?

Accede al buscador de RTVE a la carta y busca el programa titulado *Músicas de tradición oral,* en concreto, el episodio titulado «Del romancero y otros cantos narrativos». Escucha el *Romance de la doncella guerrera,* interpretado por Joaquín Díaz hasta el minuto 03:42, y resuelve estas actividades.

1 Responde brevemente a las siguientes preguntas sobre el romance.

a. ¿Cuántas hijas tenía el sevillano?

b. ¿Cuál de ellas se convirtió en soldado?

c. ¿Quién era el caballero don Marcos?

d. ¿Por qué lloraba?

2 ¿Cómo descubrió el rey a la joven soldado? Localiza y escribe el fragmento en cuestión.

3 ¿Qué significado tienen los dos últimos versos del romance?

4 Escucha varias veces el romance y trata de aprendértelo. Después, reprodúcelo de memoria teniendo en cuenta la interpretación de Joaquín Díaz.

5 La joven soldado quería dedicarse a algo que la sociedad en la que vivía consideraba propio de hombres.

a. ¿Crees que hay actividades propias de hombres y de mujeres?

b. ¿Alguna vez te ha interesado algo o has querido hacer alguna cosa, pero, en este sentido, te ha parecido que no te correspondía? Escribe un breve texto en el que expongas tu experiencia.

Los **romances** son **textos orales en verso,** cantados tradicionalmente durante la Edad Media por **juglares** que contaban, entre otros temas, historias de reyes, moros y cristianos.

Al transmitirse oralmente de generación en generación, es habitual que existan **varias versiones de un mismo romance,** con partes distintas.

1 EL ROMANCE

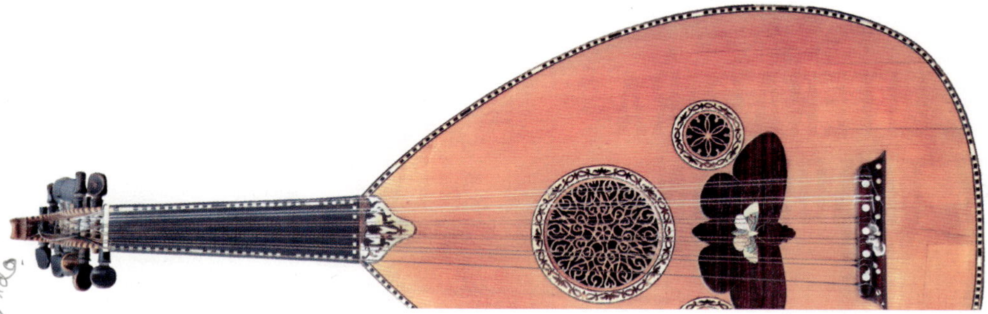

Los romances constan de **versos de ocho sílabas**, con **rima asonante** en los versos pares, dejando sueltos los impares. En ellos conviven la narración, la descripción y el diálogo, aunque no siempre se indica quién habla en cada caso.

Romance de Abenámar

—¡Abenámar, Abenámar,	8-
moro de la morería,	8a
el día que tú naciste	8-
grandes señales había!	8a
Estaba la mar en calma,	8-
la luna estaba crecida;	8a
moro que en tal signo nace	8-
no debe decir mentira.	8a
—No te la diré, señor,	8-
aunque me cueste la vida.	8a
—Yo te agradezco, Abenámar,	8-
aquesta tu cortesía.	8a

Francisco Rico: *La poesía española*. Círculo de lectores.

Cómo medir los versos

Para medir los versos de un romance, hay que contar las sílabas y comprobar si la última palabra del verso es:

- **Aguda o monosílaba.** Se cuenta una sílaba más.

No	te	la	di	ré	se	ñor
1	2	3	4	5	6	7 + 1 = 8

- **Esdrújula.** Se cuenta una sílaba menos.

Si la última sílaba de una palabra del verso acaba en vocal o **-y**, y la primera sílaba de la siguiente palabra comienza por vocal, **h-** o la conjunción **y**, se produce una **sinalefa**, es decir, ambas sílabas se cuentan como si se tratase de una sola.

la	lu	na es	ta	ba	cre	ci	da
1	2	3	4	5	6	7	8

Hablar

1 Crea, junto con un compañero, una variante del *Romance de la doncella guerrera*. Para ello, buscad en Internet una versión alternativa del romance en la que la hija le dice a su madre que se cortará el pelo. ¿Qué habría pasado si no la hubieran descubierto? ¿Cómo habría sido su futuro en la guerra?

a. Intentad continuar el diálogo entre la madre y la hija.

b. Pensad en quién de los dos hará el papel de madre y quién representará el de la hija. Determinad también qué otros personajes participarán.

c. Recordad que debéis alternar la narración y el diálogo. También podéis incluir fragmentos en los que se describa a alguno de los personajes, un objeto...

d. Añadid versos de ocho sílabas que rimen con esquema asonante en los pares, dejando sueltos los impares.

Recuerda que la **rima** es la repetición de sonidos en varios versos a partir de la última vocal acentuada. Puede ser de dos tipos:

- Asonante. Solo se repiten las vocales: crecida y mentira.
- Consonante. Se repiten tanto las vocales como las consonantes: redonda y honda.

e. Introducid elementos humorísticos: rimad palabras que no tengan nada que ver o bien utilizad realidades que no estén relacionadas.

f. Memorizad el resultado y recitadlo ante vuestros compañeros.

1 LITERATURA Y TRADICIÓN

Se conoce como **tradición** al conjunto de costumbres y expresiones artísticas que definen a un pueblo y se transmiten de generación en generación. Algunas de estas expresiones se producen mediante el **uso de la palabra:** cantar canciones, narrar historias, crear adivinanzas y refranes, escribir novelas o relatos... Todas las creaciones artísticas que emplean las palabras reciben el nombre de **obras literarias.**

Estas obras, por lo general, reflejan el carácter de una sociedad y los acontecimientos que le suceden, así como sus sentimientos respecto a estos. Además, permiten que su lengua perdure en el tiempo.

La **literatura** se distingue del habla cotidiana en cuanto a su forma, ya que utiliza un **lenguaje figurado,** es decir, palabras con un sentido diferente del habitual (lenguaje literal) para otorgarles un significado propio, literario.

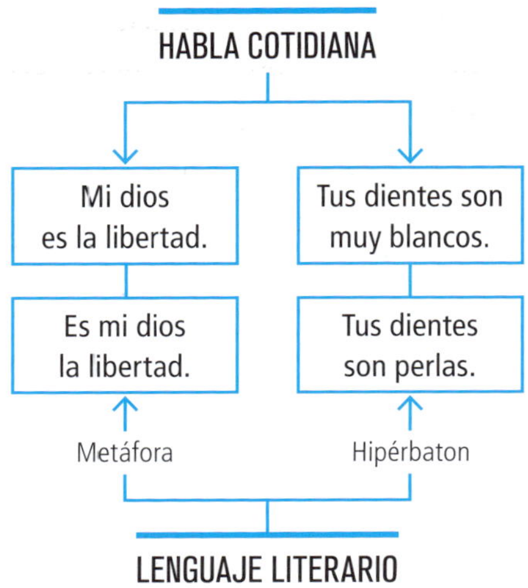

Los **textos literarios** pueden escribirse de dos maneras:

- En **verso.** Las palabras reflejan una métrica y un ritmo determinados, y, en muchos casos, se usan las palabras finales para hacer repeticiones que dan lugar a la rima y a otros recursos literarios. Las canciones o los poemas son su mejor reflejo.

> ¡Pero qué aprisa en este mundo triste
> todas las cosas van!
>
> ¡Que las domina el vértigo creyérase!
>
> Lo que ayer fue capullo, es rosa ya,
> y pronto agostará rosas y plantas
> el calor estival.
>
> Rosalía de Castro
> *En las orillas del Sar*
> Biblioteca Virtual Miguel de Cervantes

- En **prosa.** Se emplea un lenguaje más natural y menos sujeto a la cadencia que en el verso.

> Acababan de dar las doce, de una manera pausada, acompasada y respetable, en el reloj del pasillo. Era costumbre de aquel viejo reloj, alto y de caja estrecha, adelantar y retrasar a su gusto y antojo la uniforme y monótona serie de las horas que va rodeando nuestra vida, hasta envolverla y dejarla, como a un niño en la cuna, en el oscuro seno del tiempo.
>
> Pío Baroja
> *La busca*
> Alianza Editorial

Cuando la prosa hace especial hincapié en el ritmo y las figuras literarias, decimos que se trata de **prosa poética.**

2 LITERATURA CULTA

En literatura, una clasificación muy común es aquella que distingue las obras literarias en función de si pertenecen a la **literatura culta** o a la **literatura popular.**

La **literatura culta** se elabora por **escrito** y tiene un **autor conocido,** quien, por lo general, desea que se conozca su autoría y **no realiza modificaciones** sobre su obra.

Pienso mesa y digo silla,
compro pan y me lo dejo,
lo que aprendo se me olvida,
lo que pasa es que te quiero.

Gloria Fuertes

Este tipo de literatura se difundió, en los primeros tiempos, por medio de copias manuscritas y, después, mediante copias impresas. Desde la invención del gramófono, también pudo transmitirse oralmente y, actualmente, además de la difusión a través de Internet, se ha popularizado el uso de audiolibros, que son lecturas de obras escritas realizadas por máquinas o locutores. En cualquier caso, aunque la transmisión de estas obras se produzca oralmente, su lenguaje es el propio de la literatura escrita.

Así, la literatura escrita utiliza un lenguaje fruto de la elaboración y la planificación de un autor culto, como se demuestra en el vocabulario y en la variedad de recursos utilizados.

> La ciudad, cuando empieza a envolverse en el calor del verano, tiene una belleza sofocante, un poco triste. A mí me parecía triste Barcelona, mirándola desde la ventana del estudio de mis amigos, en el atardecer. Desde allí un panorama de azoteas y tejados se veía envuelto en vapores rojizos y las torres de las iglesias antiguas parecían navegar entre olas.

Carmen Laforet: *Nada.* Booket

Aunque la literatura popular dio origen a la culta, en muchos casos, autores conocidos han recurrido a lo popular para realizar sus creaciones, las cuales reflejan su **inspiración en las obras populares.**

Por ejemplo, autores del siglo XVII, como Luis de Góngora o Lope de Vega, y del siglo XX, como Federico García Lorca, se basaron en obras populares para realizar muchas de sus creaciones.

Era del año la estación florida
en que el mentido robador de Europa
(media luna las armas de su frente,
y el Sol todos los rayos de su pelo),
luciente honor del cielo,
en campos de zafiro pace estrellas.

Luis de Góngora: *Soledades.* Castalia

Ortografía de los nombres propios

Se escriben con mayúscula inicial:

- los nombres propios, apellidos, apodos y sobrenombres de personas: *Gloria Fuertes, Luis de Góngora…*
- los nombres propios de animales y lugares, así como los artículos que pertenecen al nombre: *Rocinante, Bilbao, La Habana…*

3 LITERATURA POPULAR

La **literatura popular** pertenece al pueblo; por ello, las obras populares son **anónimas**, es decir, su autor se desconoce o no se recuerda. Se transmiten **de generación en generación** de manera **oral** y, por este motivo, **pueden sufrir modificaciones.**

Por lo general, se trata de **obras breves, en prosa o en verso,** y, en este último caso, suelen ir **acompañadas de música,** como sucede con las **canciones de trabajo, de fiesta o de amor,** los **villancicos,** las **nanas,** los **romances** y las **coplas.**

Las **coplas** son una variante de los romances, ya que tienen rima asonante en los pares, aunque solo constan de cuatro versos, por lo que no siempre cuentan una historia.

Asómate a esa vergüenza,
cara de poca ventana,
y dame un jarro de sed
que vengo muerto de agua.

Recogida por
Vicente Suárez de Deza

Algunos recursos habituales en la literatura oral

- La **pronunciación** puede ser coloquial o dialectal: *marío, lao.*
- El uso de **palabras sin sentido** o que **imitan sonidos:** *pim, pim, zamalacatín; chúmbala, catachúmbala…*
- La presencia de **estribillos** con mayor frecuencia que en la literatura escrita.
- La aparición de **llamadas de atención** al receptor: *oíd bien, ahora veréis…*

Afortunadamente, se ha **recogido por escrito** un gran número de obras pertenecientes a la **literatura popular,** con el fin de conservarlas.

En España, **Demófilo** (seudónimo de Antonio Machado y Álvarez, padre de Antonio Machado), entre otros autores, decidió reunir «los proverbios, cantares, adivinanzas, cuentos, leyendas, fábulas, tradiciones y demás formas poéticas y literarias» del pueblo.

De cositas *pasaas*
no *quieo* yo acordarme,
porque me *yora* mi *corasonsito*
gotitas *e* sangre.

Antonio Machado y Álvarez Demófilo
Colección de cantes flamencos
Signatura Flamenco

En el resto del mundo, uno de los casos más famosos es el de los **hermanos Grimm,** quienes escribieron, en el siglo XIX, un libro con los cuentos populares que recopilaron de la zona en que vivían. Entre dichos cuentos, figuran algunos tan conocidos como *Caperucita Roja, La bella durmiente, Hansel y Gretel, Cenicienta* o *Rapunzel.*

Así, dentro de la **literatura popular,** las narraciones representan un papel muy importante en la cultura de un país o de una comunidad determinada, ya que forman parte de su **tradición;** es el caso del **romance,** la **leyenda,** el cuento y el **mito.**

3.1 EL ROMANCE

Tal como hemos visto, el **romance** surge en la Edad Media en forma de texto oral en verso, pero se ha seguido difundiendo hasta la actualidad, con una temática más amplia.

Se trata de un tipo de poema que los **autores cultos** han utilizado en muchas ocasiones, y no solo para imitar lo popular. Es el caso, por ejemplo, del célebre *Romancero gitano* de Federico García Lorca, en el que el autor emplea palabras cultas y numerosas figuras literarias.

A diferencia de lo que sucede en la tradición popular del romance, la obra de Lorca no sufre variaciones o versiones, pues corresponde a una creación personal del autor en la que este explota los recursos propios del lenguaje literario.

Verde que te quiero verde;	8-
verde viento, verdes ramas.	8a
El barco sobre la mar	7+1-
y el caballo en la montaña.	8a
Con la sombra en la cintura	8-
ella sueña en su baranda,	8a
verde carne, pelo verde,	8-
con ojos de fría plata.	8a
Verde que te quiero verde.	8-
Bajo la luna gitana,	8a
las cosas la están mirando	8-
y ella no puede mirarlas.	8a

Federico García Lorca
«Romance sonámbulo»
Romancero gitano
Austral

Paralelismo. Repetición de la misma estructura: adjetivo y sustantivo.

Antítesis. Contrapone dos palabras con sentido contrario: *mar* y *montaña*.

Metáfora. Identificación de una realidad con otra a la que se le parece: los ojos parecen de plata.

Romancero gitano. Litografías y palabras, de Rafael Alberti. Ediciones Filigrana, 1977.

Cuando llegaba la noche,	8-
noche que noche nochera,	8a
los gitanos en sus fraguas	8-
forjaban soles y flechas.	8a
Un caballo malherido,	8-
llamaba a todas las puertas.	8a
Gallos de vidrio cantaban	8-
por Jerez de la Frontera.	8a
El viento vuelve desnudo	8-
la esquina de la sorpresa,	8a
en la noche platinoche	8-
noche, que noche nochera.	8a

Federico García Lorca
«Romance de la
Guardia Civil española»
Romancero gitano
Austral

Reduplicación. Repetición de varias palabras seguidas.

Prosopopeya o personificación. Consiste en asignar cualidades o comportamientos humanos a animales u objetos.

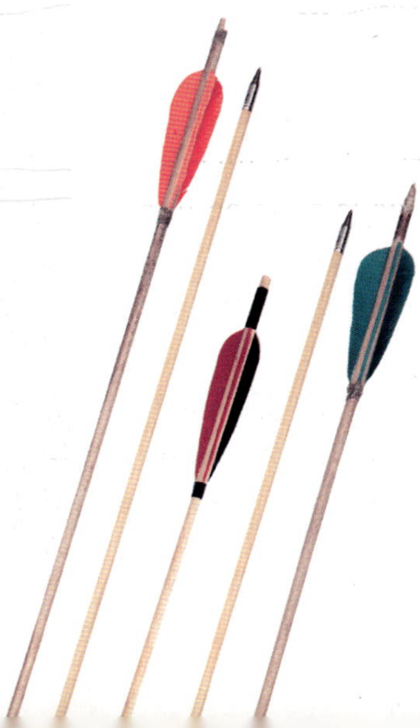

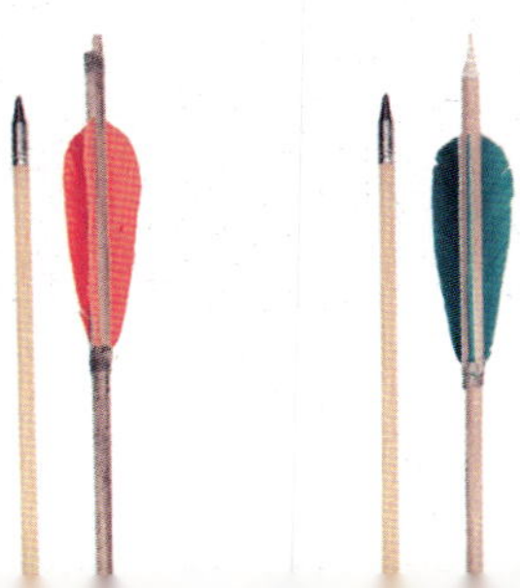

3.2 LA LEYENDA

La **leyenda** narra un hecho concreto usando elementos maravillosos y personajes históricos. Así, por ejemplo, una leyenda puede explicar el nombre de un lugar, la presencia de un monumento, la vida de un personaje o el origen de una costumbre, siempre con un cierto **carácter histórico.** No pretende explicar elementos sobrenaturales, sino poner de relieve alguna característica de un pueblo o de una región. Como sucede con el cuento, las leyendas populares han sido imitadas a menudo por los autores cultos.

> Hace mucho tiempo, mucho tiempo, yo no sé cuánto, pero los moros ocupaban aún la mayor parte de España, se llamaban condes nuestros reyes, y las villas y aldeas pertenecían en feudo a ciertos señores, que a su vez prestaban homenaje a otros más poderosos, cuando acaeció lo que voy a referir a ustedes.
>
> Gustavo Adolfo Bécquer: *Rimas y leyendas.* Edaf

3.3 EL CUENTO

Los **cuentos** son narraciones breves de ficción que, al igual que la leyenda, incluyen elementos maravillosos. Sin embargo, a diferencia de estas, no intentan hacer pasar esos sucesos como históricos.

Los cuentos pueden ser de dos tipos: **populares** o **literarios.** El cuento literario está escrito por un autor conocido, mientras que el cuento popular se caracteriza por ser anónimo y oral.

Los cuentos populares pueden clasificarse, a su vez, en cuatro clases:

- **Maravillosos**
  - Se sitúan en lugares y tiempos sin concretar: «Érase una vez»...
  - Aparecen personajes fabulosos: hadas, brujas, ogros, duendes...
  - Utilizan objetos mágicos: anillos, brebajes, amuletos...
  - Tratan situaciones sobrenaturales: metaforsis, sueños, apariciones...
- **Realistas**
  - Se sitúan en lugares concretos o semejantes a los reales.
  - Los personajes y costumbres que aparecen pertenecen a la vida cotidiana y, normalmente, a las clases humildes: carpinteros, campesinos...
- **Apólogos**
  - Contienen una enseñanza o lección, llamada **moraleja.**
  - Son utilizados por autores cultos para hacer llegar advertencias a sus lectores.
- **Fábulas**
  - Son protagonizadas por animales, a través de los cuales se transmite una moraleja.
  - Fueron puestas de moda en prosa, en el siglo XVIII, por autores como Tomás de Iriarte o Félix María Samaniego.

3.4 EL MITO

El **mito** es un **texto narrativo tradicional** perteneciente a diferentes culturas con el que se trata de explicar **aspectos de la naturaleza y del ser humano** a través de sus personajes: dioses, semidioses, héroes y monstruos.

A veces, la fortuna de unos hombres trae consigo la desgracia de otros. Así la victoria de Teseo sobre el Minotauro arruinó para siempre la vida de Dédalo. Y es que, cuando Minos supo que Teseo había escapado del laberinto y se había fugado de Creta en compañía de Ariadna, se enfureció tanto que acudió en busca de Dédalo y le dijo a gritos [...]:

—¡Me has fallado, Dédalo, y lo vas a pagar caro! ¡Hoy mismo te encerraré en un laberinto, y haré que tu hijo te acompañe para multiplicar tu sufrimiento! [...]

Introducción

Contexto inicial u origen de la situación mítica

El hijo de Dédalo se llamaba Ícaro y estaba a punto de cumplir catorce años. Era un joven travieso y atrevido, de pelo rizado y sonrisa pícara, y tenía un carácter tan alegre que la gente de Cnosos lo adoraba. [...]

También Dédalo se quedó abatido por la tristeza. [...] Su mente, fértil como un almendro en una eterna primavera, comenzó a barajar ideas, y al poco rato, Dédalo exclamó:

—¡Ya lo tengo! ¡Saldremos de aquí volando como los pájaros! [...]

Trabajó sin descanso durante todo un día, y a la mañana siguiente le mostró a Ícaro dos pares de alas. Las había fabricado con unas cañas, unidas con cera y forradas con plumas. [...]

Había llegado la hora de escapar del laberinto, y entonces Dédalo le advirtió a su hijo:

—Escúchame, Ícaro: no debes volar demasiado bajo, porque cuando lleguemos a mar abierto, las olas empaparían tus alas, y se volverían tan pesadas que caerías al mar.

Ícaro sonrió.

—No te preocupes, padre —dijo—: volaré lo más alto que pueda.

—No, hijo, tampoco debes volar demasiado alto... Si te acercas mucho al sol, el calor derretirá la cera que mantiene unidas las cañas, y tus alas se desharán. [...]

Ícaro empezó a batir las alas con rapidez, de arriba abajo, tal y como le había enseñado su padre. [...] Se sentía tan feliz que movía las alas cada vez con más fuerza, y volaba más y más alto: arriba, muy arriba, más arriba aún... [...]

Dédalo, en cambio, tardó en acostumbrarse al milagro del vuelo. [...] Sin embargo, acabó por olvidarse de sus temores y, mientras volaba, comenzó a soñar con la nueva vida que les esperaba allí donde el viento los llevase. Sonriente, giró la cabeza para mirar a su hijo, y de pronto una mueca de terror le deformó la cara. ¡Ícaro no estaba ni detrás ni delante, ni encima ni debajo! Dédalo lo buscó por todas partes, pero no consiguió encontrarlo. Al fin, fijó su vista en el mar y descubrió que el muchacho flotaba sobre el agua, inmóvil como un cadáver, de espaldas al cielo. [...]

Situado fuera del tiempo histórico, intenta relacionar el mundo natural con el sobrenatural, aunque se presenta en calidad de historia verdadera y real.

Verbos en pasado, con el fin de narrar acciones que ya han sucedido.

Estilo directo.

Desarrollo

Explicación o interpretación del suceso mítico según la cultura.

Narrador omnisciente, en tercera persona, que conoce todo lo que ocurre.

Roto de dolor, Dédalo comprendió la terrible verdad: su hijo, inconsciente y temerario como todos los jóvenes, había confiado demasiado en su propia habilidad, había querido volar más alto que los pájaros, y el sol había castigado su soberbia derritiéndole las alas para que se ahogara en el mar...

Desenlace

Conclusión o resultado.

Maria Agelidou
Mitos griegos
Vicens Vives

ACTIVIDADES

08 LITERATURA POPULAR Y LITERATURA CULTA

1 Literatura y tradición

1 Fíjate en las siguientes canciones. ¿Con qué actividades de la vida diaria las relacionas? Luego, encuentra en estas canciones, rasgos propios de la poesía oral.

Ande usted, madre,
con el dinero,
que están de paso
los carboneros,
y van diciendo
por las esquinas
que quién me compra
carbón de encina.
Carbón de encina,
carbón de roble,
que la firmeza
no está en los hombres.
No está en los hombres
ni en las mujeres,
que está en el tronco
de los laureles.

Desde las cumbres
de las montañas
vengo con flores
para vender.
Andad, muchachas,
compradme flores,
que son bonitas
y huelen bien.
Para casadas,
las clavellinas,
para los hombres,
el tulipán,
para las niñas,
las dalias blancas,
para los novios,
flor de azahar

2 Literatura culta

2 En esta canción popular se incluye un refrán. Localízalo y, después, reescribe la copla con la grafía propia de la literatura escrita.

Ime con quien andas,
te *iré* quien eres:
como tú *anda* con malas personas,
malito tú eres.

Recogida por DEMÓFILO

3 ¿Conoces alguna otra versión de la siguiente canción? ¿En qué se diferencia?

Que llueva, que llueva,
la Virgen de la Cueva,
que sí, que no,
que caiga un chaparrón
en medio la estación,
que rompa los cristales
y que toquen el tambor.
Agua, san Marcos,
rey de los charcos,
para mi triguito,
que está muy bonito,
para mi cebá,
que ya está graná,
para mi aceituna,
que ya tiene una.

4 ¿Qué estrofa se utiliza en estas canciones? ¿De qué tema trata cada una de ellas?

a. Marinero, sube al tope
y dile a la madre mía
si se acuerda de aquel hijo
que por los mares tenía.

b. Dentro de tu pecho tienes
dos escaleras de vidrio,
por una sube el amor,
por otro baja el olvido.

Recogidas
por Jacint VERDAGUER

3 Literatura popular

5 Lee el siguiente texto e indica a qué clase de cuento pertenece y por qué. Si contiene una moraleja, explica en qué consiste su enseñanza.

Había una mujer que se llamaba doña Truhana, que era más pobre que rica, la cual, yendo un día al mercado, llevaba una olla de miel en la cabeza. Mientras iba por el camino, empezó a pensar que vendería la miel y que, con lo que le diesen, compraría una partida de huevos, de los cuales nacerían gallinas, y que luego, con el dinero que le diesen por las gallinas, compraría ovejas, y así fue comprando y vendiendo, siempre con ganancias, hasta que se vio más rica que ninguna de sus vecinas.

Luego, pensó que, siendo tan rica, podría casar bien a sus hijos e hijas, y que iría acompañada por la calle de yernos y nueras, y pensó también que todos comentarían su buena suerte, pues había llegado a tener tantos bienes aunque había nacido muy pobre.

Así, pensando en esto, comenzó a reír con mucha alegría por su buena suerte y, riendo, riendo, se dio una palmada en la frente, la olla cayó al suelo y se rompió en mil pedazos. Doña Truhana, cuando vio la olla rota y la miel esparcida por el suelo, empezó a llorar y a lamentarse muy amargamente porque había perdido todas las riquezas que esperaba obtener de la olla si no se hubiera roto. Así, porque puso toda su confianza en fantasías, no pudo hacer nada de lo que esperaba y deseaba tanto.

DON JUAN MANUEL. www.ciudad seva.com

6 Identifica en este cuento maravilloso los siguientes elementos, propios de este tipo de textos.

a. Personajes fabulosos.

b. Objetos mágicos.

c. Situaciones sobrenaturales.

Salió el demonio a recibirlos y enseguida le mandó que hiciera el primer trabajo.

—Para mañana —le dijo— tienes que allanar aquella ladera, ararla, sembrar el trigo, segarlo, molerlo y traerme el pan.

El muchacho cogió un azadón y se fue para la montaña. Pero cuando vio que era toda de piedras, se echó a llorar. Llorando como estaba se restregó los ojos con el anillo y al momento se le apareció Blancaflor. [...]

—¿Qué te pasa? —le preguntó ella.

—Pues nada —contestó él y le contó lo que su padre le había mandado.

—No te apures —dijo ella—, échate en mi falda y duérmete.

Cuando el muchacho se despertó, ya estaba el pan hecho. Se lo presentó al demonio y este le dijo:

—Muy bien. Pero... o tú andas con Blancaflor, o eres más demonio que yo. Ahora tienes que plantar este campo de vid y traerme por la tarde un buen canasto de uvas.

Otra vez el príncipe se echó a llorar, y, al restregarse los ojos con el anillo, se le apareció Blancaflor.

Antonio RODRÍGUEZ ALMODÓVAR
Cuentos al amor de la lumbre, I
Alianza

7 Copia el siguiente texto en tu cuaderno escribiendo con mayúscula inicial las palabras que lo necesiten. Justifica tu respuesta.

En castilla está un castillo,
que se llama rocafrida;
al castillo llaman roca,
y a la fuente llaman frida.
El pie tenía de oro
y almenas de plata fina;
entre almena y almena
está una piedra zafira;
tanto relumbra de noche
como el sol a mediodía.
Dentro estaba una doncella
que llaman rosaflorida;
siete condes la demandan,
tres duques de lombardía;
a todos les desdeñaba,
tanto es su lozanía.

Jacobo MUÑIZ LÓPEZ
Por una gentil floresta
Edelvives

8 Busca información en Internet sobre Nü Wa, un personaje muy importante en la mitología china. Indica cuáles son sus principales características y, después, resume alguno de los mitos que protagoniza.

Escribir

1 Atenea es un personaje muy destacado en la mitología griega. Lee el siguiente texto sobre Atenea y Aracne. Después, busca más información sobre esta diosa y redacta un mito protagonizado por ella. Sigue los pasos indicados a continuación en el proceso de escritura.

> Aracne era una joven que vivía en Colofón. Era una famosa bordadora, y sus trabajos eran tan delicados y exquisitos que le hacían encargos de todas las partes del mundo conocido. Su forma de ser era algo insensata y atrevida, por lo que un día, henchida de orgullo por su excelente trabajo, decidió desafiar a la propia Atenea para ver quién era la mejor tejedora.
>
> Tras terminar cada una el tapiz que estaba creando, pudo observarse que el de la diosa era magnífico, pero el de Aracne le superaba con creces, tenía una gran belleza. Su creación mostraba episodios de la mitología helena, destacando sobre todo la representación de Zeus bañado por una lluvia de oro.
>
> Atenea, cuyo tapiz mostraba el poder y esplendor de los habitantes del Olimpo, no halló fallo alguno en la obra de Aracne. La diosa, cuya personalidad celosa era harto conocida, enfureció cegada por la envidia y decidió destruir por completo la obra de su contrincante.
>
> Unas versiones cuentan que los hilos se enrollaron en su cuello y estuvo a punto de morir estrangulada; otras, que intentó suicidarse al ver su obra hecha trizas. De cualquier forma, la diosa se apiadó de ella y la salvó. Pero, como castigo, transformó a la joven bordadora en una araña, de tal forma que así hasta la eternidad se dedicaría a bordar todas las horas de su vida.
>
> https://redhistoria.com

Representación del mito de Aracne y Atenea.

a. Escoge, define y caracteriza a los personajes que aparecerán en el texto, pues, además de Atenea, tu mito deberá incluir otros seres mitológicos.

b. Infórmate sobre un acontecimiento importante para la humanidad.

c. Piensa en cómo vas a combinar los elementos naturales con los sobrenaturales en una historia que responda al acontecimiento que has elegido.

d. Organiza los elementos y las secciones que van a aparecer en el mito siguiendo la estructura de introducción, desarrollo y desenlace.

e. Redacta el mito empleando las técnicas narrativas propias de estos textos.

f. Revisa el resultado y, si es necesario, modifica lo escrito teniendo en cuenta:

- La intención comunicativa o la función mítica.
- El estilo de la redacción.
- La ortografía.

Escribir

2 Accede a YouTube, busca el tráiler oficial de la película *Enredados* publicado por Disney España y visualízalo. A continuación, explica qué elementos del cuento tradicional reconoces en el tráiler. ¿Qué aspectos son diferentes en esta actualización del cuento? ¿Qué versión del cuento prefieres y por qué?

En el tráiler que acabas de ver, has podido comprobar cómo una misma historia puede ser contada de diversas maneras, con personajes que muestran características nuevas y situaciones que sufren ciertas variaciones, aunque el conjunto sea reconocible para el público.

Ahora lleva tú a cabo este proceso creativo y realiza, con la ayuda de tus compañeros, una disparatada ensalada de cuentos.

a. Forma un grupo con cuatro compañeros de clase. Escoged tres o cuatro personajes de cuentos tradicionales conocidos, los cuales compondrán vuestro nuevo cuento.

b. Imaginad una nueva vida para estos personajes, mediante la inversión de sus características tradicionales. Tenéis que crear un cuento al revés, asignando a los personajes sus facetas contrarias. Las historias disparatadas y el humor deben ser los ingredientes principales de vuestro cuento.

c. Introducid en vuestra historia un elemento simbólico que tenga un papel importante en el cuento (por ejemplo, en el caso de *Rapunzel,* el elemento que ejerce esta función es su melena mágica).

d. Reflejad el resultado final en un mural. Además de incluir el texto, debéis ilustrar la historia, ya sea por medio del dibujo o a través de la técnica del *collage,* para lo que podéis utilizar recortes de revistas, periódicos…

e. Convertid la clase en un jurado y responded a estas cuestiones para elegir el grupo que, en vuestra opinión, ha elaborado el cuento ganador.

- ¿Cuál de las historias es más creativa en la inversión de las características de los personajes?
- ¿Qué elemento simbólico se inserta de manera más coherente en la historia?
- ¿Qué mural presenta de una forma más original la combinación de texto e ilustración?
- ¿Qué texto sigue más fielmente el estilo literario de los cuentos tradicionales?
- ¿El texto de algún mural contiene alguna falta de ortografía?

La cruz del diablo

Yo había adelantado algunos minutos a mis compañeros de viaje, y deteniendo mi escuálida cabalgadura, contemplaba en silencio aquella cruz, muda y sencilla expresión de las creencias y la piedad de otros siglos. [...]

Volví la cara: un hombre estaba al lado mío.

Era uno de nuestros guías natural del país, el cual, con una indescriptible expresión de terror pintada en el rostro, pugnaba por arrastrarme consigo y cubrir mi cabeza con el fieltro que aún tenía en mis manos. [...]

—¡Por la memoria de su madre! ¡Por lo más sagrado que tenga en el mundo, señorito, cúbrase usted la cabeza y aléjese más que de prisa de esta cruz! ¡Tan desesperado está usted que, no bastándole la ayuda de Dios, recurre a la del demonio!

Yo permanecí un rato mirándole en silencio. Francamente, creí que estaba loco; pero él prosiguió con igual vehemencia:

—Usted busca la frontera; pues bien, si delante de esa cruz le pide usted al cielo que le preste ayuda, las cumbres de los montes vecinos se levantarán en una sola noche hasta las estrellas invisibles, solo porque no encontremos la raya en toda nuestra vida.

Yo no puedo menos de sonreírme.

—¿Se burla usted...? ¿Cree acaso que esa es una cruz santa como la del porche de nuestra iglesia...?

—¿Quién lo duda?

—Pues se engaña usted de medio a medio; porque esa cruz, salvo lo que tiene de Dios, está maldita...

Esa cruz pertenece a un espíritu maligno, y por eso la llaman la *cruz del diablo.*

—¡La cruz del diablo! —repetí cediendo a sus instancias, sin darme cuenta a mí mismo del involuntario temor que comenzó a apoderarse de mi espíritu, y que me rechazaba como una fuerza desconocida de aquel lugar—; ¡la cruz del diablo! ¡Nunca ha herido mi imaginación una amalgama más disparatada de dos ideas tan absolutamente enemigas...! ¡Una cruz... y del diablo! ¡Vaya, vaya! Fuerza será que en llegando a la población me expliques este monstruoso absurdo.

Gustavo Adolfo Bécquer
Rimas y Leyendas
Edaf

1 Indica si el texto está escrito en prosa o en verso y explica por qué.

2 Identifica a los dos personajes que hablan. ¿Quién representa la tradición popular y quién representa la culta?

3 ¿Qué creencias muestra cada uno de estos personajes con respecto a la cruz de la que se habla?

4 La pregunta «¿Se burla usted?» no obtiene respuesta. ¿Crees que el personaje se está burlando? Explica el sentido de la expresión «¿Quién lo duda?».

5 ¿Por qué las palabras *cruz* y *diablo* parecen resultar una mezcla disparatada? Menciona el nombre de alguna canción infantil en la que aparezcan realidades disparatadas.

6 Para contar ese «monstruoso absurdo», el personaje, siguiendo la petición del autor, lo haría oralmente. ¿Qué palabras podría usar para llamar la atención de los oyentes?

7 ¿Qué elementos maravillosos aparecen en el texto?

8 Muchas fiestas, tradiciones e historias se relacionan con el terror y la noche. Comenta alguna que recuerdes.

9 ¿Qué rasgos de la literatura culta y de la literatura popular identificas en estos dos textos?

De los cuatro muleros
que van al campo,
el de la mula torda,
moreno y alto.
De los cuatro muleros
que van al agua,
el de la mula torda
me roba el alma.
De los cuatro muleros
que van al río,
el de la mula torda
es mi marío.

Federico García Lorca
Canciones
Alianza

La más bella niña
de nuestro lugar,
hoy viuda y sola
y ayer por casar,
viendo que sus ojos
a la guerra van,
a su madre dice
que escucha su mal:
«Dejadme llorar,
orillas del mar».

Luis de Góngora
La poesía española
Círculo de lectores

10 Escribe una copla en tu cuaderno y explica en qué se diferencia de un romance.

11 Indica si las siguientes afirmaciones son verdaderas o falsas. Reescribe estas últimas para que sean correctas.

a. Los mitos pueden contarse en primera o en tercera persona.

b. Los mitos, leyendas y cuentos maravillosos tienen elementos fantásticos.

c. En los romances y apólogos pueden aparecer o no elementos fantásticos.

d. Un apólogo y una fábula son mitos.

12 Copia y completa en tu cuaderno este organizador visual para sintetizar las características de los siguientes géneros. Deberás completar indicando:

- el origen, si es popular o culto
- la forma
- el modo de transisión
- un ejemplo

ROMANCE
- …
- Verso
- …
- …

APÓLOGO
- …
- …
- Escrito
- …

LEYENDA
- …
- …
- …
- *La cruz del diablo*

COPLA
- Popular
- …
- …
- …

09 TEMAS, TÓPICOS Y PERSONAJES

SOLO SE VE BIEN
CON EL CORAZÓN,

LO
ESENCIAL ES
INVISIBLE
A LOS OJOS

ANTOINE DE SAINT-EXUPÉRY

PRESENTAR

VEO, VEO

¿Solo hay una manera de mirar? ¿Existe una única perspectiva? Busca en internet ejemplos de esas originales imágenes que, según como se miren, representan una cosa u otra. Elige una que te resulte suficientemente sugerente y realiza sobre ella una detallada descripción, bien objetiva o subjetiva. Compártela con tu compañera o compañero y, después, coméntale qué rasgos habrías destacado si hubieras realizado el otro tipo de descripción que no has elegido.

CREAR

AMALGAMA FANTÁSTICA

En grupo, siguiendo las indicaciones del profesor o de la profesora, vamos a fabricar el baúl de los personajes singulares y el álbum de los temas tópicos. Cuando cada grupo tenga listo su baúl y su álbum, los intercambiará con otro grupo. Después, habrá que extraer, al azar, al menos dos personajes del baúl y una imagen de un tema del álbum. Con esos elementos y toda la imaginación posible, cada equipo redactará un texto literario que, además, transmita alguna enseñanza o moraleja.

CONOCER

PREMIOS DE CINE

La Academia de las Artes nos ha elegido como jurado para premiar las películas y series de televisión que mejor reflejen los diferentes temas y tópicos que dan lugar a sus diferentes historias. Igualmente, tendremos que nominar a los actores y a las actrices que mejor encarnen a las diferentes tipologías de personajes que existen. Cada grupo planteará sus candidatos y, finalmente, realizaremos una votación cuyo resultado trasladaremos a la Academia.

INVESTIGAR

EN OTRA PIEL

¿Determina el género del personaje la acción de la que es protagonista? En grupos, vamos a formular nuestras hipótesis y teorías a este respecto y, después, trataremos de probarlas o de refutarlas eligiendo dos personajes masculinos y otros dos femeninos procedentes de obras de la literatura universal de cualquier tiempo. ¿Os imagináis un Ceniciento o una Lazarilla de Tormes?

TEXTO 1

Observa las imágenes de la escultura de Antoni Gaudí que se halla en la entrada del parque Güell, en Barcelona. ¿Qué animal crees que representa? Descríbelo.

Es un ser increíble, impresionante y magnífico, la quintaesencia de la mitología animal a sus pies, una bestia tornasolada, de un brillante y perfecto azul violáceo al volar que se vuelve rojo anaranjado, como cobre derretido en el calor de las llamas al desplazarse sobre la tierra. Un escamoso animal que si existiera o hubiera existido, seguramente, pertenecería a una nueva categoría de reptiles voladores de inteligencia superior y fidelidad absoluta. Los ojos amarillos fulgentes, como el sol de verano, son profundos, serenos, observadores, sabios, carentes de mala intención, nobles como su estirpe. Detrás de la alargada cabeza luce unos pliegues solapados y móviles que expande a voluntad como una corona alrededor del cuello, como una gola que se acrecienta en la nuca y culmina en pequeños cuernos romos. Está de pie ante ella, tres metros de alto, seis de largo hasta la punta de la cola, que termina en una especie de afilada flor de lis de la misma textura que sus garras, y más de tres mil kilos de mitología alada. La envergadura de sus alas es descomunal, y solo se atisba su tamaño cuando el animal las despereza momentáneamente, sacándolas de una coraza flexible y móvil de escamas, desplegando sus membranas y dejando transparentar los cartílagos que las unen, como las alas de los murciélagos. Todas sus escamas son anchas, pero acaban en punta y encajan unas sobre otras en capas de perfección térmica y defensiva, como labradas al fuego, en áspero bronce bruñido solo parcialmente. Lo imagina tan real que se acuerda de la textura de la piel de los camaleones. Un exceso de queratina se observa en la descamación inminente que comienza a delatar una pronta muda de piel.

Elena Jiménez: *El espíritu eterno*. Esfera

Contexto sociocultural

Elena Jiménez es una escritora malagueña nacida en 1975. *El espíritu eterno,* su primera novela, trata sobre una pianista que, durante la posguerra española, decide exiliarse a París, donde se verá envuelta en un misterioso caso.

TEXTO 2

Piensa en las casas que has podido visitar. ¿Cuáles recuerdas con cariño? ¿Alguna te llamó la atención negativamente? ¿Por qué?

Antes de acostarme, aún tuve una satisfacción aquella noche. Conocí a Fany. Fany era una perrita ratonera con psicología de gato. Era faldera, amante del fogón y mimosa para reclamar los desperdicios de la carne. No obstante, en sus manifestaciones de cariño era perro desde el hocico hasta la punta del rabo. Noté que todos en aquella casa amaban al animal más de lo que, aparentemente, se amaban entre sí. Yo también le cogí cariño porque, por lo menos, demostraba la alegría de vivir que no existía, al parecer, en los pechos de los demás habitantes de la casa.

Cuando poco más tarde don Mateo me acompañó a mi cuarto y se despidió de mí deseándome buenas noches, volví a experimentar la angustia de soledad que me acongojase una hora antes. Encontré mi habitación fría, destartalada, envuelta en un ambiente de tristeza que lo impregnaba todo, cama, armario, mesa y hasta mi propio ser. Temblaba al desnudarme, aunque el frío no había comenzado aún a desenvainar sus cuchillos. Me daba la sensación de que todo, todo, hasta las paredes y el techo de la habitación, estaba húmedo de melancolía. Por otro lado, nadie se preocupó de llevar a aquel cuarto la caricia de un detalle. Todo raspaba, arañaba, como raspan y arañan las cosas prácticas. No existía una cortina, o una estera, o una colcha, o una lámpara con una cretona pretenciosa. Allí todo era rígido como la vida y útil como la materialidad del dinero lo es a los espíritus avaros. Me resigné porque esta vida arrastrada, materializada, estaba forzado a vivirla unos cuantos años. Y al apagar la luz y llenarse de lágrimas mis ojos —que aguardaron a las tinieblas para no escandalizar a la materia que me envolvía—, mi pensamiento quedó muy cerca; dentro de la misma casa, pero, casualmente, fue a parar a Fany y a los dos pececillos rojos que nadaban en la pecera verde.

Miguel Delibes: *La sombra del ciprés es alargada.* Austral

Contexto sociocultural

Miguel Delibes (1920-2010) es uno de los escritores españoles más celebrados. Galardonado con el Premio Cervantes y el Príncipe de Asturias, entre otros prestigiosos reconocimientos, escribió numerosas obras a lo largo de su trayectoria. *La sombra del ciprés es alargada,* publicada en 1948, recibió el Premio Nadal en 1947.

Leer texto 1

1 ¿Qué tipo de animal crees que se está describiendo en este fragmento de novela? ¿En qué tipo de lugares piensas que podrías encontrarlo?

2 ¿Con qué animales se compara el ser que se describe? Elige la respuesta correcta y localízala en el texto.

a. Con un reptil marino.

b. Con un cruce de reptil volador y un ser mitológico indescriptible.

c. Con un camaleón o un murciélago.

d. Con ninguna de las tres anteriores.

3 ¿Cuánto pesa el animal? Argumenta tu respuesta.

a. Como un autobús.

b. Millones de kilos.

c. Más de tres toneladas.

d. Como dos coches.

4 Las descripciones ayudan a crear una imagen mental de lo descrito. Sin embargo, en este texto, no se habla de las patas del animal. Descríbelas.

5 Relaciona en tu cuaderno los siguientes términos con sus definiciones.

a. Bruñido.	• Cambiante de color.
b. Tornasolado.	• Sin punta, despuntado.
c. Quintaesencia.	• Extracto, pureza, lo mejor.
d. Romo.	• Pulido, brillante, lustrado.

6 Apunta en tu cuaderno más palabras del texto que consideres infrecuentes en tu día a día y escribe su significado.

Leer texto 2

7 Resume oralmente el texto que has leído. Recuerda que un resumen consiste en plasmar las ideas principales con tus propias palabras.

8 Localiza en el texto, lo más rápido posible, la siguiente información.

a. El nombre de la perrita de la casa.

b. El nombre de uno de los habitantes de la casa.

c. La descripción del cuarto del protagonista.

d. La mención a los dos pececillos rojos.

9 Contesta a estas preguntas sobre el protagonista:

a. ¿Cómo se siente en la nueva casa?

b. ¿Qué cosas le generan sentimientos negativos? ¿Y positivos?

Leer texto 1

10 Responde a las siguientes preguntas sobre los elementos de la narración en el fragmento que has leído.

a. ¿Quién es el narrador?

b. ¿En qué espacio se desarrollan los hechos?

c. ¿Cuál es el marco temporal de la historia?

d. ¿Qué personajes se mencionan en el fragmento?

Sin faltas.com

11 ▶ En un momento del relato, el protagonista se refiere a uno de los personajes bajo un tratamiento de respeto: *don Mateo*. Abrevia estos tratamientos siguiendo el ejemplo: *don Mateo ⟶ D. Mateo*

a. Doctor Vázquez.

b. Señora García.

c. Ustedes.

d. Su majestad.

Opinar

12 Ante la situación que le toca vivir, el protagonista se refugia en los animales de la casa, en los que encuentra un consuelo para su tristeza.

- Escribe un breve texto en el que expliques qué estrategias sigues para encontrarte mejor cuando estás triste o desanimado.

Leer textos 1 y 2

13 Ambos textos describen un ser (en el primero, un dragón; en el segundo, una perrita), pero uno de ellos se detiene, además, en otro elemento. ¿Cuál?

14 ¿En qué tiempo están la mayoría de los verbos en el texto 1? ¿Y en el texto 2?

15 Haz una lista con ocho adjetivos extraídos de cada texto y clasifícalos según hagan referencia a características físicas o de carácter.

16 En lugar de adjetivos, a veces aparecen sustantivos que expresan cualidades. Por ejemplo, podemos decir «es una persona paciente» o «es una persona con paciencia». ¿Qué sustantivos de este tipo encuentras en ambos textos?

17 Busca ejemplos de figuras retóricas en ambos textos y explica en qué consisten (personificación, hipérbole, comparación, etc.).

18 ¿Cuál de los dos textos describe un elemento de la realidad?

19 ¿Cuál de las dos descripciones es más subjetiva? Argumenta tu respuesta con ejemplos sacados de los textos.

▶ Escritura de las formas de tratamiento

Al referirnos a personajes o personas reales, podemos usar formas de tratamiento como *señor, doña, su alteza real…* Estas fórmulas deben aparecer en **minúscula** si se usan en **su forma completa,** pero en **mayúscula** si se emplean **abreviadas** (casos en los que, además, hay que **añadir un punto** tras la abreviatura): *D. Carlos, Sr. Pérez, S. A. R. la princesa Leonor…*

Arte y literatura

Entra en YouTube y busca el vídeo **«La habitación de Vincent van Gogh»,** publicado el canal de Artehistoria. Visualízalo con atención y anota en tu cuaderno la siguiente información.

- Los elementos representados en el cuadro.
- Los principales colores utilizados por el artista.
- Las semejanzas y las diferencias que observas entre esta habitación y la descrita en el texto 2 en el fragmento de la novela de Delibes.

Escuchar

Numerosos escritores han pasado a la historia por su dominio del arte de la descripción. ¿Qué cosas crees que se pueden describir? ¿Consideras que hay elementos indescriptibles?

Busca el programa *Asuntos propios* en la web de contenidos *A la carta* de RTVE, en concreto, el capítulo titulado «Use Lahoz: descripciones». Reproduce el audio del minuto 08:02 al 09:08 y responde a las siguientes preguntas.

1 Indica si las siguientes preguntas sobre el contenido del audio son verdaderas o falsas. En el caso de las falsas, corrígelas para que sean ciertas.

a. La descripción corresponde al libro *Homenaje a Cataluña*.

b. El texto describe a un hombre joven, tímido y delicado.

c. El narrador coincide con el protagonista.

d. La descripción corresponde a una prosopografía.

2 El comentarista, acerca del texto, afirma que este «anuncia algo trágico» sobre el personaje descrito. ¿En qué momento de la descripción crees que se produce este «anuncio»?

3 Dibuja al personaje tal como se describe en el texto.

4 Se puede describir a una persona de muchas formas. Reescribe el texto de Orwell con tus palabras.

5 Vuelve a escuchar la descripción y fíjate en el modo en que el narrador ha leído el fragmento de George Orwell. Después, elige un libro cualquiera de la biblioteca del centro y lee un fragmento en voz alta, prestando especial atención a la entonación.

6 El narrador finaliza la descripción con la siguiente afirmación: «Era la cara de un hombre capaz de asesinar y sacrificar su vida por un amigo».

a. ¿Crees que podemos conocer la personalidad de alguien a través de sus características físicas?

b. Participa en un breve debate con cuatro o cinco de tus compañeros en el que dialoguéis sobre los prejuicios.

La **descripción oral** comparte con la exposición oral una serie de características básicas. El **volumen** de **voz** y la **entonación** empleados deben ser los **adecuados** para que la comunicación sea efectiva, para lo cual también es muy importante realizar **pausas** cuando corresponda, así como **enfatizar** las palabras que convenga destacar especialmente.

1 LA DESCRIPCIÓN

La **descripción** consiste en presentar, definir y detallar las características o circunstancias de un ser, un objeto o un lugar, así como, en el primer caso, sentimientos, emociones...

Según la intención del autor, existen dos clases de descripción: la descripción **objetiva** y la **subjetiva.**

Descripción objetiva

Presenta la **realidad observable** con **precisión y claridad.** Es propia de los textos científicos y técnicos:

El mar es una masa de agua salada que cubre la mayor parte de la superficie de la Tierra.

Descripción subjetiva

Valora, opina y manifiesta sentimientos sobre la **realidad descrita.** Es propia de las obras literarias, los diarios, las cartas personales, etc.:

Su mirada jovial y serena descubría el nuevo rumbo de su vida.

Descripción de personas

- Prosopografía: aspecto físico.
- Etopeya: carácter.
- Retrato: aspecto físico y carácter.
- Autorretrato: retrato de una persona realizado por ella misma.
- Caricatura: exageración del aspecto físico o del carácter.

Descripción de lugares

- Topografía.

En el siguiente fragmento se analizan algunos de los **recursos empleados** en los textos descriptivos:

> Muchos años después, frente al pelotón de fusilamiento, el coronel Aureliano Buendía había de recordar aquella tarde remota en que su padre lo llevó a conocer el hielo. Macondo era entonces una aldea de veinte casas de barro y cañabrava construidas a la orilla de un río de aguas diáfanas que se precipitaban por un lecho de piedras pulidas, blancas y enormes como huevos prehistóricos. El mundo era tan reciente, que muchas cosas carecían de nombre, y para mencionarlas había que señalarlas con el dedo.
>
> Gabriel García Márquez
> *Cien años de Soledad*
> Random House

Referencias espacio-temporales: situación de lo descrito en un lugar y tiempo.

Adjetivación.

Enumeración: sucesión de términos con la misma categoría gramatical.

Símil: comparación entre dos elementos que presentan cierta semejanza, normalmente utilizando la partícula *como.*

Hipérbole: exageración de una circunstancia que sobrepasa los límites de lo creíble.

Tiempos verbales: presente y pretérito imperfecto de indicativo.

Las descripciones suelen contener **otras figuras o recursos:**

- **Epíteto.** Uso de un adjetivo que subraya una cualidad propia del sustantivo y que suele colocarse delante de este: *Blanca nieve.*
- **Sinonimia.** Repetición de términos sinónimos o de significado similar para realzar la expresión de un concepto: *Un ser increíble, impresionante, fabuloso y magnífico.*
- **Metáfora.** Comparación de dos términos que, aparentemente, no están relacionados: *Ojos de mar* (ojos azules).
- **Personificación.** Atribución de cualidades humanas a animales o seres inanimados: *El gato sonreía.*

1 LOS TEMAS Y TÓPICOS DE LA LITERATURA

La **literatura**, como una pieza fundamental de la tradición y la cultura de los pueblos, **recoge las principales preocupaciones del ser humano**, las cuales se reflejan en los **temas universales**, llamados así porque abordan cuestiones que interesan a los receptores con independencia de la época en la que se encuentren.

Los **tópicos literarios** son ciertos temas que **se repiten** a lo largo de la historia de la literatura, como el **amor** y la **amistad**; el **paso del tiempo** y la **muerte**; la **naturaleza**, o el **viaje**.

1.1 EL AMOR Y LA AMISTAD

La literatura recoge todas las facetas y los matices de las **relaciones amorosas**, que han llegado a formar **tópicos**:

- La ilusión del amor.
- El amor imposible.
- El amor loco.
- La decepción amorosa.
- El amor más allá de la muerte.
- El amor bueno.

Hoy la tierra y los cielos me sonríen,
hoy llega al fondo de mi alma el sol,
hoy la he visto… La he visto y me ha mirado…
¡Hoy creo en Dios!

Gustavo Adolfo Bécquer
Rimas y leyendas
Edelvives

Pero el **amor** es un tema mucho más amplio, que también abarca las **relaciones familiares** y **amistosas**. La necesidad de cooperar, la lealtad, la traición, la confianza, el respeto, la independencia… son temas que la literatura trata desde distintos puntos de vista.

Al subir a acostarme, mi único consuelo era que mamá habría de venir a darme un beso cuando ya estuviera yo en la cama. Pero duraba tan poco aquella despedida y volvía mamá a marcharse tan pronto, que aquel momento en que la oía subir, cuando se sentía por el pasillo de doble puerta el leve roce de su traje de jardín, de muselina blanca con cordoncitos colgantes de paja trenzada, era para mí un momento doloroso.

Marcel Proust
En busca del tiempo perdido. 1. Por el camino de Swann
Alianza

—Entonces, ¿cómo te convenció para hacerlo?

—Somos amigos. Ella es… era uno de los únicos amigos que tengo aquí. Me pidió que confiara en ella y me dijo que era por una buena causa, así que lo hice.

Verónica Roth: *Leal*. Molino

1.2 EL PASO DEL TIEMPO Y LA MUERTE

La **fugacidad de la vida** y la **muerte** son dos temas fundamentales para el ser humano. Uno de los **tópicos** frecuentes sobre este tema consiste en **comparar la vida con un río** que corre hacia el mar.

> PLEBERIO.—Alisa, amiga, el tiempo, según me parece, se nos va, como dicen, entre las manos. Corren los días como agua de río. No hay cosa tan ligera para huir como la vida. La muerte nos sigue y rodea.

Fernando DE ROJAS: *La Celestina.* Edelvives

Por otro lado, una de las reflexiones más conocidas sobre la muerte trata sobre su **poder igualador:** ante la muerte, todos somos iguales.

Nuestras vidas son los ríos
que van a dar en la mar,
que es el morir,
allí van los señoríos
derechos a se acabar
y consumir;
allí los ríos caudales,
allí los otros medianos
y más chicos,
y llegados, son iguales
los que viven por sus manos
y los ricos.

Jorge MANRIQUE:
Coplas por la muerte de su padre. Espasa-Calpe

La muerte se ha **personificado** en numerosas ocasiones, unas veces como algo terrible y otras como un ser amable e, incluso, desdichado.

> PEREGRINA.—No os entiendo. Si os oigo quejaros siempre de la vida, ¿por qué os da tanto miedo dejarla?
>
> ABUELO.—No es por lo que dejamos aquí. Es porque no sabemos lo que hay al otro lado.
>
> PEREGRINA.—Lo mismo ocurre cuando el viaje es al revés. Por eso lloran los niños al nacer.

Alejandro CASONA: *La dama del alba.* Castalia

Como **contraposición** al tema de la **muerte** está la **exaltación de la vida** en todas sus facetas: el vivir el momento, la lucha por la supervivencia, el canto a la naturaleza como fuente de vida...

Que por mayo era, por mayo,
cuando hace la calor,
cuando los trigos encañan
y están los campos en flor,
cuando canta la calandria
y responde el ruiseñor,
cuando los enamorados
van a servir al amor.

ANÓNIMO: *Romanceros* («Romance del prisionero»). Edelvives

Tópicos y música

La *Danza macabra,* de Camille Saint-Saëns, es un poema sinfónico que representa a la muerte tocando el violín, a cuyo ritmo bailan los esqueletos, escena que se observa también en la pintura para reflejar la universalidad de la muerte.

Danza de la muerte, de Michel Wolgemut.

tempus fugit
vita flumen
aquat

Omnia mors aequat

1.3 LA NATURALEZA

La **naturaleza** aparece en la literatura como un **marco para el desarrollo de la acción:** algunas veces acompaña al protagonista en su ánimo; otras es un mero escenario.

A lo largo de la historia de la literatura, se ha repetido el tópico de una **naturaleza agradable y acogedora,** y, por el contrario, como un ente **cruel y salvaje.**

> Cerca del Tajo, en soledad amena,
> de verdes sauces hay una espesura
> toda de hiedra revestida y llena,
> que por el tronco va hasta la altura
> y así la teje arriba y encadena
> que el sol no halla paso a la verdura;
> el agua baña el prado con sonido,
> alegrando la vista y el oído.

Garcilaso de la Vega
Égloga III
Ediciones de la Torre

> El cielo oscurecido, las rocas peladas, la mar hirviente y amenazadora, iluminada al vivo lampo y deslumbrador del rayo que aparece y desaparece a nuestros ojos, como una mirada de fuego que brilla y se oculta rápidamente deslumbrándonos más y más con su movilidad incesante; todo esto presentaba un aspecto de luz y de tinieblas, de desorden, si así puede decirse, y de grandiosidad, difícil de comprender si causaba espanto o admiración.

Rosalía de Castro
La hija del mar
Biblioteca Virtual Miguel de Cervantes

1.4 EL VIAJE

Son muchas las obras literarias que basan su estructura en el **viaje.**

Se denomina ***viaje iniciático*** a aquel en que el **protagonista madura** y **crece como persona,** de manera que el viaje real, externo, simboliza una **exploración del *yo*.**

En otras ocasiones, este viaje se relaciona con el tema de la **búsqueda** y la **realización de una misión,** donde suele producirse una lucha entre el bien y el mal.

> Mientras cantaban, el hobbit sintió dentro de él el amor de las cosas hermosas hechas a mano con ingenio y magia; un amor fiero y celoso, el deseo de los corazones de los enanos. Entonces algo de los Tuk renació en él: deseó salir y ver las montañas enormes, y oír los pinos y las cascadas, y explorar las cavernas, y llevar una espada en vez de un bastón. Miró por la ventana. Las estrellas asomaban fuera en el cielo oscuro, sobre los árboles. Pensó en las joyas de los enanos que brillaban en las cavernas tenebrosas.

J. R. R. Tolkien: *El hobbit.* Minotauro

2 LOS PERSONAJES

Al igual que ocurre con los temas, algunos **personajes se repiten** a lo largo de la literatura y se clasifican según diversos criterios.

2.1 SEGÚN SU PAPEL EN LA TRAMA

Los personajes se clasifican según su **relación con el héroe** o **con sus enemigos.** Así, pueden tener un **papel positivo** o **negativo.**

Personajes principales

Imprescindibles para la acción.

- **Positivo:** protagonista.
- **Negativo:** antagonista.

Personajes secundarios

Menos importantes para la acción.

- **Positivo:**
  - Auxiliar del protagonista.
  - Ordenante de la misión.
  - Donante (da un objeto que ayuda) o guía del protagonista.
  - Inocente al que protege.
- **Negativo:**
  - Auxiliar del antagonista (dificulta la misión del héroe).

2.2 SEGÚN SU VEROSIMILITUD

Los personajes se pueden dividir en **fantásticos y realistas.** En algunos casos, ambos tipos pueden convivir en una misma obra literaria.

- **Personajes fantásticos.** Presentan **rasgos que no son propios de personas reales.** Puede tratarse de seres inventados o mitológicos, de animales con características humanas o de humanos con poderes especiales. También pueden **encarnar ideas abstractas,** como la muerte o la bondad. Algunos de estos personajes forman parte de la **tradición cultural,** como es el caso de los dragones, los unicornios o los vampiros.

  —En Idhún, los magos lo son porque alguna vez los ha tocado un unicornio —explicó Victoria en voz baja.

  —Los unicornios canalizan la energía del mundo y la entregan al futuro mago, el «recipiente», a través de su cuerno —asintió Shail—. Los semimagos son aquellos que han visto un unicornio, pero este no ha llegado a rozarlos.

  Laura Gallego: *Memorias de Idhún. La Resistencia.* SM

- **Personajes realistas.** Son aquellos que no son reales —pues son **producto de la ficción**—, aunque, por sus características, podrían serlo.

  Y yo le dije que de eso nada, que yo era el mayor y era el que elegía, y que el abuelo de siempre había sido más mío porque llegué antes a este planeta. Nos pusimos a pelearnos nosotros también y mi abuelo nos dijo que no nos hiciéramos ilusiones, que en nuestra casa no teníamos dinero para separarnos unos de otros y que, entonces, más nos valía llevarnos bien. Y lo dijo tan en serio que todos nos callamos.

  Elvira Lindo: *Mejor Manolo.* Seix Barral

El grado máximo de **verosimilitud** se da cuando el **personaje existió** en la realidad, pero el autor lo incluye en una **obra ficticia.**

Un año más, tras unas cortas vacaciones de verano en su pueblo de origen, Fernando de Rojas volvía a Salamanca con el propósito de proseguir sus estudios. Antes de cruzar con su mula el puente romano, se detuvo un momento para contemplar la ciudad al otro lado del río.

Luis García Jambmbrina: *El manuscrito de piedra.* Alfaguara

De manera general llamamos **héroe** al **protagonista positivo** de una trama. A partir de mediados del siglo XX, con la difusión del cómic, se extendió la figura del **superhéroe.** Son clásicas las figuras de Superman, Spiderman, Wonderwoman y Batman, entre otros.

2.3 SEGÚN SU EVOLUCIÓN

Una de las clasificaciones más importantes en lo que se refiere a los personajes tiene que ver con su **evolución psicológica** a lo largo de la obra.

- **Personajes planos.** Son aquellos que **no cambian** a lo largo de una obra en lo que se refiere a **su evolución psicológica.** Se los llama así porque solo tienen **una cara:** son valientes o malvados, simpáticos o antipáticos... Su personalidad cumple una función determinada en la obra. En los **cuentos tradicionales,** algunos personajes **se repiten** e incluso su aspecto suele ser similar en unas historias y en otras. Decimos entonces que se trata de **personajes típicos** o **tipo.**

> Me imagino a la joven que el rey encuentra en el bosque como una doncella blanca y esbelta, de cabellos de oro y ojos tan dulces que enternecen el corazón del rey hasta el punto de que la toma por esposa. Me imagino a la malvada madre del rey como una bruja de nariz corva y ojos de águila, ojos duros y crueles, pues muy cruel debe de ser una abuela que hechiza a sus seis nietos transformándolos en cisnes.
>
> Antonio MARTÍNEZ MENCHÉN
> *La espada y la rosa*
> Alfaguara

Los **personajes tipo** no solo aparecen en los cuentos tradicionales, sino también en **obras realistas,** en representación de una **cualidad** (el avaro, el loco enamorado, el gracioso, el sabio...) o un **grupo social** (el pícaro, el noble, el forastero...). Este recurso es especialmente utilizado en el **teatro,** cuando se pretende que el público identifique rápidamente al personaje en cuestión.

> HARPAGÓN.—*(Creyéndose solo).* Sin embargo, no sé si habré hecho bien enterrando en mi jardín los diez mil escudos que me devolvieron ayer. Diez mil escudos de oro en casa de uno son una suma bastante... *(Aparte, al ver a* ELISA *y a* CLEANTO*).* ¡Oh, cielos! ¿Me habré traicionado a mí mismo? ¡Arrebatado por el furor, creo que he hablado en voz alta al razonar a solas! *(A* CLEANTO *y a* ELISA*).* ¿Qué pasa?
>
> MOLIÈRE
> *El avaro*
> Alianza

- **Personajes redondos.** Son aquellos que **evolucionan psicológicamente** a lo largo de la obra en la que aparecen. Se los llama así porque muestran **muchas caras o facetas;** tienen, por lo tanto, un **comportamiento más realista.**

> Y así fue cómo empezó esa curiosa charla a las seis menos cuarto de aquella última tarde. Fue la primera vez que hablaron de amor y que F. Jasmine intervino en la conversación como persona enterada y con opiniones que merecía la pena escuchar. La antigua Frankie se había reído del amor, había dicho que no era más que una gran mentira y no creía en él. [...] La antigua Frankie nunca admitió el amor. Pero ahora F. Jasmine estaba sentada a la mesa con las piernas cruzadas y de vez en cuando daba en el suelo con el pie descalzo, según su costumbre, y asentía a lo que decía Berenice.
>
> Carson McCULLERS
> *Frankie y la boda*
> Austral

En el siglo XIX, en la época del Romanticismo, los autores pintaron a **tipos despreciados** por la sociedad (como el pirata o el mendigo) como **héroes** que son capaces de anteponer su libertad a las normas sociales.

Grabado del pirata Barbanegra, quien surcó el mar del caribe sembrando el terror entre 1716 y 1718.

2.4 LOS PERSONAJES UNIVERSALES

Los **personajes** de algunas obras literarias han alcanzado tan amplia fama que han llegado a convertirse en **modelos en sí mismos.** Los **nombres** de algunos de estos personajes, incluso, se utilizan como **sustantivos** para designar a un tipo de persona.

- **Celestina.** La *Celestina* o *Tragicomedia de Calisto y Melibea* fue escrita en 1499 por Fernando de Rojas. El personaje llamado Celestina se dedica a **concertar relaciones amorosas,** y por eso Calisto, a través de su criado Sempronio, la contrata para conquistar a Melibea. Hoy en día, decimos que alguien actúa de «celestina» cuando pretende formar una pareja.

> SEMPRONIO.—Así es. Calisto arde en amores por Melibea. De ti y de mí tiene necesidad. Si los dos juntos le hacemos falta, juntos nos beneficiaremos.
>
> CELESTINA.—Bien has hablado; enterada estoy. De una ojeada me doy cuenta de todo. Digo que me alegro de estas noticias como los cirujanos de los descalabrados; e igual que aquellos al principio empeoran las heridas para que la promesa de curación tenga más mérito, así me propongo actuar con Calisto. ¡Tú me entiendes!
>
> Fernando DE ROJAS: *La Celestina* (versión adaptada). Anaya

- **Don Juan.** Aparece en obras de distintos países y se presenta como un **seductor** al que no le importa el amor, sino el número de mujeres que es capaz de conquistar. Sin embargo, en la versión española más conocida, del siglo XIX, acaba enamorándose de la monja doña Inés, lo que cambiará su personalidad.

> D. LUIS.—¡Por Dios, que sois hombre extraño!
> ¿Cuántos días empleáis
> en cada mujer que amáis?
>
> D. JUAN.—Partid los días del año
> entre las que ahí encontréis.
> Uno para enamorarlas,
> otro para conseguirlas,
> otro para abandonarlas,
> dos para sustituirlas
> y una hora para olvidarlas.
>
> José ZORRILLA: *Don Juan Tenorio.* Edelvives

- **Lazarillo de Tormes.** El protagonista que relata su vida en *La vida de Lazarillo de Tormes y de sus fortunas y adversidades,* obra del siglo XVI de la que se desconoce el autor, es un **pícaro,** un muchacho pobre que se ve obligado a aguzar su ingenio para sobrevivir en un mundo cruel. Su primer amo es un ciego, y de ahí surge el llamar «lazarillo» a la persona o el animal que guía a una persona ciega.

- **Don Quijote.** Es el **personaje español más universal** desde que se publicó la novela *El ingenioso hidalgo don Quijote de la Mancha,* en 1605. Alonso Quijano, el Quijote, enloquece al creer que protagoniza las novelas de caballerías que lee apasionadamente. Sin embargo, no se trata solo de un loco del que burlarse: su ilusión por hacer del mundo un lugar mejor lo convierte en un personaje lleno de grandeza. Su vecino Sancho, que lo acompaña en sus aventuras, es la voz realista que se contrapone a su idealismo.

La figura del pícaro ha pasado a ser universal. En el siglo XVII hubo toda una corriente de novela picaresca e, incluso en la actualidad, nos resulta familiar ese personaje que, para subsistir, ha de recurrir a trampas y engaños, infringiendo la ley por necesidad, y que es visto con simpatía por los lectores y espectadores.

ACTIVIDADES

09 TEMAS, TÓPICOS Y PERSONAJES

1 Los temas y tópicos de la literatura

1 Identifica los tópicos de estos fragmentos literarios.

a. Nuestras vidas son los ríos
que van a dar en la mar,
que es el morir;
allí van los señoríos
derechos a se acabar
y consumir;
allí los ríos caudales,
allí los otros medianos
y más chicos,
y llegados, son iguales
los que viven por sus manos
y los ricos.

Jorge MANRIQUE: *Coplas por la muerte de su padre.* Espasa-Calpe

b. El aire el huerto orea
y ofrece mil olores al sentido,
los árboles menea
con un manso rüido,
que del oro y del cetro pone olvido.

Fray Luis DE LEÓN: *Poesías* («Vida retirada»). Biblioteca Virtual Miguel de Cervantes

c. —Margaret, no me desprecie. Tengo un corazón, a pesar de toda esta forma vana de hablar. Como prueba de ello, creo que la amo más que nunca, si es que no la odio, por el desdén con que me ha escuchado durante esta última media hora. Adiós, Margaret... ¡Margaret!

Elizabeth GASKELL: *Norte y Sur.* Alba

d. Supongo que el sentimiento de desasosiego, unido a la emoción con que algunos describen el momento en que, desde un barco, se pierde de vista la costa, es muy similar al que yo he experimentado en el coche al comprobar que el paisaje que me rodeaba me resultaba cada vez más extraño, sobre todo cuando, tras una curva, fui a parar a una carretera que rodeaba una colina.

Kazuo ISHIGURO: *Los restos del día.* Anagrama

2 ¿Con qué temas de la literatura asociarías estos textos? ¿Los temas te resultan cercanos?

a. Sé por experiencia que, en general, si alguien te compadece, llega un momento en el que te pasa factura, y eso me parece espantoso. Además caes en la dependencia de los demás, al final, ya no sabes o no puedes desenvolverte solo.

Asun BALZOLA: *La cazadora de Indiana Jones.* SM

b. Si nuestro sino es encontrar las cosas que buscamos, las encontraremos... Tú el Río, yo mi Toro y los Fuertes Pilares, y otras cosas que se me han olvidado.

—No son pilares, sino una Rueda de la cual yo me libraré.

Rudyard KIPLING: *Kim.* Ediciones del Sol

c. Beth se sentó en el puesto de control de la Nave Interplanetaria BH, y colocó sobre su mesa el folio con la fórmula que habría recibido por correo electrónico. [...] Apenas disponía de treinta minutos y no estaba segura de que pudiese conseguirlo. La clave podía ser cualquier cosa: un nombre, su propio nombre, una relación de números o letras, una palabra concreta o cualquier cifra elegida al azar, pero solo disponía de un intento para comprobar si había acertado o no.

Treinta minutos no era mucho tiempo, se dijo intentando controlar los nervios que comenzaba a sentir a flor de piel. Treinta minutos equivalían a mil ochocientos segundos, a mil ochocientos latidos de su corazón que sentiría pasar uno a uno como un martilleo incesante y veloz dentro de su pecho.

Rafael Ábalos
Kôt
Mondadori

3 Elige un tópico literario y escribe una breve composición (un poema, un relato...) que trate sobre el mismo.

2 Los personajes

4 Lee esta sinopsis de una película e intenta clasificar a los personajes que se mencionan según su papel en la trama y su verosimilitud.

La forma del agua (2017)

En un inquietante laboratorio de alta seguridad, durante la Guerra Fría, se produce una conexión insólita entre dos mundos aparentemente alejados. La vida de la solitaria Elisa (Sally Hawkins), que trabaja como limpiadora en el laboratorio, cambia por completo cuando descubre un experimento clasificado como secreto: un hombre anfibio (Doug Jones) que se encuentra ahí recluido.

www.filmaffinity.com

5 Algunos personajes literarios se han plasmado en otros géneros artísticos. Observa las siguientes imágenes e intenta reconocer a los personajes universales representados.

Retrato realizado por Picasso.

Pintura de Goya.

6 ¿Qué tipo de personaje se representa en el siguiente fragmento, según su evolución?

Interrogado acerca de los motivos que le habían impulsado al crimen y al robo, respondió con brutal franqueza que los móviles habían sido la miseria y el deseo de abrirse paso en la vida con los tres mil rublos como mínimo que esperaba encontrar en casa de la víctima, y que había sido su carácter bajo y ligero, agriado además por los fracasos y las privaciones, lo que había hecho de él un asesino. Y cuando se le preguntó qué era lo que le había impulsado a presentarse a la justicia, contestó que un arrepentimiento sincero.

Fiodor Dostoyevski: *Crimen y castigo*. Edaf

7 Realiza una breve descripción de uno de estos tipos.

a. El sabio.

b. El hada madrina.

c. El detective privado.

d. La princesa.

8 Relaciona en tu cuaderno los siguientes personajes universales con la característica principal que se les atribuye.

a. Gollum.	• Celos.
b. Frankenstein.	• Avaricia.
c. Campanilla.	• Justicia.
d. Robin Hood.	• Inocencia.

9 Busca en Internet la pintura de José de Ribera titulada *El tacto* que representa al escultor ciego Giovanni Gomelli de Gambazzo. Después, a partir de la lectura del siguiente texto y de la observación de la pintura, interpreta la escena del Lazarillo y de su amo ciego. ¿Qué nos cuenta cada uno? ¿Qué detalles resalta la pintura de Ribera que no has leído en el texto?

Usaba poner cabe sí un jarrillo de vino, cuando comíamos, y yo, muy de presto, le asía y daba un par de besos callados y tornábale a su lugar. Mas turome poco, que en los tragos conocía la falta y, por reservar su vino a salvo, nunca después desamparaba el jarro, antes lo tenía por el asa asido. Mas no había piedra imán que así trajese a sí como yo con una paja larga de centeno que para aquel menester tenía hecha, la cual, metiéndola en la boca del jarro, chupando el vino, lo dejaba a buenas noches. Mas, como fuese el traidor tan astuto, pienso que me sintió, y dende en adelante mudó propósito, y asentaba su jarro entre las piernas, y atapábale con la mano, y así bebía seguro.

Anónimo: *Lazarillo de Tormes*. Edelvives

10 Compara las pinturas de Goya y Ribera (de las actividades 5 y 9) en su representación del Lazarillo. ¿Qué características aporta cada uno de los pintores a la figura de este personaje y su primer amo, el ciego?

Escribir

1 Observa este cuadro de Rembrandt con atención. Luego, realiza un retrato escrito de la mujer representada en él. Recuerda que el retrato consiste en describir el aspecto físico y psicológico de una persona. Para ello, utiliza tu intuición e imaginación y piensa en cómo podía ser esta joven. Sigue los pasos indicados a continuación en el proceso de escritura.

La representación verbal de una obra de arte visual se denomina ***écfrasis***.

Retrato de mujer joven (1634), de Harmensz van Rijn Rembrandt.

a. Observa atentamente el aspecto físico de esta mujer y trata de intuir en qué pensaba y cómo era.

b. Organiza los diferentes elementos que vas a describir. Para ello, estructura el contenido en una secuencia lógica: empieza por la parte física (de arriba abajo, o a la inversa), incluyendo sus gestos y características, y finaliza por sus rasgos psicológicos.

c. Redacta el retrato aplicando las técnicas descriptivas de este tipo de textos.

d. Revisa tu texto tanto al final del proceso como a lo largo del mismo, reajustando y rectificando lo escrito con respecto a estos rasgos:

- La intención descriptiva.
- El estilo.
- La ortografía.

e. Intercambia tu descripción con la de tu compañero para evaluarla.

Escribir

2 Accede a YouTube y busca el tráiler oficial en español de *Blade Runner 2049,* publicado por Sony Pictures España.

a. Formad grupos de tres para trabajar la descripción topográfica entre todos.

b. Cada grupo elige tres escenarios representados en el tráiler de la película y los escribe en trozos de papel.

c. A continuación, todos los papeles se echan en una bolsa, se remueven bien y se vuelven a repartir (tres para cada grupo).

d. Durante diez minutos, cada grupo debe realizar una breve descripción de unas 150 palabras del escenario que le ha correspondido, teniendo en cuenta las siguientes indicaciones.

- Una parte de la descripción ha de ser objetiva; la otra, subjetiva. Para ello, debéis expresar los sentimientos y sensaciones como si fuerais uno de los protagonistas de la película.
- Hay que incluir comparaciones y metáforas, y, si se desea/opcionalmente, otras figuras literarias como hipérboles, acumulaciones de sinónimos, etc.
- Los verbos utilizados, así como los adjetivos y sustantivos, han de ser los propios de una descripción.

Hablar

3 Observa esta pintura del artista Caspar David Friedrich y descríbela oralmente.

a. Fíjate en los detalles que quieres describir y piensa en cómo deseas describirlos: de manera objetiva o subjetiva.

b. Elabora una lista de adjetivos para ser preciso en tu descripción:

- colores,
- formas,
- texturas,
- sentimientos...

c. Comienza la descripción oral organizando la información que te proporciona el cuadro de lo general a lo particular, de izquierda a derecha y de primer plano a segundo plano.

d. Utiliza conectores espaciales para situar los elementos con precisión.

e. Describe ante tus compañeros la imagen. ¿Coinciden los detalles de vuestras descripciones?

Caminante sobre un mar de nubes, de Caspar David Friedrich.

Mi padre era un jugador de ventaja, un estafador, un farsante, un pícaro, un charlatán y un mentiroso, entre otras muchas cosas de similar catadura. Y no lo digo con malicia, sino por respeto a la verdad. Tal era la profesión de mi padre: se ganaba la vida con los naipes, o timando al prójimo, o dedicándose al contrabando, o con cualquier otra tarea situada unos cuantos pasos más allá de la frontera que trazan las leyes.

Desde mucho antes de mi nacimiento, Fernando Mercader era conocido por su astucia e inteligencia, pero también por su mala cabeza. Siendo aún muy joven ya frecuentaba las timbas ilegales, apostaba en las carreras de caballos y organizaba combates de boxeo clandestinos. Luego, tras el fracaso de su matrimonio, careciendo de oficio y trabajo, con un bebé a su cargo y sin ningún futuro, decidió dedicar un año, el año que yo pasé al cuidado de un ama de cría, a perfeccionar sus habilidades. Después, convertido ya en un tahúr profesional, nos trasladamos a Madrid en busca de nuevos horizontes.

Y no cabe duda de que era bueno en la peculiar profesión que había escogido, porque, gracias a su ingenio y a la agilidad de sus dedos, logramos vivir con razonable comodidad en la capital durante más de diez años.

César Mallorquí
La cruz de El Dorado
Edebé

1 ¿Este texto refleja una prosopografía, una etopeya, un retrato o una caricatura? Explica por qué.

2 ¿Cómo imaginas a Fernando Mercader? Realiza una descripción física por escrito, usando los recursos que has aprendido. Si lo representaras en un cuadro, ¿cómo lo vestirías? Busca una imagen de algún pintor del siglo XVI o XVII que te parezca que representa a este personaje para ilustrarlo.

3 A partir de la información del texto explica lo que es un *tahúr*.

4 Ordena cronológicamente los hechos que aparecen en el relato. ¿Cómo crees que afectaron a la vida de Fernando Mercader?

5 En el texto se usan muchos sustantivos que sirven para describir y que se relacionan con adjetivos. Localízalos y, después, realiza comparaciones o símiles para completar esos adjetivos *(ágil como…)*.

6 ¿A qué crees que se refiere la palabra *frontera*? ¿Cómo se llama la figura literaria por la que expresamos una comparación de dos términos que, aparentemente, no están relacionados?

7 Busca en el texto una enumeración de sinónimos utilizada para describir al personaje y explica los matices de significado (pues los sinónimos no son siempre exactos) que hay entre ellos.

8 ¿De qué tipo es el personaje descrito, según su grado de verosimilitud? Explica por qué.

9 ¿A qué personaje típico de los descritos en el tema pertenece Fernando Mercader?

10 Si fuera un personaje redondo, ¿qué cambios crees que podría sufrir a lo largo de la novela?

11 ¿Qué sentimientos te provoca la descripción de Fernando Mercader?

12 ¿Cuáles son los tópicos asociados a esas cuestiones?

a. El amor y la amistad.

b. El paso del tiempo y la muerte.

c. La naturaleza.

d. El viaje.

13 Pon un ejemplo extraído de la vida cotidiana en el que se pueda aplicar los tópicos literarios siguientes:

a. De la fugacidad del tiempo.

b. Del amor más allá de la muerte.

14 ¿Cuáles son los cuatro personajes reconocidos como «universales» que han surgido de la literatura española? Nombra tres personajes más de literatura de otros países que conozcas y sean conocidos universalmente por dar lugar a un tipo. ¿Conoces otras manifestaciones artísticas que los recojan?

15 Describe oralmente a un personaje famoso en cuanto a su apariencia física. Realiza una descripción objetiva y otra subjetiva. ¿Qué diferencias encuentras entre ambas descripciones?

16 ¿Cuál es la intención del autor en una caricatura?

17 ¿Qué rasgos propios de los textos descriptivos identificas en el siguiente texto?

Hans Castorp —este es el nombre del joven— se encontraba solo, con su maletín de piel de cocodrilo, regalo de su tío y tutor, el cónsul Tienappel —para llamar por su nombre ya también a este—, su capa de invierno, que se balanceaba colgada de un gancho, y su manta de viaje enrollada, en un pequeño departamento tapizado de gris. Estaba sentado junto a la ventanilla abierta y, como en aquella tarde el frío era cada vez más intenso, y él era un joven delicado y consentido, se había subido el cuello de su sobretodo de verano, de corte amplio y forrado de seda, según la moda. Junto a él, sobre el asiento, reposaba un libro encuadernado, titulado: *Ocean Steamships,* que había abierto de vez en cuando al principio del viaje; ahora, en cambio, estaba ahí abandonado, y el resuello anhelante de la locomotora salpicaba su cubierta de motitas de carbón.

Thomas Mann
La montaña mágica
Edhasa

18 Copia este mapa conceptual en tu cuaderno y complétalo con los tipos de personajes según su papel en la trama, su verosimilitud y su evolución.

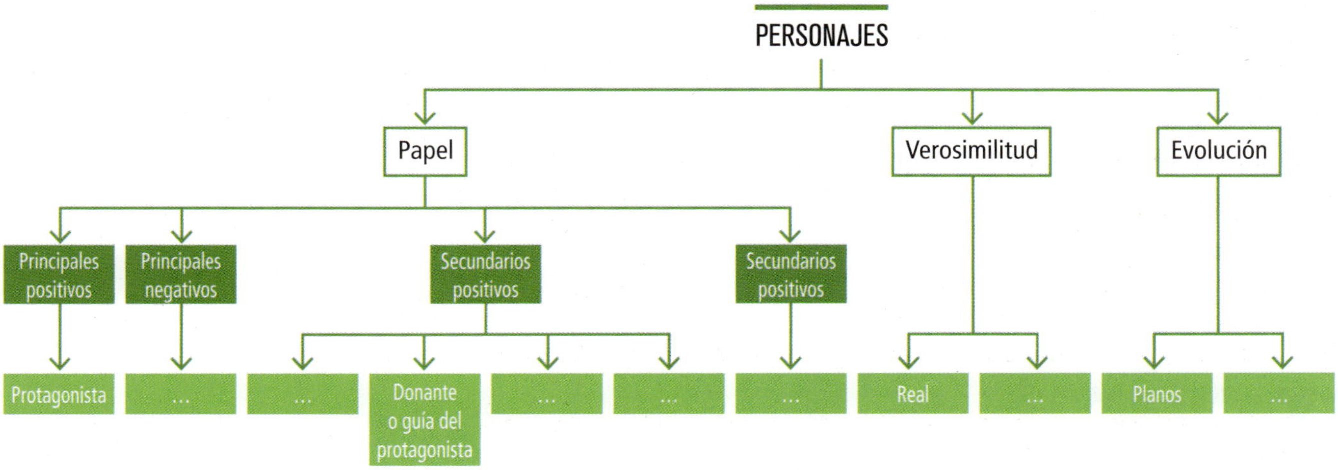

10 POESÍA Y LENGUAJE POÉTICO

LA POESÍA SE HA CONVERTIDO EN EL ÁLGEBRA SUPERIOR DE LAS METÁFORAS

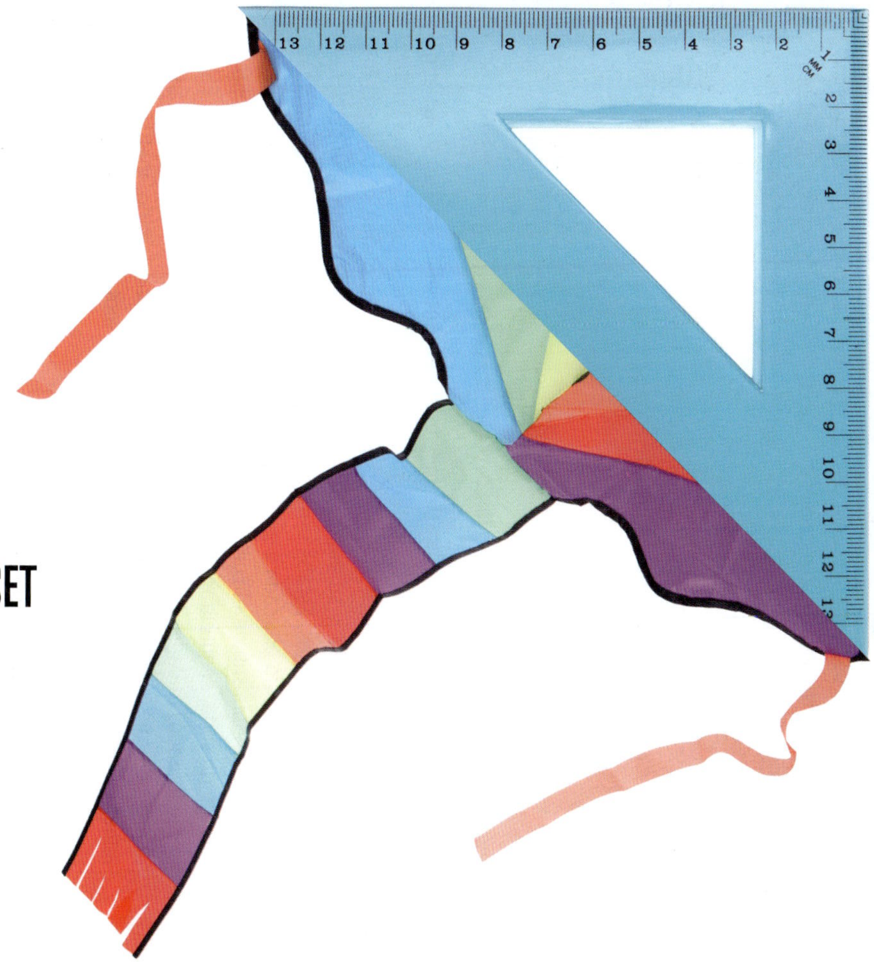

JOSÉ ORTEGA Y GASSET

PRESENTAR

SE BUSCAN VALIENTES

Después de ver el vídeo de la canción *Se buscan valientes*, interpretada por El Langui, analizaremos los rasgos más significativos de esta composición y sugeriremos las variaciones en la letra que nos parezcan oportunas. Luego, nos organizaremos para interpretar la canción toda la clase junta y grabar un vídeo clip. El decorado para esta actuación será un grafiti que elaboraremos entre todos.

CREAR

FRUTA POÉTICA

Vamos a preparar un original tentempié para uno de los recreos de los próximos días. Para ello, cada uno traerá una pieza de fruta acompañada de una tarjeta con un poema propio o ajeno. La composición deberá tener un mínimo de ocho versos y habrá que indicar quién es su autor o autora. Además, añadiremos al final esta frase a modo de consejo que cada cual completará como quiera: «Toma mucha fruta y lee estos versos cada vez que…». Cuando todo esté listo, elegimos una fruta al azar y… ¡A disfrutar de un recreo poético!

CONOCER

REGLAS MNEMOTÉCNICAS

Vamos a estudiar los nombres y definiciones de las estrofas de dos, tres, cuatro y cinco versos. Para ello, en grupos, inventaremos algunas reglas mnemotécnicas que nos ayuden a retener y diferenciar las características que determinan las diferentes combinatorias de versos. Cuando tengamos listas esas reglas, procederemos a memorizar las diferentes estrofas y demostraremos lo bien que funcionan en una ronda general de preguntas y respuestas.

INVESTIGAR

LENGUAJE COTIDIANO

Muchos recursos literarios están presentes en las canciones que tanto nos gustan, en la publicidad que nos rodea o en los refranes que escuchamos a nuestros mayores. Haz una lista con los recursos que se explican en esta unidad y trata de ejemplificarlos con textos que no procedan de obras literarias. Después, investiga al menos otros cinco recursos que no se mencionan aquí y sigue el mismo procedimiento para aportar ejemplos.

TEXTO 1

Observa el cuadro de Gustav Klimt y explica qué crees que simboliza. Después, lee los poemas y di a cuál crees que se puede asociar y por qué.

Soneto XXIII

En tanto que de rosa y de azucena
se muestra la color en vuestro gesto,
y que vuestro mirar ardiente, honesto,
con clara luz la tempestad serena;

y en tanto que el cabello, que en la vena
del oro se escogió, con vuelo presto
por el hermoso cuello blanco, enhiesto,
el viento mueve, esparce y desordena:

coged de vuestra alegre primavera
el dulce fruto antes que el tiempo airado
cubra de nieve la hermosa cumbre.

Marchitará la rosa el viento helado,
todo lo mudará la edad ligera
por no hacer mudanza en su costumbre.

Garcilaso DE LA VEGA: *Sonetos*. Linkgua

Desaparecerte

Hace tiempo que estoy eliminando
todo recuerdo puesto de tu parte.
Cada noche desvelo mi descanso
y atravieso la orgía de las sombras.
Me dirijo al objeto sentenciado
en mi interior, algunas horas antes.

Nadie lo encontrará ya en su lugar.

Un reloj que marcaba tu partida
y siempre se negó a marchar de nuevo.
Libros que se hacían pasar por míos
en el revuelo de una estantería.
Un papel con tu letra de algas rojas
escondido entre cartas y poemas.
Una caja de música que ataba
tu risa bailarina a sus canciones…

Nada que abrigue restos de tu tacto
verá la luz del día que amanece.

Eugenio MAQUEDA
http://poetassigloveintiuno.blogspot.com.es

Contexto sociocultural

Garcilaso de la Vega (1501-1536) se conoce como el «príncipe de los poetas españoles». Es el máximo exponente de la poesía renacentista, que se caracteriza por perseguir la armonía y el buen gusto, y cuyos temas principales son el amor, la naturaleza y la mitología.

Eugenio Maqueda nació en Jaén, en 1973. Licenciado en Derecho y en Filosofía y Letras, ha publicado numerosos trabajos de investigación literaria y, en la actualidad, es profesor titular de la Universidad de Málaga.

TEXTO 2

Fíjate en el título de la letra de la siguiente canción y observa la ilustración. ¿Qué crees que simboliza? ¿Qué sentimientos te despierta?

El universo sobre mí

Solo queda una vela
encendida en medio de la tarta
y se quiere consumir.

Ya se van los invitados,
tú y yo nos miramos
sin saber bien qué decir.

Nada que descubra lo que siento,
que este día fue perfecto y parezco
tan feliz;
nada como que hace mucho tiempo
que me cuesta sonreír.

Quiero vivir, quiero gritar,
quiero sentir el universo sobre mí,
quiero correr en libertad,
quiero encontrar mi sitio.

Una broma del destino,
una melodía acelerada
en una canción que nunca acaba.

Ya he tenido suficiente,
necesito a alguien que comprenda
que estoy sola en medio de un
montón de gente...

Qué puedo hacer...

Quiero vivir, quiero gritar,
quiero sentir el universo sobre mí,
quiero correr en libertad,
quiero llorar de felicidad.

Quiero vivir,
quiero sentir el universo sobre mí,
como un náufrago en el mar,
quiero encontrar mi sitio,
solo encontrar mi sitio.

Todos los juguetes rotos,
todos los amantes locos,
todos los zapatos de charol.

Todas las casitas de muñecas
donde celebraba fiestas
donde solo estaba yo.

Vuelve el espíritu olvidado
del verano del amor...

Quiero vivir, quiero gritar,
quiero sentir el universo sobre mí,
quiero correr en libertad,
quiero llorar de felicidad.

Quiero vivir,
quiero sentir el universo sobre mí,
como un náufrago en el mar,
quiero encontrar mi sitio,
solo encontrar mi sitio.

Quiero vivir, quiero gritar,
quiero sentir el universo sobre mí,
quiero correr en libertad,
quiero llorar de felicidad.

Quiero vivir,
quiero sentir el universo sobre mí,
como un náufrago en el mar,
quiero encontrar...
mi sitio...

Solo queda una vela
encendida en medio de la tarta
y se quiere consumir.

AMARAL
http://letras.com

Contexto sociocultural

Amaral es un grupo de pop español fundado en 1998 por Eva Amaral y Juan Aguirre. Con siete álbumes a sus espaldas, han cosechado numerosos galardones, como el Premio Nacional de las Músicas Actuales o el MTV Europe Music Awards. Algunas de sus canciones más conocidas son «Sin ti no soy nada», «Cómo hablar» y «El universo sobre mí».

Leer texto 1

1 ¿Sobre qué trata el poema de Garcilaso de la Vega?

a. El amor que siente un hombre por una mujer morena y joven.

b. La invitación del poeta a una mujer de piel clara y pelo rubio a que aproveche su juventud antes de que pase el tiempo.

c. La descripción de una joven hermosa de piel pálida y ojos negros.

d. El amor, la vida, la juventud, la muerte, la belleza y la poesía.

2 ¿A qué hace referencia el viento helado en el poema de Garcilaso? Indica cómo lo has sabido para justificar tu respuesta.

3 ¿De qué habla el poema de Eugenio Maqueda?

a. De una triste relación de pareja que acaba con el distanciamiento del protagonista y de su amante.

b. Del despecho que siente el protagonista al sentirse traicionado por su pareja.

c. De la necesidad de deshacerse de los recuerdos de la persona amada: unos libros, unas letras y una caja de música.

d. Del desamor y los celos.

4 ¿Qué significa el verso «cubra de nieve la hermosa cumbre»?

5 Asocia las siguientes palabras del poema de Garcilaso con el significado real que el autor les otorga en el texto (metáforas).

a. Primavera.

b. Oro.

c. Nieve.

d. Rosa.

Sin faltas.com

6 ▶ Escribe, como mínimo, tres palabras de la misma familia léxica y del mismo campo semántico para cada uno de los poemas.

Leer texto 2

7 ¿Sobre qué crees que trata la canción? Explica cuál es la idea principal del texto, elimina las ideas poco importantes y resúmelo en una oración.

8 ¿Qué palabra se repite constantemente en la letra? Di cómo se llama este recurso literario.

9 En varios momentos de la canción, la protagonista contrapone sus sentimientos actuales con el estado de tristeza y soledad en que se encontraba antes. Localiza los fragmentos que hacen referencia a este estado.

La familia léxica y el campo semántico

La **familia léxica** es el conjunto de palabras de distintas categorías gramaticales que comparten una misma raíz léxica. Por ejemplo, *quemadura, quemo, quemado...* pertenecen a la familia léxica de *quemar.*

El **campo semántico**, por su parte, es el conjunto de palabras de la misma categoría gramatical relacionadas con un mismo tema. Por ejemplo, *gato, tigre* y *león* pertenecen al campo semántico de los *felinos.*

Leer texto 2

Sin faltas.com

10 ▶ Localiza en la canción la palabra *solo* e indica si funciona como adjetivo o como adverbio.

Opinar

11 Existen muchos tipos de amor: el que les profesas a tus padres, a tus amigos, a tu mascota, al lugar donde naciste…

- Escribe una canción de amor y dedícasela a alguien. No olvides ponerle título.

▶ *Solo*

Tanto el **adjetivo** *solo* (*Carlos se siente solo*) como el **adverbio** *solo* (*Solo me gustan las judías verdes*) deben escribirse **sin tilde.** Si hay riesgo de ambigüedad, se recomienda sustituir el adverbio por *solamente: Me tomé* ***solamente*** *un refresco* (es decir, no se tomó nada más, aunque puede que estuviese acompañado).

Leer textos 1 y 2

12 ¿A qué género literario pertenecen estos tres textos?

13 «El universo sobre mí», «el Soneto XXIII» y «Desaparecerte» manifiestan distintas versiones de un mismo tema, ¿cuál? Este tema puede considerarse atemporal, pero ¿qué otros temas pueden ser atemporales?

14 ¿A quién van dirigidos los dos poemas? ¿Y la canción de Amaral?

15 ¿Qué quiere Garcilaso que haga su amada? ¿Qué le está indicando Eugenio a la persona a la que le dedica el poema? ¿Qué quiere expresar Amaral con su canción?

16 Observa la estructura de los tres escritos. ¿Te parecen iguales? ¿Hay alguna que se parezca más a otra? ¿Crees que son flexibles y abiertas, o, por el contrario, se trata de estructuras cerradas que siguen un patrón?

17 ¿A qué hace referencia la expresión lírica, común tanto a los dos poemas como a la canción de Amaral?

a. A los sentimientos de quien escribe.

b. A la expresión de la realidad objetiva.

c. A las necesidades diarias que se deben satisfacer.

d. A las leyes de la naturaleza.

Sin faltas.com

18 ▶ Utiliza tres adjetivos para describir cada uno de los textos.

Opinar

19 Para expresar la felicidad que siente, la protagonista de la canción de Amaral afirma que quiere «correr en libertad».

- Define oralmente qué es para ti la libertad y qué importancia crees que debe tener en la sociedad.

Arte y literatura

Amaral habla de un universo que gira a su alrededor, pero ¿qué conoces tú sobre el universo? Busca en YouTube el vídeo «Noche estrellada en el museo», publicado en el canal del Planetario de Pamplona. Después, escribe en tu cuaderno:

- Las obras de arte que hayas reconocido.
- Los objetos que más curiosidad te han despertado.
- Por qué crees que combinan en este vídeo obras de arte con imágenes del universo.

La noche estrellada, de Vincent van Gogh.

Escuchar

Es frecuente que los artistas se interesen por obras de diversos géneros y se inspiren en ellas para crear nuevas interpretaciones. A continuación, escucharemos una versión *hip-hop* del *Quijote*. ¿Qué sabes del *Quijote*? ¿Has visto alguna película sobre su historia?

Accede a YouTube y busca la introducción al rap sobre el *Quijote* interpretado por Zénit, publicado en el canal de Ántarax. Después, responde a las siguientes preguntas.

1 ¿Has reconocido en la canción alguna parte del *Quijote* que conozcas? ¿Cuál crees que puede ser?

2 ¿A qué género crees que pertenece el rap?

3 Indica si las siguientes afirmaciones sobre la canción son verdaderas o falsas. En el caso de las falsas, corrígelas para que sean ciertas.

a. Aparte del Quijote, se mencionan otros dos personajes: Sancho y Dulcinea, su amada.

b. El infortunio lo acompañó desde el episodio de los molinos.

c. El bálsamo de Fierabrás es una poción muy efectiva para curar dolencias.

d. El protagonista del *Quijote* se vuelve loco por culpa de los libros de caballerías.

4 Escribe un sinónimo para cada una de estas palabras de la canción.

a. Adarga.

b. Rocín.

c. Agravio.

d. Acrecentar.

5 Reflexiona acerca de la versión realizada por Zénit.

a. ¿Crees que se podrían pasar otros textos clásicos de la literatura española a una versión *hip-hop*? ¿Cuáles?

b. ¿Consideras que hay textos que sería imposible versionar bajo este género musical? ¿Por qué? Cita, al menos, dos de ellos.

1 LA CANCIÓN *HIP-HOP*

La **canción** es una variante del **género lírico,** género literario, normalmente en verso, que expresa, mediante el uso del **ritmo** y las **figuras literarias,** los **sentimientos** y las **emociones** del autor: el amor, la soledad, la tristeza, la alegría...

La canción se acompaña de **música** y de **voz,** y trata multitud de temas. Por lo general, sigue esta estructura: *Introducción + estrofa + estribillo + estrofa + estribillo + puente musical + estribillo.*

Un **estribillo** es un recurso utilizado tanto en las canciones como en los poemas que se basa en la **repetición de las palabras** contenidas en un conjunto de versos, la cual crea un ritmo reconocible. El uso del estribillo aparece principalmente en las **composiciones poéticas cantadas** propias de la literatura castellana, como los **romances** o los **villancicos.**

Sin embargo, no todos los poemas ni todas las canciones contienen una estrofa o un estribillo que se repitan. Este es el caso de la canción ***hip-hop.***

El ***hip-hop*** nació en los Estados Unidos, en la década de 1970, y es una de las manifestaciones artísticas más representativas del siglo XX. Su contexto creativo corresponde a la **cultura urbana.** Las **tres manifestaciones artísticas** más conocidas del *hip-hop* son el **rap** (música), el ***break dance*** (danza) y el **grafiti** (artes plásticas).

A través del **rap** o la canción ***hip-hop*** se denuncian y comentan, principalmente, temas sociales. Estas canciones se caracterizan por su gran **complejidad rítmica** y se diferencian de la poesía, principalmente, en que se acompañan de una **base instrumental.** Además, no se apoyan tan solo en la estructura repetitiva de un estribillo, sino que pueden partir de un texto en prosa (como es el caso de la versión del *Quijote* de Zénit) y crear, a partir del mismo, un ritmo con otros elementos no verbales: la expresión, la rapidez con la que se dicen las palabras, la música que acompaña a la canción...

Me tuerzo, me inclino, me caigo, me hundo,
se derrumba mi mundo sin rumbo.
No es fijo ese donde al que yo me dirijo
y a cada segundo confundo.
Llegan lágrimas aquí de lo profundo,
tengo dudas que duelen si pregunto,
tengo miedos que atormentan lentamente
a los sueños de mi corazón vagabundo.
De lo que no se llevó el viento,
de lo que quedó tras el tiempo,
me quedo con el aroma de las rosas
porque hay cosas de las que me arrepiento.
Tengo que volver a aprender a pensar.
Tengo que volver a aprender a olvidar.
Tengo que volver a aprender a vivir.
Tengo que vivir y volver a aprender a amar. [...]

Kase.O: fragmento de «Triste», en *El círculo*

1 LA POESÍA

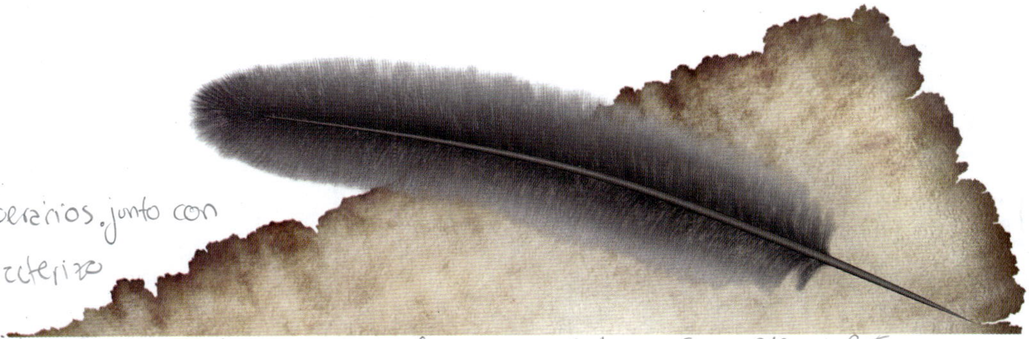

La **expresión de los sentimientos** del autor es el principal **hilo conductor** de la **poesía**, escrita generalmente en verso. Se sirve creativamente de las **cualidades sonoras** y **rítmicas** del lenguaje.

1.1 SUBGÉNEROS DE LA POESÍA

- **Oda.** Tiene un tono de alabanza o admiración.
- **Elegía.** Llanto o queja por la pérdida de un ser querido. Suele ir unida a la reflexión sobre el paso del tiempo y la muerte.
- **Égloga.** Protagonizada por pastores que se encuentran en un paisaje idealizado. Tiene un tono amoroso.
- **Sátira.** Critica (por lo general, de forma humorística) costumbres sociales o de un individuo.

1.2 EL VERSO

El **poema** está formado por **versos,** que corresponden a cada renglón del poema. Los **versos se clasifican** según el **número de sílabas** que contengan:

- Versos de **arte menor:** los que miden **hasta 8 sílabas.**
- Versos de **arte mayor:** los que miden de **9 sílabas en adelante.**

Ahora bien, las **sílabas métricas no siempre coinciden con las sílabas fónicas.** Fíjate en estos versos de Antonio Machado y Garcilaso de la Vega:

	Sílabas fónicas	Sílabas métricas	Licencia métrica
Es una noche **de** invierno.	9	8	sinalefa
Cae la nieve **en** remolino.	10	8	sinéresis y sinalefa
Los Alvargonzález velan	8	8	—
un fuego casi **ex**tinguido.	9	8	sinalefa

	Sílabas fónicas	Sílabas métricas	Licencia métrica
El dulce murmurar deste **rüido**	10	11	diéresis
El mover de los árboles al viento.	11	11	—

Pueden existir **poemas no rimados,** que se acerquen a lo que se conoce como **prosa poética,** es decir, aquella en la que aparecen recursos propios de la poesía, como el **ritmo** y la acumulación de **figuras literarias.**

Prosa poética	Adaptación a verso
Platero es pequeño, peludo, suave; tan blando por fuera, que se diría todo de algodón, que no lleva huesos.	Platero es pequeño, peludo, suave; tan blando por fuera, que se diría todo de algodón, que no lleva huesos.

La adaptación a verso del ejemplo del texto de Platero se asemeja a la que se emplea en los poemas de **verso libre,** es decir, aquellos que no están sujetos ni a una rima ni a una medida fija de versos.

Tipos de sílabas

La **sílaba** es el conjunto de sonidos que se pronuncia **en un solo golpe de voz.** Algunas sílabas pueden contener:

- **Diptongos.** Dos vocales en una sílaba.
- **Triptongos.** Tres vocales en una sílaba.
- **Hiatos.** Dos vocales juntas que se separan en sílabas distintas.

Para conseguir la igualdad de sílabas métricas, hay que tener en cuenta que se puede producir la **ruptura de un diptongo** (diéresis) o la **unión de un hiato** (sinéresis).

1.3 LA ESTROFA

La **estrofa** es la combinación de un **número** determinado de **versos.** El número de **sílabas** de los versos y la **rima** siguen un **esquema fijo.** Los versos que riman se identifican con las mismas letras: si son de arte menor, con minúsculas; si son de arte mayor, con mayúsculas. Los versos que no riman se denominan **versos sueltos** y se marcan con un guion *(–).*

A continuación, se analizan los dos poemas con que se abría esta unidad.

- El primero, de **Garcilaso de la Vega,** es un **soneto,** es decir, un poema de **catorce versos endecasílabos con rima consonante,** formado por **dos cuartetos** (estrofas de cuatro versos de arte mayor) y **dos tercetos** (estrofas de tres versos de arte mayor).
- El segundo, el de **Eugenio Maqueda,** es un **poema no estrófico.**

Poema estrófico

Compuesto por una **serie de estrofas.**

Soneto XXIII — Rima consonante

Verso	Rima	Estrofa
En tanto que de rosa y de azucena	A	Cuarteto
se muestra la color en vuestro gesto,	B	
y que vuestro mirar ardiente, honesto,	B	
con clara luz la tempestad serena;	A	
y en tanto que el cabello, que en la vena	A	Cuarteto
del oro se escogió, con vuelo presto	B	
por el hermoso cuello blanco, enhiesto,	B	
el viento mueve, esparce y desordena:	A	
coged de vuestra alegre primavera	C	Terceto
el dulce fruto antes que el tiempo airado	D	
cubra de nieve la hermosa cumbre.	E	
Marchitará la rosa el viento helado,	D	Terceto
todo lo mudará la edad ligera	C	
por no hacer mudanza en su costumbre.	E	

Soneto: composición poética de 14 versos endecasílabos (11 sílabas), distribuidos en dos cuartetos y dos tercetos.

Poema no estrófico

Compuesto por una serie de **versos no organizados** en estrofas.

Desaparecerte — Rima asonante

Verso	Rima
Hace tiempo que estoy eliminando	A
todo recuerdo puesto de tu parte.	–
Cada noche desvelo mi descanso	A
y atravieso la orgía de las sombras.	–
Me dirijo al objeto sentenciado.	–
en mi interior, algunas horas antes.	–
Nadie lo encontrará ya en su lugar.	–
Un reloj que marcaba tu partida.	–
y siempre se negó a marchar de nuevo.	–
Libros que se hacían pasar por míos.	–
en el revuelo de una estantería.	–
Un papel con tu letra de algas rojas.	–
escondido entre cartas y poemas.	–
Una caja de música que ataba.	–
tu risa bailarina a sus canciones…	–
Nada que abrigue restos de tu tacto	–
verá la luz del día que amanece.	–

Algunas de las **estrofas más usadas en la lírica española** son las siguientes:

- **Tres versos de rima asonante:** soleá (a-a).
- **Cuatro versos de rima consonante**: redondilla (abba); cuarteta (abab) y serventesio (ABAB).
- **Cuatro versos de rima asonante:** copla (-a-a).
- **Cinco versos de rima consonante:** quintilla (ababa).

2 EL LENGUAJE POÉTICO

Además de emplear el ritmo, la rima y la medida, las creaciones poéticas juegan con el **significado** y con el **significante** de las palabras mediante el uso de **recursos literarios**, que pueden ser **morfosintácticos, fónicos y semánticos.**

2.1 LOS RECURSOS MORFOSINTÁCTICOS

La **repetición** es un recurso fundamental para transmitir el ritmo. La propia rima, de hecho, no es otra cosa que la repetición de sonidos.

- **Polisíndeton.** Repetición de un nexo.

En el hoy **y** mañana **y** ayer, junto
pañales y mortaja, **y** he quedado
presentes sucesiones de difunto.

Francisco de Quevedo
Poesía original completa. Booket

- **Anáfora.** Repetición de palabras o de un grupo de palabras al comienzo de varios versos seguidos.

No perdono a la muerte enamorada,
no perdono a la vida desatenta,
no perdono a la tierra ni a la nada.

Miguel Hernández
El rayo que no cesa. Austral

- **Hipérbaton.** Inversión del orden gramatical habitual de las palabras.

A Dafne ya los brazos le crecían,
y en luengos ramos vueltos se mostraban;
en verdes hojas vi que se tornaban
los cabellos que al oro oscurecían.

Garcilaso de la Vega
Sonetos. Biblioteca Virtual Miguel de Cervantes

- **Paralelismo.** Cuando no se repiten palabras exactas, sino la estructura sintáctica.

La paz de su hora sola me daba la claridad.
La gloria de su amor solo colmaba mi soledad.

Juan Ramón Jiménez
Dios deseado y deseante
Akal

2.2 LOS RECURSOS FÓNICOS

Los **recursos fónicos** son los que juegan con el **sonido de las palabras.**

- **Aliteración.** Repetición de sonidos similares en uno o varios versos.

¡Amoroso pájaro que trinos exha**l**a
bajo e**l** a**l**a a veces ocu**l**tando e**l** pico;
que desdenes rudos lanza bajo e**l** a**l**a,
bajo e**l** a**l**a a**l**eve de**l** **l**eve abanico!

Rubén Darío: *Prosas profanas y otros poemas*
Biblioteca Virtual Miguel de Cervantes

- **Onomatopeya.** Uso de una palabra que trata de imitar el sonido de algo.

La pata mete la pata,
la pata desplumada,
cua, cua, cua.

Gloria Fuertes
La pata mete la pata
Susaeta

2.3 LOS RECURSOS SEMÁNTICOS

Los **recursos semánticos** se emplean para jugar con el significado de las palabras.

- **Metáfora.** Identificación de una realidad con otra con la que guarda cierto parecido.

> En tanto que el cabello, que en la vena
> del oro se escogió, con vuelo presto. [...]
>
> Garcilaso de la Vega
> *Poesías castellanas completas.* Castalia

- **Comparación o símil.** Establece una relación de semejanza entre dos términos. Normalmente, aparece el verbo *parecer* o el adverbio *como.*

> **Como** tú, piedra pequeña,
> **como** tú, guijarro humilde...
>
> León Felipe
> *Poesías completas.* Visor

- **Prosopopeya o personificación.** Consiste en asignar cualidades humanas a animales u objetos.

> La luna vino a la fragua
> con su polisón de nardos.
>
> Federico García Lorca
> *Romancero gitano.* Cátedra

- **Hipérbole.** Exageración inverosímil de un hecho o de una emoción para expresar una gran intensidad.

> No hay extensión más grande que mi herida,
> lloro mi desventura y sus conjuntos
> y siento más tu muerte que mi vida.
>
> Miguel Hernández
> *El rayo que no cesa.* Austral

Soneto XXIII

En tanto que de rosa y de azucena
se muestra la color en vuestro gesto,
y que vuestro mirar ardiente, honesto,
con clara luz la tempestad serena;

y en tanto que el cabello, que en la vena
del oro se escogió, con vuelo presto
por el hermoso cuello blanco, enhiesto,
el viento mueve, esparce y desordena:

coged de vuestra alegre primavera
el dulce fruto antes que el tiempo airado
cubra de nieve la hermosa cumbre.

Marchitará la rosa el viento helado,
todo lo mudará la edad ligera
por no hacer mudanza en su costumbre.

Metáfora: identificación de una realidad con otra con la que guarda un parecido.

Rosa ⟶ mejillas sonrosadas; azucena ⟶ piel blanca; oro ⟶ cabello rubio.

Anáfora: repetición de una o más palabras al comienzo del verso.

Hipérbaton: inversión del orden gramatical habitual de las palabras.
Orden normal:

- la serena tempestad.
- el viento mueve, esparce y desordena el cabello.
- el viento helado marchitará la rosa.

ACTIVI DADES

10 POESÍA Y LENGUAJE POÉTICO

1 La poesía

1 Mide los siguientes versos y clasifícalos según su medida.

a. El ruido
cesó,
un hombre
pasó
embozado,
y el sombrero
recatado
a los ojos
se caló.
Se desliza
y atraviesa
junto al muro
de una iglesia
y en la sombra
se perdió.

José de Espronceda
«El estudiante de Salamanca»
en *A toda vela*
Edelvives

b. Pensé arrancarme el corazón y echarlo,
pleno de su sentir alto y profundo,
al ancho surco del terruño tierno,
a ver si con partirlo y con sembrarlo,
la primavera le mostraba al mundo
el árbol puro del amor eterno.

Juan Ramón Jiménez
«Octubre» en *Obra completa*
Visor

c. En París está doña Alda,
la esposa de don Roldán,
trescientas damas con ella
para la acompañar:
todas visten un vestido,
todas calzan un calzar,
todas comen a una mesa,
todas comían de un pan.

Anónimo: *Romanceros*
Edelvives

2 Localiza diéresis y sinéresis en estos ejemplos.

a. Que en tierra teme que caerá la vida (Quevedo) = 11 sílabas
b. De nocturno Faetón carroza ardiente (Góngora) = 11 sílabas
c. La del que huye el mundanal ruido (Fray Luis) = 11 sílabas
d. Cae la nieve en remolino (Antonio Machado) = 8 sílabas
e. Trenza, veleta, poesía (Dámaso Alonso) = 8 sílabas
f. No solo en plata o viola truncada (Góngora) = 11 sílabas
g. Voy como un hèroe de poesìa mìa = 11 sílabas

3 En este poema hay versos de distinta medida. Léelo en voz alta y comenta qué sensación te produce este contraste.

Nuestras vidas son los ríos
que van a dar en la mar,
que es el morir;
allí van los señoríos
derechos a se acabar
y consumir;
allí los ríos caudales,
allí los otros medianos
y más chicos,
y llegados, son iguales
los que viven por sus manos
y los ricos.

Jorge MANRIQUE
Coplas a la muerte de su padre
Castalia

4 Compara la medida fónica y la medida métrica de estos versos.

Si mi voz muriera en tierra
llevadla al nivel del mar
y dejadla en la ribera.

Llevadla al nivel del mar
y nombradla capitana
de un blanco bajel de guerra.

¡Oh mi voz condecorada
con la insignia marinera:
sobre el corazón un ancla
y sobre el ancla una estrella
y sobre la estrella el viento
y sobre el viento una vela!

Rafael ALBERTI: *Marinero en tierra*
Alianza

5 Mide e identifica las estrofas.

a. Tengo un querer y una pena.
La pena quiere que viva;
el querer quiere que muera.

Manuel MACHADO: *Cante hondo*
Nortesur

b. ¡Y yo gozaba! El rocío,
nocturno llanto del cielo,
el bosque espeso y umbrío,
la dulce quietud del suelo,
el manso correr del río.

Gertrudis GÓMEZ DE AVELLANEDA
Antología poética
Biblioteca Virtual Miguel Gómez de Avellaneda

c. Yo soy aquel que ayer no más decía
el verso azul y la canción profana,
en cuya noche un ruiseñor había
que era alondra de luz por la mañana.

Rubén DARÍO: *Poesía*
Alianza

d. Volverás a mi huerto y a mi higuera:
por los altos andamios de las flores
pajareará tu alma colmenera.

Miguel HERNÁNDEZ
El silbo del dale. Edelvives

6 Realiza un comentario métrico en el que indiques:

- El número de estrofas, de versos en cada estrofa y de la medida de cada verso, así como las licencias métricas.
- El tipo de rima y dónde se encuentra en cada estrofa.
- El nombre de las estrofas que componen el poema.

a. Una tarde parda y fría
de invierno. Los colegiales
estudian. Monotonía
de lluvia tras los cristales.

Es la clase. En un cartel
se representa a Caín
fugitivo, y muerto Abel,
junto a una mancha carmín.

Con timbre sonoro y hueco
truena el maestro, un anciano
mal vestido, enjuto y seco,
que lleva un libro en la mano.

Y todo un coro infantil
va cantando la lección:
«Mil veces ciento, cien mil;
mil veces mil, un millón».

Una tarde parda y fría
de invierno. Los colegiales
estudian. Monotonía
de la lluvia en los cristales.

Antonio MACHADO: «Recuerdo infantil»
en *Caminos y cantares*
Edelvives

b. … Y yo me iré. Y se quedarán los pájaros cantando;
y se quedará mi huerto, con su verde árbol,
y con su pozo blanco.

Todas las tardes, el cielo será azul y plácido;
y tocarán, como esta tarde están tocando,
las campanas del campanario.

Se morirán aquellos que me amaron;
y el pueblo se hará nuevo cada año;
y en el rincón aquel de mi huerto florido y encalado,
mi espíritu errará, nostáljico*…

Y yo me iré; y estaré solo, sin hogar, sin árbol
verde, sin pozo blanco,
sin cielo azul y plácido…
Y se quedarán los pájaros cantando.

* Licencia del autor por *nostálgico*.

Juan Ramón JIMÉNEZ: «El viaje definitivo»
en *Verde verderol*
Edelvives

7 Continúa en tu cuaderno estos poemas con el mismo tipo de rima. Emplea letras para indicar los diferentes sonidos rimados y subraya la parte de la palabra rimada a partir de la última vocal acentuada.

a. ¿Pues cómo ha de estar templada
la que vuestro amor pretende,
si la que es ingrata ofende
y la que es fácil enfada?

Sor Juana Inés de la Cruz
Obras escogidas. Biblioteca
Virtual Miguel de Cervantes

b. Dos ideas que al par brotan,
dos besos que a un tiempo estallan;
dos ecos que se confunden…,
eso son nuestras dos almas.

Gustavo Adolfo Bécquer
Rimas y leyendas. Edelvives

2 El lenguaje poético

8 Analiza distintas expresiones del habla coloquial y pon ejemplos de estos recursos.

a. Comparaciones o símiles.

b. Personificaciones.

c. Hipérboles.

d. Metáforas.

9 Realiza comparaciones poéticas a partir de estos enunciados.

a. Negro como…

b. Autosuficiente como…

c. Azul como…

d. Fiero como…

10 Localiza en esta composición antítesis, paralelismos y metáforas (en ocasiones, hay más de uno). Explica por qué los ha utilizado el poeta y qué sensación te producen.

Tú eras el huracán y yo la alta
torre que desafía su poder:
¡tenías que estrellarte o que abatirme!…
¡No pudo ser!

Tú eras el océano y yo la enhiesta
roca que firme aguarda su vaivén:
¡tenías que romperte o que arrancarme!…
¡No pudo ser!

Hermosa tú, yo altivo: acostumbrados
uno a arrollar, el otro a no ceder;
la senda estrecha, inevitable el choque…
¡No pudo ser!

Gustavo Adolfo Bécquer: *Rimas.* Cátedra

11 En este poema, Pedro Salinas se basa especialmente en el ritmo, en la repetición y en la antítesis. Indica cómo lo hace.

¡Si me llamaras, sí,
si me llamaras!

Lo dejaría todo,
todo lo tiraría;
los precios, los catálogos,
el azul del océano en los mapas,
los días y sus noches,
los telegramas viejos
y un amor.
Tú, que no eres mi amor,
¡si me llamaras!

Pedro Salinas
La voz a ti debida
Alianza

12 Copia este poema y subraya:

- de rojo los versos que contengan recursos fónicos;
- de azul, aquellos que incluyan recursos semánticos.

Lo querían matar
los iguales,
porque era distinto.

Si veis un pájaro distinto,
tiradlo;
si veis un monte distinto,
caedlo;
si veis un camino distinto,
cortadlo;
si veis una rosa distinta,
deshojadla;
si veis un río distinto,
cegadlo…
Si veis un hombre distinto,
matadlo.

¿Y el sol y la luna
dando en lo distinto?

Altura, olor, largor, frescura, cantar, vivir
distinto
de lo distinto;
lo que seas, que eres
distinto
(monte, camino, rosa, río, pájaro, hombre):
si te descubren los iguales,
huye a mí,
ven a mi ser, mi frente, mi corazón distinto.

Juan Ramón Jiménez
«Distinto»
en *Una colina meridiana*
Huerga y Fierro

13 Explica qué figura retórica han utilizado los autores de estos versos.

a. Tanto dolor se agrupa en mi costado
que por doler me duele hasta el aliento.

Miguel Hernández: *Antología.* Visor

b. Vivo sin vivir en mí
y tan alta vida espero
que muero porque no muero.

Santa Teresa de Jesús
Obras completas. BAC

14 Lee los siguientes poemas y señala los recursos que encuentres.

a. La princesa está triste… ¿Qué tendrá la princesa?
Los suspiros se escapan de su boca de fresa,
que ha perdido la risa, que ha perdido el color.
La princesa está pálida en su silla de oro,
está mudo el teclado de su clave sonoro,
y en un vaso, olvidada, se desmaya una flor.

Rubén Darío: *Sonatina.* Kalandraka

b. Del salón en el ángulo oscuro,
de su dueña tal vez olvidada,
silenciosa y cubierta de polvo,
veíase el arpa.
¡Cuánta nota dormía en sus cuerdas
como el pájaro duerme en las ramas,
esperando la mano de nieve
que sabe arrancarlas!
—¡Ay! —pensé—, ¡cuántas veces el genio
así duerme en el fondo del alma,
y una voz, como Lázaro, espera
que le diga: «Levántate y anda»!

Gustavo Adolfo Bécquer
Rimas y leyendas. Edelvives

15 Reescribe este poema usando un lenguaje cotidiano en prosa. ¿Cuánto ha cambiado? ¿Qué figuras has eliminado?

Ni me entiendo ni me entienden;
ni me sirve alma ni sangre;
lo que veo con mis ojos
no lo quiero para nadie.

Todo es extraño a mí misma,
hasta la luz, hasta el aire,
porque ni acierto a mirarla;
ni sé cómo respirarle.

Y si miro hacia la sombra
donde la luz se deshace,
temo también deshacerme
y entre la sombra quedarme
confundida para siempre
en ese misterio grande.

Concha Méndez
http://amediavoz.com

16 Sigue con la misma figura retórica dos versos más.

¿Soledad, y está el pájaro en el árbol,
soledad, y está el agua en las orillas,
soledad, y está el viento con la nube,
soledad, y está el mundo con nosotros,
soledad, y estás tú conmigo solos?

Juan Ramón Jiménez
Una colina meridiana, 1942-1950.
Huerga y Fierro

17 Lee el siguiente poema y responde a las preguntas.

Soñé que tú me llevabas
por una blanca vereda,
en medio del campo verde,
hacia el azul de las sierras,
hacia los montes azules,
una mañana serena.

Sentí tu mano en la mía,
tu mano de compañera,
tu voz de niña en mi oído
como una campana nueva,
como una campana virgen
de un alba de primavera.

¡Eran tu voz y tu mano,
en sueños, tan verdaderas!…
Vive, esperanza, ¡quién sabe
lo que se traga la tierra!

Antonio Machado
Campos de Castilla
Edelvives

a. Explica cuáles de las siguientes ideas aparecen en el poema y cómo se reflejan.
- El autor está feliz porque su compañera descansa.
- El autor ha tenido un sueño que le ha provocado esperanza.
- El autor cree que lo que ha soñado es verdad.
- El autor piensa que hay vida después de la muerte.

b. Mide todos los versos teniendo en cuenta las reglas de medida.

c. ¿La rima es consonante o asonante? ¿Qué versos riman?

d. ¿Qué estrofa forman los versos?

e. ¿Cómo se llama la figura que supone la repetición de la primera palabra de cada verso? ¿En qué versos se encuentra?

f. Localiza un paralelismo.

g. Fíjate en la comparación de la voz con la campana. ¿Por qué crees que se compara? ¿Cómo es la campana? ¿Por qué? Razona tu respuesta.

h. ¿Cómo se llama la figura en la que se atribuye a las cosas cualidades humanas? ¿Dónde aparece esta figura en el poema?

Escribir

1 Vuelve a leer el poema *Desaparecerte,* de Eugenio Maqueda.

Hace tiempo que estoy eliminando
todo recuerdo puesto de tu parte.
Cada noche desvelo mi descanso
y atravieso la orgía de las sombras.
Me dirijo al objeto sentenciado
en mi interior, algunas horas antes.

Nadie lo encontrará ya en su lugar.

Un reloj que marcaba tu partida
y siempre se negó a marchar de nuevo.
Libros que se hacían pasar por míos
en el revuelo de una estantería.
Un papel con tu letra de algas rojas
escondido entre cartas y poemas.
Una caja de música que ataba
tu risa bailarina a sus canciones…

Nada que abrigue restos de tu tacto
verá la luz del día que amanece.

Reescribe los seis primeros versos del poema reemplazando solo algunos de sus elementos con el fin de conservar su estructura original. Para ello, sigue los pasos siguientes.

a. Sustituye algunas de las últimas palabras de los versos, de modo que crees nuevas rimas. Puedes conservar los sonidos repetidos o bien modificarlos.

b. Reemplaza también algunas de las palabras intermedias de los versos. Puedes variar su significado original, no tienes por qué emplear únicamente sinónimos.

Cada noche desvelo mi descanso.

↓

Cada noche <u>ilumino</u> mi descanso.

c. Cambia la metáfora «orgía de las sombras» por otra nueva que tenga un significado similar o que se adecúe al nuevo significado del poema.

d. Intenta conservar el número de sílabas de los versos originales. El poema consta de once versos (versos endecasílabos).

e. Revisa los versos resultantes, teniendo en cuenta la sonoridad y el ritmo del poema.

2 En épocas pasadas, los autores creaban palabras con la primera letra de cada verso. Este artificio se conoce con el nombre de acróstico. Averigua lo que se esconde tras estos versos. Después, crea un breve poema en el que emplees este procedimiento.

Yo vi en Salamanca la obra presente,
movime a acabarla por estas razones:
es la primera, que estoy en vacaciones;
la otra, *inventarla persona prudente;*
y es la final ver ya la más gente
vuelta y mezclada en vicios de amor.
Estos amantes les pondrán temor
a fiar de alcahueta ni falso sirviente.

Fernando de Rojas
La Celestina
Edelvives

Escribir

3 En grupos de cinco alumnos, vais a escribir una canción con base en la canción de Joan Manuel Serrat «Caminante no hay camino».

1. Buscad la canción en Internet y escuchadla con atención. Después, responded a las siguientes preguntas.
   a. ¿Qué sentimientos os transmite?
   b. ¿De qué habla la canción?
   c. Buscad la letra e identificad estos recursos.
      - Anáfora.
      - Comparación o símil.
      - Hipérbaton.
      - Personificación.
   d. ¿Qué famoso poeta español es el autor original de la letra?
2. Ahora, crearéis una nueva canción tomando como referencia la de Joan Manuel Serrat. Para ello, seguid estos pasos.
   a. Elegid un tema para vuestra nueva canción.
   b. Escribid tres estrofas e incorporad, en estas, los recursos de la canción de Serrat que habéis analizado en el paso anterior.
   c. Grabad la letra y añadid la música de fondo de la canción de Serrat.
   d. Preparad una presentación de diapositivas con imágenes y textos relacionados con vuestra canción para reproducirla, de fondo, mientras exponéis el resultado ante vuestros compañeros.
3. Mostrad vuestra creación ante el resto de grupos y, finalmente, cuando hayáis escuchado todas las canciones, fomentad un breve coloquio en el que compartáis lo que todos habéis aprendido durante el proceso:
   - qué mejoraríais de vuestra canción,
   - qué os ha gustado más de las de vuestros compañeros,
   - etc.

Hablar

4 Por parejas, volved a escuchar el rap del *Quijote,* de Zénit, y leed, a la derecha, su transcripción. Fijaos en que no se estructura como un poema y que no contiene ningún signo de puntuación.

Ajustad la transcripción como si se tratara de un poema. Para ello, seguid estos pasos.

a. Marcad con una barra inclinada (/) el lugar en el texto en el que creéis que el cantante cambia de verso.
b. Una vez que hayáis dividido el texto, leedlo de nuevo en voz alta. Pensad que las barras indican las pausas que habéis acordado. Comprobad que tiene ritmo y que la división no resta sentido a la composición al recitarla.
c. Leedlo de nuevo, pero aumentando la velocidad. Cantadlo cada vez más rápido, hasta alcanzar la velocidad del intérprete original.
d. Añadid un par de versos más a la composición.
e. Interpretad el resultado final ante vuestros compañeros.

En un lugar de la Mancha cuyo nombre recordar no quiero yo comienzo que esta historia del hidalgo de antigua adarga flaco rocín y corredor galgo convertido en andante caballero retales de viejos metales fueron su armadura y un equino lleno ya de males su cabalgadura llano el escudero compañero de aventuras y una moza labradora el objeto de sus locuras.

Quijote, de Zénit.

Yo voy soñando caminos
de la tarde. ¡Las colinas
doradas, los verdes pinos,
las polvorientas encinas!...
¿Adónde el camino irá?
Yo voy cantando, viajero,
a lo largo del sendero...
—La tarde cayendo está—.
«En el corazón tenía
la espina de una pasión;
logré arrancármela un día;
ya no siento el corazón».
Y todo el campo un momento
se queda, mudo y sombrío,
meditando. Suena el viento
en los álamos del río.

La tarde más se oscurece;
y el camino que serpea
y débilmente blanquea,
se enturbia y desaparece.

Mi cantar vuelve a plañir:
«Aguda espina dorada,
quién te volviera a sentir
en el corazón clavada».

Antonio Machado
Yo voy soñando caminos
Labor

1 Lee el poema en voz alta. Después, practica para darle ritmo de *hip-hop*.

2 ¿Qué sentimiento quiere expresar el poeta? Trata de usar, en primer lugar, una sola palabra para nombrarlo; después, explícalo de forma más detallada.

3 ¿Por qué el poeta no siente su corazón?

4 Explica si crees que el autor desea o no amar de nuevo. Indica por qué lo piensas.

5 ¿De qué manera la ambientación del momento y del lugar acompañan a los sentimientos del poeta?

6 Escribe cuatro versos semejantes a estos para expresar un sentimiento de alegría, tristeza, amor o ilusión. Usa la misma estrofa que emplea el poeta en su primera intervención.

«En el corazón tenía
la espina de una pasión;
logré arrancármela un día;
ya no siento el corazón».

7 ¿Qué sentido oculto crees que puede tener el camino? ¿Y el hecho de que sea la caída de la tarde?

8 ¿Qué figura literaria es la que nos hace identificar la pasión con una espina?

9 Cuando el campo medita, ¿qué figura de pensamiento está usando el poeta?

10 En los últimos versos, hay una figura de repetición. ¿Cuál es? ¿Para qué la utiliza el poeta?

11 Escribe todos los colores que aparecen en el poema. ¿Crees que simbolizan algún sentimiento o idea, o simplemente describen el aspecto de la escena? ¿Qué evocan?

12 ¿Qué piensas que le ha ocurrido al poeta? Intenta imaginar cómo consiguió sacarse la espina del corazón.

13 ¿Considera que es mejor sentir dolor a no sentir nada? Argumenta tu respuesta.

14 Practica la medida de los versos y la identificación de la rima y las estrofas en este poema.

Castilla

El ciego sol se estrella
en las duras aristas de las armas,
llaga de luz los petos y espaldares
y flamea en las puntas de las lanzas.
El ciego sol, la sed y la fatiga
por la terrible estepa castellana,
al destierro, con doce de los suyos
—polvo, sudor y hierro—, el Cid cabalga.
Cerrado está el mesón a piedra y lodo.
Nadie responde... Al pomo de la espada
y al cuento de las picas el postigo
va a ceder. ¡Quema el sol, el aire abrasa!

A los terribles golpes
de eco ronco, una voz pura, de plata
y de cristal, responde... Hay una niña
muy débil y muy blanca
en el umbral. Es toda
ojos azules, y en los ojos lágrimas.
Oro pálido nimba
su carita curiosa y asustada.
«Buen Cid, pasad. El rey nos dará muerte,
arruinará la casa
y sembrará de sal el pobre campo
que mi padre trabaja...
Idos. El cielo os colme de venturas...
¡En nuestro mal, oh, Cid, no ganáis nada!»

Manuel Machado
Caminos y cantares
Edelvives

15 ¿En qué se diferencian las estrofas que tienen el mismo tipo de rima y el mismo número y tipo de versos?

16 Redacta cinco consejos fundamentales para no equivocarte nunca al medir versos. Cita las palabras *sinalefa, aguda, esdrújula, sinéresis, diéresis, verso suelto* y *verso libre.*

17 ¿Consideras que el *hip-hop* es poesía? Aporta argumentos a favor y en contra.

18 ¿Qué temas se suelen tratar en las canciones *hip-hop*? ¿Qué ritmo consideras más adecuado para una canción romántica?

19 ¿Cuáles son los mecanismos de repetición? Elabora una lista y defínelos.

20 Agrupa las figuras semánticas en dos grupos: aquellas en las que se sustituye un elemento por otro, y aquellas en las que se relacionan dos elementos presentes en el poema. A continuación, pon un ejemplo de cada una de ellas.

21 ¿Qué diferencia hay entre la poesía y la lírica?

22 Completa el esquema con los tipos de estrofa que has estudiado.

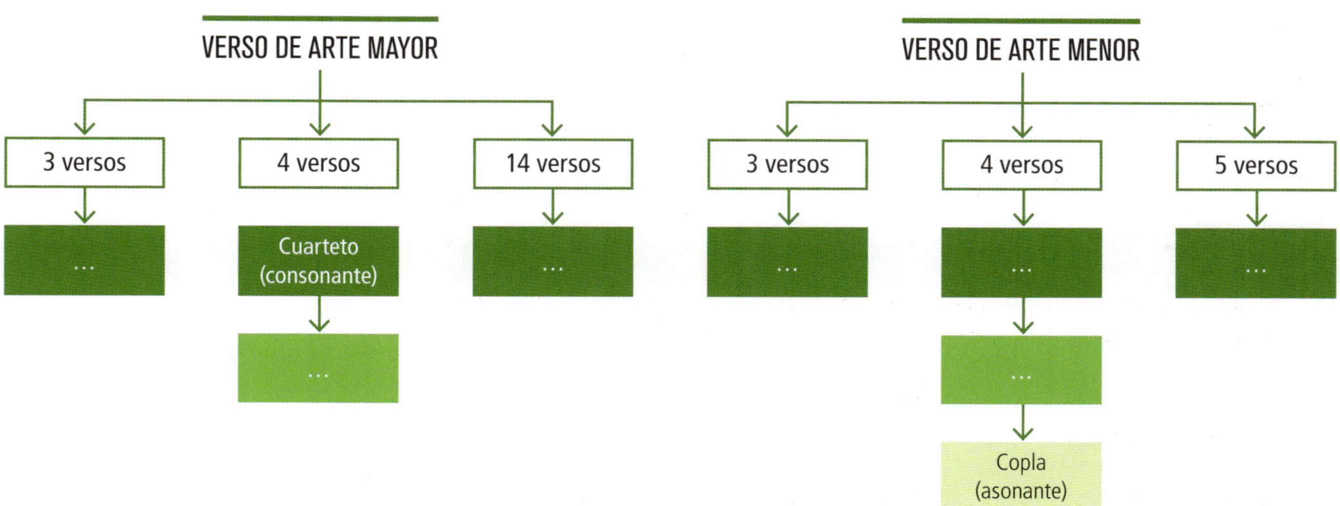

11 NARRACIÓN Y NOVELA

PARA VIAJAR LEJOS, NO HAY MEJOR NAVE QUE UN LIBRO

EMILY DICKINSON

PRESENTAR

CUENTO CUENTOS

Una residencia de ancianos ha solicitado nuestra colaboración para ser compañeros de lectura de los ancianos que viven allí. Nuestra misión en este acompañamiento es seleccionar cuentos, historias o fragmentos de novelas para leerlos con toda la ilusión del mundo. Será preciso, por tanto, practicar la entonación, el ritmo, la vocalización… Para ayudarnos, cada uno realizará su lectura y los compañeros de equipo le indicarán los aspectos positivos y mejorables de la misma.

CREAR

SIN PALABRAS

Da un paseo virtual que te permita contemplar diferentes obras de arte. Pueden ser pintura, escultura, arquitectura… Cuando encuentres una que te permita responder de forma sugerente y original a las preguntas *quién, qué, cómo, cuándo, dónde, por qué,* etc. selecciónala y escribe su historia. Deja volar tu imaginación y resuelve el final de tu narración de una forma sorprendente.

CONOCER

INTERCAMBIO DE NARRADORES

Elige un fragmento de una novela narrada en primera persona y otro de una narrada en tercera persona. Transforma su estilo y haz que el primer fragmento tenga un narrador externo y el segundo un narrador interno. Después, cada compañero elegirá uno de los textos, bien de los auténticos o de los que ha transformado, lo leerá en voz alta al resto de la clase y, entre todos, decidiremos si pertenece a la narración original o es la que se ha cambiado.

INVESTIGAR

EL LIBRERO

Imagina que eres propietario de la librería más conocida de tu localidad. Es famosa por el esmero que tú pones a la hora de recomendar libros. Sin embargo, por motivos personales, vas a ausentarte unos días y, para no dejar de atender a tus clientes, vas a formar a una persona para que te sustituya. Para ello, realizarás un listado de las novelas más vendidas en este último mes, indicando en cada caso los datos relevantes de cada obra. Debes asegurarte de que esa selección recoge títulos de los diferentes géneros, para satisfacer todos los gustos lectores.

TEXTO 1

Fíjate en el cuadro y describe cómo va vestida la joven. ¿Consideras que, para ti, la ropa es importante? ¿Por qué?

¡Albricias! ¡Por fin puedo levantarme de la cama! Me han dado de alta; estoy pálida, pero no amarilla. También puedo salir, si quiero.

Mamá me ayuda a vestirme.

—Lo sabía: has crecido y has adelgazado… —me dice llevándome al espejo del cuarto de Suzy, que es el único de cuerpo entero en toda la casa.

¡Ay, qué susto! ¡No soy yo!

—Pero, mamá, ¡si casi te alcanzo! —digo horrorizada ante la giganta que me mira desde el espejo. La falda de pana marrón me queda por encima de la rodilla. Parece una «mini», pero como no lo es, queda rara.

—Hija, querías adelgazar y lo has conseguido; no te quejes… Voy a ver qué encuentro por ahí que te esté bien.

Mamá vuelve con unos vaqueros de Suzy que yo… ¡adoro! Son azul pálido y se los trajo de Londres no sé quién.

—¡Pero… esos no me entran, mamá!

—Si te pones faldas, lo que ya no puedes llevar son calcetines. Con esta altura, imposible. ¡Qué barbaridad, lo que has crecido! ¡Como estabas en la cama, la verdad es que no lo había notado! —mamá sigue con su rollo, sin hacerme ni caso.

Me siento en la cama de mi hermana porque me fallan las piernas. Sin darme cuenta me caen unos lagrimones gordos, gordos sobre las mejillas. Estoy débil por primera vez en la vida, pero sobre todo… asustada.

Mamá me abraza y yo lloro más todavía.

—Pero… ¿por qué lloras?

—Es que… me veo muy rara… tan alta…, con estas piernecitas flacas y blancas…

—Has estado mucho en la cama. Ahora tienes que tomar el aire y dar paseos y comer bien. ¡Pruébate los vaqueros y este jersey y no seas pusilánime, por favor! —mamá me alarga un jersey de ochos.

—Pero… ¡este es nuevo! —exclamo, y el hipo se me corta de la emoción.

—Sí, hija, sí. No es heredado y es tuyo, solo tuyo, porque todo el mundo tiene jerséis de ochos.

—¡Buaaaaa!

—¡Pero, Chris! ¡Si es mi regalo por haberte puesto buena!

Me voy calmando en los brazos de mamá. Los vaqueros me están superbién, y el jersey, «ídem».

Asun Balzola
La cazadora de Indiana Jones
SM

Adolescente, John Newcomb.

Contexto sociocultural

Asun Balzola (1942-2006) fue una ilustradora y escritora nacida en Bilbao. Estudió en la Academia de Bellas Artes de San Fernando de Madrid y, tras una estancia de varios años en Italia, regresó a España en 1976 para dedicarse por completo a escribir y dibujar, con especial dedicación a la literatura infantil y juvenil. En *La cazadora de Indiana Jones*, narra la historia de Christie, una adolescente que está harta de heredar las cosas viejas de sus hermanos.

TEXTO 2

Es muy posible que la obra de la que procede el siguiente texto te suene o, incluso, que la hayas leído con entusiasmo. Se trata de un fragmento de una de las entregas de *Harry Potter*. ¿Qué sabes de esta saga?

En un estrecho sendero bañado por la luna, dos hombres aparecieron de la nada a escasos metros de distancia. Permanecieron inmóviles un instante, apuntándose mutuamente al pecho con sus respectivas varitas mágicas, hasta reconocerse. Entonces las guardaron bajo las capas y echaron a andar a buen paso en la misma dirección.

—¿Buenas noticias? —preguntó el de mayor estatura.

—Excelentes —replicó Severus Snape.

El lado izquierdo del sendero estaba bordeado por unas zarzas silvestres no muy crecidas, y el derecho, por un seto alto y muy cuidado. Al caminar, los dos hombres hacían ondear las largas capas alrededor de los tobillos.

—Temía llegar tarde —dijo Yaxley, cuyas burdas facciones dejaban de verse a intervalos cuando las ramas de los árboles tapaban la luz de la luna—. Resultó un poco más complicado de lo que esperaba, pero confío en que él estará satisfecho. Pareces convencido de que te recibirá bien, ¿no?

Snape asintió, pero no dio explicaciones. Torcieron a la derecha y tomaron un ancho camino que partía del sendero. El alto seto describía también una curva y se prolongaba al otro lado de la impresionante verja de hierro forjado que cerraba el paso. Ninguno de los dos individuos se detuvo; sin mediar palabra, ambos alzaron el brazo izquierdo, como si saludaran, y atravesaron la verja igual que si las oscuras barras metálicas fueran de humo.

El seto de tejo amortiguaba el sonido de los pasos. De pronto, se oyó un susurro a la derecha; Yaxley volvió a sacar la varita mágica y apuntó hacia allí por encima de la cabeza de su acompañante, pero el origen del ruido no era más que un pavo real completamente blanco que se paseaba ufano por encima del seto.

—Lucius siempre ha sido un engreído. ¡Bah, pavos reales! —Yaxley se guardó la varita bajo la capa y soltó un resoplido de desdén.

Una magnífica mansión surgió de la oscuridad al final del camino; había luz en las ventanas de cristales emplomados de la planta baja. En algún punto del oscuro jardín que se extendía más allá del seto borboteaba una fuente. Snape y Yaxley, cuyos pasos hacían crujir la grava, se acercaron presurosos a la puerta de entrada, que se abrió hacia dentro, aunque no se vio que nadie la abriera.

El amplio vestíbulo, débilmente iluminado, estaba decorado con suntuosidad y una espléndida alfombra cubría la mayor parte del suelo de piedra. La mirada de los pálidos personajes de los retratos que colgaban de las paredes siguió a los dos hombres, que andaban a grandes zancadas.

Por fin, se detuvieron ante una maciza puerta de madera, titubearon un instante y, acto seguido, Snape hizo girar la manija de bronce.

J. K. Rowling
Harry Potter y las Reliquias de la Muerte
Salamandra

Contexto sociocultural

J. K. Rowling es una escritora británica nacida en 1965. Es mundialmente conocida por ser la autora de la saga de *Harry Potter,* una serie de novelas fantásticas que relatan las aventuras del joven aprendiz de mago Harry y de sus amigos Hermione y Ron. *Harry Potter y las Reliquias de la Muerte* corresponde a la séptima entrega de esta exitosa serie literaria.

Leer texto 1

1 Resume el fragmento leído en una frase. Utiliza, para ello, las palabras *madre, hermana* y *protagonista.*

2 Responde a las siguientes preguntas en tu cuaderno.

a. ¿Quién es Chris?

b. ¿Qué ropa le ofrece su madre?

c. ¿En qué momento nota su madre cuánto ha crecido su hija?

d. ¿Cómo se llama la hermana de la protagonista?

3 ¿Qué tono tiene la obra?

a. Formal.

b. Informal e íntimo.

c. Serio.

d. Sombrío.

El **tono** de una obra literaria tiene que ver con la voz del narrador de los hechos, es decir, con la actitud que muestra al relatarlos.

4 Escribe un final para este fragmento (de un máximo de cien palabras) como si se tratara de un microcuento.

5 Continúa las series en tu cuaderno con, al menos, dos términos más en cada caso.

a. Expresar, decir, contar…

b. Demasiado, desorbitado, excesivo…

c. Susto, miedo, pánico…

d. Adorar, apreciar, valorar…

6 En el texto aparecen expresiones que comparten una estructura similar. Se trata de un sustantivo matizado por una palabra o un conjunto de palabras: *<u>jersey</u> de ochos, <u>lagrimones</u> gordos…* Encuentra en el texto todos los ejemplos que puedas.

7 La alimentación sana y equilibrada es fundamental para un desarrollo correcto del cuerpo y la mente. Suzy se encuentra débil, pues su cuerpo ha crecido y ha adelgazado tras haber pasado una enfermedad.

a. ¿Qué le recomienda su madre?

b. ¿Qué otros consejos le darías tú?

Leer texto 2

8 ¿Cuál es el hecho principal que se narra en el texto?

9 Elabora una lista con todos los elementos de la narración que te permiten identificarla como fantástica o imaginaria.

10 Imagina lo que sucede dentro de la mansión, cuando Snape gira la manija de bronce, y escríbelo en un texto de no más de doscientas palabras.

11 Busca en el diccionario el significado de estas palabras del texto y escribe una oración con cada una de ellas.

a. Burdo.
b. Ufano.
c. Desdén.
d. Presuroso.

Sin faltas.com

12 ▶ Los diálogos ayudan a expresar las emociones, los pensamientos, los deseos o la realidad de los personajes.

- Añade un diálogo entre los dos hombres que contenga, al menos, tres intervenciones por parte de cada uno.

Leer textos 1 y 2

13 En cuanto a los elementos principales de la narración, presta atención a quién cuenta la historia y responde.

a. ¿Quién es el narrador en el texto 2? ¿Y en el texto 1?
b. ¿En qué persona se narra la historia en cada uno de los textos?

14 ¿Crees que tanto Chris como los dos hombres son los protagonistas de los fragmentos? Razona tu respuesta.

15 Describe con tus palabras a los dos personajes del texto 2. Después, describe a Chris, añadiendo rasgos psicológicos para completar su descripción.

16 ¿Qué diferencias encuentras entre las descripciones de ambos textos?

17 Escribe en tu cuaderno una frase en la que expliques qué les está ocurriendo a los protagonistas del texto 2 y dónde, y otra en la que expreses lo que le sucede a Chris y en qué lugar.

18 Usa cinco adjetivos para describir el marco narrativo (espacio y tiempo) en el que J. K. Rowling ha ubicado a sus personajes y otros cinco para definir el que Balzona ha utilizado alrededor de Chris en esa escena.

19 La trama es el conjunto de hechos que conforman la historia.

- Explica con tus palabras qué crees que les ha sucedido a los dos hombres y a Chris para situar mejor esos fragmentos en la trama.

▶ La raya

Para incluir **diálogos** en una narración se usa la **raya**, que se coloca delante de la intervención de cada personaje. Tras las palabras del personaje se pone otra para introducir el comentario del narrador.

Si este comentario comienza con un verbo de habla *(decir, preguntar, comentar...)*, irá en minúscula. Si no es así, la intervención se cerrará con un punto y la voz del narrador, tras una raya, irá con mayúscula.

La **raya** también se usa para **encerrar aclaraciones** o **incisos**, al igual que las comas o los paréntesis.

Arte y literatura

Busca en YouTube el vídeo titulado «Harry Potter y Las Reliquias de la Muerte Parte 2 Tráiler Oficial HD», publicado en el canal de Warner Bros. Pictures España. Visualízalo con atención y anota en tu cuaderno la siguiente información.

- Los personajes y lugares que más te han llamado la atención.
- Los elementos fantásticos que aparecen.
- Las semejanzas y las diferencias que observas entre el fragmento leído y el tráiler de la película.

Escuchar

La literatura no solo se lee; también se escucha. Si no, que se lo pregunten a los cuentacuentos, personas que se dedican a hacer volar la imaginación de los niños, y no tan niños, a través de todo tipo de historias. Y a ti, ¿te gusta que te cuenten cuentos? ¿Cuál es tu cuento tradicional favorito?

Busca en la web de Clan de RTVE el audio «La estación azul de los niños. Un cuento hindú», publicado el 28 de octubre del 2017. Escúchalo con atención del minuto 13:42 a 17:16 y, después, responde a las preguntas.

1 Responde a las siguientes preguntas sobre el cuento.

a. ¿Quién es el protagonista? ¿A qué se dedica?

b. ¿Dónde se producen los hechos?

c. ¿En qué se diferenciaban los cántaros?

d. ¿Qué camino seguía siempre el cargador de agua?

2 La percepción de sí mismo que tiene el cántaro rajado difiere del modo en que lo ve el cargador de agua. Explícalo.

3 ¿Qué características crees que ha de tener un buen cuentacuentos?

4 Muchos cuentos transmiten una enseñanza. ¿Cómo podrías resumir en una oración la enseñanza del cuento que acabas de escuchar?

5 Seguro que la enseñanza de este cuento te ha hecho reflexionar sobre ti mismo y sobre quienes te rodean.

a. ¿Alguna vez los demás han considerado una fortaleza aquello que tú veías como una debilidad?

b. ¿Crees que la perfección existe? Trata de justificar tu opinión oralmente.

1 LA NARRACIÓN

La **narración** es un tipo de texto que aparece frecuentemente tanto en la vida cotidiana como en la literatura. Podemos encontrarla, de forma **oral** o **escrita,** en chistes, cuentos, novelas, biografías, noticias periodísticas, correos electrónicos o en una entrada de un blog o una publicación de una red social, pero es especialmente en la **literatura** donde la narración se desarrolla en su máxima expresión creativa.

El **narrador** relata una trama de **hechos** que les suceden a unos **personajes** en un **espacio** y un **tiempo** determinados.

La *Epopeya de Gilgamesh* es una narración en verso que relata las peripecias del rey Gilgamesh, un personaje legendario de la religión sumeria. Se considera la **narración escrita más antigua de la historia,** datada entre los años 2500 y 2000 antes de Cristo.

1.1 ELEMENTOS DE LA NARRACIÓN

- **El narrador.** Quien relata lo que ha sucedido.
- **La acción.** Los hechos que se cuentan. Responde a la pregunta *¿Qué?*
- **Los personajes.** Aquellos que participan en la acción. Responde a la pregunta *¿Quién?*
- **El espacio o lugar.** Donde ocurre lo que se cuenta. Responde a la pregunta *¿Dónde?*
- **El tiempo.** Momento en que transcurre la acción. Responde a la pregunta *¿Cuándo?*

En las narraciones abundan los **verbos.** Lo habitual es que estén en **pasado,** aunque también se puede narrar en presente e, incluso, en futuro, aunque es menos frecuente, ya que la narración consiste en **contar aquello que ya ha sucedido.**

Los textos narrativos se caracterizan por **incorporar** dentro de ellos **otros tipos de textos,** como la **descripción** o el **diálogo.**

> Fue entonces cuando, a mediados de enero, llegó a Estella un jinete procedente de Francia. Entró en el burgo al atardecer y, sin detenerse a descansar, se presentó en nuestra casa y habló largamente con mi padre. Ignoro qué le dijo, pues se entrevistaron a solas y con mucho secreto. [...]
>
> Sin embargo, una semana más tarde, mientras cenábamos, padre nos sorprendió al anunciar:
>
> —Debo ir a Compostela. Por asuntos del gremio.
>
> Madre le miró con expresión preocupada.
>
> —Es un viaje muy peligroso, León —protestó.
>
> —¡Bah! He pasado media vida en los caminos.
>
> —¿Y las obras? —pregunté—. Dentro de poco será la Purificación y habrá que reanudarlas.
>
> César MALLORQUÍ: La catedral. SM

Verbos en pasado.

Tiempo.

Espacio.

Personajes.

Verbo que introduce las palabras de los personajes: verbo de habla o **verbo** *dicendi.*

Narrador.

Guion que indica el comienzo y el fin de las frases del personaje.

1.2 EL NARRADOR

El **narrador** es la voz que **cuenta los hechos de la narración.** Según se incluya o no como un personaje de la historia, se distingue entre el **interno** y el **externo,** respectivamente.

- **Narrador interno.** En primera persona. Puede ser el **protagonista,** un personaje **secundario** o un **testigo** que apenas interviene en la historia.

> Yo tenía catorce años, y estaba imbuida de vehementes admiraciones e impaciencias por una realidad a la cual viajaría una vez quedara libre de esa larga sentencia en prisión: mi niñez.
>
> Final casi a la vista. Ya en mi penúltimo año, terminaría mis estudios de bachillerato a los quince años. Y entonces, y entonces… todo se abriría. Mientras tanto, esperaba, cumplía mi condena (¡aún tenía catorce años!), recientemente trasladada desde el desierto del sur de Arizona a la costa sur de California.
>
> Susan SONTAG
> «Peregrinación», en *Cuentos reunidos*
> Literatura Random House

- **Narrador externo.** En tercera persona.

> Los Dursley se fueron a la cama. La señora Dursley se quedó dormida rápidamente, pero el señor Dursley permaneció despierto, con todo aquello dando vueltas por su mente. Su último y consolador pensamiento antes de quedarse dormido fue que, aunque los Potter estuvieran implicados en los sucesos, no había razón para que se acercaran a él y a la señora Dursley.
>
> J. K. ROWLING
> *Harry Potter y la piedra filosofal*
> Salamandra

Según el **conocimiento** que el narrador tenga de los **sentimientos** y **pensamientos** de los **personajes,** podemos distinguir entre dos tipos:

- **Narrador omnisciente.** Sabe todo lo que piensan y sienten los personajes. Lo más frecuente es que este narrador use la tercera persona. El fragmento anterior de *Harry Potter y la piedra filosofal* es un ejemplo de este tipo.
- **Narrador no omnisciente u observador.** Solo conoce lo que él observa o piensa e ignora lo que piensan o sienten los personajes. Cuando el narrador es un testigo o un personaje secundario, no suele ser omnisciente.

1.3 LOS PERSONAJES

Los personajes se pueden clasificar desde muchos puntos de vista.

Pueden ser:

- **Planos** (si no evolucionan psicológicamente a lo largo de la obra o sirven para representar cualidades como la avaricia, la generosidad…) o **redondos** (si su personalidad es más compleja y rica en matices).
- **Protagonistas** o **principales, antagonistas** (opuestos al protagonista), **secundarios** (si son menos importantes en la obra), etc.

1.4 EL TIEMPO Y EL ESPACIO NARRATIVOS

El **tiempo** y el **espacio** narrativos conforman el marco narrativo, ya que delimitan el contexto en el que se desarrolla la historia.

El **tiempo narrativo** es el momento en el que se sitúa el narrador para contar el relato. Habitualmente, se recurre a la narración del pasado —por lo general, mediante el uso del **pretérito perfecto simple**—, acompañada de diferentes **marcadores temporales.**

> Hubo un tiempo en que Córcega estaba completamente cubierta de bosques. Piso a piso, el bosque creció durante miles de años en competencia consigo mismo hasta una altura de cincuenta metros o más, y quién sabe, tal vez hubieran surgido especies cada vez mayores, árboles hasta el cielo, si los primeros colonos no hubieran aparecido y, con el miedo característico de su especie por su lugar de origen, no hubieran hecho retroceder continuamente al bosque.
>
> W. G. Sebald: *Campo Santo.*
> Anagrama

Marcador temporal.

Perífrasis verbal en pasado.

Forma verbal de pretérito perfecto simple.

Asimismo, el **tiempo** puede desarrollarse en dos planos:

- **El tiempo de la historia.** Se refiere al inicio y al desenlace de los hechos narrados en un texto y puede representar días, años, siglos o unas pocas horas.
- **El orden de la narración.** Normalmente gira en torno a una estructura lineal de **planteamiento, nudo** y **desenlace.** No obstante, en ocasiones puede haber saltos hacia atrás, o ***flashbacks*** (por ejemplo, cuando un narrador cuenta, desde la vejez, los recuerdos de su vida); o se puede acelerar el ritmo de la narración por medio del resumen o la **elipsis** (cuando el narrador omite parte de la historia).

Algunos conectores temporales

En la narración aparecen también elementos que organizan los hechos y que sirven para presentarlos y ordenarlos en el tiempo: *entonces, un tiempo después, a continuación, mucho más tarde...*

Por otro lado, los **espacios** pueden representar numerosos **lugares:** paisajes urbanos o rurales, un castillo terrorífico, una acogedora habitación, etc. Así, los espacios pueden ser:

- **Realistas.** Si están basados en la realidad.
- **Imaginarios.** Si se extraen de la imaginación y la fantasía del autor.

Todo ello dependerá de quiénes sean los protagonistas y en qué época se sitúen.

> —No, Dador —dijo—. Quiero que eso lo guarde, para tenerlo con usted cuando yo me haya ido.
>
> * * *
>
> Por la mañana Jonás volvió a casa, saludó alegremente a sus padres y mintió con soltura sobre la noche tan atareada y agradable que había pasado.
>
> Su padre sonrió y mintió con soltura también sobre el día tan atareado y agradable que había tenido la víspera.
>
> A lo largo de toda la jornada escolar, en las clases, Jonás repasó el plan mentalmente. Parecía de lo más simple.
>
> Lois Lowry
> *El Dador*
> Everest

Signo que nos indica una elipsis.

Verbos en pasado.

Espacio real.

Resumen.

2 LA NOVELA

La **novela** es un **subgénero narrativo extenso** que se caracteriza por desarrollar de forma amplia y detallada una o varias tramas que afectan a distintos personajes en un tiempo y un espacio concretos. Suelen clasificarse según el **tema** que tratan o por la forma en que están narradas.

Algunos tipos son:

- **Novela realista.** Trata de retratar la vida real.
- **Novela de ciencia ficción.** Normalmente ambientada en el futuro, fabula sobre los posibles adelantos científicos y tecnológicos.
- **Novela fantástica.** Sus historias y personajes son imaginarios, no existen en la realidad.
- **Novela negra o policiaca.** Trata sobre un misterio o intriga relacionada con detectives, espías o crímenes.
- **Novela rosa o romántica.** Gira en torno a aventuras amorosas.
- **Novela histórica.** Está ambientada en algún período del pasado.
- **Novela de misterio y terror.** Se centra en asuntos que provocan el miedo del lector. Por lo general, está narrada en primera persona. Muchas veces se trata de un miedo de tipo psicológico; o abundan personajes imaginarios como fantasmas o vampiros.

2.1 LA NOVELA REALISTA

La **novela realista** se caracteriza por ofrecer historias cotidianas que **imitan fielmente la realidad** del tiempo en que se escribieron. Las historias pueden incluir alguna **crítica social**, de manera que el lector reflexione sobre las condiciones de la vida de los personajes que se muestran. También suelen mostrar las vivencias de dichos personajes frente al amor, la muerte, las relaciones familiares...

> El cuartillo, decía siempre mi madre, serviría en el futuro de desahogo o trastero, porque es tan chico que da vergüenza llamarlo habitación de invitados. En el cuartillo hay una cama-mueble para cuando vienen mi tío Nicolás y su novia de Noruega, está la tabla de la plancha, mi bici, la aspiradora, la bici estática que compró mi padre cuando le subieron todas las transaminasas, hay una nevera de campo que la Luisa no quería porque ya tenía casa de campo con neverón, hay una mesa de camping que la Luisa tampoco quería, una caja con los legos, mis puzles y el juego de arqueología, el cubo de la ropa sucia... El cuartillo siempre sirvió de desahogo y casi no podías abrir la puerta.

Elvira Lindo
Mejor Manolo
Alfaguara

Espacios y situaciones realistas.

Personajes cotidianos y creíbles.

Crítica social: el tamaño de las viviendas.

Lenguaje cotidiano e, incluso, coloquial.

Narrador en primera persona, aunque puede estar en tercera persona y ser omnisciente o no.

2.2 LA NOVELA DE CIENCIA FICCIÓN

La **novela de ciencia ficción** se caracteriza por situarse en el **futuro** con respecto al momento en que se escribe, en un mundo que el **autor imagina** transformado por los **avances científicos.**

Los **temas** suelen tener que ver con la convivencia entre máquinas y seres humanos, los viajes en el tiempo, la exploración de las estrellas... La **narración** está repleta de detalles sobre un mundo tecnológicamente evolucionado.

> Cuando llegaban a este punto, Hal solía no seguir. Sabía quién era y qué quería, y lo sabían muchos hombres y mujeres. Pero ¿cómo explicárselo a una máquina, aunque fuera un sofisticado cerebro electrónico del tipo 2-E? En este aspecto, el director del Instituto de Investigaciones no era muy distinto de Ark 6-1117.
>
> El tubo de aire comprimido lo llevó desde el nivel del suelo hasta su piso. Salió de él y llegó hasta su puerta. Puso la mano derecha sobre una placa de metal, y la puerta se abrió. Al instante, los servicios internos de la vivienda se pusieron en funcionamiento: nivel de temperatura, luz, acondicionamiento, oxigenación y un largo etcétera. Fue a su habitación y se quitó la ropa de calle para ponerse una cómoda túnica.
>
> Jordi Sierra i Fabra
> *Trilogía de las Tierras.* Siruela

Narrador omnisciente en tercera persona.

Los personajes suelen incluir **robots humanoides o personajes inventados.**

Espacios futuristas. Se describen máquinas futuristas, como naves espaciales o trenes siderales, y se visitan otros mundos inalcanzables.

2.3 NARRAR EN LAS ARTES

El **arte** puede adoptar un **carácter narrativo** en función de la realidad representada. Con frecuencia, ha desempeñado una función conmemorativa o histórica, al **inmortalizar las gestas** u **obras de héroes, emperadores** y **reyes.** Las pinturas y los relieves de los templos, por ejemplo, también han asumido un **papel didáctico** o **religioso,** pues sirvieron para explicar al pueblo ciertos sucesos bíblicos. En otras ocasiones, se han plasmado escenas de la **vida cotidiana, costumbres de los pueblos, escenas mitológicas...**

El *Guernica,* pintado en 1937 por Pablo Picasso, con motivo del bombardeo de Guernica (Vizcaya) durante la Guerra Civil, es un ejemplo de **«narración pictórica».**

Toro (según Picasso, significaba la brutalidad y la oscuridad).

Madre que sufre por la pérdida de su hijo (grito, expresión de dolor en el rostro y cabeza girada hacia el cielo).

Caballo herido por una lanza (postura en equilibrio).

Guerrero muerto tendido boca arriba (en una de sus manos sostiene una espada rota y una flor).

3 EL CUENTO

Los **cuentos** constituyen un subgénero narrativo caracterizado por una serie de **elementos básicos:**

- Son de **temática variada** (pueden ser tanto realistas como fantásticos).
- Son **breves y concisos** y poseen un lenguaje claro y ágil.
- A los **protagonistas** les corresponden unos **antagonistas.**
- Por lo general, los **personajes son planos,** es decir, con un perfil psicológico simple. Suele haber personajes claramente buenos frente a personajes malvados.
- La **estructura** es más básica que en otro tipo de narraciones: **planteamiento, nudo** y **desenlace.**

El escritor Horacio Quiroga afirma en su **«Decálogo del perfecto cuentista»:**

«Toma a tus personajes de la mano y llévalos firmemente hasta el final, sin ver otra cosa que el camino que les trazaste. No te distraigas viendo tú lo que ellos no pueden o no les importa ver.

No abuses del lector. Un cuento es una novela depurada de ripios. Ten esto por una verdad absoluta, aunque no lo sea».

Observa los elementos de este **cuento corto.**

La muerte en Samarra

El criado llega aterrorizado a casa de su amo.

—Señor —dice—, he visto a la Muerte en el mercado y me ha hecho una señal de amenaza.

El amo le da un caballo y dinero, y le dice:

—Huye a Samarra.

El criado huye. Esa tarde, temprano, el señor se encuentra a la Muerte en el mercado.

—Esta mañana le hiciste a mi criado una señal de amenaza —dice.

—No era de amenaza —responde la Muerte—, sino de sorpresa. Porque lo veía ahí, tan lejos de Samarra, y esta misma tarde tengo que recogerlo allá.

Gabriel García Márquez
«La muerte de Samarra»
www.ciudadseva.com

Planteamiento

Breve presentación de los personajes (criado y amo) y del marco narrativo (casa del amo).

Nudo

Con una sola acción y donde se presenta al antagonista (la Muerte).

Desenlace

Rápido y sorprendente.

El cuento llevado a su mínima expresión es el **microcuento.** En él aparecen los elementos propios de la narración, aunque es común que no se expliciten y quedan sujetos a la imaginación del lector.

El dinosaurio

Cuando despertó, el dinosauro todavía estaba allí.

Augusto Monterroso
«El dinosaurio»
www.ciudadseva.com

La llamada

El último hombre sobre la Tierra está sentado a solas en una habitación. Llaman a la puerta...

Fredic Brown
«La llamada»
www.ciudadseva.com

ACTIVIDADES

11 NARRACIÓN Y NOVELA

1 La narración

1 Lee el siguiente fragmento de una novela e identifica la parte narrativa, la descripción y el diálogo.

> Alrededor de una hora después de llamar, llegó una vieja camioneta abollada. [...] La noche era muy fría y ventosa. Un hombre entrecano, con chaqueta de lana remendada y una gorra vieja con orejeras, bajó lentamente de la camioneta. Un chico de unos diez años, con la misma lentitud y vestido de manera similar, bajó del lado del pasajero.
>
> —Hola —dije—, soy Kate Ennis.
>
> —Bueno, señora, soy el inspector de fauna salvaje. Y él es mi nieto.
>
> Mencioné que era muy tarde.
>
> —No pasa nada, señora. La familia estaba viendo la tele, pero esto es mi trabajo. Y al niño le gusta venir. Nos encargaremos de su problema.

Renata ADLER
Oscuridad total
Sexto Piso

2 Imagina la situación correspondiente al fragmento narrativo anterior y continúa la conversación siguiendo las normas sobre el uso de la raya.

3 Identifica en el siguiente texto los elementos propios de la narración (narrador, personajes, espacio y tiempo).

> El joven estudiante de letras Giovanni Conti llegó a Padua al atardecer de un domingo de marzo. Había hecho un largo y penoso viaje desde Nápoles, su ciudad natal, para asistir a un curso de documentación histórica impartido por el ilustre profesor Giacomo Amadio, maestro de cronistas y literatos. Corría el año de 1792.
>
> Giovanni bajó del traqueteante carruaje molido por los bandazos que había soportado durante la marcha. El polvo del largo camino cubría sus ropas y su cara. Los ojos le escocían. Anduvo unos primeros pasos con dificultad.

Joan Manuel GISBERT
Los espejos venecianos
Edelvives

4 Localiza el tipo de narrador según la persona y el grado de omnisciencia. Después, reescribe el texto cambiando el tipo de narrador.

Jeremiah había entrado en la sala justo cuando subastaban aquel cuadro de Botticelli y se había reunido allí con la persona que lo estaba esperando, una joven pelirroja de gesto preocupado. Los dos se habían quedado al fondo de la habitación, expectantes, sin llamar la atención; ella le había señalado en silencio la primera fila, donde se hallaba sentado lord Clayton, y después había salido al exterior, dejando el asunto en manos de Jeremiah.

El joven sabía que había llegado a tiempo, pero no por ello bajó la guardia. Podía sentir perfectamente la impaciencia de lord Clayton. Sabía lo que sucedería si se interponía entre aquel hombre y lo único que ansiaba en el mundo, pero no tenía otra opción.

Laura GALLEGO
El coleccionista de relojes extraordinarios. SM

5 Explica todo lo que puedas del tiempo y el espacio del siguiente fragmento a partir de estas preguntas.

a. ¿Dónde y cuándo transcurre la narración? Justifícalo.

b. ¿Hay alguna elipsis o resumen en el texto? ¿Y algún salto en el tiempo?

c. ¿De qué tipo de espacio se trata? ¿Y de los personajes?

He vuelto a dormir, creo que durante varias horas. Lo primero que me ha llenado los ojos al abrirlos ha sido el azul profundo, casi violeta, del cielo. Me he incorporado de golpe, recordando bruscamente todos los sucesos de ayer. Parece que hace un siglo desde que atravesamos la llanura salada de Eldir, y sin embargo, el reloj de mi rueda neural indica que ni siquiera han transcurrido veinticuatro horas. Busco el sol con la mirada, y lo veo brillar sobre una corona de montañas, bastante alto ya sobre el horizonte. Está claro que, en este planeta, los días y las noches duran menos que en la Tierra.

Ana ALONSO y Javier PELEGRÍN
El palacio del silencio. Anaya

2 La novela

6 El título revela, en muchas ocasiones, el subgénero al que pertenece una novela. Escribe en tu cuaderno el subgénero al que pertenecen los siguientes títulos.

a. *La prisionera de Roma,* de José Luis Corral.

b. *Yo, Robot,* de Isaac Asimov.

c. *Huye rápido, vete lejos,* de Fred Vargas.

d. *La lucha por Britania,* de John James.

e. *Un mago de Terramar,* de Úrsula K. LeGuin.

f. *La guerra de los mundos,* de H. G. Wells.

7 Inventa un marco que sirva para crear una novela histórica, romántica o de ciencia ficción. Concreta el tiempo y el espacio en que transcurre.

8 A veces las novelas se valen de cartas o diarios para que avance la acción. ¿En qué tipo de novela se insertaría esta carta? Justifica tu respuesta e inventa una trama en la que encaje el fragmento.

Querido tío y venerado maestro: Hace cuatro días que llegué con toda felicidad a este lugar de mi nacimiento, donde he hallado bien de salud a mi padre, al señor vicario y a los amigos y parientes. El contento de verlos y de hablar con ellos, después de tantos años de ausencia, me ha embargado el ánimo y me ha robado el tiempo, de suerte que hasta ahora no he podido escribir a Vd.

Vd. me lo perdonará.

Como salí de aquí tan niño y he vuelto hecho un hombre, es singular la impresión que me causan todos estos objetos que guardaba en la memoria. Todo me parece más chico, mucho más chico; pero también más bonito que el recuerdo que tenía.

Juan VALERA
Pepita Jiménez
Austral

9 El siguiente texto es un fragmento de una novela de terror. Busca en él alguna característica de este tipo de novelas.

Su piel amarillenta apenas si ocultaba el entramado de músculos y arterias; tenía el pelo negro, largo y lustroso, los dientes blanquísimos; pero todo ello no hacía más que resaltar el horrible contraste con sus ojos acuosos, que parecían casi del mismo color que las pálidas órbitas en las que se hundían, el rostro arrugado, y los finos y negruzcos labios. [...]

Incapaz de soportar la visión del ser que había creado, salí precipitadamente de la estancia. Ya en mi dormitorio, paseé por la habitación sin lograr conciliar el sueño. Finalmente, el cansancio se impuso a mi agitación, y vestido me eché sobre la cama en el intento de encontrar algunos momentos de olvido. Mas fue en vano; pude dormir, pero tuve horribles pesadillas.

Mary SHELLEY
Frankenstein
Paradimage Soluciones

10 Imagina una trama que sirva para escribir una novela de terror. Indica, además, cuáles serían los personajes principales y qué relación habría entre ellos ¿Qué persona verbal se suele usar en este tipo de novelas?

11 Copia en tu cuaderno los conectores del siguiente fragmento e indica si son temporales o espaciales.

> Había por allí cerca varios caminos, pero a Dorothy no le costó encontrar el de ladrillos amarillos, y poco después avanzaba muy decidida en dirección a la Ciudad Esmeralda, con sus zapatos de plata tintineando alegremente sobre el duro suelo amarillo. El sol brillaba espléndido, los pájaros entonaban sus más dulces cantos, y Dorothy no se sentía tan apesadumbrada como se hubiera pensado de una niña pequeña que, de repente, se ha visto arrancada de su país y abandonada en medio de un mundo extraño.
>
> F. L. Baum
> *El maravilloso mago de Oz*
> Anaya

12 ¿A qué tipo de novela pertenece el fragmento anterior? ¿Cómo lo has sabido?

13 Lee el siguiente fragmento de *Colmillo Blanco,* la historia de un lobo. ¿Qué tipo de novela crees que es? ¿Qué narrador aparece? Justifica tu respuesta con ejemplos extraídos del texto.

> Lo resistía todo, pero había quedado tan maltrecho que no podía ni moverse, y Smith tuvo que esperar más de media hora antes de que casi a rastras, con paso vacilante, el animal pudiera seguirle hasta el fuerte.
>
> Esta vez le pusieron una cadena, contra la cual nada podían sus dientes, y que en vano trató de arrancar, con furiosas embestidas, de la argolla atornillada en un poste. A los pocos días, sobrio y arruinado, Castor Gris emprendió su largo viaje de regreso hacia el Mackenzie, río arriba por el Porcupine. Colmillo Blanco se quedó en el Yukón. Había pasado a ser propiedad de un hombre brutal y medio loco. Pero ¿qué sabía un perro de locuras? [...] Él solo sabía que era su amo, a cuya voluntad debía someterse, obedeciéndole hasta en sus menores caprichos.
>
> Jack London
> *Colmillo Blanco*
> Edelvives

14 Busca y anota en tu cuaderno los conectores temporales y los verbos que aparecen en el siguiente fragmento. Después, señala las acciones que duran un breve periodo de tiempo y el tiempo verbal utilizado.

> El silencio le daba miedo. Y entonces oyó un leve rumor. A su espalda, en alguna parte, la brisa agitó las hojas. Jennifer se volvió asustada, creyendo que se le subían por encima Dios sabe qué extrañas criaturas, invisibles en la penumbra. Solo eran las primeras ráfagas de la brisa nocturna, pero para Jennifer todo aquel sombrío bosque estaba lleno de siniestros rumores y de ojos brillantes que la miraban hostiles. Luego, el viento amainó, volvió el silencio, y Jennifer llegó a pensar que era incluso peor.
>
> Margaret J. Anderson: *En el círculo del tiempo.* SM

15 Ordena los hechos que tienen lugar en el fragmento anterior.

16 ¿A qué género pertenece el siguiente fragmento? Indica cuáles son los elementos de la narración justificando tu respuesta con ejemplos del texto.

> —Cada vez que vayas a poner el pie en el suelo, da un pequeño empujón con el otro pie. Esto alargará tu paso y lo hará más fácil. No, no..., mírame.
>
> Denison se detuvo con alivio y se fijó en Selene, esbelta y grácil, a pesar de su grotesco traje espacial, que daba saltos bajos y rítmicos. Volvió al lado de él y se arrodilló a sus pies.
>
> —Ahora da un paso lento, Ben, y yo te golpearé el pie cuando quiera que lo levantes.
>
> Lo intentaron varias veces y Denison dijo:
>
> —Esto es peor que correr en la Tierra. Será mejor que descanse.
>
> —Como quieras. Es que tus músculos no están acostumbrados a la coordinación adecuada. Eres tú quien lo hace difícil, no la gravedad. Bueno, siéntate y recupera el aliento. Ya no subiremos mucho más.
>
> Isaac Asimov: *Los propios dioses.* Plaza y Janés

17 Continúa el fragmento de la actividad anterior con una descripción del lugar en el que imagines que están. Utiliza conectores espaciales adecuados.

Escribir

Las lanzas, de Diego Velázquez.

1 Escribe el inicio de una novela histórica basada en la escena representada en *Las lanzas.* Para ello, sigue estos pasos.

a. Observa minuciosamente la pintura de Velázquez y señala los principales elementos que aparecen: objetos importantes, vestimenta de los personajes, escenario... Localiza el principal hecho que se narra en el cuadro, el cual guiará el desarrollo de tu texto.

b. Organiza y estructura los elementos de la historia y comienza la redacción. Antes, escoge el tipo de narrador. Recuerda que cada opción implica unas características específicas relacionadas con el contenido de la información ofrecida.

c. Redacta un breve diálogo para los protagonistas de acuerdo con la conversación que se retrata en el cuadro.

d. Introduce una descripción del paisaje o de la vestimenta de los personajes.

e. Revisa el texto finalmente creado y, luego, el de tu compañero, teniendo en cuenta los siguientes aspectos: sucesos realistas o cotidianos, características del narrador elegido, ortografía, unión de elementos narrativos, descriptivos y dialogados, etc.

Escribir

2 El compositor Modest Mussorgsky unió música y pintura en una de sus obras, *Cuadros de una exposición,* donde creó un microcuento musical inspirado en un cuadro del pintor Hartmann. A continuación, realizaréis un proyecto similar al de Mussorgsky. Para ello, seguid estos pasos.

a. Formad grupos de cinco y escoged un tema para vuestro proyecto (mitología, historia, retrato, paisaje...).

b. Buscad cinco cuadros relacionados con el tema elegido. A cada uno de vosotros se le asignará una de las pinturas.

c. Si lo consideráis oportuno, escoged una breve pieza musical para cada cuadro que pueda utilizarse de banda sonora de la historia que os sugiera la pintura.

d. Redactad un microcuento para cada cuadro. Para ello, escoged un detalle o elemento significativo que os sirva de guía en la escritura de vuestro texto (que, como cualquier cuento, deberá presentar un planteamiento, un nudo y un desenlace, aunque muy poco desarrollados) y pensad en qué historia podéis contar en un máximo de cien palabras en cada caso.

e. Revisad el resultado final, de forma que vuestros microcuentos sean breves, unan lenguajes con un mismo fin comunicativo (verbal, pictórico y musical) y presenten una ortografía correcta.

f. Realizad un mural donde se combinen textos e imágenes con alguna herramienta creativa.

g. Exponed el resultado ante el resto de vuestros compañeros.

Hablar

3 La profesión de cuentacuentos existe desde la antigüedad. Con la ayuda de un compañero, contad al resto de la clase un cuento que conozcáis a la perfección. Para ello, seguid estos pasos.

a. Elegid la historia y determinad qué parte o elemento queréis cambiar.

b. Presentad los personajes y los lugares. Una vez que tengáis claras las partes o los elementos (protagonistas, antagonistas, espacios...) que modificaréis, tened en cuenta que debéis:

- Comenzar vuestra narración con una fórmula de inicio y acabar de la misma manera.
- Presentar primero a los personajes más importantes y después a los secundarios y antagonistas.
- Describir los espacios con palabras clave.

c. Inventad un título para vuestra historia.

d. Ensayad varias veces la exposición de la historia.

e. Un compañero grabará los ensayos, en vistas de ver los posibles fallos para mejorarlos.

f. Representadlo ante la clase.

g. Los compañeros estarán atentos a todo para luego poder compartir con vosotros sus impresiones en vistas a mejorar vuestra exposición.

Consejos para contar un cuento

- **Alza la voz** cuando estés narrando partes del cuento de mayor relevancia.
- **Cambia de tono** (haciéndolo más grave o agudo) en función del personaje que hable.
- **Escenifica** la narración con el cuerpo para presentar alguna sorpresa en la acción de los personajes.
- Utiliza tu **imaginación** y todos los recursos que encuentres a tu alcance para representar mejor el cuento.

La mano

El doctor Alejo murió asesinado. Indudablemente murió estrangulado.

Nadie había entrado en la casa, indudablemente nadie, y aunque el doctor dormía con el balcón abierto, por higiene, era tan alto su piso que no era de suponer que por allí hubiese entrado el asesino.

La policía no encontraba la pista de aquel crimen, y ya iba a abandonar el asunto, cuando la esposa y la criada del muerto acudieron despavoridas a la Jefatura. Saltando de lo alto de un armario había caído sobre la mesa, las había mirado, las había visto, y después había huido por la habitación, una mano solitaria y viva como una araña. Allí la habían dejado encerrada con llave en el cuarto.

Llenos de terror, acudieron la policía y el juez. Era su deber. Trabajo les costó cazar la mano, pero la cazaron y todos le agarraron un dedo, porque era vigorosa como si en ella radicase junta toda la fuerza de un hombre fuerte.

¿Qué hacer con ella? ¿Qué luz iba a arrojar sobre el suceso? ¿Cómo sentenciarla? ¿De quién era aquella mano?

Después de una larga pausa, al juez se le ocurrió darle la pluma para que declarase por escrito.

La mano entonces escribió: «Soy la mano de Ramiro Ruiz, asesinado vilmente por el doctor en el hospital y destrozado con ensañamiento en la sala de disección. He hecho justicia».

Ramón Gómez de la Serna
«La mano»
www.ciudadseva.com

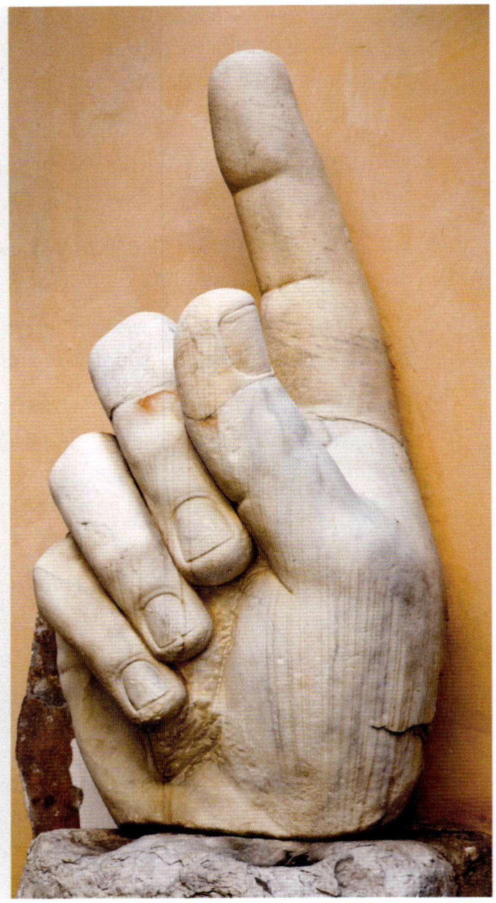

1 Haz una lista de los personajes que aparecen en la historia y di qué hechos realizan o les suceden a cada uno de ellos. A continuación, escríbelos en el orden que ocurrieron. ¿Es el mismo que en el que se cuentan? Explica las diferencias.

2 Responde a estas preguntas.

a. ¿Por qué la policía no encontraba pistas del crimen?

b. ¿Se encontró al asesino? Justifica la respuesta.

c. ¿Por qué había sido asesinado el doctor Alejo?

d. Sustituye por un sinónimo las palabras *despavoridas*, *vigorosa* y *vilmente*.

3 Anota los verbos agrupándolos según su tiempo verbal.

4 Señala, si los hay, qué fragmentos descriptivos y de diálogo contiene el texto.

5 Caracteriza al narrador de este texto: ¿en qué persona está?, ¿es omnisciente? Copia en tu cuaderno las expresiones que permitan identificar si es o no omnisciente.

6 ¿En qué época y lugar sucede la acción? Escribe esta misma historia ambientada en la Prehistoria, en el futuro o en una isla del Pacífico.

7 Vuelve a leer el texto, prepara una actuación en la que se lo cuentes al resto de tu clase utilizando los gestos y el tono de voz adecuados. También puedes grabarte en casa y exponer el trabajo en clase. Recuerda: ¡no se trata de leer en voz alta!

8 Lee el siguiente texto y anota todos los verbos y sus tiempos. A continuación, copia en tu cuaderno la parte dialogada y la descriptiva. Finalmente, indica el narrador, la acción, los personajes y el marco narrativo.

Reuniéronse entonces los soldados, y deliberaron, para decidir mi suerte. Mientras esto ocurría, continuaba mi señor erguido en el patio, como una estatua negra, y yo frente a él, maniatado, apenas vestido con la camisa, y las piernas desnudas. Mas no experimentaba frío, ni dolor alguno. Como si fuera otra estatua, blanca e indiferente a todo lo sucedido o por suceder en ese mundo.

Cuando regresaron los soldados, el anciano tomó la palabra:

—Señor —dijo—, vuestros hombres estiman que el joven escudero no cometió crimen alguno, sino un acto de justicia.

El Barón ordenó me libraran de las ligaduras, y cada uno regresó a su puesto, tan silenciosos como jamás se habían mostrado. Mientras el viejo soldado me desataba las manos, murmuró:

—Gracias, joven caballero.

Ana María Matute: *La torre vigía*. Destino

9 ¿Qué tiempo verbal predomina en el siguiente fragmento? ¿Cuándo ocurrió? Reescribe el texto usando tiempos de pasado.

De puntillas, de puntillas, para no despertar a Piedad, entran en el cuarto de dormir el padre y la madre. Vienen riéndose como dos muchachones. Vienen de la mano, como dos muchachos. El padre viene detrás, como si fuera a tropezar con todo. La madre no tropieza; porque conoce el camino.

José Martí: «La muñeca negra», en *Cuentos completos*. Anthropos

10 ¿Qué género narrativo contiene más fragmentos descriptivos: la novela o el cuento? Justifica tu respuesta.

11 Une en tu cuaderno los siguientes ejemplos con el término correspondiente: *resumen*, *elipsis*, flashback, *salto adelante*.

a. Estuvo todo el verano trabajando.

b. Ahora, en mi vejez, recuerdo mi infancia.

c. Siete años después…

d. En ese instante vio su propia muerte, que ocurriría muchos años después.

12 Completa en tu cuaderno este esquema de los elementos de la narración y de la clasificación de las novelas.

12 TEATRO Y LENGUAJE TEATRAL

EN EL TEATRO ESTÁ LA ARTESANÍA DEL INTÉRPRETE

AMELIA DE LA TORRE

CONOCER

TEATRO A LA MESA

Se va a celebrar un banquete con veinte invitados. Lo que tienen todos en común es que son personajes de obras teatrales de alguno de los tres grandes géneros: comedia, tragedia y drama. Tenéis que elegir a estos veinte comensales y distribuirlos en cuatro mesas, a las que tendréis que poner un nombre e identificar con un fragmento teatral.

PRESENTAR

PREMIOS MAX

Los Premios Max son los galardones que se otorgan a las producciones y a los profesionales más destacados de las Artes Escénicas. Documentaos cuanto necesitéis para recrear la parte de la gala en la que se entregarán los premios relacionados con estas categorías: mejor espectáculo de teatro, mejor actriz protagonista, mejor actor protagonista y premio de honor.

CREAR

ARTE TOTAL

El programa cultural de las próximas fiestas locales pretende tener una oferta variada que incluya representaciones de las diferentes obras de arte totales. Informaos de cuáles son estas obras y, después, diseñad un programa para las fiestas en las que se ofrezcan varios espectáculos de cada tipo.

INVESTIGAR

LA GRAN FAMILIA

Buscad y escuchad la representación en radioteatro de la obra *La gran familia*. Después, buscad y visualizad algún fragmento de la película de la que procede. Transcribid el texto de la escena o momento que hayáis elegido en ambos formatos y comparadlo. Luego, siguiendo ese modelo, convertid en radioteatro alguna secuencia de una película que os guste especialmente.

TEXTO 1

En las obras literarias, es frecuente encontrar personajes alegóricos, como la Muerte o la Justicia. Ahora vas a leer un fragmento de una obra de teatro en el que aparece otra figura alegórica, la Peregrina. ¿Qué crees que podría representar?

(Llaman al aldablón de la puerta. TELVA *mira a la* MADRE, *dudando.)*

MADRE.—Abre. No se puede cerrar la puerta de noche a un caminante.

(TELVA *abre la hoja superior de la puerta, y aparece la* PEREGRINA.)

PEREGRINA.—Dios guarde esta casa y libre del mal a los que en ella viven.

TELVA.—Amén. ¿Busca posada? El mesón está al otro lado del río.

PEREGRINA.—Pero la barca no pasa a esta hora.

MADRE.—Déjala entrar. Los peregrinos tienen derecho al fuego y traen la paz a la casa que los recibe.

(Pasa la PEREGRINA. TELVA *vuelve a cerrar).*

DICHOS Y LA PEREGRINA

ABUELO.—¿Perdió el camino?

PEREGRINA.—Las fuerzas para andarlo. Vengo de lejos y está frío el aire.

ABUELO.—Siéntese a la lumbre, y si en algo podemos ayudarle... Los caminos dan hambre y sed.

PEREGRINA.—No necesito nada. Con un poco de fuego me basta. *(Se sienta a la lumbre).* Estaba segura de encontrarlo aquí.

TELVA.—No es mucho adivinar. ¿Vio el humo por la chimenea?

PEREGRINA.—No. Pero vi a los niños detrás de los cristales. Las casas donde hay niños siempre son calientes. *(Se echa atrás la capucha, descubriendo un rostro hermoso y pálido, con una sonrisa tranquila).*

ANDRÉS *(En voz baja).*—¡Qué hermosa es...!

DORINA.—¡Parece una reina de cuento!

PEREGRINA *(Al* ABUELO, *que la observa intensamente).*— ¿Por qué me mira tan fijo? ¿Le recuerdo algo?

ABUELO.—No sé... Pero juraría que no es la primera vez que nos vemos.

Alejandro CASONA
La dama del alba
Castalia

Contexto sociocultural

Alejandro Rodríguez Álvarez, más conocido como Alejandro Casona (1903-1965), destacó especialmente como dramaturgo, donde cosechó grandes éxitos con obras teatrales como *La dama del alba*, escrita en 1944, cuando se encontraba exiliado en México tras huir de la dictadura franquista. Esta obra se ambienta en la Asturias rural de la época y narra las experiencias de una familia en duelo por la muerte de una de sus hijas.

TEXTO 2

Observa la escultura del león que se encuentra en el Congreso de los Diputados, en Madrid. Los leones tienen una simbología compartida en todas las culturas. Por ejemplo, no hay leones en Europa pero fueron un símbolo importante en la antigua Grecia y Roma, o en la cultura celta. ¿Qué crees que simbolizan?

(Se hace el oscuro, arropado por música sinfónica, quizá de Vivaldi. Inmediatamente, la iluminación general baña el escenario. La música seguirá sonando. El decorado nos traslada a un retazo de selva. La luz de un esplendoroso día inunda, casi heridora, el ambiente. De los árboles se derrama, alegre, el silbo de los pájaros. Con paso cansino, llega un León *de aspecto fiero y cuidada melena, como recién salido de la peluquería. Se estira felinamente y ruge sin demasiado entusiasmo. Diríase que acabara de despertar de la siesta. De la maleza surge con aires de aparecido el* Duende de las Plantas. *Es un duendecillo alegre y vivaz, y verde todo él, tanto su piel y su escarolada cabellera como su vestimenta. Se acerca al* León. *Cesa la música).*

Duende.—¿Adónde vas, «Leoncio»? *(El* León, *por toda respuesta, se vuelve, lo mira y ruge débilmente. Todos estos rugidos del* León *pueden ser conseguidos mediante «playback»).* ¡Ay!, cuándo lograréis hablar los leones... Podríais aprender de los papagayos. Cierto que no son muy buenos conversadores, pero al menos repiten lo que les digo. Te pregunto que adónde vas. *(Nuevo rugido).* Es inútil. Fíjate en mí, no soy un ser humano, solo el Duende de las Plantas y, sin embargo, sé hablar. Ni siquiera me alimento de carne como tú, sino de clorofila, y aquí me tienes, parlanchín como uno de esos bichos humanos a los que se ha dado en llamar políticos. Si no hablara, mal podría cuidar las plantas. Ellas tampoco hablan, pero no lo necesitan, les basta con el calor de mis palabras para que crezcan exuberantes. Y son obedientes, no se mueven de su sitio. En cambio tú, es que no paras. *(Ruge el* León *con mayor fuerza).* No te enfades, sé que no soy el encargado de cuidaros a los animales, pero no lo puedo evitar, me preocupáis. Y a ti, «Leoncio», te veo venir. Sé que vas a darte un baño en el río como todos los días. *(Rugido).* No, si me parecería bien si no cometieras la locura de quitarte la piel. ¿No ves que puedes coger una pulmonía? *(Ruge el* León *en desacuerdo).* Claro, lo único que te importa es no mojarte tu cuidada melena. ¡Presumido! ¡Chulo!, que eso es lo que eres, un chulito melenudo. *(El* León *se quita la piel, la cuelga con primoroso cuidado sobre las ramas de un arbusto y hace mutis por el lateral izquierdo. Inmediatamente, se oye el ruido de una zambullida. Bajo la piel, el actor aparecerá con su cuerpo enfundado en un traje de malla de color rosáceo y con la cabeza cubierta por una media de similar color).* Muy bien, pues que te ondulen tu cabellera. No sé para qué me preocupo de ti, si tenía que despreciarte porque te comes a otros pobres animalitos... Tú te justificas con eso del equilibrio ecológico, pero no sé, no acabas de convencerme. Bueno, si te acatarras, allá tú. Pero no olvides que en la selva no tenemos veterinario.

Fernando Almena Santiago
La piel del león
www.cervantesvirtual.com

Contexto sociocultural

Fernando Almena Santiago nació en Córdoba en 1943. A lo largo de su vida, ha compaginado su trabajo como aparejador y profesor con su vocación de escritor, para la que se ha especializado como autor de teatro infantil y juvenil. Ha recibido numerosos premios, como el Federico García Lorca.

Leer texto 1

1 ¿Qué relata el fragmento de *La dama del alba*?

a. Una hermosa mujer cansada y hambrienta llega a una casa.

b. Una mujer encapuchada llega a una casa guiada por unos niños.

c. Una peregrina llega a una posada al ver el humo de la chimenea y pide alojamiento.

d. Una hermosa y pálida mujer llega agotada a una casa en busca de calor.

2 Describe a la peregrina usando tres adjetivos.

3 Indica si las siguientes afirmaciones son verdaderas o falsas. Justifica tus respuestas con fragmentos extraídos del texto. Luego, en el caso de las falsas, corrígelas para que sean ciertas.

a. La peregrina es una joven gitana.

b. El abuelo siente que ya conoce a la recién llegada.

c. Cuando llega la peregrina, en la casa hay tres personas.

d. La peregrina es recibida de buen grado.

4 ¿Por qué la peregrina no cruza el río para ir al mesón?

a. Porque está cansada.

b. Porque no tiene dinero para pagar al barquero.

c. Porque ya no pasan barcas esa noche.

d. Porque hace mal tiempo y necesita resguardarse.

5 Completa en tu cuaderno, con las palabras adecuadas, este resumen del fragmento de *La dama del alba* que has leído.

La peregrina es una … hermosa y … que llega a una casa cerca del …. Siente … y frío, pero no tiene … ni … por lo que solo busca la calidez de una … encendida. O quizá la cálida compañía de otras ….

Sin faltas.com

6 ▶ Busca sinónimos de estas palabras del texto.

a. Caminante.

b. Posada.

c. Lumbre.

d. Mesón.

e. Niño.

f. Casa.

g. Adivinar.

h. Observar.

7 Busca al menos dos refranes que se puedan relacionar con el texto.

Opinar

8 ¿Qué piensas de la peregrina? ¿Crees que se trata de un personaje bueno o malvado? Argumenta tu respuesta.

Leer texto 2

9 El texto contiene muchos fragmentos entre paréntesis, característicos de los textos teatrales. ¿Cómo se llama este recurso? ¿Qué función crees que tiene?

10 En el fragmento de *La piel del león*, no hay diálogos, sino un monólogo. ¿En qué crees que consiste?

11 Añade un nuevo personaje con un párrafo de diálogo al texto de *La piel del león* e incluye una onomatopeya, una etopeya y una prosopopeya.

12 Indica cuáles de estas palabras extraídas del texto se relacionan con el teatro. Búscalas en el diccionario y escribe una oración con cada una de ellas.

a. León.
b. *Playback*.
c. Mutis.
d. Actor.

Sin faltas.com

13 ▶ Otro de los signos más utilizados en el texto es el guion. Separa estas otras palabras del texto de todos los modos en que pueda hacerse.

a. Música.
b. Aires.
c. Acerca.
d. Zambullida.

Leer textos 1 y 2

14 ¿Qué semejanzas identificas entre el fragmento de *La dama del alba* y el de *La piel del león*? Realiza una tabla comparativa en cuanto al narrador, la escena, el tiempo y el lugar.

15 La escena de *La piel del león* se da en un lugar y tiempo concretos, pero ¿en qué persona se narran los acontecimientos? ¿Y en *La dama del alba*?

16 El teatro está constituido por varios subgéneros: tragedia, comedia, la mezcla de ambas, etc. ¿A qué subgéneros piensas que pertenecen ambas obras?

17 A la hora de representar estas obras ante el público, ¿cuál crees que será más fácil de poner en escena para el director? ¿Por qué?

Opinar

18 ¿Qué otros aspectos de la acción dramática se deberían cuidar en una obra de teatro de cara al público? Razona tu respuesta.

a. La iluminación y la música.
b. El director, el maquillador y los extras.
c. Los acomodadores, el director del centro y la comodidad de las butacas.
d. Ninguna de las anteriores.

La onomatopeya, la etopeya y la prosopopeya

Son recursos literarios muy utilizados en los textos poéticos.

- La **onomatopeya** consiste en usar palabras para imitar el sonido de algo.
- La **etopeya** se encarga de describir losrasgos de carácter de una persona.
- La **prosopopeya** consiste en asignar cualidades humanas a animales u objetos.

▶ El guion

Se emplea en un texto para dividir, por falta de espacio, una palabra al final de una línea. Al separar una palabra con un guion, hay que recordar lo siguiente:

- Las palabras se separan por sílabas: *ma-lla.*
- No se debe dejar una vocal suelta al principio o al final de una línea: *a-nimal, ani-mal.*

Arte y literatura

Entra en YouTube y busca «Microteatro México: Tras bambalinas». Observa el minuto 00:00 al 02:35 y del 03:30 al 04:58, y responde en tu cuaderno a las siguientes preguntas.

- ¿A qué dificultades técnicas se enfrentó Carlos Coss?
- ¿En qué quiere incidir Adriana Cardeña?
- ¿Con qué elemento juega Anaís Pareto y para qué?
- ¿Qué género quiere trabajar Iván Tula? ¿En qué consiste?

Escuchar

Una pieza teatral no solo puede interpretarse sobre un escenario. ¿En qué otros lugares o a través de qué otros medios crees que podría interpretarse una obra de teatro?

Accede a Internet y busca el vídeo «RNE estrena la ficción sonora *La isla del tesoro*». Visualízalo con atención y responde a las siguientes preguntas.

1 ¿Quién es el autor de *La isla del tesoro*?

2 ¿Quiénes son los protagonistas? ¿Qué actores los representan?

3 En un momento del vídeo, Roberto Álamo describe al personaje que interpreta. Indica las características que corresponden a John Silver, según su descripción.

a. Desvergüenza.

b. Agudeza.

c. Cobardía.

d. Bondad.

4 ¿En qué piensas que se diferencia el teatro radiofónico del teatro que se representa sobre un escenario?

5 ¿Te resulta atractiva la historia de unos piratas en busca de un tesoro escondido? ¿Con qué películas puedes relacionar esta historia?

6 Si tuvieras que elegir una novela o una película para transformarla en una obra de teatro, ¿cuál sería? ¿Por qué? ¿Qué cambios tendrías que aplicar?

7 Jim Hawkins es un personaje redondo: su inocencia se va transformando a lo largo de la historia hasta curtirse como una persona adulta.

a. ¿Crees que has cambiado mucho desde que empezaste a ir al colegio hasta ahora?

b. Escribe un breve texto en el que reflexiones sobre cómo te gustaría ser o qué cosas te gustaría haber conseguido dentro de diez años.

1 EL RADIOTEATRO

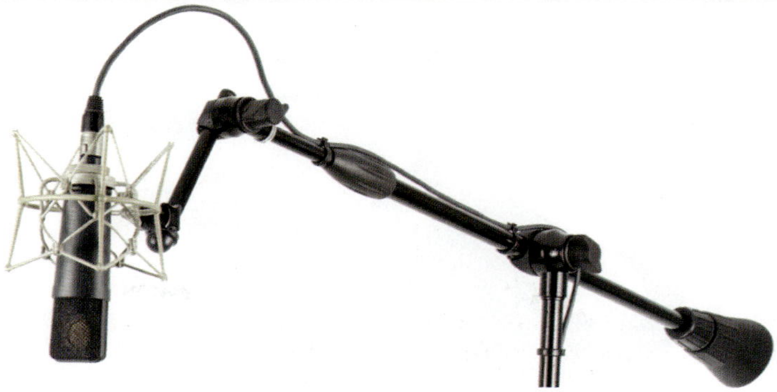

La **radio** apareció a comienzos del siglo XX, época en la que, junto con los periódicos, era el **único medio para informarse** acerca de lo que ocurría en el país o en el resto del mundo, aunque también servía para **entretener a la población.** A través de la radio, se podían consumir diversos programas de distintos **géneros radiofónicos,** como el **radioteatro** (también conocido como *radiodrama* o *radioficción*) y la **radionovela,** que comparte algunas características con la telenovela televisiva.

El **radioteatro** se centra en la **representación de una obra teatral** haciendo uso, exclusivamente, de **recursos auditivos.** Gracias a este género, se podía disfrutar de obras teatrales en directo, sin necesidad de asistir a la función de teatro.

El **teatro** y el **radioteatro** tienen en común algunos elementos, como, por ejemplo, la interpretación de los actores, la música, los efectos especiales o los silencios. La principal diferencia entre el teatro tradicional y el radioteatro es la ausencia del aspecto visual en el caso de este último. Mientras que, al acudir al teatro, el espectador observa cómo se mueven los personajes, cómo van vestidos o qué gestos hacen, en el radioteatro, los oyentes tienen que centrarse en las voces y los sonidos que salen del aparato.

Así pues, el **radioteatro** tiene las **siguientes características,** que lo diferencian del teatro tradicional:

- Se hace **imprescindible la presencia de un narrador** que supla las acciones que se observan en el teatro y guíe la historia.
- Las emociones que expresan los gestos deben verse reflejadas en el **tono de voz** de los actores, así como en los **silencios.**
- Las escenas se apoyan en **elementos no lingüísticos,** como **efectos musicales** y **sonidos.**

De este modo, el público debe concentrar su atención en el texto dialogado de los actores, en la música y en los efectos sonoros, que hacen las veces de efectos especiales.

Una de las **obras más conocidas de radioteatro** se emitió en los Estados Unidos: la ficción novelesca de H. G. Wells, ***La guerra de los mundos,*** emitida por el director de cine Orson Wells en 1938.

Sin embargo, este género cayó en el olvido con la llegada de la televisión y, décadas más tarde, con el auge de Internet, aunque algunas cadenas de radio en lengua española lo están recuperando.

Por otra parte, esta modalidad de teatro oído también se aplica a los programas de **audiodescripción,** a los que las personas con discapacidad visual pueden acceder cuando se emite una película por la televisión.

En *La guerra de los mundos*, un grupo de extraterrestres ataca la Tierra y cunde el pánico entre la población. Cuando se estaba representando esta obra a través de la radio, muchos radioyentes se tomaron en serio la emisión y creyeron que un grupo de marcianos estaba atacando nuestro planeta.

1 EL TEATRO

El **teatro** es un género literario, perteneciente al **género dramático**, que comprende aquellos textos dramáticos cuya finalidad es ser representados ante un público por una serie de actores.

Los **orígenes del teatro** pueden encontrarse en las **ceremonias**, los **ritos** y las **formas de expresión primitivas** de las comunidades dedicadas a la **recolección agrícola** o a la **caza.** El hombre empezó a interesarse por la naturaleza, el sol, la luna, el mar y algunos animales, a los que divinizó por considerar superiores, suplicándoles benevolencia o pidiéndoles favores.

La introducción de la **música**, la **danza** y las **máscaras** dio lugar a auténticas **fiestas** y **ceremonias dramáticas** de agradecimiento o de súplica, en las que se rendía culto a los dioses y se expresaban los fundamentos espirituales de la comunidad. Así, en estos ritos, **lo sagrado** supone un **elemento fundamental,** que se relacionará con la **aparición del teatro** en prácticamente todas las culturas.

En nuestra literatura, el primer teatro estuvo ligado a representaciones de **carácter religioso** y, de hecho, la primera obra de la que se conserva el texto es el *Auto de los Reyes Magos,* escrito en el siglo XII.

1.1 LOS GÉNEROS MAYORES

En la Grecia clásica, se estableció una clasificación de géneros teatrales según las diferencias en el **tema** y el **tono** de las obras. Se trata de los **géneros mayores** del teatro.

La primera división se da entre la **tragedia** y la **comedia;** posteriormente, se definió el **drama** para caracterizar el género teatral intermedio entre la tragedia y la comedia.

Comedia	Tragedia	Drama
• Sus personajes son personas corrientes. • Se utiliza un lenguaje cotidiano, con escenas ingeniosas y humorísticas, a veces irónicas y críticas. • Se producen peripecias graciosas, confusiones y conflictos que se resuelven con ingenio. • Tiene un final feliz, en el que los protagonistas consiguen su propósito. • Destacan obras como *Mucho ruido y pocas nueces,* del dramaturgo inglés William Shakespeare, o *El perro del hortelano,* de Lope de Vega.	• Sus personajes tienen una condición elevada. • Se emiten discursos extensos y grandilocuentes. • El héroe lucha en vano contra un destino más fuerte que él. • El protagonista tiene un final desgraciado y se suelen producir varias muertes. • Sus personajes sienten grandes pasiones como la del amor imposible, los celos o la venganza. • Además de grandes obras de la Antigüedad, destaca *Romeo y Julieta,* de William Shakespeare.	• Sus personajes son personas corrientes. • Se utiliza un lenguaje cotidiano, aunque sin buscar el humor ni la risa, ni dar cabida a lo vulgar. • Se producen conflictos y situaciones de tensión, que pueden ser los propios de la vida cotidiana. • Los protagonistas suelen fracasar o sufrir las consecuencias naturales de las situaciones o conflictos representados. • Destaca, por ejemplo, *Don Juan Tenorio,* de José Zorrilla.

Hoy en día, esta clasificación, aunque adaptada, aparece vinculada al **cine,** por lo que es frecuente que muchas películas aparezcan bajo etiquetas de «género», como el de «comedia» o «drama».

A continuación, se da un ejemplo de **tragedia** y un ejemplo de **comedia.**

LA RAZÓN.—Sí, tu peligro irresponsable, ese tú capaz de urdir guerras y levantar cataclismos inesperados o teorías.

EL HOMBRE.—(*Arrodillándose ante* LA RAZÓN). ¿Yo? Todo empieza y termina en mí. Todo es mi propiedad y mi delito. ¡Oh, qué delicada labor de recuperación espera a mi alma!

LA RAZÓN.—*(Colocándole la mano sobre la frente).* Sales de la noche más oscura de la Humanidad. [...] (*A* SABELOTODO*).* ¡Y este era de los mejores! ¡Qué haremos con los otros!

SABELOTODO.—Enseñarles a vivir en paz.

María Teresa LEÓN
La libertad en el tejado
Renacimiento

LISANDRO.—¿Qué tal, mi amor? ¿Por qué tan pálida? ¿Cómo es que tus rosas se han mustiado tan deprisa?

HERMIA.—Tal vez por falta de lluvia, que bien podría darles con diluvios de mis ojos.

LISANDRO.—¡Ay de mí! A juzgar por lo que he leído o lo que he oído de casos reales o fábulas, el río del amor jamás fluyó tranquilo. O había diferencia de rango...

HERMIA.—¡Qué cruz! Ser noble y no poder prendarse del humilde.

LISANDRO.—... o edades dispares y no hacían pareja.

HERMIA.—¡Qué cruel! Ser vieja y no poder casarse con un joven.

LISANDRO.—O depender de la elección de los tuyos.

HERMIA.—¡Ah, infierno! ¡Que elijan nuestro amor ojos de otros!

William SHAKESPEARE
Sueño de una noche de verano
Alianza

«Titania. Reina de las hadas». Ilustración de Arthur Rackham (1867-1939) para *El sueño de una noche de verano,* de William Shakespeare.

1.2 LOS GÉNEROS MENORES

Existe una segunda división de los géneros teatrales: los **géneros menores,** que son el **paso,** el **entremés** y el **sainete.**

El **paso,** creado por Lope de Rueda, es una **breve escena cómica** representada sobre un tablado muy simple.

El paso dio lugar al **entremés,** muy frecuente en los siglos XVI y XVII, y que fue especialmente cultivado por Cervantes. Se trata de una **pieza breve,** de **una sola escena** (suele representarse en medio de los actos de una obra larga), y **cómica.** Normalmente, sus personajes son populares: estudiantes, soldados, pícaros, campesinos, etc.

El **sainete** se diferencia del entremés en que no se representa dentro de una obra mayor. Se centra en **escenas** y **lugares muy populares** y emplea, como **recurso cómico,** la **lengua popular,** repleta de vulgarismos y expresiones dialectales.

2 EL LENGUAJE TEATRAL

El teatro consta de dos dimensiones: el **texto teatral** y la **representación teatral.**

- El **texto teatral** es escrito, **en prosa** o **en verso,** para ser leído o dramatizado. En este, algunos aspectos quedan sujetos a la imaginación del lector, como el vestuario, el aspecto concreto del lugar en que transcurre la escena...
- La **representación teatral** es la interpretación del texto por parte de un elenco de actores.

El texto teatral contiene, además de puntos, comas, etc., signos de puntuación característicos, como la **raya,** para introducir las intervenciones de cada personaje, o los **paréntesis,** para enmarcar las acotaciones.

2.1 EL TEXTO TEATRAL

Las obras de teatro, si son extensas, se dividen en actos y estos, a su vez, en escenas. Los **actos** son conjuntos de **escenas relacionadas entre sí por la trama,** mientras que las **escenas** son fragmentos de la obra en los que el **escenario** y **los personajes no cambian.**

Las obras pueden tener un **solo acto** y dividirse **solo en escenas** e, incluso, si son muy cortas, constar de una sola escena. Actualmente, el **microteatro** es un subgénero muy cultivado, que consiste en una representación breve realizada ante un pequeño grupo de personas.

LAS ACOTACIONES

Las obras teatrales **no tienen narrador,** salvo que su autor haya decidido incluirlo como un personaje más. Las indicaciones sobre lo que hacen los personajes o sobre otros aspectos de la acción se incluyen en las **acotaciones.** Estas sirven para que los actores sepan **cómo actuar** y también para **indicar cuestiones relativas al escenario** y la **ambientación.** Para distinguirlas del resto del texto, las acotaciones se destacan, por lo general, en **cursiva** y **entre paréntesis.**

Acto primero

Habitación blanquísima del interior de la casa de Bernarda. Muros gruesos. Puertas en arco con cortinas de yute rematadas con madroños y volantes. Sillas de anea. Cuadros con paisajes inverosímiles de ninfas o reyes de leyenda. Es verano. Un gran silencio umbroso se extiende por la escena. Al levantarse el telón está la escena sola. Se oyen doblar las campanas. (Sale la CRIADA *1.ª).*

CRIADA.— Ya tengo el doble de esas campanas metido entre las sienes.

LA PONCIA.— *(Sale comiendo chorizo y pan).* Llevan ya más de dos horas de gori-gori. Han venido curas de todos los pueblos. La iglesia está hermosa. En el primer responso se desmayó la Magdalena.

Federico GARCÍA LORCA
La casa de Bernarda Alba
Edelvives

Indicaciones de las acotaciones

- **La actuación:** tono de voz, gestos y movimiento por el escenario, así como sonidos no lingüísticos (llanto, risa...).
- **El actor:** vestuario, maquillaje, peinado.
- **El escenario:** utensilios (atrezo), decorado, iluminación.
- **El sonido:** sonido de ambiente (imita la realidad), música.

El escenario.

El sonido.

La actuación.

EL DIÁLOGO

En el texto teatral se utiliza el **estilo directo** para representar lo que dicen los personajes. Estos aparecen marcados tipográficamente para que los actores sepan cuándo les corresponde intervenir.

ROSAURA.—Temor y piedad en mí
sus razones han causado.

SEGISMUNDO.—¿Quién mis voces ha escuchado?
¿Es Clotaldo?

CARÍN.—*(Aparte). Di que sí.*

ROSAURA.—No es sino un triste (¡ay de mí!),
que en estas bóvedas frías
oyó tus melancolías.

Calderón DE LA BARCA
La vida es sueño
Edelvives

Personajes.

Diálogo en estilo directo.

Acotaciones. Cuando un personaje habla para que le oiga el público, pero no los demás personajes, se indica «aparte» en una acotación.

Cuando un personaje habla solo, ya sea para sí mismo o para el público, nos encontramos ante un **monólogo** o **soliloquio.**

SEGISMUNDO.—¡Ay mísero de mí, y ay, infelice!
Apurar, cielos, pretendo,
ya que me tratáis así,
qué delito cometí
contra vosotros naciendo;
aunque si nací, ya entiendo
qué delito he cometido.

Calderón DE LA BARCA
La vida es sueño
Edelvives

2.2 LA REPRESENTACIÓN TEATRAL

En la **representación teatral,** todas las indicaciones del texto se hacen realidad gracias a la dirección teatral y a la interpretación de los actores, así como a la participación de todo el equipo que conforma una compañía teatral: modistas, maquilladores, técnicos de luz y sonido, tramoyistas...

El **montaje escénico** constituye el paso del texto teatral al escenario por medio del director, quien guía a la compañía teatral sobre los siguientes aspectos.

- **Personajes:** palabra y voz (timbre, tono, volumen, entonación...), gestos, maquillaje, máscaras, expresión corporal y vestuario.
- **Espacio escénico**: decorados, objetos e iluminación.
- **Música y efectos sonoros**.
- **Ritmo.**

Cada representación es única, a pesar de que pueda partir del mismo texto y con los mismos actores, director, escenario...

Uno de los más famosos monólogos universales es aquel de Shakespeare en que el personaje de Hamlet comienza diciendo: «Ser o no ser...».

3 LAS OBRAS DE ARTE TOTALES

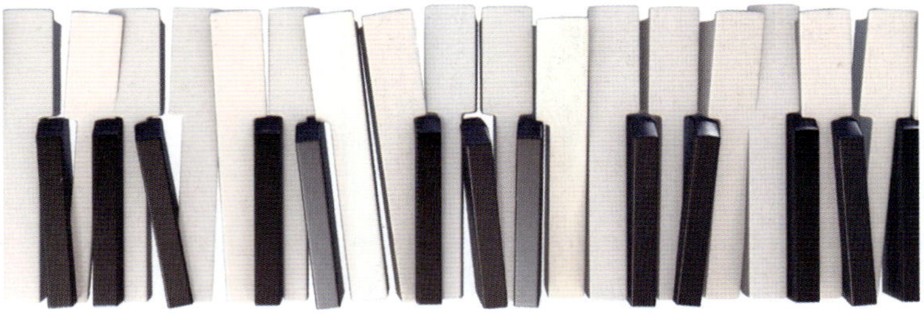

Algunos espectáculos se caracterizan por ser, tal como acuñó el compositor Richard Wagner, ***obras de arte totales***, es decir, piezas que **combinan el teatro, la música** y **las artes visuales.** Entre estas obras, se encuentran la ópera, el musical, el *ballet* y el cine.

3.1 LA ÓPERA

La **ópera** es una **obra dramática musical** cuyo texto es, en su mayor parte, cantado por los distintos personajes. En la ópera se combinan la palabra, el acompañamiento musical de la orquesta, la danza, las artes plásticas, la iluminación, el vestuario... Un ejemplo de ópera literaria es el *Don Giovanni* de Wolfgang Amadeus Mozart, que se inspira en el personaje literario del Don Juan.

Aunque la ópera se ha considerado durante mucho tiempo como un género selecto, lo cierto es que también hay óperas accesibles al público infantil, como *El pequeño deshollinador*, de Benjamin Britten.

3.2 EL MUSICAL

El **musical** es un género teatral de origen estadounidense, en el que la acción se desarrolla con **partes habladas, cantadas** y **bailadas** en un estilo de música popular. En ocasiones, el musical recupera temas de la literatura, como sucede en *West Side Story*, que versiona la obra *Romeo y Julieta* de Shakespeare.

3.3 EL *BALLET*

El ***ballet*** es una expresión artística que puede incorporarse a **las óperas, las obras de teatro** y **los musicales** o bien formar por sí misma una pieza autónoma. Cuentos como *La bella durmiente* o *El cascanueces* se han adaptado para ser representados íntegramente mediante este espectáculo.

3.4 EL CINE

El **cine** hace referencia a una técnica audiovisual que permite **grabar escenas** y **reproducirlas indefinidamente** a posteriori. Inicialmente, se trataba de escenas que no tenían ni color ni sonido. A pesar de sus semejanzas con el teatro o el musical, hay que tener en cuenta que el cine maneja su propio lenguaje y que, al llegar al espectador, ha pasado por un proceso de posproducción técnica.

En las películas, la **banda sonora** incluye tanto la **música** como los **efectos especiales** de sonido y diálogo, que se unen a la imagen en el proceso de montaje. El texto de partida de una obra cinematográfica es el **guion.**

- El **teatro negro** es una representación escénica muda que se lleva a cabo en un espacio negro y con una iluminación que hace resaltar ciertos tejidos, materiales y colores fosforescentes. La danza, la música, la mímica y las acrobacias son algunos de los elementos que componen este tipo de teatro.
- El **teatro de títeres,** por su parte, es un espectáculo teatral en el que los personajes son muñecos manipulados dirigidos por seres humanos. Los más frecuentes son los muñecos de sombras, los guiñoles y las marionetas.

ACTIVI DADES

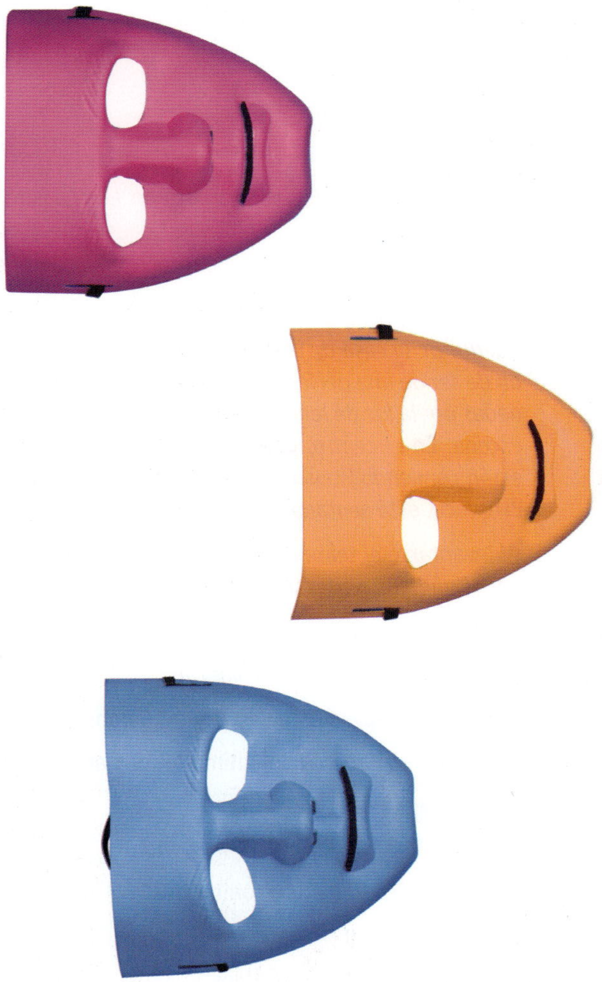

12 EL TEATRO Y EL LENGUAJE TEATRAL

1 El teatro

1 ¿Qué obras de teatro crees que pueden relacionarse con fiestas religiosas o no religiosas?

2 Lee el siguiente fragmento de *El retablo de las maravillas,* de Cervantes. Después, responde a las preguntas.

GOBERNADOR.—Y ¿qué quiere decir *Retablo de las maravillas?*

CHANFALLA.—Por las maravillosas cosas que en él se enseñan y muestran, viene a ser llamado *Retablo de las maravillas;* el cual fabricó y compuso el sabio Tontonelo debajo de tales paralelos, rumbos, astros y estrellas, con tales puntos, caracteres y observaciones, que ninguno puede ver las cosas que en él se muestran, que tenga alguna raza de confeso[1], o no sea habido y procreado de sus padres de legítimo matrimonio; y el que fuere contagiado destas dos tan usadas enfermedades, despídase de ver las cosas, jamás vistas ni oídas, de mi retablo.

BENITO.—Ahora echo de ver que cada día se ven en el mundo cosas nuevas. Y ¡qué! ¿Se llamaba Tontonelo el sabio que el retablo compuso?

CHIRINOS.—Tontonelo se llamaba, nacido en la ciudad de Tontonela; hombre de quien hay fama que le llegaba la barba a la cintura.

BENITO.—Por la mayor parte, los hombres de grandes barbas son sabiondos.

[1] Raza de confeso: una persona que provenga de familia judía convertida al catolicismo

Miguel DE CERVANTES
El retablo de las maravillas
Linkgua

a. Este retablo no lo podrán ver, según Chanfalla, los que no sean cristianos o los que hayan nacido de padres no casados. ¿En qué época consideras que eso sería un problema?

b. ¿Crees que alguien admitiría que no ve las maravillas del retablo?

c. ¿Qué rasgos cómicos aparecen en este fragmento?

d. ¿A qué género menor pertenece, teniendo en cuenta que se trata de una escena breve?

e. Escribe algún ejemplo de situaciones parecidas a la que acabas de leer que encuentras en nuestra sociedad.

3 Realiza una lectura dramatizada del texto anterior con tres de tus compañeros.

4 Los siguientes fragmentos corresponden a tragedias o a comedias. ¿Cómo puedes saberlo? Localiza las pistas que te llevan a decidirlo e indica los temas que se tratan en cada uno de ellos.

a. NODRIZA.—Ahí tenéis, hijos míos, revuelta está ya vuestra madre, pues su alma el dolor trastornó. Cuanto antes a casa corred y allí entrad, no os pongáis cerca de ella, que no os pueda ver, no acercaos y mucho cuidado tened con el fiero talante y atroz natural de su mente cruel. ¡Vamos, pues, en seguida aquí dentro pasad! (El pedagogo entra con los niños en el interior de la casa).

Se ve bien que esa nube que empieza a surgir, de lamentos cargada, muy pronto va a arder estallando en más fuerte pasión. ¿Qué irá a hacer esa alma que el mal ha mordido y en que hay un orgullo muy grande y tenaz?

MEDEA.—*(Desde el interior).* ¡Ay, ay! ¡Sufro, mísera, sufro, tormentos sin fin! ¡Malditos muráis, pues nacisteis de mí, una madre funesta, y perezca también vuestro padre y la casa con él!

EURÍPIDES
Medea
Gredos

b. MALCOM.—Véngate como un hombre.

MACDUFF.—Sí que me vengaré, pero soy hombre, y siento y me atormenta la memoria de lo que más quise en el mundo. ¡Y lo vio el cielo y no se apiadó de ellos! ¡Ah, pecador Macduff, tú tienes la culpa de todo! Por ti han perecido aquellos inocentes. ¡Dios les dé la gloria eterna!

MALCOM.— Tu dolor afile tu espada e inflame tu brío. Sírvate de aguijón y no de freno.

MACDUFF.— Aunque lloraran mis ojos como los de una mujer, mi lengua hablaría con la audacia de un varón.¡Dios mío, ponme enfrente de ese demonio, y si se libra de mi espada, consentiré hasta que el cielo le perdone!

MALCOM.— Esas ya son palabras dignas de ti. Vamos a despedirnos del Rey de Inglaterra. Solo nos falta su permiso. Macbeth está a la orilla del precipicio. El cielo se declare en favor nuestro. Tregua a vuestro dolor. No hay noche sin aurora.

William SHAKESPEARE
Macbeth
Vicens Vives

c. ESTRÓBILO.—Lo que es más, cuando se va a la cama, se pone un saquillo de cuero atado a la boca.

ÁNTRAX.—¿Pero para qué?

ESTRÓBILO.—No sea que se le escape algo de aire mientras duerme. [...]

ESTRÓBILO.—Yo pienso que me lo debes creer, igual que dado el caso te lo creería yo también a ti.

ÁNTRAX.—No, no, si te lo creo.

ESTRÓBILO.—Pero ¿sabes? ¡Ja, cuando se baña, llora, porque se gasta agua!

ÁNTRAX.—¿Crees tú que podríamos conseguir del viejo un talento magno para comprarnos la libertad?

ESTRÓBILO.—¡Uf!, así le pidieras prestada el hambre no te la daría. Veréis, otra cosa: hace poco le cortó el barbero las uñas: fue y recogió y se llevó todas las recortaduras.

PLAUTO: *Aulularia*. Gredos

2 El lenguaje teatral

5 Reconoce los personajes que aparecen en el siguiente fragmento de *La casa de Bernarda Alba* y distingue entre el diálogo y las acotaciones. ¿Cómo has sabido reconocer cada parte?

Cuatro paredes blancas ligeramente azuladas del patio interior de la casa de BERNARDA. *Es de noche. El decorado ha de ser de una perfecta simplicidad. Las puertas, iluminadas por la luz de los interiores, dan un tenue fulgor a la escena. En el centro, una mesa con un quinqué, donde están comiendo* BERNARDA *y sus hijas.* LA PONCIA *las sirve.* PRUDENCIA *está sentada aparte.*

Al levantarse el telón hay un gran silencio, interrumpido por el ruido de platos y cubiertos.

PRUDENCIA.—Ya me voy. Os he hecho una visita larga.

(Se levanta).

BERNARDA.—Espérate, mujer. No nos vemos nunca.

PRUDENCIA.—¿Han dado el último toque para el rosario?

LA PONCIA.—Todavía no.

(PRUDENCIA *se sienta*).

BERNARDA.—¿Y tu marido cómo sigue?

PRUDENCIA.—Igual.

BERNARDA.—Tampoco lo vemos.

PRUDENCIA.—Ya sabes sus costumbres. Desde que se peleó con sus hermanos por la herencia no ha salido por la puerta de la calle. Pone una escalera y salta las tapias del corral.

Federico GARCÍA LORCA
La casa de Bernarda Alba
Edelvives

6 En el fragmento anterior, indica qué información se refiere a cada uno de los aspectos que suelen aparecer en las acotaciones (si no hay indicaciones, escribe tú qué podría haber apuntado el autor).

a. Actuación.
b. Apariencia de los actores.
c. Escenario.
d. Sonido.

7 Imagina que conviertes el cuento de *Caperucita Roja* en teatro. ¿Cuántas escenas y actos crees que debería contener? Explica por qué.

8 En este fragmento de *Don Gil de las calzas verdes* dialogan dos personajes: ¿quiénes? Uno de ellos hace un aparte. ¿Quién recibe la información de ese aparte?

QUINTANA.—Ni aunque quiera podré,
porque en pena tanta,
tengo el alma a la garganta,
y a un suspiro saldrá fuera.
MARTÍN.—¿Agora que no hay remedio,
osáis, temor atrevido,
echar del alma el olvido
y entraros vos de por medio?
¿Agora llora y suspira
mi pena? ¿Agora pesar?
QUINTANA.—*(Aparte).*
No sé en lo que ha de parar
tanta suma de mentira.

TIRSO DE MOLINA:
Don Gil de las calzas verdes. Castalia

9 Este fragmento de la obra *Luces de bohemia* no contiene ninguna acotación. Añade al menos tres.

EL MINISTRO.—¿Qué escándalo es este, Dieguito?

DIEGUITO.—Señor Ministro, no he podido evitarlo.

EL MINISTRO.—¿Y ese hombre quién es?

MAX.—¡Un amigo de los tiempos heroicos! ¡No me reconoces, Paco! ¡Tanto me ha cambiado la vida! ¡No me reconoces! ¡Soy Máximo Estrella!

EL MINISTRO.—¡Claro! ¡Claro! ¡Claro! ¿Pero estás ciego?

MAX.—Como Homero y como Belisario.

EL MINISTRO.—Una ceguera accidental, supongo...

MAX.—Definitiva e irrevocable. Es el regalo de Venus.

EL MINISTRO.—Válgate Dios. ¿Y cómo no te has acordado de venir a verme antes de ahora? Apenas leo tu firma en los periódicos.

MAX.—¡Vivo olvidado! Tú has sido un vidente dejando las letras por hacernos felices gobernando. Paco, las letras no dan para comer. ¡Las letras son colorín, pingajo y hambre!

Ramón DEL VALLE-INCLÁN
Luces de bohemia
Cátedra

10 A partir de este texto, indica detalladamente lo que las acotaciones señalan.

Campo muy cerca —casi dentro— de la ciudad. Cae de plano el sol sobre los desmontes, sobre las zonas arboladas y los edificios a medio construir. Se oye el canto de los pájaros y los motores y las bocinas de los escasos coches que van hacia las afueras.

(Por las carreteras sin asfaltar, por los bosquecillos y las zonas de yerba, pasean dos chicos como de catorce años, Pablo y Luis. Llevan pantalones bombachos y camisas veraniegas).

PABLO.—Me ha dicho Ángel García que a él le ha gustado un rato. Es de guerra, ¿sabes?

LUIS.—Ya, ya lo sé.

PABLO.—A mí son las que más me gustan.

LUIS.—¿Vas con tus padres?

PABLO.—Sí, como todos los domingos. Se han empeñado en ir al Proye.

LUIS.—Pero ahí echan *Vuelan mis canciones.*

PABLO.—Claro, por eso. Me han mandado a las once a la cola, pero yo he sacado las entradas para el Bilbao.

LUIS.—Se van a cabrear.

PABLO.—Sobre todo mi madre. Las de guerra no las aguanta.

LUIS.—La mía tampoco. Le gustan solo las de amor.

PABLO.—¿Tú cuál vas a ver?

LUIS.—Yo, *Rebelión a bordo,* de Clark Gable.

PABLO.—Todavía no la he visto. Debe de ser de piratas.

LUIS.—Sí; a mí, por las fotos, eso me ha parecido.

Fernando FERNÁN GÓMEZ
Las bicicletas son para el verano
Espasa

a. Cómo sería el vestuario de los personajes.
b. Qué peinado y maquillaje llevaría cada uno.
c. Qué sonidos y qué música acompañarían a la escena.
d. Cuántos coches y edificios incluirías en el escenario.
e. Qué movimientos, gestos y tonos de voz recomendarías como director a los actores.

11 Indica qué tipo de escenario y qué efectos de luz, música y sonido serían adecuados para convertir en teatro esta escena de una novela. Reescribe el texto para convertirlo en un diálogo teatral.

Juguetes exquisitos y caros yacían enredados con baratijas de huevos de Pascua. Me senté en el asiento más cercano, que resultó ser el lomo de un caballito de madera, y contemplé la escena.

—¿Qué es este lugar tan raro? —pregunté—. ¿Y a qué te dedicas ahora, Anna?

—Oh, a cosas —dijo Anna.

Siempre decía eso cuando había algo que no quería contar. Me di cuenta de que estaba nerviosa y de que mientras hablaba seguía recogiendo objetos: un poco de cinta, una bola o una larga tira de encaje de Bruselas.

—¿Cómo has encontrado este sitio? —me preguntó.

Se lo dije.

—¿Por qué has venido?

No tenía ganas de embarcarme en una serie de preguntas y respuestas convencionales. ¿Qué importaba por qué? Ni yo mismo lo sabía.

—Me han echado del sitio donde vivía.

No era muy explícito, pero no podía pensar en otra cosa que decir sino la verdad.

—¡Oh! —dijo Anna.

Luego preguntó:

—¿Qué has hecho durante estos años?

Me habría gustado decirle algo impresionante, pero, de nuevo, en lo único que pude pensar fue en la verdad.

—Unas cuantas traducciones y trabajos para la radio —contesté—. Me las he ido arreglando.

Me di cuenta de que realmente Anna no escuchaba mis respuestas. Recogió un par de guantes rojos, se los puso, alisándose los dedos y sin mirarme.

—¿Has visto a alguno de nuestros viejos amigos últimamente? —me preguntó.

Sentí que realmente no podía contestarle.

—¿A quién le importan nuestros viejos amigos? —dije.

¿Qué hay más torturador que un encuentro después de mucho tiempo, cuando todas las palabras caen al suelo como muertas y el espíritu que debería animarlas flota incorpóreo en el aire? Los dos notábamos su presencia.

Iris Murdoch
Bajo la red
Impedimenta

3 Las obras de arte totales

12 ¿A qué género pertenece este fragmento? ¿Cómo lo has sabido?

ESCENA 1. «La Aldea»

1. CANCIÓN «BELLA»

Qué lugar, simple y aburrido.
Siempre es como el día anterior.
Qué lugar, solo gente simple que despierta así…
(Los aldeanos entran y comienzan a ir y venir a su negocio diario).
Señorita Aristocrática:
¡Bonjour!
[…]
Panadero:
¡Bonjour!
(El Panadero *lleva una bandeja de bollos).*
Bella:
Ahí viene el panadero como siempre.
Su mismo pan viene a vender.
Las mañanas siempre igual desde el día
en que llegué a este rústico lugar.
Panadero:
Buenos días, Bella.
Bella:
Buenos días, señor.
Panadero:
¿Adónde vas?
Bella:
A la librería, acabo de leer un cuento
maravilloso de unas semillas, un ogro y…
(Pero él no está interesado. Él grita sobre su hombro a su esposa).
Panadero:
¿Ah, sí? Marie, el pan, rápido.
(Bella *suspira… no importa. Ella sigue su camino. Varios ciudadanos hablan de ella cuando pasa).*

La bella y la bestia
www.academia.edu

13 Esta es la escena interior («INT.») del guion de una película de 1942 que refleja la vida en Casablanca, ciudad marroquí refugio de muchos europeos que huyeron de la guerra.

a. ¿Por qué crees que hay muchas indicaciones visuales y poco diálogo?

b. ¿Cuánto tiempo crees que necesitará el director de cine para presentar en imágenes el decorado de la escena antes de que el hombre hable?

c. Enumera los recursos de la banda sonora que aparecen.

14. INT. RICK'S CAFÉ, SALÓN PRINCIPAL, NOCHE

Rick's es un club caro y selecto, donde flota sin lugar a dudas un aire de sofisticación e intriga.

SAM, un negro de mediana edad, está sentado en un taburete ante un pequeño piano sobre ruedas de color salmón, mientras interpreta la canción acompañado de una reducida orquesta.

Le rodea un incesante zumbido de voces, cháchara y risas.

La fauna que ocupa el local es muy variada. Hay europeos de esmoquin, cuyas mujeres lucen unos maravillosos vestidos y joyas. Moros ataviados con chilabas de seda. Turcos con el fez característico. Mediterráneos. Oficiales de la Armada. Miembros de la Legión Extranjera, claramente distinguibles por el quepis.

En una mesa hay sentados dos hombres.

HOMBRE

Esperar, esperar, esperar.
Jamás saldré de aquí.
Moriré en Casablanca.

Su compañero no parece mostrar el menor interés por su dilema. Evidentemente hay una gran escasez de simpatía en Casablanca.

Casablanca. http://alcazaba.unex.es

14 Indica si los argumentos de estas películas de cine corresponderían con un drama o una comedia.

Un viaje a diez metros

Los Kadam, una familia india con Papa a la cabeza, se trasladan al sur de Francia, y allí deciden abrir un restaurante enfrente de un lujoso restaurante francés de alta cocina con estrellas Michelin, regentado por la esnob Madame Mallory.

Samba

Hace diez años que Samba llegó a Francia desde Senegal, y desde entonces ha tenido varios empleos humildes. Alice es una ejecutiva que está pasando una mala racha y sufre de agotamiento. [...] Mientras Samba está dispuesto a hacer lo que sea necesario para conseguir los papeles, lo que Alicia intenta es recuperar su vida. Al final, el destino hace que sus caminos se crucen. Se trata de una historia sobre dos extraños que podrían encontrar juntos la senda de la felicidad.

www.filmaffinity.com

15 Lee con atención este fragmento del guion cinematográfico de una película y edítalo para crear dos adaptaciones: a un texto teatral y a un texto narrativo. Después, responde: por el español que hablan las dos protagonistas, ¿de qué zona crees que son?

INT. TORTERÍA. AV. INDEPENDENCIA - DÍA

Ilustraciones pintadas a mano sobre una pared anuncian los distintos tipos de tortas. En la otra, un espejo cortado en rombos reproduce la ya concurrida clientela.

Cleo y Adela están sentadas en la barra disfrutando sus tortas cubanas, que se desbordan de los panes a cada mordida.

ADELA

... Entonces que el Moisés... ¿Te acuerdas de Moisés? ¿El del pueblo? [...] Pues que andaba ahí dale y dale y...

CLEO
(riendo)

... ¿Dale y dale...?

ADELA

No, ¡tonta!... Dale y dale, y que me mandaba cartas y cartas...

Cada vez que habla, Cleo se cubre la boca con la mano.

CLEO
(curiosa)

¿Y qué tanto te escribía?

ADELA

Pues... que no podía dejar de pensar en mí... que me extrañaba... que ya quería verme...

CLEO

¡Aaaaayyy...!

ADELA

Que sin mí se sentía solo...

CLEO

¡Pobre!

Que ya no podía sin verme...

CLEO

Aaaaaay...

ADELA

Y que viene mi primo del pueblo a traer un encargo y que me trae otra carta del Moisés...

CLEO

¿Ajá?

Alfonso CUARÓN: *Roma*

Escribir

Ángel de Andrés y Marisa de Leza interpretando *La dama del alba.*

1 Vas a ver un resumen de la obra *La dama del alba,* interpretada por un grupo de teatro aficionado. Para ello, entra en YouTube y busca «La dama del alba | UC3M | DOGMA TEATRO por i-Tek.es». Después de visualizar el vídeo, continúa el texto de Alejandro Casona y recrea su última escena según cómo imagines su final. Para ello, puedes seguir estas indicaciones.

a. Identifica cada intervención con el nombre del personaje correspondiente, así como con el punto y la raya. Incluye diferentes tipos de acotaciones para ayudar a visualizar a los personajes y sus acciones.

- Voz del personaje: tono, volumen, entonación.
- Gestos y expresión corporal.
- Vestuario.
- Escenario y decorado.
- Iluminación.
- Sonido: música y efectos sonoros.

No olvides que las acotaciones se diferencian tipográficamente de las intervenciones de los personajes en el conjunto del texto teatral.

b. Piensa en un nuevo título para la obra, según el giro o el desenlace que hayas ideado.

c. Revisa finalmente tu texto: elementos tipográficos adecuados, coherencia estructural y ortografía.

d. Tras tu revisión, pídele a un compañero de clase que lea tu texto. Deberá aconsejarte en la revisión y la reformulación de ciertos detalles, con el fin de mejorar la comprensión y presentación.

Escribir

2 Accede a YouTube y busca «"Mamma Mia!" / "Dancing Queen" - MAMMA MIA! (Barcelona)», publicado por todoMUSICALES. En grupos de cuatro alumnos, vais a elaborar el guion correspondiente a una de las dos escenas representadas en el vídeo. Para ello, seguid los pasos siguientes.

a. Formad los grupos y observad las dos escenas del musical. Describid el vestuario, el decorado y la iluminación. ¿Qué creéis que aportan estos elementos a la historia representada?

b. Elegid una de las escenas musicales del vídeo (*Mamma Mia!* o *Dancing Queen*), de la cual elaboraréis el guion correspondiente.

c. Cread el guion de la escena elegida.

- Determinad qué personajes serán los protagonistas del guion y nombradlos.
- Transcribid la letra de la canción representada en la escena y asignad los fragmentos correspondientes a cada personaje.
- Escribid un fragmento para antes y después de la parte cantada en que los personajes dialoguen. El diálogo deberá guardar cierta relación con la parte musical.
- Añadid acotaciones, tanto para los fragmentos cantados como para los nuevos diálogos inventados.

d. Animaos, si queréis, a representar la escena reflejada en vuestro guion. Para ello, asignaos los papeles y ensayadla varias veces, hasta que la hayáis memorizado. Finalmente, representadla ante el resto de vuestros compañeros.

Hablar

3 Realizad una grabación de radioteatro sobre una aventura de marcianos o de piratas siguiendo estas instrucciones.

a. Pensad en una acción importante: descubrimiento, lucha, persecución, enfrentamiento entre personajes...

b. Inventad dos personajes de características positivas y otros dos de características negativas, y repartíos los papeles.

c. Seleccionad la música y los efectos sonoros con los que acompañaréis la acción.

d. Poneos de acuerdo sobre qué es lo que les pasará a los personajes y qué es lo que diréis cada uno de vosotros y desarrollad el guion. Para ello, seguid los estos pasos.

- Poned un nombre a cada personaje.
- Cada vez que intervenga un personaje, escribid su nombre en versalitas y escribid su intervención detrás de un punto y de una raya (.—).
- Si, en vuestra intervención, un personaje llora, grita o pone un mayor énfasis en lo que está diciendo, indicadlo en una acotación. Recordad que los elementos visuales no están presentes, por lo que el oyente tendrá que imaginárselo todo.

e. Incluid otros ruidos o efectos sonoros acordes a las acciones que habéis decido representar. Por ejemplo, si se trata de una lucha con espadas, haced el ruido con algo metálico. Los efectos sonoros también pueden provenir de webs de recursos digitales que podréis encontrar en Internet.

f. Preparad vuestra ficción sonora y grabadla. No olvidéis que el resultado no debe superar los tres minutos.

(Suenan las doce. MARIQUILLA *se levanta de un salto y coge la regadera.* CLOTILDE *intenta quitársela. Se persiguen por la escena. En un momento dado,* MARIQUILLA *interpone entre ambas una silla, que hace caer a la mayor, en el preciso momento en que suena la voz del* PRÍNCIPE*).*

PRÍNCIPE.—Niña que riega las albahacas,
¿cuántas hojitas tiene la mata?

*(*MARIQUILLA*, que está más cerca de la ventana, se asoma con su regadera).*

MARIQUILLA.—Caballero del alto plumero,
usted que sabrá de leer y escribir,
de sumar y de restar,
¿cuántas estrellitas tiene el cielo
y arenitas tiene el mar?

(Ya se mete MARIQUILLA *para adentro, muerta de risa, cuando el* PRÍNCIPE *le replica).*

PRÍNCIPE.—¿Y el beso del encajero,
estuvo malo o estuvo bueno?

*(*MARIQUILLA *queda petrificada. Fuera se oye la risa del* PRÍNCIPE*, secundada por* CALATRAVA*. Ambos se alejan).*

CLOTILDE Y MATILDE.—¡Mariquilla! ¿Te das cuenta?

MARIQUILLA.—*(Rabiosa).* ¡Ese príncipe encajero me las pagará, como Mariquilla que me llamo!

MARICASTAÑA.—Desde aquel instante, Mariquilla no hizo más que pensar cómo sería su venganza. Pensó, pensó, pensó…

Antonio RODRÍGUEZ ALMODÓVAR
La niña que riega las albahacas
Ediciones de la Torre

1 ¿Por qué tiene Mariquilla tanta prisa en coger la regadera?

2 ¿Qué papel tiene Maricastaña? ¿Crees que su intervención puede considerarse un aparte?

3 La palabra *encajero* proviene de *encaje*. ¿Qué crees que significa? Argumenta tu respuesta.

4 En el fragmento aparece «el beso del encajero». Teniendo en cuenta que el Príncipe está enamorado de Mariquilla y que Mariquilla se siente engañada por él, ¿quién es ese encajero? ¿Qué pudo pasar, aunque no se cuenta, entre el falso encajero y Mariquilla?

5 Diferencia en este texto las acotaciones del diálogo. A continuación, copia en tu cuaderno la información de las acotaciones sobre la actuación, la apariencia de los actores, el escenario y el sonido. Es posible que de algún aspecto no aparezca información porque haya aparecido en un fragmento anterior o porque su concreción se deje a criterio del director de escena. Si es el caso, imagínatelo.

6 Imagina que tuvieras que hacer esta obra en radioteatro. ¿Cómo supliríais la parte visual y cómo conseguiríais los efectos de sonido? Preparad el fragmento en grupos de cinco.

7 Recuerda la distinción entre el texto teatral y la representación teatral, imagina que eres director de escena y responde.

a. ¿Qué atrezo necesitarías para montar este fragmento?

b. ¿Cómo vestiría e iría maquillado y peinado cada personaje?

c. ¿Qué gestos deberían hacer los actores para que las acotaciones del autor cobraran vida?

d. ¿Qué efectos de música y sonido incluirías?

e. En el tratamiento del ritmo, ¿qué pausas podrías incluir en esta acción?

8 Continúa la escena con un monólogo del Príncipe en el que este declare su amor por Mariquilla.

9 A partir de este texto teatral, copia en tu cuaderno qué elementos del mismo dan indicaciones para que el director y los actores hagan la puesta en escena. En aquellos casos en que el texto no dé indicaciones, añádelas.

a. Personajes.　　b. Espacio escénico.　　c. Efectos sonoros.

> Un tramo de escalera con dos rellanos, en una casa modesta de vecindad. [...] En el segundo rellano hay dos puertas: dos laterales y dos centrales. Las distinguiremos, de derecha a izquierda, con los números I, II, III y IV. [...]
>
> *(Nada más levantarse el telón vemos cruzar y subir fatigosamente al* Cobrador de la luz, *portando su grasienta cartera. [...] Vuelve al I, donde le espera ya en el quicio la* Señora Generosa: *una pobre mujer de unos cincuenta y cinco años).*
>
> Cobrador.—La luz. Dos pesetas. *(Le tiende el recibo. La puerta III se abre y aparece* Paca, *mujer de unos cincuenta años, gorda y de ademanes desenvueltos. El* Cobrador *repite, tendiéndole el recibo).* La luz. Cuatro diez.
>
> Generosa.—*(Mirando el recibo).* ¡Dios mío! ¡Cada vez más caro! No sé cómo vamos a poder vivir. *(Se mete).*
>
> Paca.—¡Ya, ya! *(Al* Cobrador*).* ¿Es que no saben hacer otra cosa que elevar la tarifa? ¡Menuda ladronera es la compañía! ¡Les debía dar vergüenza chuparnos la sangre de esa manera! *(El* Cobrador *se encoge de hombros).* ¡Y todavía se ríe!
>
> Antonio Buero Vallejo: *Historia de una escalera.* Austral

10 Indica cuáles son las semejanzas y las diferencias entre el teatro y el radioteatro.

11 Define los siguientes términos propios del teatro.

a. Escena.

b. Tramoya.

c. Acto.

d. Atrezo.

e. Director.

12 Explica la diferencia que existe entre un monólogo o soliloquio, un diálogo y un aparte.

13 ¿Puede haber teatro sin palabras? Si tu respuesta es afirmativa, explica cómo y en qué géneros.

14 ¿Qué relación guarda el teatro con la narrativa? ¿Y con la poesía?

15 ¿Qué semejanzas y diferencias encuentras entre los géneros de la ópera y el musical? Comenta a través de qué recursos musicales y visuales interactúan sus personajes.

16 Completa en tu cuaderno el siguiente cuadro.

GÉNEROS TEATRALES

- Mayores
  - ...
  - ...
  - ...
- Menores
  - Paso
  - ...
  - ...
- Obras de arte totales
  - ... → ...
  - ... → *Ballet*

13 LITERATURA DIDÁCTICA

APARTA LA AMISTAD DE LA PERSONA QUE SI TE VE EN EL RIESGO TE ABANDONA

FÉLIX MARÍA DE SAMANIEGO

CONOCER

MORALEJAS PERDURABLES

Después de realizar una gran lluvia de ideas, entre toda la clase, para nombrar los títulos de todos los apólogos y fábulas que recordemos, nos organizaremos en grupos para diseñar una línea del tiempo en la que ubiquemos cada uno de los textos mencionados, junto con su autor (en los casos en los que sea conocido) y la moraleja o enseñanza que transmiten.

CREAR

ENSEÑANZA ARTÍSTICA

Ese apólogo o fábula que te contaron 1 000 veces en tu infancia y que tenía una enseñanza que se te grabó en la cabeza y en el corazón merece ser inmortalizado en una recreación artística que tú mismo vas a elaborar. Haz una lista de todos los detalles que recuerdes y trasládalos con toda la originalidad posible a una pintura, una escultura, un cómic o cualquier manifestación que tenga sentido para ti.

PRESENTAR

PALABRAS PRESTADAS

Busca un fragmento de un ensayo con el que te sientas identificado por el tema que trata, memorízalo y prepárate para exponerlo ante tus compañeros como si lo hubieras escrito tú mismo. Asegúrate de que comprendes bien todas las palabras para, después, transmitirlo con la entonación y el ritmo adecuados. ¡No olvides citar, al final, a quién pertenece el texto!

INVESTIGAR

A BUEN ENTENDEDOR...

En equipos, elaborad un refranero que contenga al menos seis refranes para cada uno de estos cinco temas: naturaleza, relaciones personales, alimentos, animales y comportamientos (hábitos, actitudes…). Ordenadlos en cada bloque por orden alfabético y, finalmente, buscad si tienen traducción a otro idioma que sepáis y comparad si emplean conceptos semejantes o diferentes para transmitir la misma idea.

TEXTO 1

Los siguientes textos son de Esopo, un fabulista de la antigua Grecia. Lee sus títulos con atención. ¿Qué características humanas crees que se les podría atribuir a cada uno de los animales protagonistas?

La hormiga y el escarabajo

En el verano, una hormiga que iba por el campo recogía granos de trigo y cebada, que almacenaba como alimento para el invierno. Un escarabajo se asombró de verla trabajar tanto, pues se agotaba cuando los demás animales, dejando a un lado los trabajos, se entregaban al descanso. La hormiga, por el momento, guardaba silencio, pero más tarde, cuando llegó el invierno y la lluvia empapó el estiércol, el escarabajo, hambriento, fue a pedirle que le diera algo de comida. Y la hormiga le dijo: «Escarabajo, si hubieras trabajado entonces, cuando te metías conmigo porque me esforzaba, no te faltaría ahora comida».

Así, los que durante el tiempo de abundancia no se preocupan del futuro, caen en la mayor miseria cuando las circunstancias cambian.

Esopo
Fábulas
Gredos

La pulga y el hombre

Una pulga, una vez molestaba mucho a un hombre y, atrapándola, gritó: «¿Quién eres tú que me comes todos mis miembros y me picas sin ton ni son?». Clamó la pulga: «Vivimos así, no me mates, porque no puedo hacer mucho daño». El hombre se rió y le dijo así: «En seguida te voy a matar con mis propias manos, porque todo mal, pequeño o grande, absolutamente hay que impedirlo brotar».

La fábula muestra que no hay que tener conmiseración del mal, sea grande o pequeño.

Esopo
Fábulas
Gredos

Contexto sociocultural

Esopo nació alrededor del año 600 a. C y falleció aproximadamente 36 años después en Delfos, una moderna ciudad de la Grecia de entonces. Su obra más notable son sus *Fábulas,* un conjunto de relatos en prosa protagonizados por animales con caracteres y comportamientos humanos. En la Antigüedad clásica, Esopo gozó de una gran popularidad, la cual ha seguido hasta nuestros días, pues sus *Fábulas* siguen siendo una obra de referencia para todas las culturas.

TEXTO 2

Las protagonistas de esta fábula son una hormiga y una pulga. ¿Cómo crees que se van a caracterizar aquí?

La hormiga y la pulga

Para no alabar las obras buenas, algunos las suponen de fácil ejecución

Tienen algunos un gracioso modo
de aparentar que se lo saben todo,
pues cuando oyen o ven cualquiera cosa,
por más nueva que sea y primorosa,
muy trivial y muy fácil la suponen,
y a tener que alabarla no se exponen.
Esta casta de gente
no se me ha de escapar, por vida mía,
sin que lleve su fábula corriente,
aunque gaste en hacerla todo un día.

A la pulga la hormiga refería
lo mucho que se afana,
y con qué industrias el sustento gana;
de qué suerte fabrica el hormiguero,
cuál es la habitación, cuál el granero,
cómo el grano acarrea,
repartiendo entre todas la tarea;
con otras menudencias muy curiosas
que pudieran pasar por fabulosas,
si diarias experiencias
no las acreditasen de evidencias.

A todas sus razones
contestaba la pulga, no diciendo
más que estas u otras tales expresiones:
«Pues ya…, sí…, se supone, bien…, lo entiendo…,
ya lo decía yo…, sin duda…, es claro…,
está visto: ¿tiene eso algo de raro?»

La hormiga, que salió de sus casillas
al oír estas vanas respuestillas,
dijo a la pulga: «Amiga, pues yo quiero
que venga usted conmigo al hormiguero.
Ya que con ese tono de maestra
todo lo facilita y da por hecho,
siquiera para muestra,
ayúdenos en algo de provecho».

La pulga, dando un brinco muy ligera,
respondió con grandísimo desuello:
«¡Miren qué friolera!
Y ¿tanto piensas que me costaría?
Todo es ponerse a ello…
pero… tengo que hacer… Hasta otro día».

Tomás de Iriarte: *Fábulas literarias.* Biblioteca Virtual Miguel de Cervantes

Contexto sociocultural

Tomás de Iriarte (1750-1791) fue un personaje característico de la Ilustración española. Nacido en el seno de una familia acomodada y muy culta, contribuyó en numerosas disciplinas, entre las que destacó como poeta, traductor, dramaturgo y fabulista, faceta por la que es más conocido en la actualidad. Muchas de sus fábulas se distinguen por su carácter humorístico y por su gran originalidad, como se demuestra en «La hormiga y la pulga».

Leer texto 1

1 Responde a estas preguntas sobre las fábulas de Esopo.

a. ¿Qué personajes animales aparecen?

b. ¿En qué se diferencia la hormiga del escarabajo?

c. ¿Cómo se excusa la pulga ante el hombre?

d. ¿Siente compasión el hombre por la pulga?

2 Las dos fábulas de Esopo transmiten una enseñanza concreta. ¿En qué parte de estas puedes encontrarla?

3 Atribuye cada una de las siguientes características a un personaje de las fábulas de Esopo: la hormiga, el escarabajo, la pulga o el hombre.

a. La holgazanería.

b. La inclemencia.

c. La prudencia.

d. El incordio.

4 Relaciona el refrán con la fábula correspondiente.

a. El que guarda siempre tiene.

b. Más vale prevenir que curar.

c. Donde las dan, las toman.

d. Contra el vicio de pedir, la virtud de no dar.

- La hormiga y el escarabajo
- La pulga y el hombre

5 ¿Qué pueden tener en común una fábula y un refrán?

6 A pesar de que la pulga le dice al hombre que no tiene otro remedio que alimentarse de su sangre, pues es su condición, el hombre no siente ningún tipo de compasión hacia ella. Escribe otra moraleja para esta fábula que aborde esta cuestión.

7 Busca en las fábulas la palabra que pueda completar estos campos semánticos.

a. invierno, otoño, primavera...

b. avena, cebada, bambú...

c. pies, brazos, piernas...

d. pequeño, mediano, enorme...

Leer texto 2

8 ¿Cuál es la moraleja de la fábula de Iriarte? ¿Dónde se encuentra?

9 Inventa un refrán que exprese la moraleja de la fábula de Iriarte.

10 Crea tres viñetas que ilustren el inicio, el nudo y el desenlace de «La hormiga y la pulga». Puedes usar texto además de imágenes o ilustraciones.

11 Busca en el texto los sinónimos de estas palabras: *fingir, se esfuerza, pequeñeces* y *salto.*

Leer texto 2

Sin faltas.com

12 ▶ La fábula de Iriarte contiene dos signos muy importantes: la coma y el punto y coma. Ten en cuenta las indicaciones del margen y completa estas oraciones con los signos adecuados.

a. Esopo era griego Iriarte español.

b. Los protagonistas de las fábulas de Iriarte son muy variados: elefantes osos monas cerdos hormigas arañas abejas.

c. Iriarte nació en Tenerife sin embargo murió en Madrid.

d. Teresa cuál es tu fábula de Iriarte favorita.

Opinar

13 Esta fábula describe, a través de la pulga, una actitud que es posible que hayas presenciado alguna vez.

- Describe una situación que conozcas o hayas vivido a la que se pueda aplicar la moraleja de esta fábula de Iriarte.
- Reflexiona sobre si tú, alguna vez, has actuado como la pulga.

La coma (,) y el punto y coma (;)

- La **coma** es un signo ortográfico que sirve para separar palabras o grupos de palabras dentro de un mismo enunciado. Se emplea para separar elementos en una enumeración; para introducir una explicación; para marcar que se ha omitido un verbo; o para introducir vocativos *(Joaquín, hablemos)*.
- El **punto y coma** (;) señala una pausa algo mayor que una coma. Sirve para evitar confusiones cuando existen varias comas en una enumeración; o para separar frases que tienen relación entre sí, pero cuya estructura es diferente *(Santi hace deporte por las mañanas; Carmen, por las tardes)*.

Leer textos 1 y 2

14 Compara las fábulas de Esopo y la de Iriarte atribuyendo a cada una las siguientes características.

- Prosa
- Verso
- Breve
- Extenso
- Narración
- Descripción
- Sátira
- Didáctica
- Narrador externo
- Narrador interno
- Personajes humanos
- Personajes animales

15 ¿Qué características comparten la hormiga y la pulga en las fábulas de Esopo y en la de Iriarte?

16 Deduce a qué tipo de género pertenece la fábula.

a. Didáctico.

b. Descriptivo.

c. Periodístico.

d. Científico.

17 Investiga sobre la fábula. ¿Todas tienen moraleja? ¿Cuál es la función de esta?

18 Mientras que la fábula de Esopo está en prosa, la de Iriarte fue escrita en verso. ¿Te resulta igual de fácil entender el lenguaje literario en verso que en prosa? Razona tu respuesta.

Arte y literatura

Entra en YouTube y busca el segundo tráiler de la película *Zootrópolis*, publicado por Disney España. Visualízalo con atención y anota en tu cuaderno la siguiente información.

- Algunos de los personajes animales que aparecen.
- Las características humanas atribuidas a la coneja, el zorro y el perezoso.
- La enseñanza que transmite la coneja hacia el final del tráiler.

Escuchar

Las enseñanzas no nos llegan a través de los libros de texto o de fábulas como las de Esopo o Iriarte. También podemos aprender mucho de otras artes o de otros géneros literarios. ¿Podrías dar un ejemplo fruto de tu experiencia?

Busca «El tesoro escondido», publicado por jmerchante, en la plataforma de audio Soundcloud. Escucha el cuento con atención y responde a las siguientes preguntas.

1 ¿Quiénes son los protagonistas de la historia?

2 ¿Por qué los hermanos cavan los viñedos tras la muerte de su padre? Elige la respuesta correcta.

- a. Para que sus vides den fruto en la próxima cosecha.
- b. Para encontrar el supuesto tesoro del que les habló su padre antes de morir.
- c. Para entretenerse y olvidar su tristeza.
- d. Para estropear el terreno.

3 ¿Qué pretendía verdaderamente el padre de los chicos?

4 ¿En qué creías que consistía el tesoro? ¿Te ha sorprendido el final de la historia? Exprésalo oralmente.

5 En algunos casos, engañar o mentir no siempre es malo o se realiza con fines negativos, sino todo lo contrario.

- a. Explica por qué el cuento que has escuchado es un ejemplo de esto.
- b. ¿Alguna vez has mentido a alguien por hacer un bien a esa persona? Escribe tu experiencia en un texto breve, de no más de diez líneas.

COMUNICACIÓN

1 LA ENSEÑANZA

Las **enseñanzas** son narraciones de una **extensión breve** que sirven para mostrar un **modelo de comportamiento moral** en una sociedad. Estos valores han sido transmitidos oralmente, a través de las enseñanzas, de generación en generación en todo tipo de culturas.

En la **cultura popular,** estas narraciones tenían como objetivo principal: **transmitir tradiciones** y **valores aplicables a la vida de cada persona.**

- **Antigüedad.** Muchas de estas narraciones surgieron en la antigüedad, en Oriente. De esta tradición se conserva el libro *Panchatantra*. Gracias a los navegantes venidos de la India, llega hasta los griegos, quienes lo reinterpretan en forma de fábulas, refranes, proverbios, anécdotas... En la Edad Media, estos textos volvieron a nutrirse de las tradiciones orientales y se recuperaron en los escritos cultos de los siglos XVII a XIX, con autores como el francés Jean de La Fontaine y, en España, con Félix María de Samaniego y Tomás de Iriarte, entre otros.
- **Actualidad.** En el momento actual, los cuentos de tradición popular se mezclan con otras versiones de estos, sobre todo, cuando se transmiten por escrito. A este proceso se lo denomina ***recreación:*** los escritores usan estas versiones para crear novelas u otro tipo de narraciones, incluso en otras disciplinas, como la pintura, la música, la escultura, el cine...

Elefantes. Miniatura persa, Herat. 1492. *Panchatantra*, colección de fábulas orientales.

Las **enseñanzas** pueden estar escritas **en verso o en prosa,** pero siempre comparten una temática que gira en torno a las **conductas incorrectas** (la avaricia, la envidia, la mentira...) o a los **miedos que hay que vencer,** y poseen una estructura sencilla.

Título. Se destacan los elementos más importantes, que, en las fábulas, suelen ser los animales protagonistas.

Introducción. Se presenta a los personajes en un tiempo y lugar indeterminados. Se suelen resaltar sus virtudes o vicios.

Nudo. Se plantean el problema y las acciones que realizan los personajes.

La corneja y el cuervo

Sentía una corneja celos contra los cuervos porque estos dan presagios a los hombres, prediciéndoles el futuro, y por esta razón los toman como testigos. Quiso la corneja poseer las mismas cualidades.

Viendo pasar a unos viajeros se posó en un árbol, lanzándoles espantosos gritos. Al oír aquel estruendo, los viajeros retrocedieron espantados, excepto uno de ellos, que dijo a los demás:

—Eh, amigos, tranquilos; esa ave es solamente una corneja. Sus gritos no son de presagios.

Cuando, vanidosamente y sin tener capacidades, se quiere rivalizar con los más preparados, no solo no se les iguala, sino que además se queda en ridículo.

ESOPO: *Fábulas.* Gredos

Desenlace. En algunos casos, el lector es quien debe extraer una conclusión sobre cómo finalizan las acciones de los personajes.

Moraleja. Es la lección que se da sobre el comportamiento que se debe seguir. Está presente en todas las enseñanzas, ya sea con una frase o con una estrofa.

1 LA LITERATURA DIDÁCTICA

Los textos literarios pueden transmitirnos diversos sentimientos, pueden divertirnos, pero, también, nos pueden **enseñar.** De esta última finalidad nace la **literatura didáctica,** que tiene el objetivo de **entretener y enseñar.**

Es más fácil transmitir una enseñanza si se extrae de una historia entretenida o si se ejemplifica con anécdotas. Así lo afirmaba Don Juan Manuel en su libro *El conde Lucanor,* del siglo XIV:

> Escribí este libro con las palabras más hermosas que pude para poder dar ciertas enseñanzas muy provechosas a los que lo oyeren. [...] De esta manera, con ayuda de Dios, escribiré este libro, que a los que lo lean, si se deleitan con sus enseñanzas, será de provecho, y a los que, por el contrario, no las comprendan, al leerlo, atraídos por la dulzura de su estilo, no pudiendo tampoco dejar de leer lo provechoso que con ella se mezcla. [...]

DON JUAN MANUEL «Prólogo»
en *El conde Lucanor*
Aguaclara

1.1 LAS SENTENCIAS

Las sentencias son **frases breves** que contienen una **enseñanza** o **advertencia** moral.

LOS PROVERBIOS Y LOS REFRANES

Los **proverbios** y los **refranes** son diferentes clases de sentencias. Se diferencian en que el **refrán** tiene un **origen popular** y el **proverbio, culto.** Podemos encontrar un ejemplo de este último en el libro Proverbios de la Biblia, cuya autoría se atribuye al famoso rey Salomón (siglo VIII a. C.).

Exhortación a los perezosos

6 Mira la hormiga, perezoso;
fíjate en lo que hace y aprende la lección:
7 aunque no tiene quien mande sobre ella
ni quien le diga lo que debe hacer,
8 asegura su comida en el verano,
la almacena durante la cosecha.

La Biblia Ecuménica
Edelvives

Asimismo, en la literatura popular, los **refranes** recogen una **enseñanza de forma muy breve,** normalmente de forma **rimada.** En todas las culturas, hay refranes con enseñanzas similares, como revela este equivalente entre un refrán chino y uno español, aunque usan imágenes diferentes.

Refrán en chino

一朝被蛇咬，十年怕井绳。

Traducción literal:

Quien un día fue picado por la víbora, siente temor a una soga enroscada durante diez años.

Refrán en español

Gato escaldado, de agua fría huye.

Significado de ambos

Por medio de metáforas se explica que aquel que ha sufrido en una circunstancia (ya sea el agua caliente o la víbora) huye de otra semejante de menor peligro (el agua fría o la soga).

www.chino_china.com

1.2 LA NARRATIVA DIDÁCTICA

La narrativa didáctica es aquella en la que se cuenta una **historia que sirve de ejemplo a seguir** o que, por el contrario, nos **indica qué conductas conviene evitar.**

EL EJEMPLO, EL APÓLOGO, LA PARÁBOLA Y LA FÁBULA

Los **ejemplos** y **apólogos** son **breves historias ficticias** que pretenden servir de ejemplo moral.

El mismo sentido tiene la palabra ***parábola,*** cuyo significado original es el de 'semejanza, comparación'. Por ello, se entiende que en una parábola hay una historia que nos recuerda a otra y que, por tanto, sirve de **enseñanza.**

Las **parábolas** datan de la Antigüedad clásica. Son muy conocidas las de Platón, a través de las cuales el filósofo griego expresa sus ideas; o las del Nuevo Testamento, que recoge las enseñanzas del cristianismo.

Lucas 15

3 Entonces Jesús les contó esta parábola: 4 «¿Quién de vosotros, si tiene cien ovejas y
pierde una de ellas, no deja las noventa y nueve en el campo y va en busca de la oveja
perdida, hasta encontrarla? 5 Y cuando la encuentra la pone contento sobre sus hom-
bros, 6 y al llegar a casa junta a sus amigos y vecinos y les dice: "¡Felicitadme, porque
ya he encontrado la oveja que se había perdido!". 7 Os digo que hay también más
alegría en el cielo por un pecador que se convierte, que por noventa y nueve justos
que no necesitan convertirse».

La Biblia Ecuménica
Edelvives

En la Edad Media era habitual recoger **cuentos con enseñanzas para educar** a los jóvenes de la nobleza, del mismo modo que se recogían proverbios y sentencias. Un ejemplo de ello es el famoso libro de cuentos de Don Juan Manuel, llamado *Libro de los ejemplos del conde Lucanor y de Patronio,* en el que este daba consejos al conde Lucanor a través de **apólogos.**

Por otro lado, la **fábula,** aunque frecuentemente se usa como un término equivalente de *apólogo, ejemplo* y *parábola,* se diferencia de estos en que **suele incluir animales como personajes** y también en que, en ocasiones, se escribe **en verso.** La fábula existe, asimismo, desde la Antigüedad, pero se retoma especialmente en el siglo XVIII, época en que la literatura se concibe especialmente como un medio para enseñar.

El relato de viaje

En el siglo XVIII, fueron frecuentes los **relatos de viajes,** que servían para enseñar a reflexionar sobre la propia realidad, como es el caso de la famosa novela de Jonathan Swift, *Los viajes de Gulliver.*

1.3 EL ENSAYO

El **ensayo** es un escrito **en prosa** en el que un autor expone un tema y transmite su visión al respecto. Se considera un género literario propio.

Es frecuente que el ensayo **se centre en una crítica** sobre la realidad que rodea a su autor y, en algunos casos, se redacta **en forma de carta**, de donde nace el **ensayo epistolar.** Un ejemplo muy conocido es el de las *Cartas marruecas,* en las que José Cadalso, su autor, se sirve de un personaje extranjero (el marroquí Gazel) con el fin de que su visión parezca más objetiva cuando muestra las costumbres sobre las que quiere que el lector reflexione. Así, Cadalso simula ser un viajero que observa la sociedad española.

Carta VI. De Gazel a Ben-Beley

El atraso de las ciencias en España en este siglo, ¿quién puede dudar que procede de la falta de protección que hallan sus profesores? Hay cochero en Madrid que gana trescientos pesos duros, y cocinero que funda mayorazgo; pero no hay quien no sepa que se ha de morir de hambre como se entregue a las ciencias. [...]

José CADALSO
Cartas marruecas
Espasa Calpe

1.4 LA PRENSA Y LA LITERATURA

El **periodismo** es un ámbito en el que los autores pueden **narrar, informar** y **dar su opinión** sobre **todo tipo de cuestiones,** como, por ejemplo, situaciones de la vida cotidiana, acerca de las cuales se pretende que el lector se forme un determinado juicio.

En el siglo XIX, fueron famosos en España los artículos periodísticos de Mariano José de Larra, en los que denunciaba algunos defectos de la sociedad de su época.

Fuime, pues, con mis manuscritos debajo del brazo (circunstancia que no le importará gran cosa al lector) deseoso de ver a un literato, y me pareció deber salir para esto de la atmósfera inferior donde pululan los poetas noveles y lampiños, y dirigirme a uno de esos literatazos abrumados de años y de laureles.

Acerté a dar con uno de los que tienen más sentada su reputación. Por supuesto que tuve que hacer una antesala digna de un pretendiente, porque una de las cosas que mejor se saben hacer aquí es esto de antesalas. Por fin tuve el placer de ser introducido en el oscuro santuario.

Cualquiera me hubiera hecho sentar; pero don Timoteo me recibió en pie, atendida sin duda la diferencia que hay entre el literato y el hombre. Figúrense ustedes un ser enteramente parecido a una persona; algo más encorvado hacia el suelo que el género humano, merced sin duda al hábito de vivir inclinado sobre el bufete; mitad sillón, mitad hombre; entrecejo arrugado; la voz más hueca y campanuda que la de las personas.

Mariano DE LARRA
Don Timoteo o el literato
Biblioteca Virtual Miguel de Cervantes

ACTIVIDADES

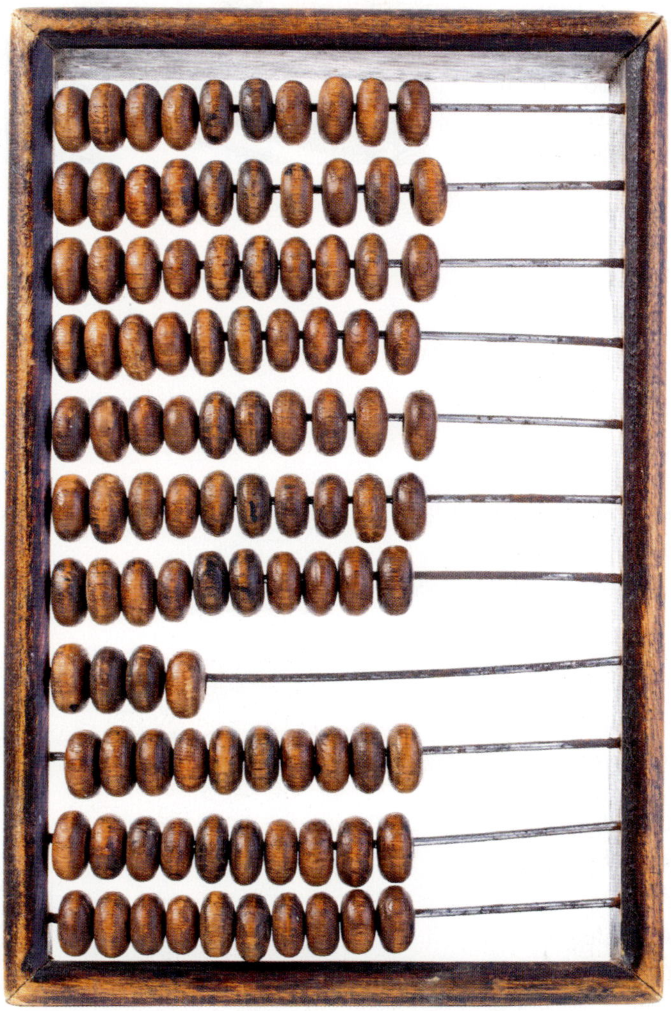

13 LITERATURA DIDÁCTICA

1 La literatura didáctica

1 Explica el sentido de los siguientes textos del libro *Proverbios y cantares,* de Antonio Machado.

a. Moneda que está en la mano,
quizá se deba guardar;
la monedita del alma
se pierde si no se da.

b. Despacito y buena letra:
el hacer las cosas bien
importa más que el hacerlas.

c. Nuestras horas son minutos
cuando esperamos saber,
y siglos cuando sabemos
lo que se puede aprender.

2 Los refranes han transmitido en muchas ocasiones estereotipos sobre clases sociales o grupos de edad y género. Compara estas sentencias y explica qué estereotipo representan.

a. La mujer y el horno por la boca se calientan (español).

b. La lengua de las mujeres es una espada que no se oxida nunca (chino).

c. Amor de madre, que todo lo demás es aire (español).

d. El paraíso está en el regazo de una madre (árabe).

3 Lee estas enseñanzas e indica si son proverbios o refranes. Argumenta por qué.

a. 17Aunque no vale la pena tender una trampa
si los pájaros pueden verla,
18esos hombres se tienden la trampa a sí mismos
y ponen su vida en peligro.
19Tal es el final de los ambiciosos:
su propia ambición los mata.

La Biblia Ecuménica
Edelvives

b. Unos crían la fama, y otros cardan la lana.

c. Contra el vicio de pedir, la virtud de no dar.

4 Las plataformas como Twitter admiten un número limitado de caracteres, lo que contribuye a que sus usuarios publiquen frases ingeniosas que intentan transmitir una idea de forma condensada.

- Lee el siguiente tuit y di cuál de los tres refranes significa lo contrario.

Solo quien ha comido ajo puede darnos una palabra de aliento.

a. El que se pica, ajos come.

b. No se escarmienta en cabeza ajena.

c. Quien buen ajo planta, buen ajo arranca.

5 Indica por qué este cuento sirve de ejemplo para el conde y señala a qué aspectos de la vida real corresponden los que aparecen en la historia. Luego, divídelo en partes: presentación del problema, respuesta de Patronio, ejemplo, explicación del ejemplo y enseñanza en verso.

Lo que ocurrió a un hombre que por pobreza y falta de otro alimento comía altramuces.

Otro día hablaba el conde Lucanor con Patronio de este modo:

—Patronio, bien sé que Dios me ha dado tantos bienes y mercedes que yo no puedo agradecérselos como debiera, y sé también que mis propiedades son ricas y extensas; pero a veces me siento tan acosado por la pobreza que me da igual la muerte que la vida. Os pido que me deis algún consejo para evitar esta congoja.

—Señor conde Lucanor —dijo Patronio—, para que encontréis consuelo cuando eso os ocurra, os convendría saber lo que les ocurrió a dos hombres que fueron muy ricos.

El conde le pidió que le contase lo que les había sucedido.

—Señor conde Lucanor —dijo Patronio—, uno de estos hombres llegó a tal extremo de pobreza que no tenía absolutamente nada que comer. Después de mucho esforzarse para encontrar algo con que alimentarse, no halló sino una escudilla llena de altramuces. Al acordarse de cuán rico había sido y verse ahora hambriento, con una escudilla de altramuces como única comida, pues sabéis que son tan amargos y tienen tan mal sabor, se puso a llorar amargamente; pero, como tenía mucha hambre, empezó a comérselos y, mientras los comía, seguía llorando y las pieles las echaba tras de sí. Estando él con este pesar y con esta pena, notó que a sus espaldas caminaba otro hombre y, al volver la cabeza, vio que el hombre que le seguía estaba comiendo las pieles de los altramuces que él había tirado al suelo. Se trataba del otro hombre de quien os dije que también había sido rico.

»Cuando aquello vio el que comía los altramuces, preguntó al otro por qué se comía las pieles que él tiraba. El segundo le contestó que había sido más rico que él, pero ahora era tanta su pobreza y tenía tanta hambre que se alegraba mucho si encontraba, al menos, pieles de altramuces con que alimentarse. Al oír esto, el que comía los altramuces se tuvo por consolado, pues comprendió que había otros más pobres que él, teniendo menos motivos para desesperarse. Con este consuelo, luchó por salir de su pobreza y, ayudado por Dios, salió de ella y otra vez volvió a ser rico.

»Y vos, señor conde Lucanor, debéis saber que, aunque Dios ha hecho el mundo según su voluntad y ha querido que todo esté bien, no ha permitido que nadie lo posea todo. Mas, pues en tantas cosas Dios os ha sido propicio y os ha dado bienes y honra, si alguna vez os falta dinero o estáis en apuros, no os pongáis triste ni os desaniméis, sino pensad que otros más ricos y de mayor dignidad que vos estarán tan apurados que se sentirían felices si pudiesen ayudar a sus vasallos, aunque fuera menos de lo que vos lo hacéis con los vuestros.

Al conde le agradó mucho lo que dijo Patronio, se consoló y, con su esfuerzo y con la ayuda de Dios, salió de aquella penuria en la que se encontraba.

Y viendo don Juan que el cuento era muy bueno, lo mandó poner en este libro e hizo los versos que dicen así:

Por padecer pobreza nunca os desaniméis,
porque otros más pobres un día encontraréis.

Don Juan Manuel
El conde Lucanor
Aguaclara

6 Lee el siguiente texto y responde a las preguntas.

> No sin contradicción, muchas personas preferiríamos el camino de la creación modesta pero libre a la acumulación y riqueza subordinadas a un trabajo sin pasión. Eso pensamos y eso decimos antes de descubrir que la libertad mengua cuando no hay dinero y sí expectativa, cuando el vivir se sostiene difícilmente sobre una superficie demasiado inestable que precisa unos mínimos de energía y sustento. Entonces se sucumbe a «lo que salga», aplazando la vida y esa pasión (que identificamos como lo que nos mueve de la vida) a un futuro donde las condiciones sean mejores. Como una minúscula herida tapada por la ropa, primero invisible, va lentamente creciendo la frustración. Comienza así una vida permanentemente pospuesta, una cesión del tiempo de creación al futuro, una encadenada y constante inversión para lograr recursos mínimos pero suficientes, proporcionando algo de dinero y restando a esa pulsión sentida gran parte del tiempo, cedido ahora al sustento y a la apariencia.

Remedios ZAFRA
El entusiasmo
Anagrama

a. ¿Cuál es la idea principal del texto que acabas de leer?

b. ¿Con qué elemento se vincula la libertad?

c. ¿Qué sentimiento surge, según la autora, en las personas que posponen su pasión por necesidad económica?

d. ¿A qué tipo de texto de entre los estudiados en la unidad crees que corresponde?

7 Si usaras el mismo artificio que emplea José Cadalso para hacer reflexionar a los lectores sobre los problemas de tu país, es decir, si simularas ser un extranjero que ha venido de visita y que escribe a su familia desde España, ¿sobre qué temas tratarías?

8 Lee el siguiente texto, que corresponde a una novela del poeta alemán Friedrich Hölderlin. ¿Crees que se puede extraer alguna enseñanza del fragmento? Si es así, ¿cuál?

> Como el trabajador que se sumerge en el sueño reparador, mi ser atormentado se hunde a menudo en los brazos del pasado inocente.
>
> ¡Calma de la infancia, calma divina! ¡Cuántas veces te contemplo en silencio, amorosamente, y quisiera alcanzarte con el pensamiento! Pero solo conservamos nociones de lo que, habiendo sido malo, se acabó transformando en bueno; de la infancia y de la inocencia no tenemos nociones.
>
> Cuando yo era un niño callado y no sabía nada de todo lo que nos rodea, ¿no era entonces más que ahora, tras todas las fatigas del corazón y todos sus esfuerzos y afanes?
>
> Sí, el niño es un ser divino hasta que no se disfraza con los colores de camaleón del adulto.
>
> Es totalmente lo que es, y por ello es tan hermoso.
>
> La coerción de la ley y del destino no le andan manoseando; en el niño solo hay libertad.
>
> En él hay paz; aún no se ha destrozado consigo mismo. Hay en él riqueza; no conoce su corazón la mezquindad de la vida. Es inmortal, pues nada sabe de la muerte.
>
> Pero los hombres no pueden soportar esto. Lo divino tiene que volverse como uno de ellos, tiene que notar que ellos también están ahí, y antes de que la naturaleza lo expulse de su paraíso, los hombres lo arrancan de él y lo arrojan al campo de la maldición, para que se gaste trabajando con el sudor de su frente.

Friedrich HÖLDERLIN
Hiperión o el eremita en Grecia
Gredos

Escribir

Las dos cabras, de Gerrit Greve.

1 Observa la obra realizada por Gerrit Greve de la fábula «Las dos cabras». Descubre la historia que se esconde tras estas pinceladas coloristas a través de las siguientes preguntas.

a. ¿Reconoces en la pintura alguna de las fábulas que conoces? Si no es así, investiga cuál es su argumento a partir del cuadro.

b. ¿Crees que los colores empleados por el pintor intentan decirnos algo acerca del escenario o de la situación vivida en la fábula?

c. ¿Qué sensaciones te transmiten las imágenes?

2 Recrea la obra realizada por Gerrit Greve en forma de fábula escrita. Escríbela según lo que te sugieran sus colores, formas y personajes. Para ello, sigue estas indicaciones.

a. En primer lugar, añade uno o dos personajes más a los protagonistas de tu fábula y asígnales un papel en la historia; después, plantea una moraleja. Esta guiará el desarrollo del texto, la forma de actuar de sus personajes y las situaciones inventadas. Para que tu moraleja tenga un sentido en la actualidad, identifícala con una situación real.

b. Estructura tu fábula en las siguientes partes:

- Introducción: presentación de los personajes y de la situación inicial.
- Nudo: desarrollo de la historia.
- Desenlace.
- Moraleja.

c. Emplea un estilo en prosa, similar al utilizado por Esopo en sus fábulas, e incluye un diálogo entre los personajes.

d. Elige un título para la fábula. Sigue el modelo de las fábulas de Esopo e Iriarte, incluyendo en él los personajes de tu historia.

e. Revisa finalmente la fábula creada en cuanto a su sentido didáctico, estructura, estilo y ortografía.

Hablar

3 Busca en YouTube el vídeo «Fantasía 2000 (HD) – Carnival of the Animals», publicado por Nantsingonyama, que corresponde a una escena de la película de Disney del mismo nombre, y visualízalo con atención. A continuación, formad grupos de cuatro alumnos y seguid estos pasos para realizar un *storyboard* o guion gráfico inspirado en este vídeo.

a. Responded a las siguientes preguntas: ¿qué animales lo protagonizan?, ¿qué aporta la música a las imágenes o a la historia?, ¿qué pasaría si se sustituyera la pieza de Saint-Saëns por otra pieza musical?

b. Buscad información sobre qué es un *storyboard:* para qué sirve, qué elementos debe contener, qué pasos hay que seguir para elaborarlo, etc.

c. Escoged los animales que protagonizarán vuestra nueva escena —que inventaréis basándoos en la de *Fantasía 2000*—, así como la música que guiará los movimientos y las acciones de los personajes.

d. Configurad el borrador de vuestro guion gráfico.

e. Pasadlo a limpio y revisad que contiene todos los elementos propios del *storyboard* y que no hay faltas de ortografía.

f. Compartid el resultado con vuestros compañeros en una miniexposición en clase.

4 Contad una historia de la tradición oral. Para ello, seguid estos pasos.

a. En grupos de cuatro, seleccionad un cuento, relato o historia que conozcáis. Tenéis que incluir un narrador, dos personajes que dialoguen entre sí y una moraleja.

b. Una vez seleccionada la historia, escribidla o buscad la versión escrita en Internet. El texto debe contener un título, una introducción, un nudo, un desenlace y una moraleja aplicada a la vida cotidiana.

c. Dividid el texto en cuatro partes iguales para que cada uno pueda representar un fragmento.

d. Ensayad la lectura en voz alta durante unos tres minutos: si sois narradores, hablad alto y claro, pronunciando bien cada palabra; si sois algún personaje, modificad la voz según aquello que representéis.

e. Leed, conjuntamente y en voz alta, cada una de las partes de vuestra historia ante vuestros compañeros y tomad nota de sus comentarios para mejorar en el futuro.

El pastor y el lobo

Acompañaba un lobo a un rebaño de ovejas, pero sin hacerles daño. Al principio el pastor lo observaba y tenía cuidado de él como un enemigo. Pero como el lobo lo seguía y en ningún momento intentó robo alguno, llegó a pensar el pastor que más bien tenía un guardián de aliado.

Cierto día, teniendo el pastor necesidad de ir al pueblo, dejó sus ovejas confiadamente junto al lobo y se marchó.

El lobo, al ver llegado el momento oportuno, se lanzó sobre el rebaño y lo devoró casi todo.

Cuando regresó el pastor y vio lo sucedido, exclamó:

—Bien merecido lo tengo, porque ¿de dónde saqué confiar las ovejas a un lobo?

No dejes tus valores al alcance de los codiciosos,
aunque aparenten inocencia.

ESOPO
Fábulas
Gredos

1 Haz una lectura del texto en voz alta con la entonación adecuada, incluyendo los sonidos que creas que deben acompañar a las palabras.

2 Busca en el texto la respuesta a las siguientes cuestiones.

a. ¿Qué pensaba el pastor del lobo al principio?

b. ¿Para qué se marchó a la ciudad?

c. ¿Cuándo devoró el lobo al rebaño?

d. ¿Al final, qué piensa el pastor del lobo?

3 Localiza en el texto la enseñanza que contiene y aplícala a una situación de la vida cotidiana.

4 Puede extraerse de la fábula otra enseñanza relativa a la condición de las personas. ¿Cuál es? Intenta escribirla en forma de verso.

5 Recoge tres refranes que se refieran a la amistad o a la confianza entre las personas.

6 Explica el significado de *aliado* y *oportuno.*

7 Responde a la pregunta del pastor: ¿por qué crees que confió las ovejas a un lobo?

8 El texto no tiene diálogo, pero puedes imaginarlo, ya que, en las fábulas, los animales suelen conversar. Reescribe la fábula incluyendo el diálogo entre el pastor y el lobo.

9 Imita los textos de Don Juan Manuel y escribe una situación en la que Patronio pudiese usar este cuento para aconsejar al conde Lucanor.

10 ¿Qué historia, usando animales como protagonistas, podría emplearse para transmitir la enseñanza «la amistad se prueba en las dificultades»? Redáctala de forma breve.

11 Como todo texto narrativo, este presenta una sucesión de acciones. Enumera cuáles son.

12 Define con tus propias palabras qué es una moraleja.

13 Inventa un cuento que sirva para ilustrar la enseñanza encerrada en estos dos refranes: «De tal palo, tal astilla»; «No por mucho madrugar, amanece más temprano».

14 De todos los tipos de texto que se han visto en la unidad, hay dos que pueden adoptar forma de poesía. ¿Cuáles son?

15 Lee este fragmento e indica a cuál de los tipos de texto puede corresponder.

Gazel a Ben-Beley

[...] Desde la primera vez que desembarqué en Europa, no he observado cosa que me haya sorprendido como la que voy a participar en esta carta. Todos los sucesos políticos de esta parte del mundo, por extraordinarios que sean, me parecen más fáciles de explicar que la frecuencia de pleitos entre parientes cercanos, y aun entre hijos y padres. Ni el descubrimiento de las Indias orientales y occidentales, ni la incorporación de las coronas de Castilla y Aragón, ni la formación de la República holandesa, ni la constitución mixta de la Gran Bretaña, ni la desgracia de la Casa Stuart, ni el establecimiento de la de Braganza, ni la cultura de Rusia, ni suceso alguno de esta calidad, me sorprende tanto como ver pleitear padres con hijos. ¿En qué puede fundarse un hijo para demandar en justicia contra su padre? ¿O en qué puede fundarse un padre para negar alimentos a su hijo? Es cosa que no entiendo. Se han empeñado los sabios de este país en explicarlo, y mi entendimiento en resistir a la explicación, pues se invierten todas las ideas que tengo de amor paterno y amor filial.

www.cervantesvirtual.com

16 Haz una lista con todas las fábulas y cuentos con enseñanza que recuerdes. A continuación, intenta recordar algún refrán que transmita la misma enseñanza.

17 Lee la siguiente moraleja de una fábula de Samaniego. Interpreta su significado y escribe otra fábula en verso que pueda contenerla.

Por hombres de seso
muchos hay tenidos,
que a nuevas razones
cierran los oídos.
Recibir consejos
es un desvarío;
la rancia costumbre
suele ser su libro.

Félix María de Samaniego: *Un panal de rica miel.* Edelvives

18 ¿Es mejor enseñar mediante una historia o transmitir la enseñanza en forma de consejos?

19 Copia y completa en tu cuaderno este mapa sobre los tipos de literatura didáctica.

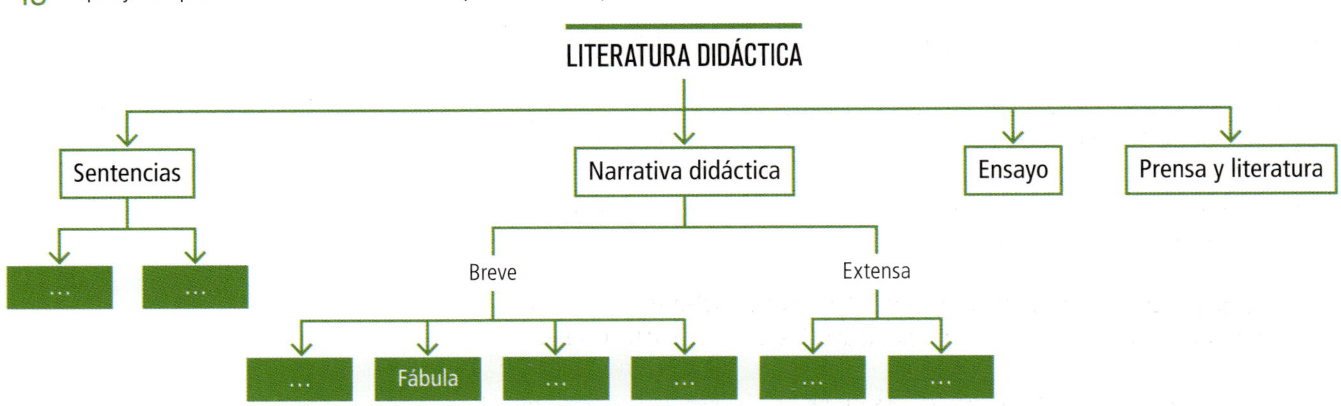

VARIEDADES DE LA LENGUA

LAS LENGUAS DE ESPAÑA

Una **lengua** es un sistema de signos o código lingüístico (es decir, verbal) que adopta una comunidad y que tiene una serie de reglas para combinar estos signos.

La Constitución de 1978 establece que el **español o castellano** es la lengua oficial de todo el Estado. Además, reconoce otras lenguas cooficiales que se hablan en algunas comunidades autónomas y son las lenguas oficiales de estas de acuerdo con sus Estatutos de autonomía.

Estas lenguas son:

Gallego

Artigo 5.º

1. A lingua propia de Galicia é o galego.
2. Os idiomas galego e castelán son oficiais en Galicia e todos teñen o dereito de os coñecer e de os usar.

Estatuto de Autonomia pra Galicia

Euskera

6. artikulua

1. Euskarak, Euskal Herriaren berezko hizkunta denez, hizkuntza ofizialen maila izango du Euskal Herrian gaztelaniarekin batera eta guztiek dute bi hizkuntzok ezagutzeko eta erabiltzeko eskubidea.

Euskal Herriko Autonomia Estatutoa

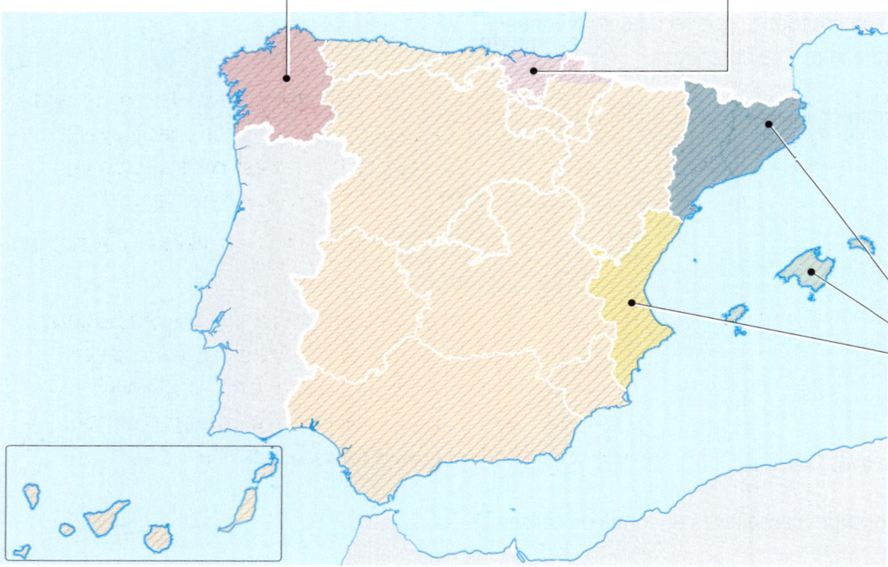

Catalán

Article 3

1. La llengua pròpia de Catalunya és el català.
2. L'idioma català és l'oficial de Catalunya, així com també ho és el castellà, oficial a tot l'Estat espanyol.

Estatut d'Autonomia de Catalunya

El **valenciano** es la variante del catalán que se habla en la Comunidad Valenciana.

Article sext

1. La llengua pròpia de la Comunitat Valenciana és el valencià.
2. L'idioma valencià és l'oficial a la Comunitat Valenciana, igual que ho és el castellà, que és l'idioma oficial de l'Estat.

Estatut d'Autonomia de la Comunitat Valenciana

Castellano

Artículo 3

1. El castellano es la lengua española oficial del Estado. Todos los españoles tienen el deber de conocerla y el derecho a usarla.
2. Las demás lenguas españolas serán también oficiales en las respectivas Comunidades Autónomas de acuerdo con sus Estatutos.
3. La riqueza de las distintas modalidades lingüísticas de España es un patrimonio cultural que será objeto de especial respeto y protección.

Constitución española

ORIGEN DE LAS LENGUAS DE ESPAÑA

Las lenguas oficiales de España (excepto el euskera), al igual que el resto de las lenguas románicas, evolucionaron a partir del latín hablado, también llamado latín vulgar, que se diferenciaba del latín escrito por ser el idioma hablado por el pueblo. Escrito solo se mantenía en la literatura y en las comunicaciones oficiales.

Catalán

El catalán (català) es, junto con el castellano, la lengua oficial en Cataluña e Islas Baleares. En la Comunidad valenciana se denomia valenciano (valencià).

El aranés, lengua occitana hablada en el valle de Arán, se ha convertido en la tercera lengua oficial en Cataluña en 2010.

Los primeros documentos en los que aparecen palabras y construcciones en catalán son del siglo IX. El catalán se mantuvo hasta el siglo XV como lengua de cultura.

Euskera

También llamado vasco o vascuence (euskara), el euskera es, junto con el castellano, la lengua oficial en el País Vasco y en el norte de la Comunidad Foral de Navarra. Es la única lengua prerromana de la Península, es decir, su existencia es anterior a la llegada del latín a la Península.

El cultivo literario del euskera es tardío; es una lengua en la que la literatura oral es muy importante. Actualmente, el euskera lo hablan unas setecientas mil personas.

Gallego

La lengua gallega (galego) es, junto con el castellano, la lengua oficial en Galicia. Forma parte, al igual que el castellano y el catalán, del grupo de lenguas romances y está estrechamente emparentado con el portugués.

Los primeros escritos en esta lengua son del siglo IX y eran documentos administrativos. Durante la Edad Media, el gallego y el portugués constituían una unidad lingüística que se rompió con la creación del reino de Portugal. Este fue el período más brillante de la lengua gallega. Alfonso X el Sabio lo convirtió en la lengua de la lírica. Es hablado por unos dos millones y medio de personas.

Español o castellano

Nació en el norte de Burgos y sur de Cantabria. Los textos más antiguos en castellano datan del siglo XI y son unas breves aclaraciones en prosa, escritas por monjes copistas en obras latinas, para explicar el significado de palabras latinas.

En el siglo XIII Alfonso X el Sabio unifica el castellano y le otorga la categoría de lengua de cultura.

El descubrimiento y la colonización de América extendieron el castellano por nuevos territorios. Desde entonces el número de hablantes ha aumentado y está presente en todos los continentes. Es la tercera lengua más hablada en el mundo: tiene cerca de 400 millones de hablantes.

Actividades

1 Busca y sitúa en un mapa las siguientes localidades e indica cuál o cuáles son las lenguas oficiales en ellas: Ciudad Real, Cartagena, Ferrol, San Sebastián, Burgos, Granollers, Vigo, Sitges, Zumárraga.

2 Busca y escucha el poema «Algúns din: ¡miña terra!...», del libro Follas novas de Rosalía de Castro.

3 Busca el poeta Ausiàs March y escucha el poema «Veles e vents han mos desigs complir…» cantado por Raimond.

4 Lee esta estrofa de un poema de Bernardo Atxaga y su traducción al castellano. Localiza dos palabras cuyo significado puedas deducir de la traducción.

Kalatxoriak	**Las gaviotas**
Beren maitasunak errepasatzeko, hiriko kalatxoriak arratsero biltzen dira estazio aurrean. www.atxaga.org	Todas las tardes se reúnen las gaviotas frente a la estación del tren: Allí repasan sus amores. www.atxaga.org

ORTOGRAFÍA: LAS LETRAS

SE ESCRIBEN CON LA LETRA *b*

- Las palabras que empiezan con *bibl-, bu-, bur-* y *bus-: biblioteca, butano* (algunas excepciones: *vudú).*
- Las palabras que empiezan por *bi-, bis-* o *biz-: bianual, bisnieto, bizcocho.*
- Las formas verbales de *deber, beber, caber, saber, haber* y *sorber* y sus derivados: *sabio, hubiera, sorbete.*
- Los verbos cuyo infinitivo acaba en *-bir* y *-buir (*excepto *hervir, servir, vivir)* y sus compuestos: *recibir, distribuir.*
- Las terminaciones del pretérito imperfecto de indicativo de los verbos de la primera conjugación y del verbo *ir: nadaban, ibais.*
- Las terminaciones *-bilidad, -bundo* y *-bunda* (excepto *movilidad* y *civilidad*)*: culpabilidad, nauseabundo.*
- Los elementos compositivos *bio, bene-* o *bien-: biografía, benévolo, bienaventurado.*
- Las palabras en que este sonido sigue a la sílaba *tur-: turbina, disturbio.*

SE ESCRIBEN CON LA LETRA *v*

- Las palabras que comienzan por *eva-, eve-, evi-* y *evo-: evocar* (algunas excepciones: *ébano* y sus derivados).
- Los verbos cuyo infinitivo termina en *-olver: revolver, revolvió.*
- Las terminaciones de los adjetivos llanos *-avo, -ava, -evo, -eva, -eve, -iva, -ivo: bravo, octava, nuevo, recreativa.*
- Las terminaciones de las palabras llanas *-viro* y *-vira* y las terminaciones *-ívoro* e *-ívora* de las palabras esdrújulas: *carnívoro, herbívora* (excepción: *víbora*).
- Las formas verbales del presente de indicativo, imperativo y subjuntivo de *ir,* el pretérito perfecto simple de indicativo y el pretérito imperfecto y el futuro de subjuntivo de *estar, andar* y *tener: vas, estuviste, anduviste, tuviera.*
- Los elementos compositivos *vice-, viz-* o *vi-: vicepresidente, vizconde, virrey.*
- Las palabras en las que *ad-, sub-* y *ob-* preceden a este sonido: *advertir, subversivo, obvio* (excepción: cuando *sub-* precede a una palabra que comienza por *b: subbloque).*

SE ESCRIBEN CON LA LETRA *j*

- Las palabras que contienen el fonema fricativo velar sordo ante cualquier vocal: *jinete, jugo.* Este sonido también se representa por *g* delante de *e* o *i* en algunas palabras: *gesto* o *girar.*
- Las palabras derivadas de otras que llevan *j: cajero* (de *caja*), *cojear* (de *cojo*).
- Las palabras terminadas en *-plejía, -plejia: apoplejía.*
- Las terminaciones *-aje, -eje* y *-jería: potaje, hereje, relojería* (excepciones: entre otras, *ambages*).
- Los verbos cuyo infinitivo termina en *-jar* y *-jear: rebajar, ojear.*
- Las formas verbales del pretérito perfecto simple, el pretérito imperfecto y el futuro de subjuntivo de *traer, decir* y sus derivados, así como de los verbos terminados en *-ducir: trajiste, dijera* o *dijese, condujera.*

SE ESCRIBEN CON LA LETRA *g*

- Las palabras que contienen el fonema velar sonoro ante las vocales *a, o, u* o ante cualquier consonante: *garra, grasa, magnífico.* Delante de *e* o *i,* se representa con *gu:* guerra, guiño; o con *gü* , para que la *u* se pronuncie: *vergüenza.*
- Las palabras que comienzan por *geo-* y *gest-: geografía, gestar.*
- Las siguientes terminaciones:
  - *-gélico, -genario, -géneo, -génico, -genio, -génito, -gesimal, -gésimo* y *-gético: angélico, octogenario.*
  - *-giénico, -ginal, -gíneo* y *-ginoso: higiénico, virginal.*
  - *-gia, -gio, -gión, -gional, -gionario, -gioso* y *-gírico: regia, litigio, región.*
  - *-gente* y *-gencia: regente, regencia.*
  - *-ígeno, -ígena, -ígero* o *-ígera: oxígeno.*
  - *-logía, -gogia* o *-gogía: geología, demagogia, pedagogía.*
  - *-algia: neuralgia.*
- Todas las formas verbales (salvo las que suenan *ja* o *jo*) de los verbos cuyo infinitivo termina en *-igerar, -ger* o *-gir: aligerar, proteger, elegir* (excepciones: *tejer, crujir* y sus derivados).

SE ESCRIBEN CON LA LETRA *h*

- Las sílabas iniciales *hia-, hie-, hue-* y *hui-: hiato, hierro, huella, huida.*
- Las palabras que comienzan por *histo-, hosp-, hum-, horm-, herm-, hern-, holg-* y *hog-: historia, hospital, humo, hormiga, hermano, hernia, holgazán, hoguera.*
- Los derivados de palabras con *h: deshonra.*
- Las palabras con diptongo *ue* precedido de vocal: *cacahuete.*
- Las formas verbales de *haber, hacer, hallar, hablar* y *habitar.*
- Interjecciones como *hala, bah, eh, oh.*
- Los elementos compositivos *hecto-, helio-, hema-, hemato-, hemo-, hemi-, hepta-, hetero-, hidra-, hidro-, higro-, hiper-, hipo-, holo-, homeo-* y *homo-: hectómetro, helioterapia.*

SE ESCRIBEN CON LA LETRA *x*

- Las palabras que comienzan por *expr-: expresión* (excepciones: los extranjerismos adaptados como *espray*).
- Las palabras que empiezan por *expl-: explotar* (excepciones: *esplendor, espliego* y otras).
- Los prefijos *ex-* y *extra-: extender, extraordinario.*
- Los elementos compositivos *xeno-, xero-* y *xilo-: xenofobia.*

SE ESCRIBEN CON LA LETRA *y*

- Para representar la vocal *i* al final de palabra precedida de otra vocal con la que forma diptongo, o de dos con las que forma triptongo: *muy, Uruguay* (excepciones: *bonsái, saharaui*).
- Para representar consonante:
  - En los plurales de las palabras terminadas en *y* en singular: *ley-leyes* (excepciones: *jerséis, samuráis*).
  - Cuando este sonido sigue a los prefijos *ad-, dis-* y *sub-.*
  - En las palabras que contienen la sílaba *yec-: inyección.*
  - En las formas verbales que precisan este sonido y no lo tiene en su infinitivo: *yendo* o *vayamos* (de *ir*).
  - En ciertas formas de los verbos acabados en *-oír* y *-uir.*

SE ESCRIBEN CON EL DÍGRAFO *ll*

- Las palabras que terminan en *-illa, -illo, -ello* y *-ella: orilla.*
- Muchos verbos terminados en *-illar, -ullar,* y *-ullir: pillar.*

SE ESCRIBEN CON LETRAS MAYÚSCULAS

- Las siglas y acrónimos: *OTAN, AVE, IVA.* (Excepciones: palabras que debido a su uso se han convertido en un nombre común [*sida*] o en un nombre propio [*Unicef*]).
- La numeración romana: *Juan Carlos I.*
- Los nombres propios: *Sergio, Rebeca, Lucas.*
- Los nombres geográficos donde el artículo forma parte del nombre: *La Habana, El Cairo.*
- Los apellidos que empiezan por preposición o artículo cuando no aparezca el nombre propio: *señora De Vega.*
- Los nombres de los signos del Zodíaco: *Creo que su signo es Aries* (excepciones: cuando se designa a las personas nacidas bajo tales signos: *Creo que Luis es aries*).
- Los sobrenombres o apodos: *Alfonso X el Sabio.*
- Los tratamientos, cuando aparecen abreviados: *Ilmo. Sr.*
- Los nombres de instituciones, organismos, etc.: *el Tribunal Supremo.*
- Las entidades como organismo determinado: *el Estado, el Gobierno.*
- La primera palabra del título de una obra: *Rimas y leyendas.*
- Los títulos de periódicos y colecciones: *El Correo Español.*
- Los nombres de las ciencias en cuanto a asignaturas: *Se licenció en Historia* (excepciones: cuando no hacen referencia a la ciencia: *No tiene psicología para tratar a sus alumnos*).
- Los nombres de épocas, acontecimientos históricos o movimientos culturales: *la Antigüedad* (excepciones: si son acontecimientos puntuales: *el motín de Esquilache*).

ORTOGRAFÍA: LA ACENTUACIÓN

REGLAS GENERALES

- Llevan tilde o acento gráfico las palabras agudas de más de una sílaba que terminan en vocal o en consonante *n* o *s: limpié, torreón, aguarrás*. Si la palabra termina en consonante + *s* no lleva tilde: *robots*.
- Se escribe tilde en las palabras llanas que acaban en consonante que no sea ni *n* ni *s*, salvo que esa *n* o *s* vaya precedida de otra consonante: *césped, trébol*.
- Siempre se pone tilde en las palabras esdrújulas y sobresdrújulas: *máximo, encomiéndaselo*.

DIPTONGOS, TRIPTONGOS E HIATOS

Se produce **diptongo** cuando pronunciamos en una sola sílaba el conjunto formado por dos vocales: una abierta o fuerte (*a, e, o*) y otra cerrada o débil átona (*i, u*) o las dos cerradas. A veces la combinación de vocales (también en el caso de que sean las dos abiertas o fuertes), no forma parte de la misma sílaba (*dí-a, puntú-a, etére-o*); se trata de un hiato.

- Ciertas combinaciones de vocales (por ejemplo, *fluir* o *flu-ir, in-clui-do* o *in-clu-i-do, des-via-do* o *des-vi-a-do...*) pueden ser diptongos o hiatos, según diversas circunstancias y pronunciaciones, pero, a efectos de acentuación gráfica, se considerará que se trata de diptongos.
- La *h* no impide que haya diptongo: *ahi-ja-do*.
- Los diptongos llevan acento gráfico (tilde) cuando lo exigen las reglas generales de acentuación: en palabras agudas como *movió, también, después;* en llanas como *alféizar;* en esdrújulas y sobresdrújulas como *muérdago, cuéntaselo*. La tilde irá sobre la vocal abierta o fuerte (*a, e, o*): salvo que el diptongo esté formado por dos vocales cerradas o débiles (*i, u*), en tal caso, figurará sobre la última de ellas (*interviú, cuídaselo*).
- Un **triptongo** es la unión de tres vocales (una abierta o fuerte situada entre dos cerradas o débiles átonas) pronunciadas en una sola sílaba: *va-ciáis*. Cuando un triptongo necesite tilde por exigencia de las reglas generales de acentuación, figurará siempre sobre la vocal fuerte.

Existen tres tipos de **hiato:**

- El formado por dos vocales iguales y que sigue las reglas generales de acentuación: *Feijoo* (llana terminada en vocal), *leéis* (aguda terminada en *s*).
- El formado por dos vocales abiertas y que sigue también las reglas generales de acentuación: *teatro* (llana terminada en vocal), *poético* (esdrújula).
- El formado por una vocal abierta y otra cerrada tónica, y que siempre lleva tilde sobre esta última, aunque no lo exijan las reglas generales de acentuación, es decir, que toda *í* y toda *ú* tónica en contacto con una vocal abierta llevan tilde: *Matías, cohíbe, puntúa, aúna, hacíamos, países, aúlla*.

PALABRAS COMPUESTAS

- Normalmente se acentúan como las palabras simples, cuando lo exigen las reglas generales de acentuación: *hincapié* (aguda terminada en vocal), *contrarréplica* (esdrújula).
- Los adverbios terminados en *-mente* conservan la tilde en el lugar en que la llevara el adjetivo que lo forma: *hábilmente* (de *hábil*).
- En las palabras formadas por adjetivos separados con guion, cada elemento conservará su acento si lo tenía: *histórico-lingüístico, hispano-holandés*.
- Las formas verbales con pronombres enclíticos llevan tilde cuando lo exigen las reglas generales de acentuación: *díselo* (esdrújula), *estate* (llana terminada en vocal).

PALABRAS Y EXPRESIONES LATINAS

- Las palabras y expresiones latinas usadas en nuestra lengua deben acentuarse de acuerdo con las reglas generales de acentuación: *quórum, currículum*.

PALABRAS DE OTRAS LENGUAS

- Si se usan palabras de otras lenguas que no se han integrado en nuestro idioma, y, por tanto, las escribimos con comillas o con letra cursiva, deberán escribirse como en la lengua a la que pertenecen: *catering* (excepción: si están incorporadas y adaptadas a nuestro idioma se aplican las normas generales de acentuación: *Támesis*).

MONOSÍLABOS

- Las palabras compuestas de una sola sílaba o que se pronuncian en un solo golpe de voz no llevan tilde: *sol, dio, fe, fie, hui, guion*.

TILDE DIACRÍTICA

- Algunas palabras monosílabas llevan tilde diacrítica, esto es, la que permite distinguir el significado de dos palabras con la misma forma.
  - *el* (artículo): *Coge el paraguas* / *él* (pronombre): *Ve con él*.
  - *tu* (posesivo): *Iré a tu casa* / *tú* (pronombre): *Tal vez tú puedes ir*.
  - *mi* (posesivo o nota musical): *Habla con mi madre; Un mi desafinado* / *mí* (pronombre): *Hazme caso a mí*.
  - *te* (pronombre): *Te puedes venir* / *té* (sustantivo que significa 'bebida' o 'planta'): *Me tomaré un té*.
  - *mas* (conjunción): *Lo intentó, mas no lo consiguió* / *más* (adverbio): *Irá más lejos*.
  - *si* (conjunción o nota musical): *Dime si vendrá; Do, re, mi, fa, sol, la, si* / *sí* (adverbio de afirmación o pronombre): *Creo que sí vendrá; No dará más de sí*.
  - *de* (preposición): *Caja de cartón* / *dé* (del verbo *dar*): *Quizá le dé mis patines*.
  - *se* (pronombre): *Ya se peina sola* / *sé* (del verbo *ser* o *saber*): *Sé bueno; Ya sé lo que haré*.
- Algunas otras palabras no monosílabas también llevan tilde diacrítica:
  - Los adverbios, los pronombres y los determinantes interrogativos o exclamativos (se les identifica fácilmente porque el significado interrogativo o exclamativo reside en ellos): *¿Qué llevaba en la maleta?, ¡Dónde se ha visto cosa igual!*
  - La palabra *aún* lleva tilde cuando equivale a 'todavía': *Juan es aún más rápido que Pablo*. Y no la lleva si equivale a 'hasta', 'también', 'incluso', 'siquiera': *Aun con frío sé que vendrá a correr conmigo*, o cuando forma la locución *aun cuando*.

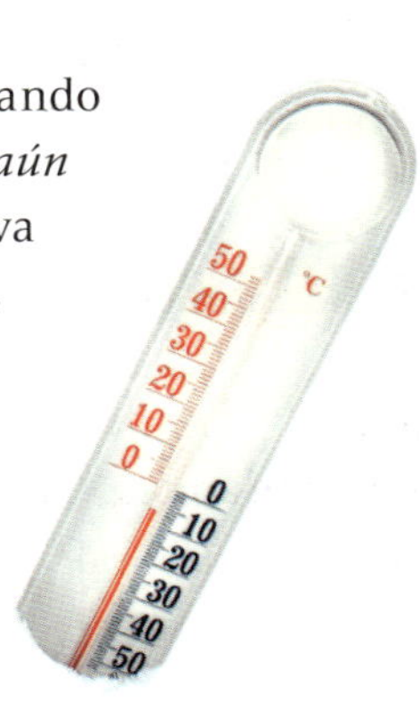

Palabras que solemos escribir con tilde y no la llevan

Repasamos en esta breve lista algunas de las palabras que causan más dudas a la hora de escribirlas con tilde o sin ella.

- ***Fue, dio, vio:*** no llevan tilde, ya que las normas de ortografía establecen que los monosílabos no se acentúan nunca gráficamente, salvo en los casos de tilde diacrítica.
- ***Ti:*** suele acentuarse por analogía con otros pronombres como *mí* o *tú*. Pero estas formas la llevan para diferenciarse del *mi* y el *tu* adjetivos posesivos.
- ***Imagen, examen, volumen, resumen, origen, joven, margen:*** no llevan tilde por ser palabras llanas terminadas en *-n*, aunque sus plurales sí la llevan (*imágenes, exámenes, volúmenes, resúmenes, orígenes, jóvenes* y *márgenes*), ya que las formas en plural pasan a ser esdrújulas.
- ***Heroico, estoico:*** en estas palabras la secuencia *oi* es un diptongo, son por tanto palabras llanas, de tres sílabas y terminadas en vocal que no deben llevar tilde.
- ***Hubierais, hubieseis, fuerais, fueseis:*** se escriben sin tilde porque son palabras llanas terminadas en *-s*. Se silabean así: *hu-bie-rais, hu-bie-seis, fue-rais* y *fue-seis*.
- ***Acabose*** y ***ponme:*** las formas verbales que incluyen pronombres llevan tilde o no de acuerdo con las normas de acentuación ortográfica actuales (antes sí llevaba tilde *acabóse*). Como *acabose* y *ponme* son palabras llanas terminadas en vocal, lo apropiado es no poner la tilde.
- ***Continuo:*** el adjetivo *continuo* se escribe sin tilde por ser palabra llana terminada en vocal. Sí llevan acento ortográfico las formas verbales de presente y pasado *(yo) continúo* y *(ella) continuó*.
- ***Construido, incluido, influido, gratuito, huida, hinduismo, altruismo:*** todas estas palabras son llanas terminadas en vocal. Se silabean así: *cons-trui-do, in-clui-do, in-flui-do, gra-tui-to, hui-da, hin-duis-mo, al-truis-mo*.
- ***Caracteres:*** en el plural de *carácter* se cambia el acento de la vocal *a* a la *e*, por lo que ha de escribirse y pronunciarse *caracteres*, no *carácteres*.

www.fundeu.es (Adaptación)

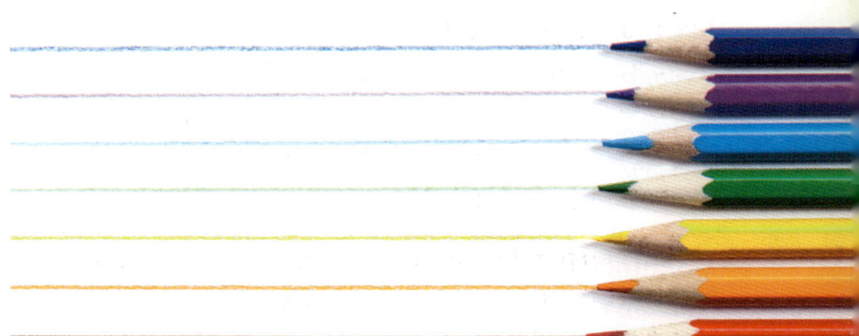

ORTOGRAFÍA: LOS SIGNOS DE PUNTUACIÓN

EL PUNTO

- Señala un fin de enunciado. Será punto y seguido si continúa el párrafo; punto y aparte si acaba el párrafo; y punto final si cierra un texto.
- También se utiliza el punto para terminar las abreviaturas, aunque algunas de ellas no lo necesitan.
- Si ha de combinarse el punto con las comillas, los corchetes o los paréntesis de cierre, siempre se pondrá detrás de esos signos.

LA COMA

- Separa los miembros de una enumeración, salvo que vayan precedidos de *y, e, o, u*.
- Se escribe coma delante de esas conjunciones cuando encabezan un contenido distinto (consecutivo, por ejemplo) al elemento anterior: *Comió demasiado, cenó mucho, y aquella noche tuvo dolor de estómago.* También habrá coma delante de esa conjunción cuando sirva para enlazar con toda la proposición anterior, y no con el último de sus miembros: *Compró discos, ropa y pagó.*
- Si en una relación los elementos están separados por punto y coma, y el último va encabezado por una conjunción copulativa, como *y*, puede ponerse delante de esta una coma o un punto y coma.
- La coma aísla al vocativo, por lo que se pone coma después de él si va al principio de la oración, delante de él si va al final y delante y detrás si va en medio de la oración: *María, ven aquí; Ven aquí, María; Ven, María, aquí.*
- Sirve para enmarcar los incisos:
  - La aposición explicativa: *Juan, mi hermano, vino ayer.*
  - Las proposiciones adjetivas explicativas: *Juan, que era el chico más simpático, vino ayer.*
  - Cualquier precisión o explicación a lo precedente: *Juan, y más gente, vino a la fiesta.*
  - La mención a un autor u obra citados: *El hombre, escribió un filósofo, es él y sus circunstancias.*
- Se suele anteponer coma a una conjunción o locución conjuntiva que une las proposiciones adversativas (*pero,*); consecutivas (*así que*); causales y explicativas (*pues*).
- Se separan con coma los enlaces del tipo de *esto es, es decir, o sea, en fin, por último...;* también los modificadores oracionales: *en definitiva...* Si van en el interior de una frase, deberán llevar coma al principio y al final.
- La coma indica la omisión de un verbo.
- La coma no debe separar el sujeto del verbo, salvo que la coma cierre un inciso.

DOS PUNTOS

- Se emplean tras el anuncio de una enumeración o para cerrarla, antes de la palabra que sustituye a los elementos de esa enumeración: *Perros, gatos, canarios: esos son los animales de compañía más habituales.*
- Preceden a una cita textual (comenzará en mayúscula).
- En ciertos documentos, siguen a la fórmula de saludo.
- Relacionan proposiciones que no presentan conjunciones; estas relaciones son:
  - De causa-efecto: *Llegó tarde: no pudo ver el partido.*
  - De conclusión o resumen de lo anterior: *Pidieron con exigencias injustificadas muchas cosas: no se las dieron.*
  - De verificación o explicación de lo anterior: *El examen de Física fue complicado: problemas que no vimos en clase y operaciones sin solución.*
- Separan la ejemplificación del resto de la oración: *Tengo claro el tema de mi relato: la soledad de los ancianos.*

PUNTO Y COMA

- Separa los miembros de una enumeración que ya incluye comas en su interior.
- Separa oraciones y proposiciones yuxtapuestas, sobre todo cuando contienen alguna coma.
- Va delante de conectores del tipo *pero, mas, sin embargo...* en los casos en que los enunciados son muy largos.

PUNTOS SUSPENSIVOS

- Cierran enumeraciones incompletas y equivalen a *etc.*
- Expresan que, antes de lo que sigue, ha habido inseguridad, temor o vacilación.

- Aparecen al final de una cita textual si se omite una parte.
- Dentro de un paréntesis (...) o de corchetes [...] significan que en la transcripción literal de un texto se ha omitido una parte.
- Si cierran un enunciado, sigue letra mayúscula; si no, minúscula. En una cita que arranca con puntos suspensivos, también se escribirá minúscula: *«... y los sueños, sueños son».*
- No debe escribirse tras ellos punto, pero sí puede ponerse coma, punto y coma o dos puntos.

PARÉNTESIS Y CORCHETES

- Enmarcan incisos o aclaraciones que interrumpen el sentido del discurso (con esta misma función pueden usarse las rayas).
- Los signos de puntuación correspondientes al segmento en el que va inserto el texto entre paréntesis se colocan siempre después del cierre de este: *¿Trabaja en una ONG (Organización No Gubernamental)?*
- El texto que figura entre paréntesis tiene su propia puntuación independiente; por tanto, si es interrogativo o exclamativo, los signos indicadores de ello deben figurar dentro del paréntesis: *Está muy preparado (¡acaba de terminar el doctorado!) para desempeñar esa misión; He puesto de todo (latas de conservas, leche, fiambres...) en la bolsa.*
- Los corchetes se utilizan como los paréntesis. Además, es preciso usarlos cuando dentro de lo que figura entre paréntesis hay que añadir una aclaración o inciso: *Para los europeos América (por aquel entonces [1212] no había sido descubierta) era como si no existiera.*
- El corchete de apertura se pone, en un poema, delante de las últimas palabras de un verso que no han cabido en la línea.

RAYA

- Se emplea al principio y al final de una aclaración o inciso que interrumpe el discurso (como el paréntesis).
- Se escribe delante de las palabras que constituyen las intervenciones en un diálogo.
- Aparece delante del comentario del narrador a las intervenciones de los personajes. Si no continúan después las palabras del personaje, no se escribe la raya de cierre. En cambio, se ponen rayas al principio y al final del comentario si tras este sigue la intervención del personaje: *«Enseguida voy —dijo Marta—. ¿Qué necesitas?».*

COMILLAS

- Enmarcan las citas textuales: *Entonces se pudo oír: «¡Félix!».*
- Se utilizan para delimitar una palabra o expresión que es impropia, vulgar o de otra lengua, o bien que se usa irónicamente o con un sentido especial: *¿Acaso «te se» ha caído esto?*

GUION

- Se emplea para separar, en una palabra compuesta, sus dos componentes: *aspectos socio-sanitarios.*
- Cuando una palabra (nunca la formada por siglas o abreviaturas escritas con todas sus letras mayúsculas) no cabe completa al final de un renglón, se escribe guion detrás de la última sílaba y el resto de la palabra, se pasa al principio del renglón siguiente. En estas particiones hay que tener en cuenta las siguientes indicaciones:
  - No deben separarse dos o más vocales seguidas: *sep-tiem-bre, coe-tá-neo.*
  - Debe ponerse después de una sílaba completa, salvo que se trate de una palabra compuesta de otras dos que funcionan independientes en nuestra lengua o bien está constituida por un prefijo; en estos últimos casos, el guion puede ponerse entre los dos formantes: *no-sotras* o *nos-otras; des-amparo* o *de-samparo.* Solo en este caso pueden separase vocales en contacto: *pre-existir.*
  - Si la primera sílaba de una palabra está constituida por una sola vocal, no deberá ponerse tras ella el guion: *aba-tir.* Esta norma queda invalidada si una *h* precede a la vocal (*hi-dratar*).
  - Si la palabra contiene una *h* precedida de una consonante, el guion deberá colocarse delante de la *h: in-hóspito.*
  - El guion no puede separar los dígrafos *ll, rr, ch.*

VERBOS REGULARES: *AMAR*

FORMAS NO PERSONALES SIMPLES								
Infinitivo			Gerundio			Participio		
Lex	Vt	D	Lex	Vt	D	Lex	Vt	D
am	- a	- r	am	- a	- ndo	am	- a	- do

FORMAS NO PERSONALES COMPUESTAS	
Infinitivo	Gerundio
haber amado	habiendo amado

INDICATIVO

Presente			Pretérito perfecto compuesto
Lex	Vt	D	
am	- Ø	- o	he amado
am	- a	- s	has amado
am	- a		ha amado
am	- a	- mos	hemos amado
am	- á	- is	habéis amado
am	- a	- n	han amado
Pretérito imperfecto			**Pretérito pluscuamperfecto**
am	- a	- ba	había amado
am	- a	- bas	habías amado
am	- a	- ba	había amado
am	- á	- bamos	habíamos amado
am	- a	- bais	habíais amado
am	- a	- ban	habían amado
Pretérito perfecto simple			**Pretérito anterior**
am	- é		hube amado
am	- a	- ste	hubiste amado
am	- Ø	- ó	hubo amado
am	- a	- mos	hubimos amado
am	- a	- steis	hubisteis amado
am	- a	- ron	hubieron amado
Futuro			**Futuro perfecto**
am	- a	- ré	habré amado
am	- a	- rás	habrás amado
am	- a	- rá	habrá amado
am	- a	- remos	habremos amado
am	- a	- réis	habréis amado
am	- a	- rán	habrán amado
Condicional			**Condicional perfecto**
am	- a	- ría	habría amado
am	- a	- rías	habrías amado
am	- a	- ría	habría amado
am	- a	- ríamos	habríamos amado
am	- a	- riais	habríais amado
am	- a	- rían	habrían amado

SUBJUNTIVO

Presente			Pretérito perfecto compuesto
Lex	Vt	D	
am	- e		haya amado
am	- e	- s	hayas amado
am	- e		haya amado
am	- e	- mos	hayamos amado
am	- é	- is	hayáis amado
am	- e	- n	hayan amado
Pretérito imperfecto			
am	- a	- ra / - se	
am	- a	- ras / - ses	
am	- a	- ra / - se	
am	- á	- ramos / - semos	
am	- a	- rais / - seis	
am	- a	- ran / - sen	
Pretérito pluscuamperfecto			
hubiera / hubiese amado			
hubieras / hubieses amado			
hubiera / hubiese amado			
hubiéramos / hubiésemos amado			
hubierais / hubieseis amado			
hubieran / hubiesen amado			
Futuro			**Futuro perfecto**
am	- a	- re	hubiere amado
am	- a	- res	hubieres amado
am	- a	- re	hubiere amado
am	- á	- remos	hubiéremos amado
am	- a	- reis	hubiereis amado
am	- a	- ren	hubieren amado

IMPERATIVO

Lex	Vt	D
am	- a	
am	- a	- d

Lex: lexema; **Vt:** vocal temática; **D:** desinencias.

VERBOS REGULARES: *TEMER*

FORMAS NO PERSONALES SIMPLES								
Infinitivo			Gerundio			Participio		
Lex	Vt	D	Lex	Vt	D	Lex	Vt	D
tem	- e	- r	tem	- ie	- ndo	tem	- i	- do

FORMAS NO PERSONALES COMPUESTAS	
Infinitivo	Gerundio
haber temido	habiendo temido

INDICATIVO			
Presente			Pretérito perfecto compuesto
Lex	Vt	D	
tem	- Ø	- o	he temido
tem	- e	- s	has temido
tem	- e		ha temido
tem	- e	- mos	hemos temido
tem	- é	- is	habéis temido
tem	- e	- n	han temido
Pretérito imperfecto			Pretérito pluscuamperfecto
tem	- Ø	- ía	había temido
tem	- Ø	- ías	habías temido
tem	- Ø	- ía	había temido
tem	- Ø	- íamos	habíamos temido
tem	- Ø	- íais	habíais temido
tem	- Ø	- ían	habían temido
Pretérito perfecto simple			Pretérito anterior
tem	- í		hube temido
tem	- i	- ste	hubiste temido
tem	- i	- ó	hubo temido
tem	- i	- mos	hubimos temido
tem	- i	- steis	hubisteis temido
tem	- ie	- ron	hubieron temido
Futuro			Futuro perfecto
tem	- e	- ré	habré temido
tem	- e	- rás	habrás temido
tem	- e	- rá	habrá temido
tem	- e	- remos	habremos temido
tem	- e	- réis	habréis temido
tem	- e	- rán	habrán temido
Condicional			Condicional perfecto
tem	- e	- ría	habría temido
tem	- e	- rías	habrías temido
tem	- e	- ría	habría temido
tem	- e	- ríamos	habríamos temido
tem	- e	- ríais	habríais temido
tem	- e	- rían	habrían temido

SUBJUNTIVO			
Presente			Pretérito perfecto compuesto
Lex	Vt	D	
tem	- a		haya temido
tem	- a	- s	hayas temido
tem	- a		haya temido
tem	- a	- mos	hayamos temido
tem	- á	- is	hayáis temido
tem	- a	- n	hayan temido
Pretérito imperfecto			
tem	- ie	- ra / - se	
tem	- ie	- ras / - ses	
tem	- ie	- ra / - se	
tem	- ié	- ramos / - semos	
tem	- ie	- rais / - seis	
tem	- ie	- ran / - sen	
Pretérito pluscuamperfecto			
hubiera / hubiese temido			
hubieras / hubieses temido			
hubiera / hubiese temido			
hubiéramos / hubiésemos temido			
hubierais / hubieseis temido			
hubieran / hubiesen temido			
Futuro			Futuro perfecto
tem	- ie	- re	hubiere temido
tem	- ie	- res	hubieres temido
tem	- ie	- re	hubiere temido
tem	- ié	- remos	hubiéremos temido
tem	- ie	- reis	hubiereis temido
tem	- ie	- ren	hubieren temido

IMPERATIVO		
Lex	Vt	D
tem	- e	
tem	- e	- d

Lex: lexema; **Vt:** vocal temática; **D:** desinencias.

VERBOS REGULARES: *PARTIR*

FORMAS NO PERSONALES SIMPLES								
Infinitivo			Gerundio			Participio		
Lex	Vt	D	Lex	Vt	D	Lex	Vt	D
part	- i	- r	part	- ie	- ndo	part	- i	- do

FORMAS NO PERSONALES COMPUESTAS	
Infinitivo	Gerundio
haber partido	habiendo partido

INDICATIVO

Presente			Pretérito perfecto compuesto
Lex	Vt	D	
part	- Ø	- o	he partido
part	- e	- s	has partido
part	- e		ha partido
part	- i	- mos	hemos partido
part	- Ø	- ís	habéis partido
part	- e	- n	han partido
Pretérito imperfecto			**Pretérito pluscuamperfecto**
part	- Ø	- ía	había partido
part	- Ø	- ías	habías partido
part	- Ø	- ía	había partido
part	- Ø	- íamos	habíamos partido
part	- Ø	- íais	habíais partido
part	- Ø	- ían	habían partido
Pretérito perfecto simple			**Pretérito anterior**
part	- í		hube partido
part	- i	- ste	hubiste partido
part	- i	- ó	hubo partido
part	- i	- mos	hubimos partido
part	- i	- steis	hubisteis partido
part	- ie	- ron	hubieron partido
Futuro			**Futuro perfecto**
part	- i	- ré	habré partido
part	- i	- rás	habrás partido
part	- i	- rá	habrá partido
part	- i	- remos	habremos partido
part	- i	- réis	habréis partido
part	- i	- rán	habrán partido
Condicional			**Condicional perfecto**
part	- i	- ría	habría partido
part	- i	- rías	habrías partido
part	- i	- ría	habría partido
part	- i	- ríamos	habríamos partido
part	- i	- ríais	habríais partido
part	- i	- rían	habrían partido

SUBJUNTIVO

Presente			Pretérito perfecto compuesto
Lex	Vt	D	
part	- a		haya partido
part	- a	- s	hayas partido
part	- a		haya partido
part	- a	- mos	hayamos partido
part	- á	- is	hayáis partido
part	- a	- n	hayan partido
Pretérito imperfecto			
part	- ie	- ra / - se	
part	- ie	- ras / - ses	
part	- ie	- ra / - se	
part	- ié	- ramos / - semos	
part	- ie	- rais / - seis	
part	- ie	- ran / - sen	
Pretérito pluscuamperfecto			
hubiera / hubiese partido			
hubieras / hubieses partido			
hubiera / hubiese partido			
hubiéramos / hubiésemos partido			
hubierais / hubieseis partido			
hubieran / hubiesen partido			
Futuro			**Futuro perfecto**
part	- ie	- re	hubiere partido
part	- ie	- res	hubieres partido
part	- ie	- re	hubiere partido
part	- ié	- remos	hubiéremos partido
part	- ie	- reis	hubiereis partido
part	- ie	- ren	hubieren partido

IMPERATIVO

Lex	Vt	D
part	- e	
part	- i	- d

Lex: lexema; **Vt:** vocal temática; **D:** desinencias.

VERBOS REGULARES: *SER*

FORMAS NO PERSONALES SIMPLES		
Infinitivo	Gerundio	Participio
ser	siendo	sido

FORMAS NO PERSONALES COMPUESTAS	
Infinitivo	Gerundio
haber sido	habiendo sido

INDICATIVO	
Presente	**Pretérito perfecto compuesto**
soy eres es somos sois son	he sido has sido ha sido hemos sido habéis sido han sido
Pretérito imperfecto	**Pretérito pluscuamperfecto**
era eras era éramos erais eran	había sido habías sido había sido habíamos sido habíais sido habían sido
Pretérito perfecto simple	**Pretérito anterior**
fui fuiste fue fuimos fuisteis fueron	hube sido hubiste sido hubo sido hubimos sido hubisteis sido hubieron sido
Futuro	**Futuro perfecto**
seré serás será seremos seréis serán	habré sido habrás sido habrá sido habremos sido habréis sido habrán sido
Condicional	**Condicional perfecto**
sería serías serían seríamos seríais serían	habría sido habrías sido habría sido habríamos sido habríais sido habrían sido

SUBJUNTIVO	
Presente	**Pretérito perfecto compuesto**
sea seas sea seamos seáis sean	haya sido hayas sido haya sido hayamos sido hayáis sido hayan sido
Pretérito imperfecto	
fuera / fuese fueras / fueses fuera / fuese fuéramos / fuésemos fuerais / fueseis fueran / fuesen	
Pretérito pluscuamperfecto	
hubiera / hubiese sido hubieras / hubieses sido hubiera / hubiese sido hubiéramos / hubiésemos sido hubierais / hubieseis sido hubieran / hubiesen sido	
Futuro	**Futuro perfecto**
fuere fueres fuere fuéremos fuereis fueren	hubiere sido hubieres sido hubiere sido hubiéremos sido hubiereis sido hubieren sido

IMPERATIVO
sé sed

TIPOS DE ESTROFAS

DE DOS VERSOS

Pareado
Arte mayor o menor
Rima asonante o consonante

La primavera ha venido;	8a
nadie sabe cómo ha sido.	8a

DE TRES VERSOS

Terceto
Arte mayor
Rima consonante

No he de callar, por más que con el dedo	11A
ya tocando la boca, ya la frente,	11-
silencio avises o amenaces miedo.	11A

DE CUATRO VERSOS

Redondilla
Arte menor
Rima consonante

La tarde más se oscurece;	8a
y el camino que serpea	8b
y débilmente blanquea	8b
se enturbia y desaparece.	8a

Cuarteta
Arte menor
Rima consonante

Mi cantar vuelve a plañir:	8a
«Aguda espina dorada,	8b
quién te pudiera sentir	8a
en el corazón clavada».	8b

Copla
Arte menor
Rima asonante

El río Guadalquivir	8-
va entre naranjos y olivos.	8a
Los dos ríos de Granada	8-
bajan de la nieve al trigo.	8a

Serventesio
Arte mayor
Rima consonante

Yo soy aquel que ayer no más decía	11A
el verso azul y la canción profana,	11B
en cuya noche un ruiseñor había	11A
que era alondra de luz por la mañana	11B

Cuarteto
Arte mayor
Rima consonante

En tanto que de rosa y azucena	11A
se muestra la color en vuestro gesto,	11B
y que vuestro mirar ardiente, honesto,	11B
enciende al corazón y lo refrena;	11A

Cuaderna vía
Arte mayor
Rima consonante

Tenían en él sus padres un hijo muy señero,	14A
que cuando ellos muriesen, sería su heredero;	14A
buena heredad dejaban de fincas y dinero;	14A
Sería un buen partido, asaz codiciadero.	14A

DE CINCO VERSOS

Quintilla
Arte menor
Rima consonante

Hojas del árbol caídas	8a
juguetes del viento son;	7+1b
las ilusiones perdidas,	8a
¡ay!, son hojas desprendidas	8a
del árbol del corazón.	7+1b

Lira
Arte menor y mayor
Rima consonante

Si de mi baja lira	7a
tanto pudiese el son, que en un momento	11B
aplacase la ira	7a
del animoso viento,	7b
y la furia del mar y el movimiento.	11B

DE OCHO VERSOS → **Octava real** · Arte mayor · Rima consonante →

Cerca del Tajo, en soledad amena,	11A
de verdes sauces hay una espesura,	11B
toda de hiedra revestida y llena,	11A
que por el tronco va hasta el altura,	11B
y así la teje arriba y encadena,	11A
que el sol no halla paso a la verdura;	11B
el agua baña el prado con sonido	11C
alegrando la vista y el oído.	11C

DE DIEZ VERSOS → **Décima** · Arte menor · Rima consonante →

En soledad. No se siente	8a
el mundo, que un muro sella;	8b
la lámpara abre su huella	8b
sobre el diván indolente.	8a
Acogida está la frente	8a
al regazo del hastío.	8c
¿Qué ausencia, qué desvarío	8c
a la belleza hizo ajena?	8d
Tu juventud nula, en pena	8d
de un blanco papel vacío.	8c

Poema estrófico

Compuesto por una combinación de estrofas. Es el caso del soneto.

Estas que fueron pompa y alegría	11A	Cuarteto
despertando al albor de la mañana,	11B	
a la tarde serán lástima vana	11B	
durmiendo en brazos de la noche fría.	11A	
Este matiz que al cielo desafía,	11A	Cuarteto
iris listado de oro, nieve y grana,	11B	
será escarmiento de la vida humana;	11B	
¡tanto se emprende en término de un día!	11A	
A florecer las rosas madrugaron,	11C	Terceto
y para envejecerse florecieron;	11D	
cuna y sepulcro en un botón hallaron.	11C	
Así los hombres sus fortunas vieron;	11D	Terceto
en un día nacieron y expiraron;	11C	
que pasados los siglos horas fueron.	11D	

Poema no estrófico

Compuesto por una serie de versos no organizados en estrofas. Es el caso del romance.

Marinero que la guía	8-
diciendo viene un cantar	7+1a
que la mar ponía en calma,	8-
los vientos hace amainar;	7+1a
los peces que andan al hondo,	8-
arriba los hace andar,	7+1a
las aves que van volando,	8-
al mástil vienen posar.	7+1a
Allí habló el infante Arnaldos,	8-
bien oiréis lo que dirá:	8a
«Por tu vida el marinero,	8-
dígasme ora ese cantar».	7+1a
Respondióle el marinero,	8-
Tal respuesta le fue a dar:	7+1a
«Yo no digo mi canción	8-
sino a quien conmigo va».	7+1a

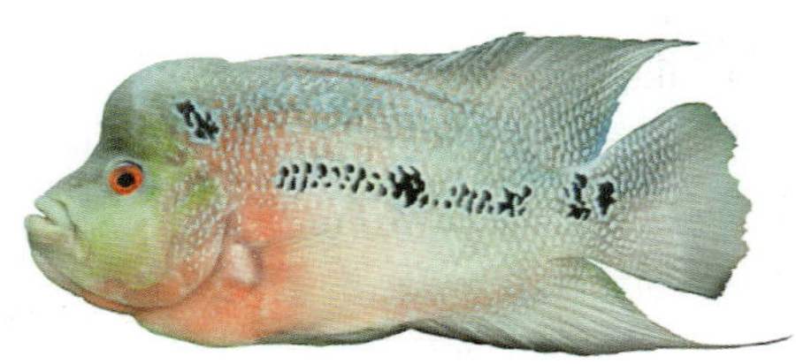

FIGURAS LITERARIAS

NIVEL FÓNICO

Aliteración

Repetición de uno o varios sonidos similares en uno o varios versos.

*Oye el **só**rdido **so**n de la re**sa**ca,*
infame turba de nocturnas aves.

Onomatopeya

Utilización de palabras que tratan de imitar el sonido de algo.

—¡Grua!, ¡grua!, ¡grua!
En la poza había un cerdito.

Paranomasia

Uso de palabras próximas y con sonidos parecidos, pero con un significado diferente.

*Se calzan de **espumas** por **espuelas**.*

Epanadiplosis

Repetición de una palabra al inicio y al final del mismo verso.

***Verde** que te quiero **verde**.*

NIVEL MORFOSINTÁCTICO

Hipérbaton

Inversión del orden gramatical habitual de las palabras.

Volverán las oscuras golondrinas
en tu balcón sus nidos a colgar.

Anáfora

Repetición de palabras o grupos de palabras al comienzo de uno o varios versos seguidos.

***Salid** fuera sin duelo*
***salid** sin duelo, lágrimas corriendo.*

Asíndeton

Enumeración de elementos sin uso de conjunciones.

Desmayarse, atreverse, estar furioso,
áspero, tierno, liberal, esquivo,
alentado, mortal, difunto, vivo.

Polisíndeton

Repetición que se hace de un nexo.

*Hay un palacio **y** un río **y***
*un lago **y** un puente viejo,*
***y** fuentes con musgo **y** hierba*
*alta **y** silencio… un silencio.*

Enumeración

Secuencia de palabras de la misma categoría gramatical.

*El **puerto**, el **saco**, el **fruto**, en **mar**, en **guerra**,*
*en **campo**, al **marinero** y al **soldado***
y al labrador anima y quita el sueño…

Pleonasmo

Uso de palabras que dan expresividad a la frase o verso, pero son innecesarias.

***Temprano; madrugó** la madrugada,*
temprano estás rodando por el suelo.

NIVEL SEMÁNTICO

Metáfora

Identificación de un elemento real (A) con otro (B) debido a que guardan cierto parecido. Tres son las formas más usuales de metáfora:

A es B (aparecen el elemento real A y el figurado B)

*Tú (A) eras el **huracán** (B) y yo (A) la **alta torre** (B) que desafía su poder.*

B (no aparece el elemento real A)

*Cinco **espadas** (B = cinco dedos)*

B de A (si el elemento real A se identifica con B)

*El **fuego** (B) de una **pasión** (A)*

Comparación

Relación de semejanza entre dos términos. Normalmente se utiliza el verbo *parecer* o el adverbio *como*.

*Tus **dientes** son como **perlas**.*

Metonimia

Sustitución de una palabra por otra con la que tiene relación de proximidad.

*El cielo tendrá que huir ante el **tumulto de las ventanas**.*

Hipérbole

Intensificación exagerada de una cantidad o una emoción, hasta el punto de superar lo verosímil.

Érase un hombre a una nariz pegado.

Personificación

Atribución de cualidades humanas a animales u objetos.

Al verla se ha levantado
el viento que nunca duerme.

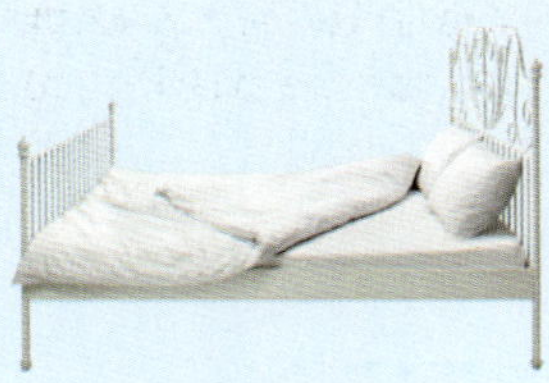

Antítesis

Uso de ideas o expresiones contrarias entre sí.

*Es tan **corto** el amor*
*y tan **largo** el olvido.*

Paradoja

Unión de ideas contrarias que resultan imposibles o ilógicas.

y tan alta vida espero,
*que **muero** porque no **muero**.*

Símbolo

Representación de un concepto abstracto a través de un elemento material.

*Nuestras **vidas** son los **ríos***
*que van a dar en la **mar**,*
*que es el **morir**.*

Sinestesia

Unión de imágenes o sensaciones propias de los cinco sentidos.

*En el cénit azul, **una caricia rosa**.*

PARA QUE LAS COSAS OCURRAN

EDELVIVES

PROYECTO EDITORIAL Y DIRECCIÓN DE CONTENIDOS
Departamento de Proyectos Educativos GE

AUTORÍA
Raquel Benítez Burraco

COLABORADORA
Laura Góngora Ríos

EDICIÓN
Área de Proyectos Educativos de Secundaria Edelvives

CORRECCIÓN
Aurore Baltasar

PROYECTO VISUAL Y DIRECCIÓN DE ARTE
Departamento de Imagen y Diseño GE

DISEÑO GRÁFICO DEL PROYECTO
Departamento de Imagen y Diseño GE

DISEÑO DE LOS ESPACIOS MAKER
Bordó Buenos Aires

ILUSTRACIÓN DE INTERIORES
Humberto Blanco

CARTOGRAFÍA
BC Maps

FOTOGRAFÍA
Age fotostock, Album, Contacto, Corbis Images, Getty Image, Photoaisa, Prisma, iStock, Thinkstock

PRODUCCIÓN Y MAQUETACIÓN
Área de Producción Editorial GE

COORDINACIÓN DE PRODUCCIÓN Y MAQUETACIÓN
Área de Producción Editorial GE

MAQUETACIÓN
Tomás Moreno Heras

IMPRESIÓN
Edelvives Talleres Gráficos. Certificado ISO 9001
Impreso en Zaragoza, España

Código: 164572
ISBN: 978-84-140-2243-6
Depósito legal: Z 708-2019

Los espacios incluidos son meramente indicativos y su finalidad es didáctica.

Todas las actividades contenidas en este libro han de realizarse en un cuaderno aparte.

El grupo Editorial Edelvives agradece la colaboración a:

Editoriales: Aguaclara, Akal, Alba, Alfaguara, Alianza, Anagrama, Anaya, Anthropos, Austral, BAC, B. de Biblioteca Nueva, Biblioteca Virtual Miguel de Cervantes, Booket, Boocks, Castalia, Cátedra, Círculo de lectores, Debate, Destino, Edaf, Edhasa, Edebé, Ediciones B, Ediciones de la Torre, Ediciones del Sol, Esfera, Espasa-Calpe, Everest, Fantascy, Gredos, Huerga y Fierro, Impedimenta, Labor, Linkgua, Magisterio español, Molino, Mondadori, Montena, Muchnik Eidtores, Oniro, Paradimage Soluciones, Planeta, Plaza y Janés, Random House, RBS, Renacimiento, Salamandra, Sexto Piso, Signatura Flamenco, Siruela, SM, Vicens Vives, Visor

Publicaciones periódicas: *El País, El Mundo, Diario Información, Europa Press, La Gaceta de Salamanca, Noticias de Navarra, La Opinión de Málaga*

Páginas web: https://helpx-adobe.com, http://es.wikipedia.org, http://noticias.universaria.es, www.rtve.es, www.raizdepueblo.org, www.sportlife.es, www.youtube.com, www.revistaclapp.com, http://listas.20minutos.es, www.rae.es, www.educaciontrespuntocero.com, https://es.greenpeace.org, www.impulsotic.org, https://es-es.faceboock.com/unicef.es, www.britishcouncil.es, www.cuatro.es, http://elviajero.elpais.com, www.eldia.es, www.kidshealth.org, https://elcomidista.elpais.com/, www.juntadeandalucia.es, www.hogarutil.com, www.cuartodejuegos.es, https://vivecamino.es, www.fronda.com, www.camidodelcid.org, http://etwinning.es, www.voicesofyouth.org, www.oxfamintermon.org, http://cvc.cervantes.es/el_rinconete, www.americas-fr.com/es, https//:redhistoria.com, www.filmaffinity.com, http://poetassigloveintiuno.blogspot.com.es, http://letras.com, http://amediavoz.com, www.ciudadselva.com, www.cervantesvirtual.com, www.academia.edu, www.filmaffinity.com, https://soundcloud.com, www.chino_china.com.

Organismos y personas: Instituto Cervantes, RAE, RTVE

Otra colaboradora: Carmen Alonso López